AF239529

periplaneta

DAVID WONSCHEWSKI: „Zerteiltes Leid"
2. Auflage, August 2022, Periplaneta Berlin, Edition Periplaneta

© 2015 Periplaneta - Verlag und Medien
Inh. Marion Alexa Müller, Bornholmer Str.81a, 10439 Berlin
www.periplaneta.com

Lektorat: Sarah Strehle
Autorenbild: Masha Potempa
Cover, Satz & Layout: Thomas Manegold

Gedruckt in Deutschland
Gedruckt auf FSC- und PEFC-zertifiziertem Werkdruckpapier

print ISBN: 978-3-943876-85-7
epub ISBN: 978-3-943876-90-1

DAVID WONSCHEWSKI

ZERTEILTES LEID

LIEBESROMAN

periplaneta

1

Dann, im nächsten Moment, war Daddy fort. Und ich habe mit ansehen müssen, wie er gegangen ist. Ich stand im ersten Stock, direkt am Fenster unseres Kinderzimmers und aus der Dunkelheit hinter mir flüsterte Alina mir zu, dass ich schnell ins Bett kommen solle, schnell, ganz schnell, da wir sonst Ärger von Daddy kriegen. Aber ich habe aus dem Fenster geschaut und Daddy dort stehen sehen, unten auf der Straße und mitten im Regen.

Er hat seinen großen Hut aufgehabt und über seinen Schultern hing die dünne grüne Regenjacke, die er auch bei unserem Urlaub in Holland immer angehabt hat. Am Strand von Katwijk hat er sie getragen, diese Regenjacke. Ja, so habe ich ihn in Erinnerung behalten, meinen Daddy. Nicht so wie er bei uns zu Hause war, sondern so wie er sich am Strand von Katwijk gegeben hat, so trage ich ihn bis zum heutigen Tage mit mir herum. Von hinten blies der Wind und eine steife Brise durchpflügte ihm das schüttere Haar. Aber Daddy wurde nicht sauer deswegen, im Gegenteil, er lächelte. Bereitwillig ließ er sich die Frisur zerzauseln, ging in die Hocke, klatschte in die Hände und rief mich zu sich. Und ich, ich rannte los. Am Strand von Katwijk lief ich mit meinen kurzen Beinen, so schnell ich konnte, direkt auf Daddy zu. Und ich war noch gar nicht richtig bei ihm angekommen, da schnappte er mich auch schon, griff mit seinen langen, starken Armen nach mir und hob mich in die Höhe. Hoch über seinen Kopf hob er mich, so dass ich auf den weiten niederländischen Ozean hinaus blicken konnte.

Ja, so war das gewesen mit Daddy und mir am Strand von Katwijk. Jetzt aber lachte Daddy nicht und er klatschte auch nicht in die Hände, sondern stand einfach nur da in seiner dünnen grünen Regenjacke und schaute so leblos und starr wie meine Actionfiguren. Auch Mummy war da, sie stand aber nicht bei ihm, sondern einige Meter entfernt, direkt unter meinem Fenster. Ich konnte ihr von oben auf den Kopf sehen, als ich mein Gesicht an die Scheibe presste und steil nach unten schaute.

Komm ins Bett, flüsterte Alina erneut, aber ich kam nicht ins Bett. Denn da war Daddy, er stand im Regen, schaute Mummy an, sagte aber nichts. Stand einfach da, mitten im Regen. Ich wollte auf ihn zulaufen, doch ich konnte es nicht. Ich wollte ihm zurufen, er solle aus dem Regen raus und in unser Haus kommen oder doch zumindest seine dünne grüne Regenjacke überziehen. Doch ich traute mich nicht. Und so stand ich dort, stumm und bewegungslos, betrachtete Mummy, betrachtete Daddy. Und sah eine große Ohnmacht sich ausbreiten, direkt über ihnen, direkt zwischen ihnen. Und dann, dann kam ein Auto. Daddy stieg ein und das Auto fuhr fort. Und ich wusste sofort, dass er nicht wiederkommen würde. Dass ich meinen Daddy soeben zum allerletzten Mal gesehen hatte.

Nein, er hat mich nicht sehen können, wie ich dort oben am Fenster stand, meine kleinen Hände und mein kleines Gesicht an die kalte, dunkle Fensterscheibe presste. Ich habe ihn rufen wollen, habe ihn bitten wollen, nicht in dieses Auto zu steigen, nicht fortzufahren. Doch mir fehlte die Stimme und auch die Worte dazu. Mir stolperten die Konsonanten durcheinander, Satzbausteine verreckten in meiner Kehle. Als Daddy ging, glückste und krächzte ich nur. Niemand konnte mich hören, niemand, nicht einmal Alina, die irgendwo hinter mir in ihrem Bett lag.

Red anständig, wenn du was willst, hat sie viele Monate später zu mir gesagt. *Wenn du weiter so stammelst, rafft dich kein Aas.*

Und so stieg Daddy an diesem späten Abend in das Auto, mit einem Gesicht, das ich nie zuvor gesehen hatte an ihm. Er fuhr davon, entschwand aus meinem Leben. Nicht einmal *tschüss* hat er gesagt.

2

Endlich setzt es ein. Das Schwinden meiner Kräfte. Ich hocke an einem Tisch, starre auf ein weißes Blatt Papier und spüre, wie ich mein Leben aushauche, langsam, ganz langsam.

Wie lange du ihn herbeigesehnt hast. Diesen Augenblick, in dem ich bei lebendigem Leibe vergehe. Diesen Augenblick, in dem ich dir mein Einknicken vor dem Leben gestehe.

Noch immer suche ich nach Worten. Starre weiter auf das weiße Blatt Papier, halte die Feder bereit und hoffe auf die Eingebung aller Eingebungen.

Wo nimmt der Mann nur all seinen Starrsinn her?, so höre ich dich fragen.

Wo nimmt der Mann nur all seinen Starrsinn her?, so höre ich auch mich fragen.

Nun, ich werde sie nicht finden, diese richtigen, diese adäquaten Worte, die mich dir nach all den Jahren doch noch verständlich machen könnten. Es gibt sie nicht. Du weißt das. Ich weiß das. Eher wird es Heilmittel für Krebs, Aids und Cholera geben. Schließlich hört meine Krankheit auf den Namen Liebe. Und ist somit in jedem Falle todbringend.

Siechtum. Doch, doch, ganz sicher: Siechtum. Klebt an mir wie Pocken und Pest, dieses eiternde und Pusteln schlagende Geschwür einer Liebe, lässt mich keuchen und schwitzen, im Wahn daherfabulieren, wilde Laute ausstoßen. Und mein Gesicht zu einer entstellten Fratze werden. Ja, befallen von der Liebe bin ich ein hässlicher Mensch geworden. Ein Aussätziger. Einer, vor dem du dich zu hüten gelernt hast. Hat er doch nur noch ein einziges, ein letztes Lebensziel: So viele Menschen mit sich ins Verderben zu reißen wie nur irgend möglich.

Und so hocke ich mitsamt all diesen über mich gekommenen Widerwärtigkeiten an einem Tisch, versuche ein letztes Mal, meiner charakterlichen Ekelhaftigkeit Herr zu werden und erkenne, dass weder das gleißende Licht meiner Lampe, noch das fahle Licht des Mondes vermögen, meine Schreibstatt zu erhellen. Das weiße Blatt Papier, der Tisch, der Füllfederhalter, meine Gedanken – allenfalls noch Ahnungen.

Alles ist in Auflösung begriffen. Alles.

Mein Sturz in die Nacht steht unmittelbar bevor.

Du wirst sehen: Schon bald werde ich aufgehen in diesem Schwarz, das vor so vielen Jahren begonnen hat, nach mir zu greifen. Mich erst umfing, dann ummantelte. Und das mich nun, wo ich hier sitze und kaum noch über Gestalt, geschweige denn Kontur verfüge, mit Haut und Haar zu verschlingen beginnt.

Ich entschwinde. In einem dunklen Raume sitzend falle ich dem Verrinnen anheim.

Und so hocke ich hier, schaue auf das weiterhin leere, weiße Blatt Papier vor mir, mit dem ich dich seit fünfzehn Jahren zu besänftigen, zu umgarnen versuche. Und begegne dabei mit einem Male einer Ungeheuerlichkeit. Denn je länger ich über dich nachsinne, desto weniger Worte finde ich nicht nur an dich, desto weniger Worte finde ich auch für dich. Stattdessen immer mehr für mich.

Ja, es ist wahr. Allein in einem dunklen, abgeschotteten Raum sitzend, isoliert von der Gesellschaft, bin ich mir vor einigen Wochen zum ersten Male selbst begegnet. Bin mir selbst über den Weg gelaufen – und hätte um ein Haar die Straßenseite gewechselt vor lauter Entsetzen. Habe gesehen, was für ein zerschlissener, was für ein gegerbter Mensch ich geworden bin und habe mich sogleich ganz fürchterlich erschrocken ob meines Anblicks. Stand vor einem Spiegel und wurde einer Person ansichtig, die mir fremd und widerwärtig ist.

Eine große Verstörung hat sich nun unter meiner Schädelplatte eingenistet. Denn blickt ein Mensch in einen Spiegel und stößt anstatt auf einen Menschen auf eine Unerklärlichkeit, so markiert dies das Ende der Selbstverständlichkeit. Und den Beginn der Zersetzung.

Ich will die Liebe nicht mehr. Ich ertrage die Liebe nicht mehr, halte sie im Kopf und auch in meinem Körper nicht mehr aus. Deswegen, nur deswegen habe ich mich schon im vergangenen Winter an diesen Brief an dich gemacht. Um dieser Verstörung in mir Herr zu werden. Um endgültig Ruhe einkehren zu lassen, in mir und dir und der Welt.

Unzählige Male habe ich ihn seitdem geschrieben, diesen Brief. Ihn verworfen, geschrieben und wieder verworfen. Um ihn dann, nach Stunden oder auch Tagen der Selbstkasteiung, erneut zu schreiben. Und während ich so ausgiebig schrieb und verwarf, wieder und wieder und wieder, sind sie unbemerkt an mir vorbei gerauscht, die vielen Wochen, die vielen Monate.

Eine große Lebensverwehung hat stattgefunden in diesem dunklen Raum, in dem sich nichts befindet außer einem Stuhl und einem Tisch. Ich schlafe auf dem harten Boden, trinke selten, esse nichts. Sitze bei halb heruntergelassen Jalousien da, schreibe mit einem Bleistift diesen Brief und verderbe mir die Augen dabei. Zerreiße einen Entwurf, zerreiße auch den nachfolgenden, wende mich ab und setze mich in die Ecke. Lausche in gekrümmter Haltung der Stille, blicke in die Finsternis, finde ein wenig Schlaf und mache mich nach einem plötzlichen, ruckartigen Erwachen erneut ans Schreiben. Seit November geht das schon so.

Ich habe Angst. Schreckliche, nie für möglich gehaltene Angst. Angst vor Taten, zu denen ich noch nicht fähig bin. Zu denen ich jedoch schon bald fähig sein könnte. Ich spüre eine Veränderung in mir. Es wird dich nicht weiter wundern, womöglich nicht einmal interessieren, doch ich habe in den vergangenen fünfzehn Jahren wieder und wieder daran gedacht, mir das Leben zu nehmen. Um dich und mich zu befreien, von mir. Bin unzählige Male in die Küche gegangen, habe die Schublade aufgerissen, ein Messer herausgeholt und in Gedanken bereits jenen schwungvollen Bogen beschrieben, der mir das Herz durchbohren könnte. Und es dann doch gelassen, kraftlos das Messer zurückgelegt, die Schublade wieder geschlossen, mich weiterleben lassen. Aus Angst, alles aus Angst.

Mir fehlt der Mut mich umzubringen, Uta. Ich bin kein Mann von Format. Niemand weiß so genau wie du, dass ich keinen Schneid besitze, keine Ehre im Leibe trage. Und so lebe ich immer noch, schiele nach all den Messern in all den vielen Schubladen meiner Wohnung und bin doch zur Untätigkeit verdammt. Ich habe Angst vor dem Leben und auch Angst vor dem Sterben.

Es ist ein Irrsinn. Während du von Panik ergriffen wirst, kaum dass ich in deiner Nähe auftauche, werde ich in deiner Gegenwart zur Stille, werde zu Starre. Bin mit einem Male zu keiner Bewegung mehr fähig.

Doch wir können so nicht weitermachen. Wir können nicht auf ewig diese Ängstlichkeit vor uns hertragen. Es muss dringend etwas geschehen mit unserer Angst, bevor noch die ganze Menschheit kaputt geht daran! Verstehst du, was ich meine? Jene Klinge, die ich schon so oft aus meiner Schublade hervorgezogen habe, sie muss endlich tief ins Fleisch dieser Menschheit gestoßen werden, muss Sehnen und Fleisch und sogar Knochen durchbohren, vorwärtsgetrieben werden, weiter, immer weiter. Ein Schmerz muss entstehen.

Ein reißendes Gefühl muss entfacht werden. Ein Gefühl lauter als die Menschen und auch lauter als die Welt. Eine Lektion in Sachen Liebe muss den Menschen dringend erteilt werden. Auf dass sie endlich aufhören, Ammenmärchen zu erzählen und Lug und Trug im Namen eines reinen Herzens zu verbreiten.

Komm, geselle dich zu mir. Lass uns unsere Ängste in Schmerz ersticken. Lass uns einen Schrei entfachen, der dir und mir und dieser ganzen Farce ein Ende setzen wird. Alles, was wir dafür tun müssen, ist einander loszuwerden. Mehr nicht.

Jene, die die Liebe zu kennen glauben, sagen, Liebe sei ein Gefühl, doch sie wissen, dass das nicht stimmt. Liebe ist ein Ergebnis der Evolution. Survival of the fittest, kampferprobt. Sie teilt ein in Starke und Schwache, Sieger und Besiegte, Teilhabende und vom Tellerrand aus mit sehnenden Augen Zuschauende. Eine einzige große Apartheid ist die Liebe, ein Unrechtssystem. Abgeschafft gehört die Liebe. Hinfort geweht vom Wind of Change. Verstehst du?

Lass sie uns bekämpfen, lass sie uns töten. Damit wir wieder atmen können.

3

Fassen wir zusammen, was meine Kollegen so weit rekonstruieren konnten: Am 07. März haben Sie, der gelernte, aber früh auf Abwege geratene Immobilienkaufmann, Janusz Jaroncek, sich kurz nach Mitternacht Zugang zu der Wohnung der ausnehmend hübschen und für einen Mann wie Sie komplett unerreichbaren Studienrätin Uta Wensch verschafft.

Abgedrifteter trifft Karrieristin – das konnte nicht gutgehen. Die Frage *warum* Sie dies getan, warum Sie Frau Wensch aufgesucht haben, ist schnell beantwortet: Wegen allem. Und wegen nichts. *Alles* ist Ihnen zu viel geworden. Und *nichts* haben Sie länger ertragen. Nicht die Welt, nicht die Menschen, nicht Frau Wensch. Und am allerwenigsten sich selbst.

Und so sind Sie von Ihrem Hotel im Stadtzentrum zu der Wohnung von Frau Wensch gelaufen. Auf direktem Wege und freilich ohne einen Gedanken an die Unstatthaftigkeit und Aussichtslosigkeit Ihrer Aktion zu verschwenden. Die Wohnung, über die wir hier sprechen, befindet sich im zweiten Geschoss eines Mehrfamilienhauses im sogenannten *Blütenviertel*, einer recht idyllisch gelegenen, sauberen und somit schönen Gegend unserer Stadt. Da unsere Untersuchungen Sie bereits einwandfrei als gehetzt zu benennenden Charakter klassifiziert haben, gehen wir davon aus, dass Sie eilenden Schrittes dorthin gegangen sind. Sie sind nicht geschlendert und auch nicht gerannt, sondern in jener abrupt stolpernden Geschwindigkeit gelaufen, wie sie uns seit jeher von Narren, Sternebeschauern und Hans Guckindieluft bekannt ist.

Am Haus angekommen sind Sie, Herr Jaroncek, dann die Regenrinne hinaufgeklettert. Sie wirken zwar nicht wie jemand, der Regenrinnen hinaufklettern könnte, doch Verzweiflung – und allen voran jene Verzweiflung, die vom Herzen kommt und die nicht selten eine toxikologische Verbindung mit der Umnachtung des Geistes eingeht – bewerkstelligt bekanntlich so einiges.

Unter uns gesagt, etwas mehr Sport und etwas weniger an Ecken herumlungern und fremde Passanten vollsabbeln, würde Ihnen und Ihrer desaströsen Verfassung sehr gut tun.

Dennoch sind Sie, Jaroncek, Ihrem trägen Körper zum Trotz um exakt 00.59 Uhr die Regenrinne hinaufgeklettert. Mit der

Geschmeidigkeit einer etwas vertrottelten Dschungelkatze, wenn ich mir diesen in diesem Zusammenhang doch recht lustigen Kommentar erlauben darf. Wie, Sie lachen ja gar nicht, Jaroncek!

Wie dem auch sei, unsere Spurensicherung hat sich jedenfalls prächtig amüsiert, die Kollegen haben schon viele Gegenstände untersucht, aber die Regenrinne, die Sie sich da hochgewuchtet haben, die ist ein besonderes Unikat, genießt schon jetzt Kultstatus unter den Kollegen. Ihre Fingerabdrücke, Ihre Haare, Jeansfasern Ihrer Hose, das Profil Ihrer Gummibesohlung – alles dran an der Rinne, Jaroncek. Sie sind echt der Brüller. Sogar Schweiß und Tränen haben die Kollegen entdeckt!

Im zweiten Stock angelangt war es dann vorbei mit Dschungelkatze und vor allem mit geschmeidig, da war dann nur noch vertrottelt. Sie haben gewissermaßen Ihr wahres Gesicht gezeigt, Jaroncek. Denn Sie haben stante pede begonnen, kräftig, heftig und in schnellem Takt an die Balkontür von Frau Wensch zu klopfen. So in etwa, Jaroncek, ich mache es Ihnen hier auf der Tischplatte einmal nach: *Klopf. Klopf-Klopf-Klopf. Klopf-Klopf.*

Oh, und gerufen haben Sie! Nein, leugnen Sie nicht, Jaroncek, ganz verzweifelt haben Sie dagestanden und Utas Namen in die Nacht gerufen. Exakt so, wie es in Schlagern und verbrauchten Gedichten immer erzählt wird. Aber kein Grund sich zu schämen, Jaroncek, besser des Nachts *auf* einem Balkon stehen und *Utaaaaa* brüllen, als *unter* diesem Balkon singend mit einer Ukulele in der Hand zu stehen. Diese Art von Liebesirren haben wir sonst hier sitzen. Ist Ihnen noch gar nicht aufgefallen, was, Jaroncek? Ganz vollgestopft ist diese Stadt mit unglücklich verliebten Ukulelisten! Verstellen uns die Straßen und die Wege mit ihrer unglücklichen Verliebtheit und zupfen und plärren sich die Seele aus dem Leib. Bis es ihnen zu viel wird, sie bemerken, dass da nichts ist, was sie unternehmen können gegen ihr Herzensleid. Und sie entweder direkt auf dem Zentralfriedhof landen oder aber auf exakt dem Stuhl, auf dem Sie nun sitzen, Jaroncek. Mit dem Unterschied, dass wir bei denen immer nur befugt sind, den Kopf wieder gerade zu drehen, während wir Ihren abreißen sollen.

Tja, was soll ich sagen, Sie haben es nun einmal ein wenig übertrieben mit Ihrer Liebe, Jaroncek. Und das tut man nicht, niemand übertreibt ungestraft die Liebe. Womit wir wieder beim Thema wären. Sie standen also auf dem Balkon, klopften – *Klopf, Klopf-Klopf, Klopf-Klopf* – und brüllten – *Utaaaaaaaa!* – sich die Seele aus dem Leib. Und erreichten damit, lassen Sie mich kurz noch einmal in der Akte nachsehen – nichts. Gar nichts. Viel Aufwand, wenig Ertrag. Ein durchaus gängiges Erfolgsschema bei intuitiv handelnden Menschen wie Ihnen, Jaroncek. Wollen und riskieren alles, erreichen und erhalten nichts. So wie ich es eingangs erwähnte, das Alles und das Nichts, das ist Ihr großes Lebensproblem.

Ich fahre fort: Frau Wensch hat, wie jeder mental aufgeräumte, um nicht zu sagen, *erwachsene* Mensch, um die benannte Uhrzeit bereits in ihrem Schlafzimmer gelegen und geschlafen, was zu der peinlichen Situation führte, dass Sie eine ganze Weile dort stehen und klopfen mussten. Ein ganz hübscher Gedanke, so in der Nachbetrachtung, finden Sie nicht auch, Jaroncek? Sie stehen da, klopfen und brüllen – und nach und nach gehen im ganzen Blütenviertel die Lichter in den Wohnungen an, die Leute treten hinaus auf ihre Balkone, manche gar mit Getränken und Chips ausstaffiert, wie wir bei unseren Befragungen herausgefunden haben. Und alle haben Sie beobachtet, Jaroncek, haben in aller Ruhe auf ihren eigenen Balkonen gestanden, sich an ihre Brüstungen gelehnt und sich an Ihrem Schauspiel erfreut, das, auch das haben unsere psychologischen Untersuchungen ergeben, Jaroncek, von Anbeginn an nichts anderes, als eben ein Schauspiel gewesen sein kann. Ihr Schauspiel. Zeugen sind somit nicht unser Problem, Sie waren dämlich genug, voll einzusteigen in Ihre Rolle als liebestoller Idiot, Jaroncek. So sehr einzusteigen, dass wir mehr Zeugen für Ihre grausame Tat haben, als unsere Aktenordner erfassen können. Sie als Täter auszumachen, Jaroncek, hat uns ein müdes Husten gekostet, zehn Minuten Ermittlungsarbeit, eher weniger als mehr.

Die Aufnahme der Zeugenaussagen aber, Jaroncek, dafür könnte ich Sie jetzt noch ohrfeigen. Zwanzig Beamte haben sich drei Tage lang durch das Blütenviertel geschlagen und protokolliert, protokolliert, protokolliert. Und am Ende doch die Hälfte der aufgenommenen Zeugenaussagen in den Schredder gegeben, da uns der Richter gewiss einen Vogel zeigen würde, wenn wir an dem Tag, an dem wir Sie zum Schafott führen, mit unseren Rollkoffern und den Aktenbergen im Gerichtssaal erscheinen. Was denn das für ein bescheuertes Verbrechen sein soll, wird uns der Richter fragen, Jaroncek! So viele Zeugen, alles eindeutig, alles klar, nichts auf der Kippe, nichts abzuwägen – da kann so ein Richter schon einmal unleidlich werden, wenn ein Verbrecher nicht verbrecherisch vorgeht. Doch das soll nicht mein Problem sein, zurück zur Tat.

Sie klopften, sie brüllten, die halbe Welt schaute zu. Und: Sie hatten Erfolg. Frau Wensch erwachte, kam in einem Negligé ins Wohnzimmer und öffnete die Balkontür. Erinnern Sie sich noch an diesen Hauch von Negligé, Jaroncek? Lecker, lecker, sage ich da nur. Ich kenne nur die Fotos der toten, geschundenen Frau Wensch, doch selbst da ist sie noch wunderschön. Wie eine Moorleiche, nur röter und noch nicht so angegangen. Hier, schauen Sie sich ruhig noch einmal die Fotos an, Jaroncek. Auf diesem Bild ganz besonders, die Augen geschlossen, die nassen Haare bringen ihr Porzellangesicht wunderbar zur Geltung – da liegt sie, in der Badewanne, das Wasser umspielt sanft ihre Formen und hier, Jaroncek, so schauen Sie doch, auf diesem Foto hebt das Wasser ihr Negligé und ihre Hände ein wenig an. Es sieht fast aus, als würde sie schweben, oder Jaroncek? Wie Kylie Minogue in *Where The Wild Roses Grow* sieht das aus.

Das ist ein Foto, das mir erklärt, warum Sie so vernarrt gewesen sind in Frau Wensch. Nicht verliebt, wären Sie verliebt gewesen, Jaroncek, Frau Wensch wäre Ihnen nicht zum Opfer gefallen. Sie waren vernarrt und warum das so gewesen ist, das erkennt jeder Mensch mit einem kurzen Blick auf dieses Foto. Zum Anbeißen schön, diese Uta Wensch. Ein weiterer kurzer Blick auf eine zerlumpte Gestalt wie Sie, Jaroncek, reicht aus, um sofort zu wissen, warum einer wie Sie eine Frau wie die Wensch niemals bekommen kann. Aber das muss ich Ihnen nicht erklären, das wissen und spüren Sie selbst. Mit jedem neuen Tag, an dem Sie erwachen, ins Badezimmer trotten und sich vor den Spiegel stellen, ahnen Sie, dass Sie eine Frau wie die Wensch niemals erreichen werden.

Zwei Leben im Eimer, Jaroncek, Ihres und das der Wensch. Aber zwei kurze Blicke reichen aus, um die ganze Geschichte zu erkennen, alles zu wissen.

Sagen Sie, ist das nicht bedrückend, Jaroncek, da erfährt einer so viel Leid wie Sie und verursacht daraufhin doppelt so viel Leid – und am Ende werden zwei kurze Blicke und zehn Minuten Gerichtsverfahren ausreichen, einen Deckel auf die ganze Angelegenheit zu machen.

Gut ... wo waren wir stehengeblieben? Dort, an der Schwelle zwischen Wohnzimmer und Balkon, kam es sofort zu einem kurzen Wortgefecht, welches Sie, Jaroncek, ziemlich klar verloren. Wie Sie immer verlieren, wenn Sie sich mit Frauen anzulegen versuchen. Schauen Sie mich nicht so an. Ich bin eine Frau und mit einem kurzen Blick sehe ich, warum Sie nie eine Chance gehabt haben bei

Frau Wensch und sehe dazu, dass Sie, was Diskussionen mit Frauen angeht, der geborene Loser sind. Kanonenfutter, Jaroncek.

Ich vermute, dass Sie genau deswegen dieses belästigende Laber-syndrom entwickelt haben, das Sie auf Marktplätzen und an Ecken stehen und laut mit sich selbst reden, fluchen, abstruse Dinge deklamieren lässt. Eine ganz traurige Figur sind Sie, Jaroncek, aber immerhin eine in sich geschlossene, eine logische traurige Figur. Einer der in aller Öffentlichkeit laut mich selbst redet, sich beständig über die Menschen und ihr Sein und den unaufhaltbaren Untergang der Welt beschwert. Und über Frauen, vor allem über die.

Das wundert aber niemanden, denn ein wild vor sich hinbrabbeln-der Irrer braucht nicht damit rechnen, in Gespräche verwickelt zu werden, kann sich sicher sein, *über* aber eben nicht *mit* Frauen zu sprechen. Sie haben sich die beste aller Positionen erwählt, um nur keinen Widerspruch zu ernten, um nicht täglich platt gemacht zu werden von all den Frauen dort draußen, Sie schlauer Fuchs! Man muss nur zum stadtbekannten Zausel mutieren und schon besteht keinerlei Gefahr mehr, dass eine daherkommt und Ihnen widerspricht, Sie in Ihre armseligen Bestandteile zerlegt oder aber Sie über Jahre hinweg zerreibt und zerbröselt, so wie Frau Wensch es in Perfektion betrieben hat.

Von schöner Frau zur Unkenntlichkeit zerbröselter Zausel erklimmt Regenrinne – was für eine wunderbare Schlagzeile, finden Sie nicht auch? Unsere Presse hat Sie eh auf dem Kieker und fragt mich, wenn ich abends dieses Gebäude verlasse, dauernd nach Insider-Geschichten, nach Interna. Bisher habe ich das Geld abgelehnt, das mir diese Meute bietet, Jaroncek. Irgendein dummer Amtseid hindert mich daran, sie in ihrer Schlagzeilensuche zu unterstützen und mich dafür prächtig entlohnen zu lassen. Aber Ihnen, der hier nicht mehr raus kann und gewiss schon bald am Galgen baumeln wird, kann ich es ja sagen: Ich spiele mit dem Gedanken, ihre lukrativen Angebote anzunehmen.

Abendessen, Fernreisen, ein neues Auto – und alles auf Ihren Schultern, alles auf Ihre Kosten, Jaroncek. Vielleicht werde ich meine geheimen Hintergrundinformationen sogar ausschmücken, um der Presse eine Freude zu machen. Ich nehme an, als stadtbekannter Laberzausel werden Sie nichts dagegen haben, oder? Etwas Dramatisierung, etwas Zuspitzung, ein paar clever gelegte Fähr-ten, die in die falsche Richtung laufen und vor allem eine Menge Pointen. Dann erscheint Ihre Tat nicht mehr so trostlos, wie sie tatsächlich gewesen ist. Was meinen Sie, Jaroncek, hm?

Wie dem auch sei, Sie standen also in all Ihrer Jämmerlichkeit gegen Mitternacht auf diesem Balkon im Blütenviertel und flennten und winselten, was Ihr verzauseltes Naturell an Flennen und Winseln hergab. Aber Frau Wensch ließ Ihnen im Disput keine Chance, lachte Sie vermutlich sogar aus und machte einige intelligent-pointierte Bemerkungen über Ihre Jämmerlichkeit. Kommen Sie, geben Sie es zu, in ihrer Gegenwart hat Ihnen Ihr jahrelanges an Ecken stehen und vor sich hin labern gar nichts gebracht, Ihre Quatsch-erfahrung verpuffte angesichts Frau Wenschs Schönheit und Intelligenz, die es fraglos drauf gehabt hat, Ihre Jämmerlichkeit in amüsant-pointierte Sätze zu packen. Woher ich weiß, dass Frau Wensch das drauf hatte? Nun, ganz einfach, Jaroncek: Die Wensch liegt niedergemetzelt und abgeschlachtet in der KTU und Sie sind Ihr Mörder. Spricht nicht gerade für einen rhetorischen Schlagabtausch auf Augenhöhe zwischen Ihnen und der Wensch, meinen Sie nicht auch?

Sich an eine Straßenecke oder auf einen Marktplatz stellen und sich über andere Menschen auskotzen, das können Sie. Aber wenn mal jemand kommt und sich über sie auskotzt, Ihnen zeigt, was für ein armseliger Idiot Sie sind, dann wird es ganz schnell düster in Ihrem Schädel. Und so konnten Sie die vielen witzig-intelligenten Giftpfeile von Frau Wensch natürlich nicht ertragen. Also drängten Sie sie in ihr Wohnzimmer, überwältigten sie, schnitten ihr mit einem Teppichmesser die Pulsadern auf, schleppten sie ins Bad, legten sie in die Badewanne und sahen ihr beim Verbluten zu. Anschließend versuchten Sie mit diversen ungelenken Aktionen, Ihre Tat wie einen Selbstmord aussehen zu lassen, ließen es dabei jedoch an Kreativität und Kenntnis vermissen. Was bemerkenswert ist, wenn man sich die vielen Briefe, die Sie an Frau Wensch geschrieben haben beschaut. Die wimmeln ja nur so vor Selbstmordankündigungen, regelrecht peinlich ist das. Wir sind einiges gewohnt, wie Sie sich denken können, so fremdgeschämt wie beim Lesen Ihrer Briefe, Jaroncek, haben wir uns aber selten. Wie kann ein einzelner Mann nur derart inflationär mit dem Begriff Suizid umgehen wie Sie, hm? Haben Sie wirklich gedacht, die Wensch lässt sich von diesem armseligen Geheule doch noch erweichen und erhebt Sie so mir nichts, dir nichts aus dem Stand eines Trottels in den Stand eines Prinzen? Ha, das haben Sie doch nicht wirklich geglaubt!

Vollkommen egal, denn am nächsten Morgen fand die Nachbarin Irmgard Porthe den leblosen, aber noch immer begehrenswert schönen Körper von Frau Wensch und rief die Polizei, die vor Ort zu der Gewissheit gelangte, dass ein Massaker stattgefunden haben musste, ein Schlachtfest, eine Orgie. Ausgeführt vom stadtbekannten Eckenplauderer Janusz Jaroncek. Weitere Verdächtige: keine. Zeugen: einhundertvierunddreißig.

Ich zitiere aus dem Polizeibericht des ersten diensthabenden Offiziers Joachim Huber: *Ich kam da rein, sah das Gemetzel – und war mir sofort sicher, an irgendeiner Wand so eine mit Blut hingeschmierte Nachricht zu finden. Was weiß ich, Helter Skelter wie bei Charles Manson damals. Oder Habgier, Wollust und andere Todsünden, wie in diesem Brad-Pitt-Film aus den Neunzigern. Aber nichts, an keiner Wand hat er eine wirre Botschaft hinterlassen. So blöd muss man erst einmal sein, eine Frau massakrieren und dann keinen Teufelsgruß hinterlassen. Jetzt wird er nicht einmal auf Unzurechnungsfähigkeit plädieren können. Vollpfosten.*

Ja, das ist im Groben und Ganzen der Tatbestand, Jaroncek. Wobei mich eine Sache schon noch interessiert, so von Frau zu Zausel: Haben Sie Frau Wensch, als sie dort so wehrlos und schön in der Badewanne lag, unter das Negligé gelangt? Sind Sie mit den Händen ihre Brüste entlanggefahren oder haben sich mit Ihren Fingern zwischen ihren Beinen auf Tauchgang begeben?

Kommen Sie schon, Jaroncek, eine derart attraktive Frau! Ich kann gut verstehen, dass Sie über fünfzehn Jahre hilflos in sie verliebt gewesen sind. Und plötzlich liegt Frau Wensch wehrlos – nein – sogar tot vor Ihnen. In einem Negligé, einem Hauch von Nichts! Und Sie sind doch ein richtiger Mann, wenn auch auf Ihre eigene, verkappte Art, da lassen Sie sich eine solche Chance doch gewiss nicht entgehen!

Ach herrje, nun sind Sie ganz rot angelaufen. Habe ich Sie erregt mit meinem Gerede über Frau Wensch? Das tut mir leid, das wollte ich nicht. Sie haben wahrlich genug unter ihrer Schönheit gelitten, Sie Armer! Gut, belassen wir es dabei.

Alles, was wir soeben besprochen haben, steht nun auf diesem Papier. Lesen Sie es sich in aller Ruhe durch, holen Sie sich meinetwegen auch gerne noch mal einen runter, wenn Sie in Ihrem kranken Kopf sämtliche Details Ihrer Tat erneut durchgehen. Während Sie lesen und alles vollsauen, werde ich einen Kaffee trinken gehen. Und wenn ich zurück bin, Jaroncek, dann will ich auf diesem Papier Ihre Unterschrift sehen. Ist das klar?

Ich warne Sie, im Gegensatz zu Ihnen habe ich ein funktionierendes Privatleben. Und so verständnisvoll wie meine männlichen

Kollegen, die sich bisher mit Ihnen abgeben mussten, bin ich, wie Sie sich denken können, sicher nicht. Wenn sich wegen einer Made wie Ihnen mein Feierabend nur um eine Sekunde verschiebt, ich schwöre, dann werde ich Ihren reichhaltig vorhandenen Frauentraumata noch einige weitere hinzufügen. Sie wissen, dass ich das kann. Also seien Sie ein braver Verkorkster und unterzeichnen hurtig. Denn genau das ist unser Deal, Jaroncek: Sie geben alles zu. Und ich werde mich nicht in Ihrem Gehirn einnisten. Sie fahren für viele – für sehr viele Jahre ein. Und ich komme pünktlich zu meinem Mann und meinen Kindern. Geben und nehmen. Alle werden zufrieden sein. Sogar Sie, Jaroncek. Sogar Sie.

4

Ich habe eine Frau ermordet, so heißt es. Ein Vorwurf, den ich mit Fassung trage. Schließlich bringen viele Männer Frauen um. Warum sollte gerade ich frei davon sein? Bringen nicht sogar so viele Männer Frauen um, dass es schlichtweg arrogant wäre zu behaupten: ich nicht?

It's a Man's Man's Man's World, heißt es in einem Lied. Und ich habe noch einmal nachschauen müssen, um bestätigt zu finden, dass es tatsächlich gleich dreimal wiederholt werden muss in diesem Lied. Es ist eine Männer-, Männer-, Männerwelt. Dreimal wiederholen, mit verbaler Gewalt durchsetzen muss man es. Denn wiederholt man es nicht und wendet auch keine Gewalt an, verpufft es und erweist sich als die große Unwahrheit, die es ist. Denn wir leben in keiner Männerwelt. Wir leben in einer Frauenwelt. Einer Welt, die uns nicht gewogen, die nicht willig ist. Nur deswegen macht der Mann so ausgiebig Gebrauch von der Gewalt. Um überhaupt klarzukommen in einer Welt, in die er nicht gehört, in der er fehl am Platz ist.

Schaue man ihn sich doch an, den Mann. Betrachte sein Stampfen. Weit und breit und durch alle Zeiten hindurch ist noch kein Mann gesichtet worden, der nicht gestampft wäre. Eine einzige große Anpassungsschwierigkeit offenbart sich in diesem Männerstampfen. Nein, es ist nicht zu bestreiten: Wo Frauen *durch* die Welt laufen, laufen Männer immer nur *auf* ihr.

Beschaue sich einer den Mann beim Stampfen auf der Welt. Man muss nicht sonderlich lange hinsehen, ihn lediglich beobachten, wie er sich von A nach B wuchtet, um sogleich einer großen Unnötigkeit zu begegnen. Eine Lächerlichkeit offenbart sich, beschaut man einen Mann, wie er polternd und stampfend und angefüllt mit Wut über die Erde kommt. Schrecklich unwichtig ist. Ein Erfüllungsgehilfe ist er, der selbsternannte König der Welt. Nicht mehr, nicht weniger. Geschaffen als funktionales Frauenbeiwerk.

Man schaue einer Frau beim Tanzen zu und danach einem Mann – und man weiß sofort, wer zu Hause ist auf diesem Planeten. Und wer nur ein gedudelter Gast. Es ist die Frau, die einen Mann mit der Natur, der Welt und dem Kosmos verbindet, und die sein Bindeglied zu gestern, heute und morgen darstellt. Jene, die das Leben glauben zu meistern, sagen, dass Männer Frauen brauchen und

Frauen Männer. Das mag stimmen. Doch liegt eine große Diskrepanz in dieser gegenseitigen Benötigung. Frauen brauchen Männer zur Umhegung, zur Wahrung ihrer sozialen und natürlichen Interessen. Männer aber brauchen Frauen, um zu einem Teil der Menschheit, ja überhaupt einem Teil der Natur zu werden. Einen Existenzgrund zu haben. Hat ein Mann ihn nicht und findet er keine Frau, die ihm seinen Platz im Leben, seine Lebens- und Existenzaufgabe weist, so wird aus ihm immer ein Diktator, Vergewaltiger oder Massenmörder. Die Ohnmacht beginnt aus seinen Taten zu sprechen, so sich keine Frau bereit erklärt, sein Dasein zu legitimieren.

Und so führen ich und meinesgleichen den Totschlag immer mit uns. So wie unseren Personalausweis tragen wir auch die Fähigkeit zu einem hinterhältigen Frauen- und Geliebtentotschlag immer mit uns herum. Man kann uns jederzeit auf der Straße ansprechen, kann auf uns zukommen und fragen: *Und du, mein Sohn Brutus?* Und wird uns sofort verschämt erröten sehen.

Ja, wie alle Männer trage auch ich ein Frauenmördergen in mir, alle Anlagen sind vorhanden, sämtliche dazu nötige Instinkte seit meiner Geburt am Start. Doch darum geht es hier gar nicht. Es geht nicht um das regelmäßige Töten von Frauen durch Männer. Es geht nicht um die blanke Daseinsangst, nicht um die Panik ein von Frauen verstoßener Mensch zu werden und haltlos in den Orbit abzudriften. Nein, es geht um mehr. Um viel mehr. Es geht um Liebe.

Uta ist tot. Und ich soll sie ermordet haben. Kaltblütig, brutal, hinterhältig. Soll dieser Ohnmacht erlegen sein, dieser fehlenden Daseinsberechtigung und zu meinen Männerwaffen gegriffen haben. Uta, so sagen die, die über mich richten wollen, hat mich nie legitimiert. Und so habe ich sie nach bester Männerart getötet, wie Männer immer Frauen töten, sobald sie sich ihrer eigenen Unsinnigkeit bewusst werden.

Sie bezeichnen es als *ekelerregendes Verbrechen*. Doch sie sagen es dahin als wäre es eine Lappalie. Lassen Andacht und Respekt vor der Toten vermissen, treten die Trauer und den Schmerz in mir mit Füßen. Ihr gelangweilter Tonfall beweist die Gewöhnlichkeit, die sie der vorliegenden Situation entnehmen: Eine Frau wird bestialisch ermordet und ein zurückgewiesener Mann ist der Täter. *So what*, denken sie sich. Alles tausendfach gesehen, alles tausendfach erlebt.

Uta ist tot, mir stürzen Himmel und Erde ein und sie – sie quasseln daher, als wohnten sie lediglich einem weiteren dieser blutrünstig-kalten schwedischen Krimis bei. Setzen sich mir gegenüber an diesen Verhörtisch, schauen in mich hinein wie in einen Fernseher und wollen mir weismachen, es gäbe hier einen Fall aufzuklären. Ganz erpicht sind sie darauf, Indizien zu sammeln und Kreuzverhöre zu führen. Und sich alsdann hinter Wänden zu besprechen, über mich zu richten. Wände, die von meinem Stuhl aus betrachtet, aussehen wie Spiegel, die von der anderen Seite mit Sicherheit aber Fenster sind. Fenster, die stummen und blinden Vorgesetzten und Vorvorgesetzten zeigen, was so abgeht in diesem Verhörraum. Wie langweilig den unsichtbaren Szeneriebegutachtern hinter ihren Spiegelwänden doch sein muss, geht hier doch erdenklich wenig ab. Um nicht zu sagen: nichts. Gar nichts.

Nichts ging hier ab, nichts geht hier ab und hier wird auch nichts mehr abgehen, denn den Gefallen, ihre boshaften und an den Haaren herbeigezogenen Unterstellungen mit meiner Unterschrift zu adeln, nein, den werde ich ihnen nicht tun. Ich sitze hier und schweige. Und sage ich einmal etwas, so ist es heiße Luft in höchster Vollendung. Sätze, so beliebig und nichtssagend wie ihre Unterstellungen. Sollen sich die Vorgesetzten und Vorvorgesetzten doch ihre fetten Knollnasen an der Fensterspiegelwand platt drücken, sie bekommen kein größeres Schauspiel zu sehen als das eines Mannes, der in Bewegungs- und Sprachlosigkeit verharrt.

Doch auch das ist nur eitler Schein. Ein ungelenker Versuch mittels aschfahler Ignoranz mein Elend zu kaschieren, meine frisch erwachte Lust, mir doch noch mit eigener Hand ein Ende zu bereiten, noch ein wenig vor mir selbst zu verheimlichen. Krachend bin ich zusammengestürzt in jenem Augenblick, in dem sie mir Utas Tod vor die Stirn schlugen. Habe ihn mir ersehnt, ihn so oft in meinen Gedanken herbeigeführt als meine letzte Überlebenschance, als *Ultima Ratio*. Doch nun, wo er tatsächlich eingetroffen ist, wo er nicht länger ein erdachter, sondern ein eingetroffener Tod ist, liege ich darnieder, am Boden zerstört. Und möchte selbst nicht mehr leben.

Ja, es ist wahr: Von Uta zeitlebens verschmäht zu werden, hat mich zu einem verrenkten Mann werden lassen. Sie nun aber tot zu wissen, an sie zu denken und auf nichts anderes als unumkehrbare Unwiederbringlichkeit zu stoßen, lässt mich augenblicklich mein Atmen einstellen. Die Liebe meines Lebens ist tot. Und ich, nein, ich mag keiner mehr sein, der atmet.

Ja, vielleicht hätte ich die Menschen dazu bringen müssen, mich noch viel heftiger zu meiden, mich mit noch mehr Inbrunst anzubrüllen. Vielleicht bin ich zu nachlässig gewesen in meinen Versuchen, den Hass der Welt auf mich zu schüren. Vielleicht habe ich gegen Ende, als ich einer Selbstaufgabe schon ganz nah gewesen bin, meine Suche nach einer Daseinsberechtigung zu oft durchschimmern lassen. So klar und für jedermann gut lesbar hat mir meine Verlorenheit auf der Stirn gestanden, dass sie schließlich gar nicht mehr anders konnten, als meine verbalen Aggressionen nicht mehr ernst zu nehmen, sie stattdessen gar ins Lächerliche zu ziehen. Mich verschmitzt grinsend zu passieren und sich zu denken: Ach, er schon wieder. Jaroncek, der stadtbekannte Quatscher, von der Ecke. Der, der sich freiwillig von allen absondert, der mit keinem Menschen redet. Und doch dauernd auf irgendeinem Marktplatz anzutreffen ist, wo er sabbernd und auf der Stelle wippend dasteht mit entrücktem Blick. Der, der lauthals mit sich selbst streitet und seinen tiefen Clinch mit seiner eigenen Person vor aller Welt ausbreitet. Jaroncek, die fleischgewordene Schrulligkeit, eine Drolligkeit, eine Laune der Gesellschaft.

Derart verächtliches Zeug denken sie, wenn sie mich sehen, und sich flugs ein Urteil über mich und mein Werden zusammenklöppeln.

Und Uta? Ja, vielleicht hätte ich sie noch viel öfter mit meiner Sehnsucht und meiner Leidenschaft behelligen müssen, hätte vielleicht noch viel mehr unerwünschte Briefe schreiben müssen. Einzig und allein, um in der Folge gewappnet zu sein für einen Zeitpunkt wie diesen. Einen Zeitpunkt, in dem Uta wahrhaftig zu den Toten gegangen ist.

Doch was hilft ein *vielleicht*? Hängen sollte man den Erfinder dieses Wortes, aufknüpfen am nächstbesten Baum, gibt es doch kein Wort, das derart viel Leid über die Menschen gebracht hat wie dieses. Gäbe es kein *vielleicht*, die Welt und die Menschen wären, wie die Welt und die Menschen nun einmal sind. Stattdessen aber erliegen wir alle der Verlockung dieses einen Wortes *vielleicht*, rennen uns gegenseitig über den Haufen, weil wir aus der Ferne wunderschöne Dinge winken sehen, die es noch gar nicht gibt, die vermutlich nicht einmal existieren, aber Realität werden *könnten*.

Vielleicht – also *vieles* sei *leicht*, so suggeriert uns dieses Wort auf heuchlerische, unverantwortliche Weise. Alles sei machbar, alles umsetzbar, mühelos, so wir nur ein wenig aus dem Knick kommen.

Auch ich kenne dieses *vielleicht*, ich werde es nicht leugnen. Die Stärke, die es braucht, um Wetter und Wind zu trotzen und sich selbst bei Sturm und Regen sabbelnd auf einen Marktplatz aufzustellen und sich freiwillig zum Gespött der besserwissenden Meute werden zu lassen, die habe ich mir in den vergangenen fünfzehn Jahren mühsam erarbeitet. Mein aus Wahn und Trotz hergestellter Schutzpanzer, an dem alles und jeder abprallt, sei es im Guten, sei es im Bösen, ich habe ihn allein meinem ganz eigenen *vielleicht* zu verdanken. Dem *vielleicht* einer Liebe. Dem *vielleicht* einer Berührung. Dem *vielleicht* einer Uta. Doch dieser Schutzpanzer bringt mir nichts mehr, er war konzipiert für eine lebende, einer mich verschmähende Uta. Nicht für eine, die nicht mehr ist, die dahingemeuchelt wurde von einem Bastard, der augenscheinlich genauso verzweifelt, doch wesentlich schneller gewesen ist als ich selbst. Und so beginne ich zu verwelken unter diesem Panzer. Verwese bei lebendigem Leibe.

Uta ist tot. Endgültig fort. Hat sich ihr mit den Jahren immer lauter werdendes *nein* und mein mit den Jahren immer zaghafter werdendes *vielleicht* unter den Arm geklemmt und ist mitsamt all meinen konstruierten Eventualitäten, all diesen Gedanken aus *was hätte sein können* und *was hätte sein sollen* in den Tod gegangen. Und mir ist, als neige sich unter meinem Schutzpanzer ein goldener Herbst einem unrühmlichen Ende zu. Ich sitze reglos in diesem Verhörzimmer und weiß, dass eine unbedachte Bewegung ausreichen wird – ein falsches Zucken einer meiner Augenbrauen, ein ungeplant auftauchender verächtlicher Zug auf meinem Mund oder meiner Stirnpartie – und schon wird meine Verwesung manifestiert, meine Verwüstung in ein Endstadium überführt werden.

Ich bin ein vergehender Mann. Verwirkt sind meine Tage, allesamt gezählt. Und ich bin nicht einmal traurig darum.

Warum also sollte ich mit ihnen reden, warum dieses abstruse Geständnis unterschreiben, das doch das Papier nicht wert ist, auf dem es geschrieben steht? Nichts von Belang steht auf diesem Blatt. Und auch nichts von Wahrheit. Geständnis? Ich lese das Papier und finde kein Geständnis. Alles, was ich lese auf diesem Papier, ist die Unfähigkeit der Menschen einander zu begreifen. Die Unmöglichkeit der am linken Flussufer Stehenden zu den am rechten Flussufer Stehenden hinüberzuschwimmen. Die Aussichtslosigkeit zu einer Einigkeit zu gelangen, obschon man am gleichen Tisch sitzt. Ihre Tischseite ist ihre Tischseite und meine Tischseite ist meine Tischseite und da ist ein Fluss zwischen uns, ein Strom so breit und so tief, dass wir unweigerlich jämmerlich ersaufen werden, sollten wir weiterhin versuchen, uns einander anzunähern.

Nein, die Menschen sind nicht gemacht, einander nachvollziehen zu können. Folgen allesamt dem einen und einzigen Gott und schlagen sich doch gegenseitig den Schädel ein, da es ihnen ein Verlangen ist, ihren Nächsten als Ungläubigen zu demaskieren. Je schöner einer daher quatscht, je mehr Wert er auf Werte legt und je mehr er die gegenseitige Achtung achtet, desto stärker in Acht zu nehmen ist sich vor ihm.

Und so sitzen wir hier an diesem Tisch, sie sagen: Liebe. Und auch ich sage: Liebe. Doch sie wollen es nicht hören, mögen nicht, wie ich es ausspreche, wie ich es betone. Und unterstellen mir stattdessen: Hass. Und auch mir ergeht es so, ich höre sie reden, höre sie die Liebe und die Leidenschaft deklamieren. Und werde sogleich von einem großen Mitleid für sie ergriffen. Denn was immer es ist, was sie da für Liebe halten – es ist keine. Nur ein Abklatsch, eine billige Kopie. *Bist du nicht an der Liebe gescheitert, bist du nicht zerbrochen und zugrunde gegangen an ihr, so hast du sie auch nicht erlebt, die Liebe.* Die Niederlage, zu der ich mich vorbehaltlos bekenne, die kennen sie gar nicht. Und doch nehmen sie permanent den Begriff der Liebe in den Mund. Unsinnige sind sie. Widersinnige, mit denen keinerlei Gespräch über die Liebe denkbar ist.

Dass ich keine Frau auf dem Gewissen habe und Uta schon einmal gar nicht, das wollen sie nicht hören. Es interessiert sie nicht, natürlich nicht, denn hat ein Mann so wie ich, verdammt gute Gründe eine Frau zu ermorden, lässt es dann aber sein, da er zu einem Mord gar nicht fähig ist, weil er die Konsequenzen fürchtet und eh nicht einen Tag leben könnte ohne eine ihn verspottende Uta, dann langweilen sie sich.

Das Einzige, wonach es sie verlangt, sind Geschichten. Griechische Tragödien, englische Singspiele, schwedische Krimis, dramatische Spannungsbögen, sauber gesetzte Plot Points und Happy Ends mitsamt einem in die Schranken gewiesenen Bösen. Das wollen sie und dafür sitzen wir gemeinsam an diesem Tisch. Dafür – und für nichts anderes. Also sehen sie mich an, entdecken den verworrenen Dampfplauderer in mir, stochern ein wenig in der Tragik meines Lebens, halten ihre Frauenleiche daneben – und klatschen begeistert in die Hände.

Logik interessiert sie nicht, sie tun zwar immer so, als ginge es um eine klare Herleitung eines Tathergangs, doch das sagen sie nur, während ihnen in Wahrheit ihre Intuition viel lieber ist. Und so haben sie es immer gewusst, haben immer geahnt, dass ich all die kruden Dinge, die ich in meinen wirren Selbstgesprächen daher plappere, gewiss nicht nur ausgedacht habe, sondern dass es da eine Verbindung geben muss zwischen erdachtem und realem Grauen, zwischen Vision und Wahn und Wirklichkeit.

Kommt jemand wie ich ihnen im rechten Winkel vor die Flinte, dann entfahren ihnen Laute der Begeisterung. Denn entgegen ihrer beständigen Aussage, dass Mord etwas ganz und gar Schändliches sei, lieben sie den Mord, wollen täglich mit ihm konfrontiert werden, sind geradezu mordlüstern, auf ihre ganz eigene wissenschaftliche, juristische und hochmoralische Art. Und so ist ihnen eine Geschichte immer nur dann eine Geschichte, wenn dort auch ordentlich gemordet wird und wenn dort jemand sitzt, auf den mit dem Finger zu zeigen ist. Und der angestarrt werden kann, mit weit aufgerissenen Augen, um ihm alsdann entgegen zu blaffen: *Aha. So einer sind Sie also. Haben wir es doch gewusst, Sie sind ja ein rechter Lump!*

Geschichten aber, in denen sich einer fünfzehn Jahre lang zusammengerissen hat und in denen einer nach reiflicher Überlegung zu der Einsicht gelangt ist, dass ein Frauenmord zwar schön, letztlich jedoch ungeeignet ist, um den eigenen Kummer zu kanalisieren, nein, solche Geschichten finden weder Hörer noch Beobachter. Die Menschen lieben den unvernünftigen Mord. Die Menschen brauchen den unvernünftigen Mord.

Nein, ich werde ihnen ihren Wisch nicht unterzeichnen. Obschon ich es könnte, erwartet mich dort draußen doch nichts mehr. Kommen sie mit ihrer Anklage und ihren unhaltbaren Vorwürfen nicht durch, so werde ich aus diesem Gebäude auf die Straße treten und schon nichts mehr mit mir anzufangen wissen. Werde dort am Rinnstein stehen wie der erste Mensch, die Arme hinter meinem Rücken verschränken und nur noch mehr und mehr belanglose Dampfplaudersätze im Kopfe haben. Werde *jaja, so ist das alles* und *was du heute kannst besorgen, das verschiebe nicht auf morgen* denken. Werde in lockerem Schlendergang, leise vor mich hin pfeifend hier und dort entlang laufen und auch einige des Weges kommende Damen grüßen. Werde mich ein wenig an ihrem Entsetzen erfreuen, dem kleinen Satz, den sie zur Seite tun, in der Sekunde, in der sie erkennen, wen ihre hohe Gerichtsbarkeit nicht hat festsetzen können, wen sie auf freien Fuß haben lassen müssen, nicht aus Mangel an Beweisen, sondern aus Mangel an Eingeständnis − und wer sie genau deswegen mit dem reinsten aller Gewissen soeben gegrüßt hat. Es ist Janusz, der stadtbekannte Frauenbedränger. Und dann, wenn alle Damen gegrüßt sind, werde ich schnurstracks zur nächsten Brücke schlendern und hinab in einen See springen. Werde mich hinab auf den Grund sinken lassen und mich von mir selbst verabschieden. Dieser ganzen Farce dann eben doch noch selbst ein Ende bereiten, so es ihnen nicht gelingt, ihre unhaltbaren Vorwürfe durchzubringen, und mir einen guillotinierten Tod zu schenken.

Was sonst gäbe es auch zu tun für mich?

Denn Uta ist tot. Und ist Uta tot, so zerbröselt die Welt. So lange und so ausgiebig, dass nicht einmal mehr jene feine Melancholie bleibt, die mich und meinen Dampfplauderschädel über Wasser gehalten hat fünfzehn lange Jahre.

Wie sie mich alle ansehen. Wie despektierlich sie mich mustern, weil ich mich habe locken lassen vom Bild einer Frau, das irgendwann und irgendwo in meinem Kopf entstanden ist, sich direkt hinter meiner Stirn eingenistet hat. Ja, ich bekenne mich machtlos. Ist eine Frau schön und gelingt ihr diese Einnistung in meinem Kopf, so wird sie mir zur Gebieterin. Doch ist das so frevelhaft? Das ganze Leben funktioniert auf diese Weise, es ist der Kit, der die Menschheit zusammenhält. Oder ist es etwa nicht die Schönheit der Frauen, derentwegen sich die Erde dreht? Um die sich alles dreht?

Alles erwächst aus dieser Schönheit der Frauen. Und alles wird auch darunter begraben, sobald es seine Aufgaben erfüllt hat. Es wäre töricht, dieses Wesen der Frauenschönheit zu leugnen. Es heißt sogar, die Männer hätten Kriege und Schlachten geführt, einzig und allein der Schönheit einer einzelnen Frau wegen. Könige wurden gestürzt, Weltreiche und Hochkulturen gingen unter – und das nur, weil eine Frau irgendwo zufällig in der Gegend herumstand. Nichts machte, nichts tat, auch nicht intrigierte, wie es ihnen so oft vorgeworfen wird. Und schon gar nicht als mächtige Maitresse im Hintergrund an abstrakten Fäden zog. Sondern einfach nur da war. In ihrer Schönheit stand und saß und lag. Und, selbst ganz machtlos, beobachten musste, wie die Welt um sie herum ganz aus den Fugen geriet nur ihrer Schönheit wegen. Vermutlich ist es wahr, die Einsamkeit schöner Frauen muss die größte aller Einsamkeiten sein. Und die Macht schöner Frauen zugleich die größte Machtlosigkeit.

Und auch mich, der ich sehr wohl klar bei Sinnen und von gescheitem Verstand bin, lässt nichts so rat- und rastlos zurück wie die Gesichtszüge einer Frau. Denn beschaue ich mich selbst, so erkenne ich, dass ich alles, was ich bin, nicht aus mir selbst heraus bin. Sondern die Summe all der Frauen darstelle, denen ich in meinem Leben begegnet bin. Ich bin der, zu dem mich Frauen gemacht haben. Ein Geschöpf bin ich, entstanden in einem Frauenschoß, geformt von Frauenhand, konzipiert von Frauenhirn, verreckt an weiblicher Antwortlosigkeit.

Männer haben nie Spuren hinterlassen bei mir, einen feuchten Dreck kümmere ich mich um das Urteil der Kerle. Bezeichnet mich ein Mann als Idiot und Depp, so proste ich ihm nonchalant und mit einem Gewinnerlächeln im Gesicht zu. Ignoriert mich jedoch eine Frau, so leere ich das Glas, mit dem ich gerade noch siegessicher prostete, in einem Zug und ordere sofort nur noch Kurze.

Gäbe es nicht diese Schönheit der Frauen, die Welt wäre nicht existent. Und auch ich, der ich mich seit Kindesbeinen darin spiegle und sonne, wäre nichts anderes als eine Idee. Nein, diese Wahrheit ist nicht verhandelbar: Nichts gäbe es ohne die Schönheit der Frauen, gar nichts. Nicht ein Stein läge auf dem anderen, nicht eine Kirche wäre errichtet, nicht ein Staatsapparat in Gang gesetzt, nicht ein vernünftiger Gedanke zu Ende, geschweige denn zu Papier gebracht. Dumpf und lethargisch läge der Mensch in der Wüste herum, sähe einen Brunnen und wüsste schon im gleichen Augenblick nicht mehr wozu hinabsteigen, wofür sich bemühen, wofür trinken.

Sie wollen, dass ich ihr dämliches Geständnis unterschreibe. Dabei geht es hier doch gar nicht um Mord. Begreifen sie das nicht, so begreifen sie gar nichts, vertändeln sich in persönlichem Klein-Klein, in selbstverliebtem Hickhack.

Es mag richtig sein, dass ich über die zurückliegenden Jahre ins Schleudern und Schlingern geraten bin. Zu einem seltsamen Menschen bin ich geworden. Einem Menschen, dessen Geplapper zwar den Regeln der Grammatik folgt, dem man jedoch lieber nicht auf der Straße begegnen möchte, dem man ausweicht, aus dem Weg geht. Nicht aus Angst, umgebracht zu werden, nein. Sondern aus Angst, in ein Gespräch verwickelt zu werden mit mir.

Kommt ein Mensch zu mir, um ein Gespräch mit mir zu beginnen, so tut er gut daran, rechtzeitig in Angst zu verfallen. Denn höre ich den Menschen beim Sprechen zu, so verkrampfen sich meine Finger, werde ich gepackt von einer unentrinnbaren Lust zu würgen, Mäuler mit meiner Faust zu stopfen. Also quatsche ich selbst sinnentleert vor mich hin, als stadtbekannter Irrer auf dem Marktplatz stehend, Hilfe zur Selbsthilfe praktizierend. Um nur nicht angesprochen zu werden von dem und dem und in die Situation gebracht zu werden, doch noch Tabula rasa zu schaffen in dieser Stadt.

Umso abstruser die Situation, in die meine Ankläger mich nun gebracht haben. Setzen mich an einen Tisch und sich selbst an das andere Ende dieses Tisches. Und wollen mit einem Male das Quatschen beginnen. Lustig sind die Menschen. Halten sich für aufrichtig, sind aber immer hintendran mit ihrem Anstand. Werfen ausgerechnet mir vor, verblendet zu sein. Dabei ist das, was ich ihnen über die Frauen sage, keine Verblendung. Sondern ihr genaues Gegenteil: eine absolute Klarsicht.

Um uns herum zerfließt alles in Idee, in Einbildung, in Ahnung. Wie auf Eiern laufen wir durch unsere Alltage, saugen wie die Schwämme alles in uns auf und speien es bei nächstbester Gelegenheit wieder aus. Wir häuten uns, ausgiebig und oft, wieder und wieder. Und wundern uns, dass wir uns beim Blick in den Spiegel mit einem Male selbst nicht mehr erkennen. Unsere Veränderung ist schneller als unsere Augen. Wir verlieren den Kontakt zueinander und auch zu uns selbst, entfremden uns, bleiben zwar Teil der Natur, spüren sie jedoch nicht mehr. Schleichend geben wir uns der Abstraktion von Sein hin, gleiten lautlos von einem Grau ins nächste. Wir verwabern bei lebendigem Leibe, verstricken uns in Update-Versionen unserer selbst.

Doch sie begreifen das nicht, fragen was zum Teufel das mit dem Mord an Uta Wensch zu tun habe. Sie fordern, dass ich diesen Mord gestehe, dass ich mit der flachen Hand auf den Tisch schlage und klar und deutlich sage: *Ja, ich war es!* Und verstehen nicht, dass das gar nicht geht, ich unmöglich liebender und geständiger Mann zugleich sein kann.

Auf dieser Welt kann es keine größere Konkretheit geben als den flüchtigen Blick eines Mannes, geworfen in das schöne Gesicht einer ungeplant in seinem Sichtfeld auftauchenden Frau. Dieser Blick in das schöne Gesicht einer zufällig des Weges kommenden Frau ist rein, naiv, unverstellt und somit: wahr. Die letzte Ehrlichkeit, die letzte Konkretheit, die uns verblieben ist.

Alles andere: Ansichtssache.

Meine Ankläger aber, die mich der Abstraktion von Liebe bezichtigen, die mir vorwerfen, einer Frau fünfzehn Jahre meine Emotionen gewidmet zu haben, obwohl sie nicht eine einzige davon jemals hat haben wollen, sie drängen mich zu einer größeren Konkretheit. Dabei sollten sie wissen, dass die Geburt, der Tod und das schöne Gesicht einer zufällig des Weges kommenden Frau unsere einzigen verlässlichen Konstanten in einer variablen Realität darstellen.

Das sind die Pfähle, auf denen unsere windschiefen Leben ruhen. Verblendung, so sagen sie dennoch zu mir. Einbildungen eines einsamen, eines rundherum abgelehnten Menschen. Und ich, ich schaue sie an und frage: *Kann man sich die Schönheit eines Menschen einbilden?*

Alles kann man sich vorstellen, einen jeden Gedanken und einen jeden Eindruck kann man sich ins Hirn pressen, ihn verbiegen und verkünsteln, eben weil man es will, weil man gerade in der Stimmung dazu ist oder weil man es gerade braucht, es nötig hat. Mit der Schönheit jedoch funktioniert genau das nicht, weil uns die Schönheit immerzu hinterrücks überfällt. Und – genauso wie die Geburt und der Tod – uns widerfährt.

Die Schönheit biegt um eine Ecke, unerwartet und plötzlich, streckt ihre Hand aus und sagt: *Hallo, ich bin Frau Schmidt, Ihre neue Kollegin.* Und mir zersprengt es die Schädeldecke. Ungefragt und ungewollt geschieht das. Heißt Frau Schmidt, biegt um eine Ecke und bringt alles zum Kreisen, alles zum Drehen, alles zum Einsturz.

Dass meine Sichtweisen und Argumentationen lächerlich seien, sagen sie. Dass ich alles verdrehe und verforme, einen seltsamen Kampf mit der Abstraktion ausfechte. Aber auch das keinesfalls meinen Hals oder Kopf oder sonst etwas retten werde, sagen sie. Ein Mord bleibe ein Mord, egal von welcher Seite aus man ihn betrachtet.

So sind sie, meine Ankläger. Werfen mir vor, exakt den Kopf retten zu wollen, den ich ihrer Ansicht nach doch längst verloren habe.

Hätte ich einen Revolver, ich wüsste, was ich täte. Hätte ich einen Revolver, es läge auf der Hand, was hier zu tun ist. So aber, verloren in einer revolverlosen Existenz, bleibt mir keine andere Möglichkeit, als das Ertragen von Leid zu manifestieren, es zu kultivieren. Mir daraus einen Spaß zu machen und mich an meiner eigenen Fehlerhaftigkeit, meiner Abwegigkeit zu ergötzen.

Ja, gäbe es nur genügend Revolver auf der Welt, all das wäre kein Problem, denn jeder wüsste, was zu tun ist. So aber muss man lernen, mit menschlichen Irrläufern, wie ich so offensichtlich einer bin, zu leben. Personen wie mich, für die im Grunde genommen kein Platz ist auf dieser Welt, für die es einen Haufen Fragen, jedoch keinerlei Antworten gibt. Die durchaus bereit wären, sich durch die Hintertür zu verziehen, still, leise. Die Morgen für Morgen aufwachen mit dieser Lust, sich selbst ein sofortiges Ende zu bereiten. Denen wir jedoch genau das nicht gestatten wollen.

Hätte ich nur einen Revolver, ich wüsste, was ich täte.

5

Grauer Himmel. Kahle Bäume. Rauchschwaden in der Luft bei jedem Atemstoß, den einer wagt. Hier stehe ich, sieben Jahre alt, eingeschlossen in die dicke blaue Winterjacke mit der übergroßen Kapuze. Warm soll sie mich halten. Doch genau das tut sie nicht, denn ich friere, spüre die Kälte, die an meinen Wangen zehrt und die mir durch die Lungenflügel schneidet. Ich höre es, das knatschende Geräusch des Schnees, den ich mit jedem Schritt unter meinen Füßen zertrete. Derweil graben sich die Riemen des Schulranzens unablässig in meine Schultern, schneiden mir ins Fleisch. Da ist der Schmerz. Und da sind auch die Tränen, die sich langsam ihren Weg über meine Wangen auf das Kinn zu bahnen.

Soeben sind sie an mir vorbeigerannt, die anderen Jungen. Und sie haben es wieder gerufen. Aber ich, ich habe es diesmal gar nicht so richtig wahrgenommen, der Stich war nicht so schmerzhaft wie sonst, wenn sie es rufen. Und sie rufen oft.

Denn da ist dieses Haus. Seine Steine sind grün und sein Dach, das ist blau. Wann immer ich vorbeikomme, steht die kleine Gartenpforte weit offen und gibt den Blick frei auf einen von Rosen und Tulpen gesäumten Weg, der direkt zum Haus führt. Ich mag das Haus. Und auch den Mann mag ich. Wann immer ich vorbeikomme, steht er am Fenster, lächelt mich an und winkt mir zu.

Mummy sagt, nirgends auf der Welt gäbe es ein Haus mit grünen Steinen und einem blauen Dach. Daddy sagt, an dieser Stelle stehe überhaupt kein Haus, sondern nur noch eine windschiefe Ruine, seit Jahrzehnten unbewohnt. Sie machen sich Sorgen, streichen mir durch das Haar und schütteln langsam den Kopf. Sie können es nicht sehen, mein Haus. Sie tun mir leid, denn es ist wunderschön.

Sie haben es wieder gerufen, die anderen Jungen. Gerufen und dabei gelacht. *Jaaaa-n-n-n-nusz! Jaaaaa-n-n-n-nusz!*

Und dann sind sie weggerannt, vorbei an dem grünen Haus mit dem blauen Dach, den Rosen und den Tulpen. Und auch vorbei an dem Mann. Kein Wunder, ihnen winkt der Mann ja auch nicht zu. Er winkt nur mir. Nur mir. Und ich, ich winke zurück.

Ich besuche Leute in weißen Kitteln mit gütigen Gesichtern. Sie sagen, ich mache Fortschritte. Die Eltern freuen sich. Ich glaube, sie wollen kein Kind, das nicht richtig sprechen kann. Vielleicht würden auch sie am liebsten wegrennen. So wie alle anderen. Oder zusammen mit den anderen.

Endlose Nachmittage. Stunden in meinem Kinderzimmer. Allein. Aber nicht einsam.

Mummy fragt, warum ich nie Freunde mit zum Spielen nach Hause bringe. Sie versteht nicht. Sie ist bereits zu alt, um sich noch an die Grausamkeit von Kindern erinnern zu können. Eine große Sammlung von Actionfiguren steht in meinem Zimmer. Daddy hat sie mir geschenkt. Vielleicht aus Mitleid, vielleicht glaubt er, dass Gesellschaft mich dazu animieren kann, schneller und flüssiger zu sprechen. Auch er versteht nicht. Ich kann ihre Arme und Beine bewegen und ihr Kopf lässt sich nach links und rechts drehen. Jeden Tag setze ich mich in meinem Kinderzimmer auf den Boden und sortiere sie. Lasse sie aufmarschieren, einen Kreis bilden oder wild und chaotisch auseinander laufen. Drehe an Hartgummiköpfen und ziehe an Plastikarmen. Ihre Blicke bleiben starr, ihre Körper bleiben kalt. Sie sehen gefährlich aus, meine kriegerischen Actionfiguren. Doch sie haben sanfte Augen und ihre Messer, Degen und Schwerter sind stumpf. Ich weiß, dass sie unecht sind. Doch so wie sie sind, sind sie gut. So wie sie sind, sind sie schön.

Und da ist auch der Bär. Ein schöner, großer Bär mit dichtem Fell und dunklen Knopfaugen. Drücke ich auf seinen Bauch, so beginnt er zu sprechen.

Hier, sagt Daddy. *Ich habe dir jemanden mitgebracht, mit dem kannst du dich unterhalten!*

Dann bin ich wieder allein in meinem Zimmer.

Wie geht es dir, frage ich meinen neuen Freund.

Heute ist ein schöner Tag, brummt er zurück.

Und, wie heißt du, frage ich weiter.

Heute ist ein schöner Tag, antwortet mein neuer Freund erneut. Ich freue mich über den Bären. Auch er ist falsch, natürlich ist er falsch. Doch er ist, wie er ist. Und so wie er ist, ist er gut.

So sitze ich da, Minute um Minute, Stunde um Stunde, auf dem warmen Teppichboden meines Zimmers. Ich bin sieben Jahre alt. Und meine Wände haben Gesichter.

Dann war Daddy fort. Und ich habe mit ansehen müssen, wie er gegangen ist. Ich stand im ersten Stock, direkt am Fenster unseres Kinderzimmers und habe aus dem Fenster geschaut und Daddy dort stehen sehen, unten auf der Straße, mitten im Regen. Er hat seinen großen Hut aufgehabt und über seinen Schultern hing die dünne grüne Regenjacke, die er auch bei unserem Urlaub in Holland immer angehabt hat. Und dann, dann kam ein Auto. Daddy stieg ein, schaute Mummy nicht an und blickte auch nicht nach oben zu mir, der ich am Fenster stand und krächzte und gluckste. Stieg ein, mit einem Gesicht, das ich nie zuvor gesehen hatte an ihm. Das Auto fuhr fort. Und ich wusste sofort, dass er nicht wiederkommen würde. Dass ich meinen Daddy soeben zum allerletzten Mal gesehen hatte. Er fuhr davon, entschwand aus meinem Leben.

Und Mummy? Ich bin mir nicht sicher. Es liegt alles schon so weit zurück. Sicher bin ich darin, dass sie in der Folge kaum noch mit uns sprach. Sie war verschlossen und verbittert wie eine alte Frau, deren Mann in einem Krieg verschollen ist. Sie stand tagsüber in unserem kleinen Garten, hakte und pflanzte und jätete. Abends saß sie dann bis spät in die Nacht in dem großen Ohrensessel, las keine Bücher und schaute auch nicht fern. Saß einfach nur da. Eine Frau von nicht einmal vierzig Jahren schaute nur noch geradeaus, mit gedankenverlorenem, abwesendem Blick.

Mein Daddy fuhr in einem Auto davon. Und meine Mummy in einem Ohrensessel. Zurückgekommen sind sie beide nie mehr.

Noch immer sehe ich sie in meinen schlaflosen Nächten vor mir: wie sie in diesem Sessel sitzt und ich aus meinem Kinderzimmer komme. Aus meiner Stille hinab in ihre Stille steige. Eine Ohrensesselstille. Anfangs frage ich noch nach Daddy. Und sehe, noch während ich meine Frage stelle, ihr Gesicht sich verdüstern und ihre Lippen schmal werden. Nur ihre Augen beginnen, sofort zu funkeln. Auch sie weiß um dieses plötzliche hoffnungsvolle Funkeln ihrer Augen, das nur noch dann aus der Tiefe ihrer versiegelten Seele zutage tritt, so jemand unversehens Daddys Namen nennt. Sie liebt ihn noch immer, so wie auch Alina und ich niemals aufhören werden, ihn zu lieben. Und ich bin mir sicher, auch er liebt uns. Wo immer er auch ist, wo immer es ihn hingezogen haben mag an jenem Abend, an dem er in dieses Auto stieg, davonfuhr und nie wieder zurück kam – Daddy hat nie aufgehört, uns zu lieben.

Doch das hoffnungsvolle Funkeln ihrer Augen, es beschämt Mummy so sehr, dass sie beschließt, nie wieder über ihn zu sprechen. Noch keine vierzig Jahre alt beschließt sie, diese große in ihr wohnende Liebe in Stummheit zu ersticken. Und hält ihn durch, diesen Beschluss auf Daddys Fortgehen nur mit Schweigen zu reagieren. Doch mit der gleichen Sturheit, mit der sie sich geweigert hat, über ihn zu sprechen, hat sie sich auch geweigert, sein Foto von ihrem Nachttisch zu räumen. Bis zu ihrem Tod, siebenundzwanzig Jahre später, in diesem Haus und in dem Sessel, in dem sie damals verschwand.

Alina ist älter als ich, sie war ein störrischer Teenager, der viel zu früh begonnen hat, zu rauchen und Jungs zu treffen. Der viel zu enge Klamotten trug und alle paar Monate Haarfarbe und Frisur änderte. Und der kleine, unbedeutende und vollkommen nutzlose Dinge im örtlichen Warenhaus mitgehen und sich scheinbar gerne dabei erwischen ließ. Sich einmal sogar mit einem schiefen Grinsen im Gesicht von einem Polizisten nach Hause bringen ließ. Ich höre sie noch immer lachend: *Ihr könnt mich alle mal,* rufen und sehe sie noch immer vor mir, wie sie langsam und lasziv den Mittelfinger ihrer rechten Hand nach oben kurbelt und dem verdutzten Polizisten direkt ins Gesicht hält. Wie die meisten pubertierenden Teenager tat Alina alles dafür, gehasst zu werden, um dann, wenn sie es fast geschafft hatte und Mummy wieder einmal damit drohte, sie ins Heim zu bringen, in das tiefste, aufrichtigste und ehrlichste Weinen und Schluchzen zu verfallen, das ich bis zum heutigen Tage bei einem Menschen vernommen habe.

Doch wenn ich versuchte, mit ihr zu sprechen, zuckte Alina nur mit den Schultern und verdrehte genervt die Augen. Ich wusste, dass es nichts mit mir zu tun hatte, dass sie ein Teenager war, gefangen in einer Teenagerwelt aus Rebellion und Autoaggression.

Ich bewegte mich zwischen zwei eruptiven weiblichen Polen. Es zerrieb mich zwischen lautlosen Implosionen auf Mummys und lautstarken Explosionen auf Alinas Seite. Meine Schulgefährten begannen gerade, von ihrem ersten Kuss zu träumen, sich scheu der Sehnsucht *Frau* zu nähern, da tanzte ich notgedrungen schon auf dem weiblichen Pulverfass. Verdrehte und verbog mich gekonnt und wirbelte herum. Ich bin die Familie, der Ruhepol, der einzige, der nach Daddys Weggang nicht seltsam geworden ist. *Dein Daddy wäre stolz auf dich,* werden einige sagen.

Dass ich ein richtig ätzendes Mama- und Papa-Kind sei, sagte hingegen Alina. Einen *Softie* nannte sich mich, ein Begriff, dessen Bedeutung ich nicht kannte, jedoch erahnte. Auch dass, wenn ich *so weitermache*, die Mädchen später nie auf mich stehen würden, weil coole Mädchen es nicht so mit Bettnässern hätten.

Ich erschrak über diesen Satz, war noch zu jung, um den kompletten Gehalt ihrer Worte erfassen oder einordnen zu können. Und doch wusste ich, dass es eine ganz große Tragödie wäre, so mich die

Mädchen eines Tages nicht mögen würden. Mich abwiesen. Und das nur, weil ich mir Daddy so sehr zurückwünschte. Mummys Stummheit mich zutiefst verängstigte. Und Alinas unbändige Kraft mich leiser und immer leiser werden ließ.

Ja, Daddy ist gegangen. Und im Gegensatz zu Alina habe ich ihn gesehen, als er ging. Sie lag in ihrem Bett, ich stand am Fenster. Ein großer, ein entscheidender Unterschied. Ich stand oben an meinem Fenster und blickte hinaus in den Regen, sah Daddy dort unten auf der Straße stehen und wünschte mir, dass er zu mir heraufschaut, nur ein einziges, ein letztes Mal.

Ein kurzer Blick hätte ausgereicht, mein Leben wäre sicherlich ein komplett anderes geworden. Doch er hat nicht hochgeschaut. Er ist in ein Auto gestiegen und hat sich fortbringen lassen. Und aus mir wurde ein Mann, von dem es nun heißt, er würde mit Vorliebe Frauen schänden.

Er hätte hochschauen können, Daddy wusste doch, wo unser Kinderzimmer ist, hinter welchem Fenster wir sind. Wie kann ein Daddy gehen und in dem Augenblick, in dem er geht, nicht ein einziges Mal nach oben schauen?

Als ich ihn dort im Regen stehen sah, mit dieser grünen Regenjacke über der Schulter, jener grünen Regenjacke, die er auch in Katwijk immer getragen hat, da spürte ich sofort, dass Daddy für immer gehen wird.

Nicht eine einzige Sekunde habe ich daran gedacht, ihn aufzuhalten, habe nicht eine Sekunde überlegt zu rufen oder mit meinen Händen gegen das Fenster zu schlagen. Denn ich weiß zwar nicht, warum Daddy gegangen ist, aber ich weiß und wusste immer, dass er niemals bei uns hat sein wollen. Eine ständige Belastungsprobe ist sein Leben mit uns für ihn gewesen, eine leise Qual. Und so hat er – unfähig zu Alkohol oder Gewalt – immer nur weglaufen wollen. Kein Klopfen, kein Rufen der Welt hätte Daddy aufhalten können. Schon gar nicht meines.

Und als Alina, einige Monate bevor Daddy für immer ging, mich einmal durch die Dunkelheit unseres Schlafzimmers hindurch gefragt hat, ob ich glaube, dass Daddy uns genau so lieb hat wie Mummy, da habe ich gesagt: *Daddy kann uns nicht sehen, wenn wir zu Hause sind. Daddy kann uns nur sehen, wenn wir am Strand von Katwijk auf ihn zugelaufen kommen.*

Daddy, der schon bevor er unsere Familie verließ, nie wirklich bei uns gewesen ist, der immer nur weg wollte. Ein Getriebener ist mein

Vater gewesen, ein Seemann im Geiste, immer auf großer Fahrt, immer auf dem Weg zu neuen Ufern. Ist das nicht lächerlich, ja geradezu widersinnig? Der Mann, den ich so sehr vermisse, dass ich in manchen Nächten noch immer nicht in den Schlaf finde, den habe ich nie gekannt, streng genommen sogar niemals bei mir gehabt. Ich vermisse meinen Daddy. Dabei weiß ich gar nicht, was das sein soll, ein *Daddy*.

Ein Phantomjäger bin ich. Phantomschmerzen verspüre ich.

6

Gut, fassen wir also erneut zusammen. Sie, Jaroncek, wollen Ihr Geständnis nicht unterschreiben. Und ich bin *not amused*, wie der Engländer sagt. Nun schauen Sie nicht so unglückselig aus der Wäsche, Sie haben kein Recht dazu. Mit dem 07. März haben Sie Ihr Recht auf Hundeblick und Krokodilstränen kolossal verwirkt. Steht Ihnen auch gar nicht zu Gesicht, Jaroncek. Ihr Gesicht ist ein Ingrimm Gesicht. Steht Ihnen viel klarer ins Gesicht geschrieben als diese aufgesetzte Traurigkeit. Wer soll Ihnen diese Melancholie abnehmen, Jaroncek, hm?

Traurige Typen erdolchen keine Frauen. Traurige Typen erdolchen allenfalls sich selbst. Zornbolzen wie Sie hingegen verlieren die Beherrschung und stechen zu, wenn Madame nicht wie gewünscht das Negligé für sie lüftet. Wieder und wieder und wieder stechen Zornbolzen zu. Also hören Sie auf mit Ihrem Gejammer, Ihre Kindheit war exakt so beschissen wie jede andere Kindheit auch, kein Grund freizudrehen und eine sanftmütige Frau für Ihre Unfähigkeiten und Komplexe büßen zu lassen, Jaroncek.

Nein, wenn in diesem Raum jemand traurig sein darf, dann ich. Da habe ich den kompletten Hergang Ihrer ekelhaften Tat wunderschön zusammengefasst – und Sie verweigern sich mir.

Aber verspekulieren Sie sich da mal nicht, Ihr Verbrechen bleibt Ihr Verbrechen. Sie haben zwar noch nicht unterzeichnet, aber es lastet bereits alles auf Ihren Schultern. Sie müssten sich nur einmal ansehen, wie jämmerlich Sie aussehen, ganz eingesackt sitzen Sie auf diesem Stuhl. Das ist das schlechte Gewissen, das Sie niederpresst, Jaroncek. Belästigung, Nötigung, Hausfriedensbruch, Totschlag ... nichts haben Sie ausgelassen, Jaroncek, gar nichts. Nicht einmal in ihren Flitterwochen haben Sie die Frau in Ruhe lassen können, sind ihr nachgereist bis nach Nahost – wie krank ist das denn, welche perverse Neigung kommt da zum Vorschein? Und das begreife ich wirklich nicht an Ihnen: Sie haben doch vor dem 07. März Ihren Kopf bereits vollkommen zugestellt gehabt mit verqueren Gedanken. Lauter Zeugs, das in Therapien behandelt hätte werden können. Doch was machen Sie? Gehen los und bringen eine Frau um.

Doch ich muss Ihnen auch ein Kompliment übermitteln: Sie machen keine halben Sachen. Ja, Sie haben richtig gehört, Jaroncek.

Sie können ein klein wenig stolz auf sich sein. Der Frau Staatsanwältin ist richtiggehend die Kinnlade heruntergeklappt, während sie Ihre Akte las. Und die Frau hat schon so einiges erlebt in ihrer Karriere. *So was haben wir ja noch nie da gehabt,* hat sie gerufen. Und ist dann erst mal raus auf den Balkon eine rauchen.

Wenn nur Ihre entsetzliche Dummheit nicht wäre, Jaroncek. Verbrechen wie dieses werden gemeinhin nur von hochintelligenten Geistesmenschen begangen. Sie aber haben sich von Anbeginn an wie ein Volltrottel, der einmal Frauenmörder spielen wollte, durch Ihren eigenen Kriminalfall bewegt. Die Spurensicherung, ja die ist hellauf begeistert von Ihnen, denn wo lassen sich nicht überall Finger- und Fußabdrücke von Ihnen finden! Gehe ich hinüber in den Trakt, in dem die Spurensicherung untergebracht ist, öffne nur kurz die Tür, stecke den Kopf in den Raum und sage: *Jaroncek* – so brandet mir sofort Applaus und Jubel entgegen. Ganz lieb grüßen soll ich Sie von unserer Spurensicherung.

Unser Oberkommissar hingegen, Jaroncek, der ist nicht so gut auf Sie zu sprechen. Dem begegnen Sie besser nicht auf dem Flur. Der hat nämlich gar nichts von Ihnen, komplett übergangen haben Sie den durch Ihre erbärmliche Vorgehensweise. Ist am Tatort, der Wohnung von Frau Wensch, angekommen, der Herr Oberkommissar, hat kurz mit den Schultern gezuckt und dann wehleidig gerufen: *Aber das ist doch klar, wer hier der Mörder ist!* Und dann ist er wieder gegangen, der Oberkommissar. Ist mit hängenden Schultern in sein Oberkommissarauto gestiegen und in sein Oberkommissarbüro gefahren, wo er aber auch nicht gebraucht wurde. Keiner hat etwas von ihm wissen wollen, auch *Dampf von oben* hat ihm keiner gemacht, so wie man das sonst immer in den Krimis sieht, wo immer irgendein übereifriger Kommissar ganz gehörig Dampf von oben bekommt. Und der Mann hat eine große Hoffnung in Sie gesteckt: *Stadtbekannte liebestolle Randexistenz ermordet sanftmütige Frau* – das wird groß, hat er gedacht, das wird riesig, ein Katapult von einem Kriminalfall wird das! Und dann ist es nichts geworden. Gar nichts. Und er, der Oberkommissar, sitzt nun mit seinem eigenen, aber vollauf berechtigten traurigen Hundeblick in seinem Oberkommissarbüro und tackert und locht strunzstupide Akten, anstatt gemeinsam mit Ihnen in die Kriminalgeschichte einzugehen. Sie schulden dem Mann was, Jaroncek! Begreifen Sie das?

Wenn der Mann sich erhängt, nur weil der abscheulichste Kriminalfall der Geschichte ihm direkt vor seinen Augen durch die Finger rinnt, dann, Jaroncek, schlage ich Ihnen das ohne mit der Wimper zu zucken auch noch mit auf die Rechnung. Dann wären Sie ein Doppelmörder. Seien Sie also einmal im Leben kein Bettnässer und entschuldigen sich bei ihm, so von Mann zu Jaroncek. Geben Sie ihm zwei oder drei Bier aus und erklären ihm, dass Sie komplett von Sinnen waren, als Uta Wensch plötzlich in ihrem Negligé vor Ihnen stand. Sie hätten einen ausgefuchsten, hochintelligenten Plan gehabt, einen Plan, an dem er, der Herr Oberkommissar, lange zu tüfteln gehabt hätte, dann aber, mit der halbnackten Wensch direkt vor Augen, wären Sie von einem Zustand der Intelligenz direkt in jenes schwarz umnachtete Plumpheitsloch gestürzt. Dieses Loch, in das alle Männer stürzen, wenn Frauen gewollt oder ungewollt ihre Reize von der Leine lassen.

Nun, was meinen Sie, Jaroncek, wollen wir es so handhaben? Ein Geständnis unter Männern, Sie sagen es ihm und nicht mir und alles ist gut.

Fassen wir also neu zusammen: Frau Wensch stand in ihrer hauchzarten Nachtgarderobe vor Ihnen, die Hände aufreizend in die Hüften gestützt. Erinnern Sie sich? So wie Sie sie am liebsten mochten, stand sie vor Ihnen. Aufreizend, fordernd, überlegen. Sie haben doch ein Faible für überlegene Frauen, nicht wahr, Jaroncek? Natürlich haben Sie das, hätten Sie es nicht, Sie wären nicht fünfzehn Jahre lang einer unerreichbaren Frau wie der Wensch hinterhergedackelt. Und eine schöne, sanftmütige Frau, die halbnackt vor Ihnen steht und aufreizend wie auch aggressiv ihre Hände in die Hüften stützt, das ist für Sie nicht weniger als die Krone der Schöpfung. Die meisten Männer, gesunde Männer, wissen mit einer solchen Pose umzugehen, sie richtig zu deuten. Sie aber nicht, Jaroncek, Sie können das nicht, denn um das zu können, braucht es positive Frauenerfahrungen und die haben Sie nun einmal nicht. Ihnen fehlt alles, um mit einer selbstbewussten, intelligenten und schönen Frau adäquat umzugehen. Widersprechen Sie mir nicht, Jaroncek, Ihre Vita und Ihr Eckengequatsche strotzen nur so vor den Verlockungen des Weibes, wir haben Ihr Gerede aufgezeichnet und analysiert.

Wie, das haben Sie nicht gemerkt? Der Mann mit dem schwarzen Trenchcoat, der mit dem tief ins Gesicht gezogenen Schlapphut. Der mit dem Hohlkreuz, der so aussah, als hätte er gar keine Arme unter seinem Mäntelchen. Natürlich hatte der Arme, nur waren die verborgen. Denn sie hielten ein Tonbandgerät, und das wiederum hat Ihr Gequassel aufgezeichnet.

Sie sagen nichts? Gut, fassen wir also weiter zusammen: Sie standen vor dieser wunderschönen, sich leicht in den Hüften wiegenden Frau, ganz ausgehungert und ganz verzweifelt von all den erfolglosen Treibjagden Ihres Lebens. Und begannen, augenblicklich zu schrumpfen. Fürchterlich klein sind Sie geworden angesichts dieser Schönheit. Denn Sie wussten natürlich, dass das niemals etwas werden wird mit Ihnen und Frau Wensch. Dass Sie immer nur hinaufschauen werden zu ihr, so wie Leute hinaufschauen, wenn sie zu Gott beten oder Außerirdischen hinterherstöbern. Himmlische Frau Wensch, haben Sie gedacht. Gottgleiche Frau Wensch! Dank der Hauptbelastungszeugin, der Nachbarin Frau Porthe, wissen wir auch wie in etwa das nachfolgende Gespräch abgelaufen ist zwischen Ihnen und Frau Wensch.

Und soll ich Ihnen etwas sagen, Jaroncek: Man kann sich nur wundern. Von einem versierten Eck-Monologisten Ihrer Laberkategorie hätte ich ohne Weiteres erwartet, dass er eine schöne, sich in einem hauchzarten Negligé in den Hüften wiegende Frau verbal in Schach halten kann. Aber nichts haben Sie gekonnt, Jaroncek, gar nichts. Und je länger ich hier mit Ihnen allein in diesem Verhörzimmer sitze und rede und rede und Sie nur stumm dasitzen und den Mund gar nicht aufbekommen, wird mir auch klar, warum Frauen wie Frau Wensch oder ich mit Ihnen umspringen können, wie wir wollen: Sie haben Angst. Angst vor schönen Frauen. Eine sogenannte Belladonnaphobie.

Sie haben gedacht, Sie wären irre, stimmt's? Weil Sie immer zusammenzucken, wenn eine schöne Frau den Raum betritt. Weil Ihnen sofort das Blut in die Birne schießt, weil Sie augenblicklich in das Stottern und Bettnässen Ihrer kaputten Kindheit zurückfallen, sobald sich Ihnen eine schöne Frau auch nur auf zehn Meter nähert.

Nun, wenn ich so darüber nachdenke, das ist wirklich irre! So irre, dass ich nicht übel Lust hätte, Sie über diesen Tisch hier hinweg anzuspringen und laut *Buh!* zu machen. Wollen wir wetten, dass Sie sich sofort einnässen, Jaroncek? Erst öffne ich zwei Knöpfe meiner Bluse, dann zerzause ich mir ein wenig das Haar, ziehe mir vor Ihren Augen den Lippenstift nach und dann: *Buh!* Oh, ich hätte großen Spaß daran, denn wissen Sie, Ihre Angst vor mir ist sehr real und sehr richtig.

Sie schauen so auf Ihren Aktenordner. Hat ganz schön an Umfang zugelegt in den vergangenen Tagen. Sie haben kaum ein Wort gesagt und trotzdem ist er dicker und dicker geworden. Denn wo Sie nicht mit mir reden, da muss ich mir eben selbst meinen Teil denken. Ich sagte Ihnen doch bereits, dass ich alle Befugnisse habe. Und schauen Sie, was ich alles machen kann mit Ihrem Aktenordner: Ich kann ihn heben, wenden, drehen, sogar einmal quer durch den Raum schmeißen. Und das ist noch nicht alles, ich kann sogar mir missliebige Untersuchungsergebnisse entnehmen und Papierflieger daraus basteln. Und im Gegenzug ein leeres Papier nehmen und darauf schreiben: *Der Angeklagte wollte mir während der Befragungen fortwährend an die Wäsche.*

Also ich weiß nicht, wie sich das Leben auf Ihrer Seite des Tisches anfühlt, Jaroncek, aber ich kann Ihnen versichern, hier auf meiner Seite ist es toll! Draußen vor der Tür stehen drei junge Beamte. Allesamt großgewachsen, mit breiten Kreuzen und kräftigen Oberarmen. Und was die für Zeug an Ihrem Gürtel hängen haben, Jaroncek! Die Folterwerkzeuge des Mittelalters sind nichts im Vergleich zur Ausstattung moderner Polizeieinheiten. Und lassen Sie uns einmal überlegen, Jaroncek, was diese drei muskulösen Kerle dort draußen wohl gerade machen. Ahnen Sie es? Nein? Gut, ich sage es Ihnen: Warten. Und lauschen.

Denn diese drei Prachtkerle sind einzig und allein auf mich abgerichtet. Auf mich und meine Stimme. Ist das nicht traumhaft, Jaroncek? Wollen wir es vielleicht einmal ausprobieren, was meinen Sie, Jaroncek?

Ich zerzause mir also das Haar – so in etwa, warten Sie, ich mache es Ihnen einmal vor. Und nun, nun öffne ich die oberen zwei – nein kommen Sie – ich öffne drei Knöpfe meiner Bluse. Extra für Sie, damit Sie wenigstens so ein bisschen auf Ihre Kosten kommen. Und jetzt gehe ich ins Keuchen über. Und gleich schreie ich.

Vokale reichen in der Regel, was das angeht, sind Männer einfach gestrickt. Ruft eine Frau: *Ich werde vergewaltigt, ich werde vergewaltigt, es tut so weh!*, dann interessiert das keine Sau. Ruft sie aber: *Aaaaaaaaaah!*, stehen binnen zwei Minuten ein Dutzend selbsternannte Rächer da und prügeln den armseligen Verrückten zum Mond.

Wollen wir das einmal ausprobieren, Jaroncek? Soll ich Sie zum Mond prügeln lassen, hier und jetzt? Oder wollen Sie doch lieber unterschreiben? Gestehen, dass Sie ein perverses Arschloch sind.

Nein, Sie wollen nicht. Ich sehe es Ihnen an. Sie weigern sich, den Mord an Uta Wensch zu gestehen. Was für ein kaputter Mensch Sie doch sind, Jaroncek. Haben erst Angst vor Frauen und dann vor sich und Ihren Taten. Zumal Sie wissen müssten, dass wir Ihre kra-kelige Unterschrift eigentlich nicht benötigen. Beweise haben wir genug, Zeugen haben wir genug, juristisch besehen ist alles längst eingetütet.

Aber ich biete Ihnen an, mit uns zu kooperieren, sich endlich eli-minieren zu lassen – Sie aber sitzen nur hier und wagen es noch immer, Begriffe wie Liebe und Sehnsucht vor sich herzutragen, einen auf melancholisch und sensibel zu machen, wo Sie doch längst bewiesen haben, dass Sie weder das eine, noch das andere sind. Ich würde gerne sagen: Schämen Sie sich! Aber genau das tun Sie gewiss seit langer Zeit schon. Oder, Jaroncek?

7

Ich sollte aufhören mit alledem. Sollte meinen einhundertacht-
undachtzigsten Brief unvollendet lassen. Und in ihm nicht mehr
als jenen Versuch sehen, der auch mein Leben gewesen ist. Die
Tür entriegeln sollte ich, hinausgehen, endlich etwas trinken, endlich etwas essen. Doch ich kann es nicht. Stattdessen hocke ich in
meiner selbstgeschaffenen Dunkelheit und versuche, einen würdi-
gen Abschluss für mein Leben zu finden. Meine Liebe der Lüge zu
bezichtigen, mich zu entfernen und Uta seinzulassen.

Doch wie lässt ein Mensch einen anderen Menschen sein, wenn
dieses *seinlassen* nicht erwidert wird? Zurückgezogen habe ich mich,
in eine abgeschottete Dunkelkammer begeben. Doch selbst hier
hat Uta mich aufgespürt, ist mir hinterher gekommen, hat leichtfü-
ßig Mauern und Jalousien durchschritten, ist durch die feinen Ritzen der Fenster und der Türen geglitten und schwebt nun durch die
Finsternis.

Wenn meine Traurigkeit mich überfällt und ich auf dem Meer der
Melancholie dahin treibe, dann holen mich all diese Erinnerungen
ein. Erinnerungen an Mummy, an Daddy, an Alina … an Uta. Ungefragt und ungewollt überfallen mich Urlaube am Meer, wegfahrende
Autos und Begegnungen unter Kastanienbäumen. Sanft und trüge-
risch kommen diese Erinnerungen auf samtigen Pfoten auf mich zu,
umschmeicheln mich wie eine Katze, schnurren und fordern meine
Hingabe, meine volle Aufmerksamkeit.

Doch ich scheuche sie weg, wage es kaum, sie zuzulassen, weiß
ich doch, diese Erinnerungen können nur eine einzige große Illusion sein. Erschaffen von einem Gemüt, das längst darauf angewiesen ist, sehr wohl pathetisch zu sein. Theatralisch. Ein Gemüt, das
eine Genugtuung darin findet, seinem eigenen Leben eine melodra-
matische, wenn nicht gar tragische Note zu verleihen. Ein Gemüt,
das befriedigt wird durch eine Eigendarstellung als vom Schicksal
arg gebeuteltes Opfer.

Und doch ist Vorsicht geboten, natürlich ist Vorsicht geboten.
Denn in meinen Erinnerungen, die ich bereitwillig ausplaudere, wo
immer sich ein Publikum findet, finde ich mich kaum mehr zurecht,
traue den Bildern und Sätzen nicht mehr, die mir einfallen, die mich
überfallen, mir aus dem Munde stolpern. Derart oft schon habe ich

mir meine Erinnerungen und Selbstanalysen durchs Hirn getrieben, dass ich mich längst verheddert habe in ihnen und in mir. Meine vielen Drehungen und Wendungen, mein stetes Kreiseln um mich selbst haben mich in ein Erinnerungsgestrüpp geführt. Ich sehe nicht mehr durch. Und komme auch nicht mehr frei. Was weiß denn ich, was einmal gewesen ist. Und was niemals war.

Ich schreibe mein eigenes Drehbuch, das Drehbuch eines in dieser Form gar nicht stattgefundenen Lebens. Mein Weinen, mein Stolpern, mein Versagen – alles gesetzt, alles gestellt, alles minutiös vorausgeplant. Um nur dieser entsetzlichen Leere zu entgehen, dieser mich so furchtbar ängstigenden Bindungs- und Beziehungslosigkeit.

Oh, ich weiß schon, warum alle Welt denkt, ich hätte Uta ermordet. Warum sie auf mich tippen, obschon klar ist, dass ich es gar nicht gewesen sein kann. Schließlich kann ich nicht leben ohne sie, kann nicht leben ohne ihre Unerreichbarkeit, denn genau die hat mich die vergangenen fünfzehn Jahre am Leben erhalten. Dieses Wissen darum, dass Uta mich zwar nicht sehen und schon gar nicht empfangen will, aber dort noch immer dieses eine große *vielleicht* zu entdecken ist, irgendwo zwischen ihr und mir. Ein Sinneswandel wäre möglich gewesen, solange sie lebte, denn wer lebt, kann auch umkehren, kann sein Irren erkennen.

Doch nun ist Uta tot und eine tote Uta bringt mir gar nichts. Wie abgestorben hocke ich nun in meinem Leben, in einer verwirkten und verpfuschten Existenz.

Es ist seltsam, in den Krimis, die Sie so gerne schauen, wird permanent nach Motiven gefragt. Nur hier, in diesem fensterlosen Raum und an diesem Verhörtisch, fragen Sie nicht danach. Vermutlich weil Sie ahnen, dass ich nicht einen einzigen Grund gehabt hätte, Uta zu ermorden. Weil der Mord an Uta für mich letzthin einem Suizid gleichgekommen wäre, einem Suizid, zu dem mir noch immer jeglicher Heldenmut fehlt, obwohl ich mich mehr und mehr danach sehne.

Doch Sie, Sie sind bereit, mir diesen Mord in die Schuhe zu schieben. Und so schaue ich Sie an und behaupte: Ein Mann läuft doch nicht fünfzehn Jahre einer Frau hinterher, um sie umzubringen. Nein, vollbringt ein Mann eine solch übermenschliche Leistung und rennt einer einzigen Frau fünfzehn Jahre nach, dann doch nicht, weil er ihr ans Leder will, sondern weil er sich selbst ans Leder will.

So wie ich Uta die Unsichtbare, fünfzehn Jahre lang grausam vor mir hergetrieben habe, so treiben nun Sie mich gnadenlos vor sich her. Sehen zwar kein Motiv für diesen untergeschobenen Mord, fragen aber auch gar nicht erst danach. Dass Sie gerade auf mich als potentiellen Täter gekommen sind, kann ich jedoch gut verstehen, bringe ich doch alles mit für eine derartige Tat. Alles was Frauenschänder gemeinhin mit sich führen müssen, besitze ich im Überfluss. Und so tippen Sie mit geschlossenen Augen mit dem Finger auf eine beliebige Stelle meines Charakterbildes – und landen schon einen Treffer. Blättern in meiner Akte, stoßen auf eine Ungereimtheit, schnippen mit den Fingern und rufen laut: *Aha!*

Ich mache mich bereitwillig hassenswert. Der Hass meiner Ankläger ist mir lieber als ihr Verständnis, denn ihr Hass macht mich stark, während ihr Verständnis mich lediglich zerstört, auffrisst, nirgendwo hinbringt. Ihre Empörung schützt mich, ihre hingehaltene Trosthand tötet mich, so einfach ist das. Die Leute sagen: *Schau an, der Jaroncek badet mal wieder sinister in seinem Selbstmitleid vor sich hin.* Und es ist gut so, erweist mir doch gerade ihre abschätzige Haltung einen großen Seelendienst. Denn stelle sich einer vor, sie alle beschauten sich mein Schicksal und riefen: *Stimmt, Jaroncek! Wirklich viel Pech hast du gehabt, das Schlamassel einer ganzen Welt klebt einzig dir an den Hacken! So etwas haben wir noch nie erlebt, dass ein einzelner Mensch so oft in die Jauchegrube hopst wie du – wir verstehen und bemitleiden dich aus tiefstem Herzen, Janusz Jaroncek!*

Nicht auszuhalten wäre das. Nicht eine Sekunde auf dieser Welt wollte und könnte ich noch sein. Den sofortigen Suizid würde ich einleiten – und nicht nur diese sich erneut vergegenwärtigte, sich fix durch den Kopf geschobene Selbsttötungsfantasie, diese nekroromantische Brachialidee. Nein, keine Perspektive gäbe es dann mehr. Nichts, woran sich noch aufzurichten wäre. Würde man mich aufrichtig bemitleiden, ich wäre längst fort, so eklig wäre mir dann zumute.

Ich bin nicht wie ihr!, rufe ich den Menschen entgegen, kaum stehe ich auf dem Marktplatz oder an einer der vielen Straßenecken der Stadt. Immer geifernd rufe ich das, immer erregt. Und reagiert niemand, ist aus keinem vorbeieilenden Gesicht eine abschätzige Haltung mir gegenüber zu erlesen, so lege ich nach, rufe: *Nur ihr seid Menschen, nur ihr verhaltet euch menschlich! Ich aber bin kein Mensch, handle also auch nicht wie ein solcher, fühle nicht wie ein solcher, denke nicht wie ein solcher! Nie! Nie! NIE!*

Dabei habe ich selbstredend keinerlei Schimmer, wie die Menschen sind. Und auch wer sie überhaupt sind, ist mir vollends unbekannt. Gibt es sie, denen ich beständig Vorhaltungen mache, weil aus mir etwas Ungutes und Unplausibles geworden ist, überhaupt? Ihnen kreide ich mein so vollkommen aus dem Ruder gelaufenes Leben an, ihnen möchte ich die Augen aus dem Gesicht kratzen, weil sie Glück empfinden, weil sie Familien gründen, Kinder in die Welt setzen und Fotoalben anlegen.

Ans Leder will ich nicht nur mir selbst, ans Leder will ich auch ihnen, weil sie nichts über Sehnsucht wissen und mir dennoch was darüber erzählen wollen. Weil sie, ausgerechnet sie, mir die Liebe erklären wollen, dabei kennen sie die Liebe gar nicht, woher auch, haben sie ihren Mann oder ihre Frau doch kennengelernt und geküsst und geheiratet. So glatt, so reibungslos ist das alles vonstattengegangen, dass man schon sehr borniert sein muss, um nicht das Wort Schmierenkomödie auszupacken! *Haben sich kennengelernt und zwei Jahre später geheiratet*, so lese ich immer, in jenen Gazetten, die das Glück zu glorifizieren glauben.

Und ich frage mich, wie ich mich mit solchen Gestalten über die Liebe unterhalten soll. Über das ungeplante Hineinplumpsen in einen Glücksbottich, darüber kann ich mit ihnen sprechen, aber nicht über die Liebe, nicht über die Leidenschaft, nicht über die Hingabe. Bigotte Glückstölpel, das sind sie! Können gottfroh sein, nicht aus der Umlaufbahn eines sittsamen Verhaltens geschleudert worden zu sein, so wie es mich aus der Kurve getragen hat, als ich mit hundertachtzig Sachen auf die Liebe – wohlgemerkt die wahre Liebe – zugerast bin. Nein, diese Menschen sind keine Liebenden. Angeschnallte Sicherheitsfanatiker sind sie, nicht mehr, nicht weniger.

Ihre gallertartigen Beschreibungen von Liebe rauben mir den Nerv, ihre vakuumverpackten Wohlfühlanekdoten sind es, die mich abwechselnd an Mord und Selbstmord denken lassen – nicht Uta. Ich denke daran, dauernd! Ich schlage mit der flachen Hand auf den Tisch dieses Verhörzimmers und gestehe mein ständiges Denken an Amoklauf und Suizid!

Aber ich mache es nicht. Ich vollbringe kein Unheil. Spiele nur mit diesem wunderbaren Gedanken, alles auszulöschen, das große *wham-bam-thank-you-ma'am* hier zu veranstalten. Aber nur weil ich es tagein, tagaus sauber durchdenke und mir während dieses Darübernachdenkens ein langer, wohliger Seufzer entfährt, mache ich es doch noch lange nicht. Ein Böse-Quatscher bin ich, das ja. Doch genau deswegen kein Böse-Macher!

Gewalt ist keine Lösung! Es ist ein Heidenspaß, eine Riesengaudi, das schon. Aber nie und nimmer eine Lösung. Und eben deswegen kann ich auch nicht der Mörder von Uta sein, weil es vorne und hinten keinen Sinn ergibt. Denn das Leben mit einer lebendigen Uta, das war schon beschwerlich genug. Doch kein Vergleich zu dem Leid, das mir nun bevorsteht.

Denn jetzt – was mache ich jetzt? Bald werden meine Ankläger mich gehenlassen müssen, ein freier Mann werde ich sein, aber ich blicke diesem Augenblick nicht mit Freude entgegen, im Gegenteil, mir graust davor. Uta ist tot – und was ist mir geblieben? Nichts? Oh, doch, etwas ist mir geblieben. Etwas, das weitaus schrecklicher und nervenzersetzender ist als nichts: ihr, meine Ankläger.

Ihr seid mir geblieben. Täglich werde ich mich neu an euch und eurer diffusen Angekommenheit reiben, eurem Kopfschütteln über dieses und jenes. Natürlich gehe ich hart mit euch ins Gericht. Überhart sogar. Doch das muss so sein, das ist die Grundidee dahinter. Denn gehe ich in mich, befrage mich zu euch und eurem schändlichen Handeln, so treffe ich auf eine mich zutiefst verstörende Unsicherheit. Die Unsicherheit, ob es euch in der Form, wie ich euch sehe, überhaupt gibt. Oder ob ihr, die ich euch alle so sehr hasse, nicht eher eine weitere meiner lebenserhaltenden Einbildungen seid. Ich brauche eure Dämlichkeit und euer bescheuertes Verhalten, denn nun, da Uta tot ist, habe ich nichts anderes mehr, woran sich noch festzukrallen wäre. Ein Sehnsuchtsort seid ihr, ein aschfahler Uta-Ersatz, auf den ich meine Unfähigkeit, mich selbst zu ändern, fokussieren kann.

Ach, es ist gleich, bekomme ich doch nicht einmal diesen Zustand der Misanthropie, konsequent zu Ende gedacht. Denn anstatt mich von euch abzuwenden, wie es jeder anständige Eremit machen würde, starre ich angestrengt zu euch hin, glotze euch hochkonzentriert auf die Finger, notiere mir eifrig euer ganzes Sein und beschreibe dieses Handeln und Sprechen alsdann in stundenlangen Predigten, die ich euch auf öffentlichen Plätzen halte, auch wenn ihr nie stehenbleibt, um zuzuhören, immer nur weitergeht mit euren seltsam verzogenen Gesichtern. Ich komme gar nicht mehr los, so besessen bin ich von euch.

Sieht so Menschenhass aus? Will ich euch mit meinen Predigten nun zerstören oder erziehen? Oder gleiche ich eher einem Bettler, der zu euren Füßen auf euren Rinnsteinen hockt und euch um ein paar verächtlich hingeworfene Almosen anfleht?

Ich weiß es nicht.

Alles, was ich in der Dunkelheit dieses Raumes noch klar sehe, ist, dass ich ein verdammt lausiger Menscheitsverweigerer bin. Ausgestattet mit einem Charakter, der so jämmerlich gezeichnet ist, dass jeder Dramaturg und Drehbuchschreiber seinen Job verlieren würde. Und ausgerechnet einer Plumpheit wie mir traut man nun zu, Uta getötet zu haben. Eine starke, eine intelligente Frau ist Uta gewesen. Nicht einmal ein müdes Gähnen habe ich ihr in fünfzehn Jahren entlocken können.

Das erste Mal, dass ich sie ansprach, geschah — das schwöre ich — aus einem wahrlichen Zufall heraus. Sogleich breitete ich meine Lebensgeschichte vor ihr aus, meine Pein, meine Einsamkeit, mein Sein. Und sie stand dort, mitten auf der Straße, hatte ihre schönen Hände in die schmalen Hüften gestemmt, schaute mich mit ihren braunen Augen an, so dass es mich überrollte und plattwalzte. Und sagte im gelangweilten Tonfall einer Prinzessin: *Sonst noch was, Freak? Nein? Na, dann kann ich ja weiterfahren.*

Und dann, das stelle sich einer einmal vor, setzte sie sich auf ihr Fahrrad und radelte davon. In aller Ruhe! So nämlich war sie, so war Uta!

Der holzschnittartige Mantel des Scheiterns, seit so vielen Jahren trage ich ihn schon theatralisch auf dem Leibe. Und betrachte ich eure Reaktion, so komme ich zu dem Schluss, dass er mir wahrlich gut stehen muss. Dabei passt er mir gar nicht. Würdet ihr mich nur einmal richtig ansehen, ihr würdet sofort erkennen, wie verloren ich aussehe darin. Viel zu lang sind die Ärmel, viel zu hoch der Kragen, lächerlich schaue ich aus, wenn ich den Racheengel spiele, wenn ich fies und grässlich werde, einfach nur um fies und grässlich zu sein. Und so bin ich einer jener gescheiterten Menschen, die das Leben einer missgebildeten Jahrmarktsattraktion führen. Mein Daseinszweck besteht darin, mich von hinten an euch heranzuschleichen, einmal kurz *Huuuh!* zu machen, euch für einen billigen Moment erschaudern zu lassen. Und euch dann hinterherzusehen, wie ihr ungerührt und spöttelnd eurer Wege geht und euch lachend zuraunt: *Was ist denn mit dem? Hat man so was schon gesehen?*

Dabei ist alles so simpel. So einfach zu entwirren. Ein einzelner tief und sauber angesetzter Schnitt geht durch mein Leben. Angesetzt mit kalter Klinge, durchgeführt mit Präzision. Das ist alles, das ist die ganze Geschichte. Abstrakt und verwirrend ist daran gar nichts. Nicht einmal philosophisch, misanthropisch oder innerlich zerrissen. Ich blute aus einer einzigen Wunde.

Jedes Wort, ja jedes Bekenntnis ist daher ein Bekenntnis zu viel. Ich bin nicht therapierbar. Ich blute einfach nur.

Und nun kommen Sie, setzen mich fest und behaupten ich sei hier der Jäger. Sei einer, der anderen Stiche setzt, Schnitte vollführt, mit Genuss Opfer vor sich her treibt. Der sadistische Spielchen spielt. Und sich auf unlautere Art der Frauen entledigt, die er nicht herumbekommen, die er sich nicht hat zuführen können.

Ich bin Jaroncek! Jaroncek der Gejagte! Jaroncek der Getriebene! Eine schutz- und heimatsuchende, durch und durch trauernde Gestalt. Und da können Sie die Augen verdrehen und die Nase rümpfen so oft Sie wollen: Nichts ist pathetisch daran. Gar nichts.

8

Ich mag, wie Uta einmal sagte, in Frauendingen nicht alle auf der Palme haben. Aber ein Depp bin ich nicht. Im Gegenteil, ich mag Frauen, ich liebe Frauen. Und ich verstehe Frauen. Also ahne ich Frauen auch voraus. *Ein Talent*, sagen die einen. *Ein gottverdammter Fluch*, sage ich.

Die Ministerialbeamtin ist eine großgewachsene Frau, voluminös die Frisur, voluminös der Brustkorb. Edel die Gesichtszüge, edel der gedeckte Seidenstoff, der sich straff über ihren Körper spannt. Alles so edel, so gesund und vital, angefüllt mit der Galanterie und der Sprengkraft jener, die das Leben zu meistern wissen, die es gebändigt haben. Wie ein Model aus einem Versandhauskatalog sieht sie aus. Nicht überbordend attraktiv, dafür aber makellos und blendend. Mit einem Brillengestell auf der Nase wie es nur erfolgreiche Menschen tragen. Menschen, die rechtschaffende Geradeausleben führen, mit gut sortierten, weißen Zähnen, hochliegenden Wangenknochen und geschwungenen Augenbrauen.

Wer mag sich nur derartige Menschen ausdenken, frage ich mich. Ich bin nicht religiös, jeglicher spirituelle Humbug ist mir fremd. Doch Menschen wie die Ministerialbeamtin lassen mir einen Begriff wie den der Schöpfung sehr plausibel erscheinen. Menschen, die wie am Reißbrett geplant daherkommen, verstören und faszinieren mich zugleich.

Oh ja, meine Ankläger wissen schon, warum sie ausgerechnet diese Frau zu mir geschickt haben. Sie haben mich angesehen, ein wenig in meinem Aktenordner geblättert und sofort verstanden, wie ich ticke. Dass ich gar kein Mörder bin, das haben sie noch nicht kapiert, aber welche Art Mann ich bin, das ist ihnen sofort gegenwärtig gewesen.

Und so sehe ich sie an, diese perfekte Frau, die sie geschickt haben, um mich zu drangsalieren, um mich in die Ecke zu drängen und ein Geständnis aus mir zu pressen. Und augenblicklich wird mir anders. Denn trifft eine Frau, die genau weiß, was sie tut, auf einen Mann, der sich nur mit Mühe seiner verworrenen Taten entsinnen kann, so folgt immer das große Rupfen.

Mir fehlt der Glaube an eine gemeinschaftliche Vervollkommnung der Geschlechter. Eins plus eins bleibt bei mir zwei, da kann ich rechnen, so oft ich will, ich komme nicht auf eins. Und was habe ich versucht, diesem Gedankengang zu folgen, dieser Logik herkömmlich Verliebter. Durch Einkaufszentren und Passagen bin ich gestreunt, über Marktplätze und durch Bars, immer auf der Suche nach Vereinigung, nach Einswerdung. Immer dem nächsten schönen Gesicht bin ich hinterhergelaufen, immer auf der Hatz nach der nächsten Erregung. Doch kaum war ich fündig geworden, kaum hatte mich nach Tagen oder Wochen mir entgegengebrachter Ignoranz ein solches schöne Gesicht angelächelt, hatte auf mein Glotzen und Umwerben wohlwollend reagiert und war mit zu mir nach Hause gekommen, schon hatte ich nicht mehr viel anfangen können damit, hatte nicht mehr umgehen können mit dieser entsetzlichen Schönheit.

Meine Erregung, so hatte ich schnell bemerkt, war eine rein geistige gewesen. Das Wunder der Schönheit lässt sich weder erfassen noch begrapschen. Und schon gar nicht einverleiben. Aus der Ferne bestaunen lässt es sich, doch nähert sich ein hässlicher Mensch einem schönen Menschen, hofft, teilhaben zu können an dieser Perfektion, so ist immer nur ein schreckliches Nichts die Folge. Statisch und stumpf hockt einem schönen Menschen die Schönheit auf dem Gesicht und vollbringt nichts, überhaupt nichts. Lässt sich nicht befingern, nicht anfassen und spricht auch nicht. Ist nicht mehr als ein Zirkeln um sich selbst, glotzt nichtssagend in die Welt.

Wie oft ich zehn oder zwanzig Meter von einer solchen Porzellanaphrodite entfernt stand und ein Drängen und ein Zucken bemerkte, tief in mir. Doch kam ich näher, berührte ich ein Bein oder einen Arm, so zerrann mir alles. Eine Erregung ist in mir, schaue ich in ein schönes Gesicht. Eine helle Aufgeregtheit. Doch berühre ich es oder werde ich aufgefordert zu streicheln, zu halten, zu liebkosen, so schwindet sie und schwarze Seen tun sich auf.

Doch was für eine schöne Frau die Ministerialbeamtin ist. Sitzt fünf Meter von mir entfernt – nicht einen und auch nicht zehn Meter – und scheint zu wissen, welches Chaos sie anrichtet mit exakt dieser Distanz. Ein langgehegter Plan muss diesem Verhör zugrunde liegen, meine Ankläger müssen sehr viel Zeit in tiefgreifende Recherchen und Beobachtungen meiner Person investiert haben, sonst hätte der Tisch, an dem die Ministerialbeamtin und ich hocken, nicht exakt diese Maße. Sie können kein Zufall sein, diese fünf Meter Entfernung zwischen ihr und mir. Das muss Schreinerhandwerk, das muss Spezialanfertigung sein.

Was die körperliche Erregung betrifft, so bin ich der Welt größter Mönch, der Welt äußerster Eremit, der Welt wahrhaftigster Eunuch. Doch diese geistige Erregung, die mich umfängt, wenn ich der Schönheit begegne, tobt und rast durch mein Hirn. Steht eine Frau vor mir an einer Ampel und nutzt die Rotphase, um sich das Haar zu richten, geht ins Hohlkreuz, greift mit schlanken Frauenfingern nach fliehenden Haarsträhnen, drapiert sich selbstvergessen und wie von fremder Hand gesteuert eine kleine Kunstfertigkeit an den Hinterkopf, dann ist da ein Lodern und ein Flackern unter meiner Schädeldecke, so inbrünstig sehnend, so heftig verlangend, dass mir der Qualm aus den Ohren zu steigen beginnt, dick und dicht und schwarz.

Mit gemessenen, würdevollen Schritten geht die Ministerialbeamtin um den Tisch herum. Nie habe ich einen Menschen derart würdevoll um einen Tisch herumgehen sehen. Wen mag eine solche Frau küssen, wen umschlingt sie in den Nächten, in denen sie nicht die Ministerialbeamtin ist? Neben wem liegt sie, wenn sie erwacht – und an wen wird sie denken, wenn sie in ihrem Badezimmer vor dem Spiegel steht und ihre Lippen zu dem dunkelroten Naturschauspiel werden lässt, das sie hier zähnefletschend verzieht?

Immer näher kommt sie mir. Fünf Meter waren es zu Beginn, nun sind es allenfalls noch zwei. Ob sie weiß, was sie anrichtet? Ob sie den Unterschied kennt zwischen fünf Metern und einem Meter?

Sitze ich allzu lange mit ihr in diesem Raum, so werden mir, dem stadtbekannten Eckenplauderer Janusz Jaroncek, einem Menschen im besten Mannesalter, sämtliche Haare ausfallen. Porös wird die Haut werden, die Nieren versagen bald darauf. Und sie, die Ministerialbeamtin, wird sich keiner Schuld bewusst sein. Sie wird sehen, wie ich in mich zusammenfalle, und so gar nicht verstehen, wie ihr, wie mir, wie der ganzen Welt geschieht. Die desaströsen Auswirkungen ihrer strahlenden Schönheit sollte man ihr erklären, es wäre nur fair, wie es auch fair wäre, ihr schonend beizubringen, dass ich kein Mörder bin. Und ein Schänder schon gar nicht. Dass dieser ganze Aufwand hier, diese ganze Provinzposse, für die Katz ist.

Und doch sollte man sie in Sicherheit bringen vor mir. Und mich vor ihr. Die Brust wird mir taub, nun, wo sie neben mir steht. Und eng die Luftröhre. Meine Merkmale, meine Charakteristika, sie geraten in konfuse Rotation, in wilde Vibration. Panik, meine dunkle Freundin, da bist du wieder. Entfachst dich wieder in mir. Bemächtigst dich meiner.

Mein Körper gehorcht mir nicht, gehört mir nicht. Ich lausche in ihn hinein – doch nur Stille begegnet mir. Im Kopf dagegen herrscht helle Aufregung, vom Hals abwärts aber: Stummheit.

Gefühle? Ich kenne keine Gefühle. Alles, was durch mich hindurchschwappt, sind Wallungen. Wie Tsunamis brechen sie nach Tagen oder Wochen der Regungs- und Empfindungslosigkeit über mich herein, die kleinste Erschütterung genügt, um mich in eine solche Wallung zu versetzen. Und die Besinnung zu verlieren. Nein, mein Körper gehört nicht mir. Ich hause lediglich darin.

Die Ministerialbeamtin kommt neben mir zum Stehen. Langsam beugt sie sich zu mir hinab. Ich bewege mich weiterhin nicht, starre auf die Tischplatte vor mir und atme. Ich kann sie riechen. Alles von ihr dringt mir in die Nase. Alles. Sie weiß Bescheid über meine Sinne und über die Funktionalität meiner Wahrnehmung, einer Wahrnehmung, der sie ein Adjektiv verpasst hat: *gestört*. Sie hat es studiert, an irgendeiner Universität oder Fachhochschule, an der sie hochgewachsenen Frauen beibringen, wie brutal effizient Weiblichkeit sein kann, wenn sie auf jemanden wie mich losgelassen wird, der leblos in seinem Körper haust. Und wie wenig es braucht, um flackernden Irrlichtern komplett den Garaus zu machen, auch das lernen sie dort. Erst den Kopf verdrehen, nicht einzuhaltende Versprechungen machen, Weichheit und Sanftmut vorgaukeln. Und dann den Kopf abreißen. Den Garaus machen.

Es ist ganz einfach.

Nein, das ist kein Spiel der Eitelkeiten. Ein Spiel der Eitelkeiten wäre es, wenn Männer und Frauen Freunde wären. Doch das sind sie nicht, auch wenn sie es immerzu behaupten. Männer und Frauen sind Gegner, wären sie keine Gegner, die Menschheit wäre längst ausgelöscht. So aber gehen Männer auf die Jagd mit einem einzigen Ziel, einzudringen in die Frau, sie in Besitz zu nehmen. Kongo? Syrien? Nein, die erbarmungslosesten Kriege herrschen in unseren Familien und in unseren Schlafzimmern. Sie nennen es Liebe. Doch was sie meinen, ist *Survival of the Fittest*.

Warum sind es die Männer, die sich grenzenlos besaufen? Die ganze Welt weiß, dass es immer nur die Männer sind, die nicht *einen* über den Durst trinken, sondern zehn! Es sind die Männer, die sich permanent besaufen, alle schimpfen und lachen zugleich darüber, doch warum das so ist, das fragt niemand, niemand interessiert sich für die Hintergründe. Sie erzählen Schmarrn von Genen und Männlichkeitsattributen, sehen aber nicht, dass gerade die

Männer es sind, die sich in die Selbstvergessenheit trinken wollen. Sie wollen nicht mehr bei sich sein, die Männer, und so trinken sie, um die Flucht aus dieser Welt zu erproben, ihr Fehlen in der Welt, ihre Abwesenheit zu testen. Sie betrinken sich, um ein Gefühl von Selbstmord zu erhaschen, schließlich sind Männer doch niemals Teil der Natur, sondern allenfalls Besucher. Und so fühlen sie sich fehl am Platze, da kann ein Mann hinlaufen, wohin er möchte, immer fühlt er sich fehl am Platze. Und werden sie dann zu allem Überfluss und allem Verdruss auch noch einer schönen Frau ansichtig, so erfahren sie die Überlegenheit der Natur, einer Natur, in der sie niemals derart verwurzelt sein werden wie eine Frau. Ohnmacht liegt dem Charakter eines jeden Mannes zugrunde.

Ja, in Gefühlsdingen ist ein Mann einer Frau immer unterlegen, doch das wäre noch ertragbar. Doch die wahrhaftige Qual des Mannes beginnt in der Erkenntnis seiner unumkehrbaren Überflüssigkeit. Und so greift der Mann zur Flasche, kultiviert die Selbstvergessenheit. Denn im Rausch lässt es sich doch viel angenehmer leben als im Abseits, im Off, im *Egal*.

Die Ministerialbeamtin nennt mich einen gestörten Mann. Steht nun direkt bei mir, hat sich zu mir hinunter gebeugt, flüstert mir ihre Worte ins Ohr. Ein billiges Vorgehen ist das, eindimensional, durchschaubar. Ein Mann und eine Frau gemeinsam in einem kleinen Raum, was soll da schon kommen, was soll da schon passieren? Und was soll die Ministerialbeamtin schon denken in dieser Sekunde, in der sie sich zu mir hinabbeugt, mitsamt ihren Kurven, den Weibergerüchen und den voluminösen und schwingenden Haarsträhnen? Was soll passieren, was soll sie denken in einem Augenblick, in dem sie mir durch die Ohren direkt ins Hirn säuselt? Sie wird denken: Jaroncek das Scheusal. Sie wird denken: Jaroncek das Klischee. Sie wird denken: Ich breche dich, Jaroncek. Angeknackst bist du schon lange, nun breche ich dich. Ein solcher Mensch ist die Ministerialbeamtin, eine Frau der direkten, der konfrontativen Herangehensweise. Eine Frau des Sieges.

Doch obwohl ich alles durchschaue, ihr billiges Vorgehen exakt verstehe, mit dem sie mich zu einem Geständnis bringen, meinen Charakter ergründen möchte, obwohl ich angefüllt bin mit Widerwillen und Aufbegehren, mit Revolte und Verzweiflung und ansteigendem Zorn – spüre ich ihre Worte auf meinem Trommelfell tanzen. Ja, sie tanzen, strömen eine Verlockung aus, hauchen und seufzen sich durch meine Gehörgänge, hocken sich auf mein

Bewusstsein nieder. Lange Zöpfe, kurze Röcke, Kniestrümpfe und ein großer roter Lollipop sitzen dort, schmatzend und mit baumelnden Beinen, direkt auf meinem Bewusstsein. Und winken mir zu. Rufen: *Hallo, Onkel, hör dir die Frauenworte an.* Und der Lollipop ist so rot und die Zöpfe so fest und die Kniestrümpfe geringelt, immer geringelt.

Widerwille überkommt mich. Ein Ekel vor mir selbst, vor meinen so leicht zu berechnenden Funktionsweisen. Weg müsste man können. Einfach nur weg. Heraus aus einem Körper, heraus aus einem Leben. Doch unumkehrbar ist dieses verdammte Sein. Und solange sie sich weigern, Revolver in der Bevölkerung zu verteilen anstatt immer nur Kondome oder Gasmasken oder Care-Pakete, wird sich daran auch nichts ändern.

Zwei Hände hat der Mensch. Zwei. Die eine zum Würgen, die andere zum Schießen.

Und wie sie so neben mir steht, gebückt und flüsternd, kann ich aus meinen Augenwinkeln heraus das elfenbeinfarbene Fleisch ihrer vollen Brüste sehen. Wollust sollte nun entstehen, Begierde. Stattdessen aber schießt mir die Panik ins Hirn. Rast vorbei an den Zöpfen und den Kniestrümpfen, reißt die Miniröcke mit sich hinab in die Tiefe, öffnet einen Schlund. Ich kenne diesen Schlund, ich weiß um seine Irrationalität, seine Unerklärlichkeit. Doch nun, wo sie so nah bei mir steht, ist ein Zittern in mir. Die Panik durchströmt meine Gedanken, breitet sich binnen weniger Sekunden aus, wuchert mir durch die Organe wie Krebs, benetzt meine Erinnerungen an Uta mit Schmerz, fordert sie auf, aus ihren Höhlen zu treten. Ein Klumpen aus Schmerz sind meine Erinnerungen und ein Klumpen aus Schmerz ist auch Uta. Kommt dann noch diese Panik hinzu, so entsteht ein Tumor des Verderbens. Inoperabel, unauskratzbar, tief verflochten mit meinen Eingeweiden.

Die Ministerialbeamtin richtet sich wieder auf und blickt auf mich herab, die Hände in die Hüfte gestemmt. Ich weiß nicht, welche Seminare diese Frau besucht hat, und ich weiß auch nicht, bei welchen studierten Geistern, sie ihr Spiel erlernt hat. Doch eines steht fest: Sie hat es perfektioniert. Keine Bemerkung, keine Geste ist dem Zufall überlassen. Sie ist die personifizierte Zielgerichtetheit. Allem, was sie tut, ist ein klarer, ein eindeutiger Grund gegeben. Bewundernswert. Und doch macht es ihr gerade diese Strukturiertheit unmöglich, mein Handeln und mein Denken zu begreifen. Denn im Gegensatz zu ihrer Welt kennt meine keine Beweggründe.

Perspektiven und Ziele sind mir fremd. Meine Bewegungen und meine Aussagen – eine pure Zufälligkeit. Mein nächster Schritt, mein nächster Satz – mir gänzlich unbekannt. Permanent überrascht von mir selbst werde ich.

Ab und an lässt sich für eine meiner Handlungen in der Nachbetrachtung ein passender Beweggrund herbeianalysieren. Mir fällt etwas Kompromittierendes aus dem Mund, ich sehe die Bestürzung in den Gesichtern der Umstehenden und verweise schnell auf mein Wahnsinnigengehabe, das mich nötigt, ab und an Dinge ohne Sinn und Verstand von mir zu geben, unplausibles Gehirnkauderwelsch. Ich spreche und ich handle wie der Wind, streune und zigeunere mich durch Gegebenheiten und Konstellationen. Davonlaufend vor allem und jedem – und beständig auf der Hut auch vor mir selbst.

Würde die Ministerialbeamtin in ihrer Direktheit die richtigen Fragen stellen, wer weiß, vielleicht wären wir hier wirklich sehr schnell durch. Ich wäre durch. Aber sie stellt sie einfach nicht, die richtigen Fragen. Entfacht mit ihren Bewegungen zwar jene Panik in mir, wie sie Frauen seit jeher in mir auslösen. Aber vom Fleck kommen wir auf diese Weise nicht, denn alles, was sie erreicht, ist Atemnot, ist Schweiß auf der Stirn, Blockaden.

Lauf, Uta. Lauf, so schnell du kannst. Bring dich in Sicherheit vor mir. Und diesem Verderben, das ich Liebe getauft habe.

9

Heute in der Früh sind sie gekommen. Ich wusste, dass sie kommen würden, aber ich hatte sie früher erwartet. Gezogen hatte es sich dann aber doch eine ganze Weile, eine schrecklich lange Weile.

Steht ein Mann in einem dunklen Raum, dessen Größe, Höhe und Weite er schon nicht mehr benennen kann, einem Raum, in dem alle Zeit und alle Dinglichkeit zu Schwarz zerfließen, so wird ihm das Warten auf jene, die ihm nach dem Leben trachten, zur schmerzenden Meditation. Nur schwach erreichen ihn die Geräusche von der entfernt liegenden Straße, dumpf pocht ihm das Blut hinter der Stirn. Sein Atmen wird ihm zum lautesten Geräusch der Welt. Wie Düsenjäger, die über das Dach hinwegfegen, so klingt jeder seiner Atemzüge in diesen Momenten des Wartens. Des Wartens auf seine Häscher.

Heute in der Früh sind sie dann gekommen. Offensichtlich hatten sie es nicht erwarten können, mich aufzuspüren, mich hochgehen zu lassen in meinem Versteck, denn der Morgen graute noch, Nebelschwaden umspielten das Haus, in dem ich Zuflucht gesucht habe. Ich hatte erwartet, dass sie mit Fackeln und Mistgabeln kommen und als Mob laut ihre Parolen brüllen würden. Doch sie kamen mit nur wenigen Männern, umschlichen das Gebäude und um ein Haar hätte ich sie nicht bemerkt, verhielten sie sich doch ausnehmend geschickt. Umstellten lautlos das Haus, machten sich an den letzten Leitungen zu schaffen, die mich noch mit der Zivilisation verbanden, und begannen dann, mir ihre Botschaften zu übermitteln. Geflüstert. Sie pressten sie durch die Wände dieses Hauses und anschließend direkt in meinen Kopf.

Ich hatte in gekrümmter Haltung auf dem Boden gelegen, über Stunden, wie mir scheint, weder wachend, noch schlafend. Der letzte, der allerletzte Brief an Uta hatte meine volle Hingabe erfordert, an einigen Begrifflichkeiten hatte ich Stunden gesessen, nur um sie dann doch wieder zu verwerfen, sie mit hassverzerrtem Gesicht aus meinem Text zu tilgen.

Seit Wochen ging das so. Da ist eine Frau mein Leben und ich finde nicht einen einzigen Satz, der noch an sie zu richten wäre. Da steht eine Frau isoliert in meinem Kopf, so wie ich isoliert in diesem dunklen Raume stehe, und ich verfüge über keinerlei

Ansprechhaltung mehr. Ich habe den Charmeur und das Monster gegeben, den Sensiblen und den Wortgewaltigen, den Vernünftigen und den Visionär. Alles bin ich schon gewesen für Uta, alles bin ich schon gewesen durch sie. Doch nun, da es darum geht, alles einem Ende zuzuführen, abzuschließen mit der Unsinnigkeit, in die ich mich so bereitwillig gegeben habe, fällt mir keine Rolle mehr ein. Ich bin nur noch ein Mann ohne Gestalt.

Sie schreien ihr Flüstern. Mir war nie klar, dass so etwas möglich ist. Doch seit sie heute in der Frühe damit begonnen haben, diesen dunklen Raum zu umstellen, wird mir die Möglichkeit des Unmöglichen deutlich. Ganz zu Beginn, als sie sich noch von außen an meiner Jalousie zu schaffen machten, sachte daran rüttelten und dabei wirkten wie ein zufällig über diesen Landstrich hinwegschwebender Windhauch, da erschien mir ihr Tun noch unorganisiert, zaghaft geradezu. Dann aber positionierten sie sich rings um das Haus, ich hielt meinen Atem an und konnte das unmerkliche Geraschel von Schritten im Gras und durch Laub vernehmen. Ich wusste nicht, wie viele mich umzingelten, ich getraute mich kaum, meine gekrümmte Haltung zu ändern, meine Liegestatt auf dem harten Boden zu verlassen, um nachzusehen. Wonach hätte ich auch schauen sollen, ich wusste, dass sie kommen, dass ich nicht ewig Zeit haben würde für meinen Brief an Uta. Dass sie mich früher oder später ausfindig machen, mich hochgehen ließen.

Und so lag ich da, vernahm erst das Geraschel der Schritte und dann über eine sehr lange Zeit die angespannte Stille. Nichts geschah, sie standen und ich lag. In vorauseilendem Gehorsam, in vorauseilender Panik begann ich bereits, mich zu zersetzen.

Und dann, als ich bereits willens war, mich zu vergessen, mir die vielen Klingen in den vielen Schubladen meiner Küche einfallen wollten, da setzte ihr Flüstern ein. Bestimmt, stampfend, drohend. Und dunkler als der Raum, der mich umgab.

Du. Bist. Schuld.
Du. Bist. Schuld.
Du. Bist. Schuld.

In Berichten aus Gefangenenlagern habe ich von derartige Foltermethoden lesen können. Vor vielen Jahren schon bin ich extra zu diesem Zwecke in die Bibliothek geeilt, hatte ich doch gewusst, dass die Sache mit Uta für mich kein gutes Ende nehmen und ich aufgeknüpft an einem Mast enden würde, wenn ich nicht lernte, meine Worte und meine Bewegungen zu unterbinden. Und so war ich in die Bibliothek geeilt und hatte mir alles herausgesucht, was über unlautere Folter- und Verhörmethoden zu bekommen war. Um vorbereitet zu sein auf das, was einem blüht, der seinen Platz in Leben nicht findet. Einem, der ungefragt schöne Frauen verfolgt. Und sich, ebenso ungefragt, von ihnen verfolgen lässt. Die perfidesten Methoden, einen Wahnsinnigen in einen Schlund zu treiben, sind fürwahr nicht die körperlichen Züchtigungen, so stellte ich schnell fest. Nicht das Pfählen, nicht das Peitschen, nicht die Streckbank führen zu den gewünschten Ergebnissen. Sondern die geistige Drangsal, das mentale Zerpflücken eines Gehirns.

Und so lag ich in diesem dunklen Raum und lauschte dem drängenden Flüstern von Stimmen, die ich selbst erschaffen, und von Geistern, die ich selbst gerufen hatte. Lauter und immer lauter wurden sie, ohne dabei jedoch ihr Flüstern zu vernachlässigen und das Geräusch des raschelnden Laubes einzubüßen. Ich griff mir an den Kopf, langte mir an die Schläfen, rieb und knetete mir die Ohrmuscheln. Lag gekrümmt auf dem Boden und stieß nach Stunden der Malträtierung brüllend Laute aus. Ich scheuerte mir auf dem Zementboden die Knie und die Ellenbogen wund und schrie. Ich wollte mich ihnen nicht kampflos ergeben, mich nicht hinfort tragen lassen von ihrem Flüstern.

Erst am Mittag ebbte ihr anklagender Gesang ab, die Parolen meiner Häscher verstummten und sie zogen davon. Ich lag noch eine unermessliche Zeit da, bemerkte den Schweiß und den üblen Geruch meines Körpers. Und erhob mich. Schaltete die viel zu schwache Lampe ein, zog den hölzernen Stuhl an den kargen Schreibtisch. Und begann von vorn.

Ich schrieb Uta meinen letzten, meinen allerletzten Brief.

10

Auf dem Marktplatz unserer kleinen Stadt steht ein Kastanienbaum. Und rundherum um seinen Stamm steht eine Bank. Hätte man mich vor einiger Zeit danach gefragt, ich hätte wohl lachen müssen. *Ein Kastanienbaum? In unserer Stadt? Nie und nimmer!* So in etwa hätte ich dem Fragenden geantwortet. Um dann noch schnell hinzuzufügen: *Ich lebe seit gut zwanzig Jahren an diesem Ort, seit meiner Geburt. Wenn es in dieser armseligen Stadt einen Kastanienbaum gäbe, glauben Sie mir, niemand wüsste so gut darüber Bescheid wie ich. Niemand, hören Sie? Niemand.*

Und doch gibt es ihn tatsächlich. Durch mein Leugnen und meine Nichtbeachtung hindurch schälen sich die hölzernen Konturen eines ausladenden Kastanienbaumes. Ich sehe, was ich will. Und nur was ich sehen will, wird auch gesehen. Und so ist das, was ich noch vor kurzem nicht sah, mit einem Male existent. Weil die Begleitumstände sich geändert haben.

Ja, es gibt ihn tatsächlich, diesen Kastanienbaum. Und seit ich ihn für mich entdeckt habe, zieht es mich immer wieder zu ihm. Unauffällig schleiche ich durchs Haus, bis Mummy aus ihrem Totensessel aufschaut und mir den Auftrag gibt, eine Besorgung in der Stadt zu machen. Aus eigener Kraft in die Stadt zu gehen – nein – soweit bin ich noch nicht. Die Verzagtheit, die Unlust am Menschen, der Widerwille und der Ekel halten mich noch immer in ihren eisernen Griffen.

Bietet man mir jedoch ein Ersatzmotiv an, wird mir suggeriert, ich gehe gar nicht der Menschen und der Begegnung wegen in die Stadt, sondern aus einem ganz anderen Grunde, so bin ich schnell aus dem Haus, fliege geradezu durch unsere Haustür hindurch und lande in der Stadt, aufgeregt flatternd. Beim Bäcker bekomme ich zwar die üblichen Atemprobleme und im Supermarkt wird mir schwarz vor Augen, so dass ich mich an einem der Regale festhalten muss. Doch dann, wenn alles eingekauft und eingetütet ist, wenn ich die in mich gesteckten Alltagserwartungen glaube, erfüllt zu haben, dann beginnt der Rückweg. Führt vorbei am neuentdeckten Kastanienbaum und wird zu mehr als einem simplen Heimweg. Wird zu mehr als einem Fußmarsch, wird zu etwas Bedeutendem, wird zu einer Melange aus Canossa und Santiago de Compostela.

Wie *kathartisch* – diesen Begriff habe ich in der Schule aufgeschnappt. Habe nicht zugehört, in der letzten Tischreihe gesessen und wie eh und je nur das Ende herbeigesehnt. Dann aber hat die Lehrerin in irgendeinem Zusammenhang gesagt: *kathartisch*. Und ich begann sofort, diesen Begriff zu lieben. Die Lehrerin zu lieben. Und sogar mich selbst zu mögen – endlich – ein klein wenig.

Ein jeder Weg zurück führt seitdem vorbei an diesem Kastanienbaum. Es ist lustig, egal in welchem Winkel dieser verkommenen Stadt ich mich aufhalte, immer erfolgt der Rückweg vorbei an diesem Kastanienbaum. Ich könnte aus Bangladesch oder New York kommen, ja geradewegs vom Mond, und müsste doch diesen Kastanienbaum passieren, um nach Hause zu gelangen. Kein Heimkommen ist möglich ohne dieses Vorbeilaufen am Kastanienbaum, an der Bank, die ihn umgibt. Und somit auch an *ihr*. Denn *sie* sitzt dort. Auf der Bank.

Natürlich ist sie nicht immer da. Aber an den Tagen, an denen sie dort sitzt und in ihr Heft schreibt, gießt sie mir Blei in die Beine. Sitzt dort, kennt mich nicht, sieht mich nicht – und wird dennoch zu einer großen und begabten Blei-in-die-Beine-Gießerin. Blei beschwert meine Beine, es steckt in meinen Knöcheln und den Knien. Schwerfällig werden meine Bewegungen. Ich versuche noch einige mühselige Schritte, bis meine Füße zu schwer sind. Dann bleibe ich stehen, harre aus an Ort und Stelle, zur Bewegungsunfähigkeit verdammt.

Zur Salzsäule erstarrt stehe ich da, wie die Frau des Lot, die erblickte, was nicht für sie bestimmt war. Doch der Schein trügt, ich bin keine Salzsäule. Meine Augen schauen und meine Haut fühlt. Meine Ohren hören und meine Nase riecht. Und mein Herz, das schlägt mir bis in den Kopf hinauf.

Ich sollte mich schämen. Schämen sollte ich mich für meine unfeine Art, hier zu stehen und sie anzustarren. Jede ihrer sorgsam ausgeführten Bewegungen zu beobachten, in mich aufzusaugen. Wie sie den Stift hält, ihn langsam über das Papier schwingt, sich eine Haarsträhne hinter ihr Ohr schiebt. Doch so etwas gehört sich nicht. So etwas macht man nicht. Man schaut nicht auf junge Frauen, die auf Bänken sitzen und schreiben. Denn steht ein junger Mann erstarrt da und schaut auf eine junge Frau, die auf einer Bank sitzt, so ist immer Furcht die Folge.

Ja, ich sollte mich fürchten. Auch wenn sie mich noch nicht sieht, sollte ich bereits diese große Angst in mir verspüren, die noch zu meinem ständigen Begleiter werden wird, eines fernen Tages. Starr vor Schreck bin ich schon, nicht einmal den kleinen Finger wage ich zu bewegen, aus Furcht von ihr gesehen zu werden. Oder schlimmer: Dinge gefragt zu werden, die ich nicht beantworten kann.

Doch sollte ich mich nicht vor etwas Anderem weitaus mehr fürchten? Vor ihrer Macht und ihrer Kraft mich hier erstarren zu lassen, mich bewegungsunfähig zu machen? Wer, so frage ich mich, gibt ihr das Recht dazu?

Mein Verhalten mag unschicklich sein. Der Eindringling aber ist sie. Sie sitzt dort auf dieser Bank unter diesem Kastanienbaum, übertritt meine seelische Grenze und kettet mich an Ort und Stelle fest. Unterbindet mein Weiterlaufen, obwohl doch gerade das Fortlaufen überlebensnotwendig für mich ist. Ich habe sie nicht darum gebeten. Um gar nichts habe ich sie gebeten. Leine soll sie ziehen, hingehen, wo der Pfeffer wächst.

Doch sie bleibt sitzen und sieht mich nicht. Ich stehe keine zwanzig Meter entfernt von ihr, doch sie würdigt mich keines Blickes. Sie bräuchte lediglich ihren Kopf ein wenig anzuheben und ihren Blick von dem Heft, in das sie unermüdlich schreibt, zu nehmen. Schon könnte sie mich sehen. Doch sie sitzt nur da und schreibt, schiebt sich eine Haarsträhne, die ihr ab und an ins Gesicht fällt, zurück hinter ihr Ohr. Atmet tief durch, betrachtet all das soeben Geschriebene in ihrem Heft und lässt einen leisen Seufzer der Zufriedenheit vernehmen.

Ich höre ihn genau und er fährt mir durch Mark und Bein. Noch kurz wandert ihr Blick über die Oberfläche der Seite, dann schlägt sie das Heft mit einem Male zu. Unter der Bank, direkt hinter ihren Waden, holt sie einen Rucksack hervor, lässt Heft und Füllfederhalter darin verschwinden, setzt sich den Rucksack auf den Rücken und steht auf. Dabei streicht sie sich ein weiteres Male die Haarsträhne hinter ihr Ohr.

Das ist es. Das ist das Zeichen, mein Zeichen. Allmählich kann ich mich wieder bewegen. Die Starre löst sich. Mein Körper gehört wieder mir.

Während sie sich langsamen Schrittes entfernt, betrachte ich den Kastanienbaum. Und die Bank, die darunter steht.

Hätte ich eine Axt, ich wüsste, was ich täte. Doch ich habe keine Axt. Und das ist ein großes Unglück. Eine Schande ist diese Axtlosigkeit in diesem Lande, an diesem Orte.

11

Jaroncek, Sie können uns zwanzigmal erzählen, dass Sie Uta Wensch nicht ermordet haben, und uns weiterhin stur Ihr Geständnis verweigern. Überhaupt kein Problem. Sie sind nicht der Erste, der sich an diesen dünnen Strohhalm der Verweigerung klammert. Und Sie werden auch nicht der Letzte sein. Aber eines sage ich Ihnen: Einer Frau erst die Pulsadern aufzuritzen, sie dann in die Badewanne zu schleppen, um sie dort verbluten zu lassen, das ist krank, Jaroncek. Krank und abartig.

Überhaupt auf eine solche Idee zu kommen, ist krank und abartig. Es dann in die Tat umzusetzen, überschreitet die Schwelle von Mensch zu Monster.

Sie sind doch Immobilienkaufmann Jaroncek. Zwar ein lausiger, denn meines Wissens haben Sie nie ein Haus oder eine Wohnung vertickt, waren ja nicht mal irgendwo angestellt, sondern sind nach Ihrer Lehrzeit direkt als abgedrehter Plapperer auf die Marktplätze und an die Straßenecken geeilt, um den rechtschaffenen Bürgern dieser Stadt unsagbar auf den Senkel zu gehen. Aber immerhin, Sie sind einer, der Immobilien vermitteln könnte. Ergo: ein scharf kalkulierender, wendiger und mit unserem herrschenden Gesellschaftssystem durchaus vertrauter Kopf.

Also frage ich Sie direkt: Wie kommt man auf eine derart perverse Scheiße? Was ist los mit Ihnen, Jaroncek? Was ist wann kaputt gegangen dort oben in Ihrer Birne?

Mord ist immer falsch und da gibt es auch nichts um den heißen Brei herumzuschwafeln. Aber hier geht es nicht um den Sinn und den Unsinn von Mord, sondern nur noch um krank oder richtig krank. Pervers oder richtig pervers. Begreifen Sie das, Jaroncek? Es liegt ein himmelweiter Unterschied zwischen einem Schuss aus der Pistole, zwei Messerstichen, ein paar Tropfen Gift in einem Glas Whiskey – und der Aktion, die Sie vollbracht haben.

Soll ich Ihnen sagen, was ich glaube, Jaroncek? Sie sehen sich nicht als Mörder, weil Sie denken, über dem Gesetz zu stehen. Weil Sie denken, ein Zeichensetzer zu sein. Ein Liebes- und Kapitalismuskritiker, einer, der sich allen unseren Werten, unserem ganzen *ach-so-bösen* System widersetzt, der aufbegehrt und glaubt, blitzgescheit die Krankhaftigkeit unserer Gesellschaft analysieren zu können. Und dabei so maßlos überdreht, dass er übersieht, dass er selbst es ist, der für die krankhaften Züge sorgt. Die Welt soll wissen, wie kaputt die Menschen Sie gemacht haben, weil Sie nicht begreifen können, dass andere sehr wohl glücklich sind mit ihrem Leben in dieser Welt, in diesem auf Pomp und Plastik fußenden System.

Was haben Sie gegen ein wenig Pomp und Plastik, Jaroncek? Was ist falsch an Frauen, an Männern, an lustvoll kopulierenden Pärchen? Wie alle egozentrischen Menschen kennen Sie die Liebe natürlich nicht aus eigener Erfahrung, sondern lediglich vom Hörensagen. Aber muss das deswegen gleich unser aller Problem werden?

Wissen Sie, dass ich Ihnen etwas voraushabe, Jaroncek? Im Gegensatz zu Ihnen sehe ich Ihr Gesicht. Jetzt gerade in diesem Moment. Sie mögen stur und stumm wie Beton sein, aber Ihr Gesicht, das zeigt Wohlbefinden. Geht hier gerade ein langgehegter Plan auf? Genießen Sie es, als Angeklagter mit mir in diesem Raum zu sein? Zu wissen, dass das halbe Land da draußen Ihren Fall verfolgt und Sie schon jetzt im Fokus aller Medien stehen? Sie haben saubere Arbeit geleistet, Jaroncek. Auch an Ihren üblichen Straßenecken wird bereits nach Ihnen gefragt. Sogar in Arad, Israel, erinnert man sich an Sie. Die Welt wird Ihren Namen so schnell nicht vergessen. Sie sind Jaroncek. Jaroncek der Schlächter.

Aber trotzdem sind Sie noch immer der gleiche verkorkste Bettnässer, der Sie als Junge gewesen sind. Es tut mir Leid Ihnen das sagen zu müssen, aber Ihre Schwester hatte recht, die Mädchen werden Sie niemals mögen. Und die Frauen schon gar nicht. Und da Sie immerhin kapiert haben, dass Ihnen somit ein normales Leben auf ewig unmöglich sein wird, haben Sie sich für ein abweichendes Leben entschieden, ein perverses Leben. Geben Sie es zu: Sie haben Gefallen gefunden am lebenslangen Bettnässen.

Los, Jaroncek, sagen Sie schon, ist es nicht so? Denn nur darum haben Sie dieses Gemetzel bei der Wensch durchgezogen. Sie haben sich bewusst blöd und vertrottelt angestellt, Sie wollten erwischt werden, Sie wollten von über hundert Zeugen gesehen werden. Und vermutlich haben Sie es sogar genossen, sich von Uta Wensch niedermachen zu lassen.

Ich sagte Ihnen bereits, Jaroncek, ich sehe Ihr Gesicht, Sie nicht. Und was ich da alles drin lesen kann! Zum Beispiel, dass Ihnen auch diese Situation hier sehr behagt. Ich mache Sie nach allen Regeln der Verhörkunst fertig, Sie zucken auch fein zusammen und rutschen auf Ihrem Stuhl tiefer und tiefer und Ihr Gesicht nimmt zunehmend eine dunkelrote Färbung an. Doch gleichzeitig schleicht sich ein süffisantes Lächeln auf Ihre Lippen.

Ja, schauen Sie nur auf den Boden, das hilft Ihnen kein Stück, Sie entkommen mir nicht. Ich stelle mich hier direkt neben Ihren hochroten Schädel, komme Ihnen näher und näher, und wenn Sie nicht aufpassen, Jaroncek, dann komme ich Ihnen so nah, dass ich Ihre verdammten perversen Gedanken lesen kann. Sie sind mein Gefangener, Jaroncek, im Gegensatz zu Ihnen, kriege ich immer, was ich will. Ganz fix durch sind wir beide hier – wenn mir der Sinn danach ist.

Ihre Birne ist jetzt schon so hochrot angelaufen, da braucht es nicht mehr viel und sie explodiert. Wollen wir Ihren Schädel zum Explodieren bringen, was meinen Sie? Wollen wir Ihre Gedanken so lange zum Kochen bringen, bis es *Boom* macht und der ganze Jaroncek-Gehirneiter durch die Gegend fliegt, die Wände beschmiert, den Boden, den Tisch und die Stühle?

Hey, Jaroncek, schauen Sie mich an, wenn ich mit Ihnen rede! Schauen Sie mir ins Gesicht. So ist gut. Ich kann mein Gesicht nicht sehen, aber Sie können es. Also Jaroncek, sagen Sie mir, was Sie sehen. Kann es sein, dass in meinem Gesicht die gleiche Wonne zu sehen ist wie in Ihrem? Vorstellbar wäre es, denn wissen Sie, Jaroncek, nur weil ich Sie binnen zwei Minuten zerrupfen könnte, muss das doch noch lange nicht heißen, dass ich das auch will. Vielleicht ist es für mich viel erregender die ganze Angelegenheit auszudehnen. Aus den zwei Minuten zwei Tage werden zu lassen. Oder zwei Wochen.

Zwei Wochen, Sie und ich, eingepfercht in diesen Raum – was meinen Sie, Jaroncek? Zwei Wochen lang Wonne für Sie, zwei Wochen lang Wonne für mich. Eine einzige, lang andauernde Erregung. Zwei Wochen lang lassen Sie sich bereitwillig fertigmachen von mir. Und zwei Wochen lang mache ich Sie fertig. Wir kommen beide auf unsere Kosten. Es gibt Männer, die zahlen viel Geld für eine solche Dienstleistung. Sie aber bekommen das ganze Paket umsonst. Psychofolter, Drohung, Beleidigung, Erpressung – alles inklusive. Und wie sieht es mit Schlägen aus, Jaroncek? Wollen wir auch Schläge integrieren? Wo Ihnen Gewalt doch eine solche Erleichterung verschafft.

Eine Sondergenehmigung, körperliche Gewalt anzuwenden, habe ich. Und glauben Sie nicht, nur weil ich eine Frau bin, könnte ich nicht ordentlich zuschlagen. Ich weiß sehr wohl, wie man einen

Kiefer bricht. Ich kenne sogar das Geräusch, das ein brechender Kiefer macht. *Knack* macht es, Jaroncek. *Knack.* Oder ist es Ihnen lieber, wenn ich dieses Wort eher hauche. Mich zu Ihrer knallroten Birne hinunterbeuge, meine Lippen so wie jetzt ganz nah an Ihre Ohrmuschel lege. Und es dann hauche, mit einem extra eingefügten *h* in der Mitte: *Kna-hack.*

Doch was erzähle ich da. Warum versuche ich, Ihnen meine Vorzüge schmackhaft zu machen. Wenn jemand die natürlichen Kräfte einer Frau kennt, dann schließlich Sie. Nicht wahr?

Also, Jaroncek, überlegen Sie es sich gut. Wie wollen wir hier weiter machen? Sofortiges Geständnis, sofortiges Strecken der Waffen – oder langgezogener Sadomasokäfig?

12

Ob sie weiß, dass ich sie verfolge? Sie geht so langsam, fast schon bedächtig. Nein, das stimmt nicht. Sie geht nicht, sie schreitet. Mit maßvollen und sicheren Schritten bewegt sie sich voran, während sich ihre Arme – einem stummen Takt folgend – ihrem Gang anpassen. Um ihren kleinen Finger hat sie einen dünnen, kaum sichtbaren Faden gewickelt. Nach hinten hin wird dieser Faden immer dicker und dichter, unnachgiebiger und erbarmungsloser. Man könnte von einem Tau sprechen, das sie mir um den Hals gelegt hat und an dem sie mich hinter sich herzieht. Wann immer ich kurz stehenbleibe, um mich auszuruhen und meine Orientierung wiederzuerlangen, zehrt sie an ihrem Faden und schnürt mir damit die Kehle zu. Willenlos und einem Tölpel gleich stolpere ich hinter ihr her.

Verlässt man den Marktplatz in südlicher Richtung, so kommt man, die Kirche passierend, in die Schustergasse. Schon ein Blick auf diese Pflastersteinstraße reicht aus, um sich vorzustellen, dass noch vor nicht langer Zeit Bauern mit ihren von Pferden und Ochsen gezogenen Karren hier hinunter rumpelten. Stolpert man nun selbst hier entlang, gezogen von einem Tau, so sind die vielen Achsenbrüche, die es hier gegeben haben muss, sofort gegenwärtig, sofort nachvollziehbar. Die Stadt, so kann man in einer Touristenbroschüre nachlesen, ist stolz auf ihren historisch gewachsenen Stadtkern. Von Achsenbrüchen und zerschundenen Pferdehufen steht dort nichts. Doch einem unter der Last seiner Bürde ächzendem Ochsen wird es nicht anders ergangen sein als mir.

Ich kann kaum Schritt halten mit ihr, sie schreitet mehr als sie läuft, schwebt mehr als sie schlendert. Sie läuft und läuft und läuft. Ich weiß nicht, wie mir geschieht und was hier geschieht, warum sie mich hinter sich herzieht, wie sie das macht. Doch mir bleibt keine andere Wahl, als mich ihrem Tempo anzupassen, und zu hoffen, daran nicht kaputt zu gehen, nicht auf freier Strecke oder offenem Felde zu verrecken. Die Furcht, mich zu übernehmen bei dem, was ich hier betreibe, steckt bereits in mir. Denn vergleiche ich sie mit mir, so tun sich Gräben auf. Tiefe Gräben, in die ich mich kaum traue hineinzuschauen, aus Angst verschluckt zu werden oder beim Überspringen zu scheitern.

Während sie vor mir herläuft und ich stupide und einem schnaubenden Ochsen gleich in einigem Abstand hinter ihr hertrotte, habe ich Gelegenheit, sie genauer zu betrachten. Sie ist einen Kopf kleiner als ich, das braune Haar reicht ihr bis auf die Schultern. Und was mich verwundert: Sie ist ausnehmend schmal gebaut. Nicht dürr, nein, bei weitem nicht. Aber schmal. Elegant. Grazil. Woher sie die Kraft nimmt, mich hinter sich herzuziehen, frage ich mich. Wäre ich ein echter, ein richtiger Mann mitsamt all dem Verlangen und all der Gier, von der alle immerzu reden, ich wüsste, warum ich hinter ihr herlaufe. Ich wüsste um die Zweckgebundenheit, um die Zielgerichtetheit meiner Aktion. Doch das bin ich nicht. Triebe sind mir fremd und Sexualität allenfalls ein dunkler, schwarzer Geist, der auf dem Fenstersims meines Jugendzimmers hockt und mich zu bekehren versucht. Dem ich mich jedoch konsequent verweigere, den ich erfolgreich zu ignorieren gelernt habe über all die Jahre, in denen unser Haus nun schon in Stille getaucht ist.

Nervös tasten meine Blicke ihren Körper ab, suchen nach dem Ausgangspunkt ihrer mit nichts zu erklärenden Macht über mich. Ergebnislos.

Sie trägt ein weites Sweatshirt. Schwarz oder dunkelblau – ich vermag es nicht genau zu sagen aus meinem Sicherheitsabstand heraus. Zumal die Kirche ihren mächtigen Schatten wirft, hinab in die Gasse, durch die wir nun laufen. Der Halsausschnitt ist sehr weit gefasst und gibt den Blick frei auf den weißen Träger ihres Bustiers. Dem Wetter entsprechend hat sie ihre Ärmel bis über die Ellenbogen hinaufgeschoben. Ihre Beine stecken in schwarzen Jeans, die schon ein wenig ausgeblichen sind. An den Füßen schließlich trägt sie hellbraune Allerweltsschuhe.

Sie sieht aus wie alle anderen Frauen auch aussehen. Schön, ja. Aber nichts Besonderes. Kein Grund für Hinterherstolpern. Kein Grund für Kopfverlust.

Doch sie läuft und ich stolpere hinterher, kann kaum Schritt halten mit ihr. Schnaube und keuche vor mich hin, gefangen und zerrieben zwischen der Angst nicht Schritt halten zu können und der Befürchtung entdeckt zu werden. Beides, so spüre ich, würde Ungutes nach sich ziehen.

Ist man erst einmal aus dieser Gasse heraus, so ist es, als wäre man auch aus der Touristenbroschüre herausgepurzelt. Denn außerhalb des kleinen historischen Ortskerns hat diese Stadt, in der ich aufwachse, nichts zu bieten. Nichts was einer Erwähnung, geschweige denn einer Erinnerung wert wäre. Zwei Schritte zu viel und schon purzelt man hinaus aus der Broschüre und mitten hinein in ein Neubaugebiet. Die Straßen werden glatter und an ein jedes fertiggestellte Einfamilienhaus mit Garage und Rasenfläche drängt sich eine abgesteckte, noch unbebaute Fläche, auf der bereits ein Bagger steht, der darauf verweist, dass auch hier bald eine junge Mittelstandsfamilie auftauchen und ihr Glück an exakt diesem Ort finden wird.

Nein, die Broschüre erwähnt dieses Neubaugebiet mit keinem Wort, unverständlich, gibt es doch gerade hier so viel zu sehen, zeugen doch gerade diese schmucken Einfamilienhäuser vom Glanz des modernen Vorstadtlebens, von Ordnung und Sicherheit. Das Glück scheint erreichbar in Vorstadtvierteln wie diesem. Es liegt sichtbar in den Vorgärten für jeden Vorbeilaufenden, ist sogar greifbar in Form von Spielzeug, das an Sommertagen quer über die Rasenfläche verteilt liegt.

Oder in Form des Kombis, dem neuesten Modell, der vor jeder Garage zu stehen scheint und mit stummen Signalen dazu auffordert, den Picknickkorb mitsamt Kind und Kegel zu packen und ins Grüne zu fahren. Auf einem Feld weitab der Zivilisation die Decken auszubreiten und das Brot, den Aufschnitt und das Obst darauf zu stellen. Auch den frisch gepressten Saft für die Kinder, für die das Gesündeste gerade gut genug ist. Die Mutter liest in einer Zeitschrift für die moderne Frau, während der Vater gleich neben ihr liegt und sich über das Neueste aus der Welt der Einspritzmotoren informiert. Ab und an greift er blind nach ihrem Arm, bekommt ihn zu fassen und beginnt mit seinen Fingerspitzen sanft geometrische Figuren auf ihre Haut zu zeichnen. Hin und wieder berührt er dabei eine besonders sensible Stelle, woraufhin die Frau für den Bruchteil einer Sekunde die Augen schließt. Man muss schon sehr genau hinsehen, um es zu bemerken. Sie öffnet ihren Mund ein wenig und schickt einen kurzen, leisen und entspannten Seufzer zu ihm hinüber. Dann sammelt sich ihre Konzentration wieder auf die Mode der Saison und ihr Blick huscht mit sanfter Erregung über Röcke und Blusen. Derweil nimmt hinter ihnen ein kleiner Junge mit strubbeligen Haaren und ständig laufender Nase einem kleinen Mädchen mit dicken Zöpfen und noch ungelenken, tapsigen Bewegungen beständig den Ball weg. Die Kleine beginnt zu weinen, die Mutter lässt in halblautem, eindeutig nur gespielt mahnendem Ton den Namen des Sohnes erklingen und dieser gibt zumindest für einen kurzen

Augenblick das frech ergaunerte Spielgerät an die Schwester zurück.

Und alle Beteiligten wissen, dass spätestens in ein paar Minuten das Spiel von vorne beginnen wird.

Selbstkasteiung. Ich bestrafe mich selbst, lasse mich einer Sache wegen leiden, für die ich gar keine Schuld trage. Eines ist klar: Menschen wie ich sollten nicht in Neubaugebiete gehen, sondern dringend von Neubaugebieten ferngehalten werden.

Ich bin ein Getriebener, der sich schwer atmend durch die frisch geteerten Straßen eines Neubaugebietes wuchtet. Auf der ältesten Mission des Menschen: Rache und Vergeltung. Bald wird meine Ausbildung beginnen, ich werde lernen Grundstücke an den Mann und Familienträume an die Frau zu bringen. Nur noch wenige Wochen und ich werde eintauchen in dieses Leben, werde über jene Gartenzäune steigen, an denen ich bisher noch stehe, fassungslos und zerrüttet. Und werde mich abplagen bei dem Versuch mittels Ausbildung aus diesem Gefühl der Rache, das mich antreibt, ein Gefühl der Verbundenheit werden zu lassen. Vor einem Grundstück zu stehen und nicht länger *nein* zu sagen, sondern nur noch *ja*!

Wofür ich mich abrackere, wem meine Rache gilt, von der ich getrieben werde – ich vermag es selbst noch nicht zu sagen, zu unerfahren bin ich noch im Lesen der Indizien, im Auswerten meiner Charakteristika. Und blicke ich in den Spiegel, versuche, die Wahrheit in mir selbst zu finden, so sehe ich nichts. Ich sehe einen Mund, eine Nase, eine Stirn. Doch ein Gesicht – mein Gesicht – will daraus nicht entstehen. Und so jage ich durch die Neubaugebiete auf der Suche nach jenen Antworten, die mich *ich* denken lassen könnten. Ich stehe vor einem Grundstück, stelle mich direkt an einen frisch gestrichenen Gartenzaun und schaue. Ich schaue und bestaune das Leben der anderen. Und versuche mich an einem ich, meinem ich. Sage es sogar: *ich*. Doch wieder und wieder treffe ich auf nichts.

All das aber nicht heute, nicht an diesem Tag. Denn heute ist sie es, in deren Schlepptau ich hergekommen bin. Nicht ein einziges Mal hat sie sich umgesehen auf dem Weg hierher. Dabei wäre es ein Leichtes gewesen, meine Blicke in ihrem Rücken zu spüren. Aber sie läuft weiter, schleppt mich gnadenlos an Baggern, abgesteckten Flächen, Vorgärten, Zäunen, Garagen und Kombis vorbei.

Kidnapping auf höchstem Level, denke ich. Begehre kurz auf, falle jedoch sogleich wieder in mich zusammen. Als ich schon beginne, an die Ewigkeit zu glauben, steuert sie auf eines der Häuser zu. Greift mit ihrer linken Hand in ihre Hosentasche und holt ein

Schlüsselbund hervor. Unter lautem Klimpern nimmt sie die Stufen zur Haustür mit einem einzigen großen Schritt und ist im Nu im Haus verschwunden.

Abgetrennt.

Ohne mit der Wimper zu zucken, hat sie es abgetrennt, den Bindfaden, das Tau, das Bindeglied zwischen ihr und mir, als sie den Hausflur betrat und die Tür hinter sich schloss. Mit dem Faden im Türrahmen ging es ein wenig schwerer als sonst, doch nur einmal kräftig nachgestoßen und zu war die Tür. Und der Faden abgetrennt.

Einsam und seltsam verschnörkelt liegt er nun auf dem Fußabtreter. *Herzlich willkommen!* ist darauf zu lesen. Ein paar Meter weiter stehe ich und verschaffe mir Luft. Zwei Finger zwischen Hals und Schlinge gelegt mache ich mich daran, mich aus meiner misslichen Lage zu befreien. Und dann stehe ich dort. Ich sehe nicht nach links und nicht nach rechts. Und hinter mich schon gar nicht. Nur nach vorn schaue ich. Denn da ist dieses Haus, vor dem ich stehe. Seine Steine sind grün und sein Dach, das ist blau. Eine kleine Gartenpforte steht weit offen und gibt den Weg frei auf einen mit Rosen und Tulpen gesäumten Weg, der direkt zum Haus führt. Ich mag das Haus. Und auch die junge Frau mag ich. Wann immer ich dort vorbeikomme, steht sie am Fenster, lächelt mich an und winkt mir zu. Und ich winke zurück.

Ich weiß, dass das Haus nicht existiert, wie auch die grünen Steine und das blaue Dach eine einzige schöne Einbildung sind. Und auch die junge Frau ist eine Einbildung, ich weiß es bereits, habe trotz meines noch jungen Alters schon in so vielen Gesprächen lernen müssen, den Unterschied herauszuarbeiten zwischen Realität und Fantasie. Zwischen Sein und Nicht-Sein. Doch es spielt keine Rolle, meine Fähigkeit zu sofortiger Selbstanalyse und Fantasieentlarvung verpufft. Denn da ist dieses Bild von einer Frau in meinem Kopf. Und ich mag dieses Bild.

13

§ie beugt sich vor, ihre Augen blitzen. Es ist kein normales Vorbeugen, es ist ein Vorbeugen, so kräftig und lustvoll wie von einem malenden Expressionisten auf Leinwand gebracht. Und zugleich so verwerflich und niederträchtig, wie von einem dichtenden Expressionisten in Versform verfasst.

Ich habe viele Frauen sich vorbeugen sehen. Aus meinen Verstecken hinter Büschen und Mauervorsprüngen heraus habe ich über viele Jahre hinweg fremde Frauen sich vornüber beugen sehen, habe sie inspiziert, wie sie sich über Brüstungen, Balkone und Geländer gelehnt haben oder wie sie unbedacht etwas aufgehoben haben, im Park oder in einer Fußgängerzone. Wie sie sich immer galant, immer grazil, hinunterbückten, wenn ihnen ein Kugelschreiber, ein Taschentuch oder ein Babyschnuller heruntergefallen war. Und ich habe dagestanden, ganz still, ganz ruhig und habe geschaut.

Eingeatmet. Ausgeatmet. Ich habe versucht, das Gesehene im Kopfe zu behalten, es so lange fokussiert, bis ich es nicht mehr vergessen konnte.

Der Perverse fotografiert, der Romantiker aber, der hält inne und prägt es sich ein. Der Perverse sperrt ihn ein, diesen zauberhaften Moment, wirft ihn mit Hilfe technischer oder elektronischer Utensilien in ein tiefes Verlies, in das er nach Belieben immer wieder hinabsteigen kann. Der Romantiker jedoch, der lebt von der Flüchtigkeit und der Vergänglichkeit dieses Moments. Die Unwiederbringlichkeit eines Augenblicks ist ihm das Höchste.

Genau das ist er, der Unterschied zwischen krank und gesund, zwischen irre und emotional, zwischen Verbrechen und Liebe.

Doch meine Ankläger begreifen es nicht und werden es auch niemals begreifen. Sie mögen von vielen Dingen eine Ahnung haben, nur von der Liebe und der Sehnsucht eben nicht. Hoch droben am Kirchturm unserer Stadt hängen drei Käfige. Unholde wurden im Mittelalter dort eingesperrt, zum Spott und zur Warnung für die Bürger ausgestellt, solange bis sie verreckt sind an Hunger, an Durst, an Kälte und Moral.

Wenn ich so weitermache, weiterhin mein Unwesen treibe, sei es als verirrter Plapperer oder als angeblicher Frauenschänder, dann werden sie gewiss auch mich dorthin verfrachten, mich in einem

Käfig ausstellen hoch über ihren Köpfen, hoch über der Stadt. Von dort oben werde ich ihnen das Leben erklären müssen, wieso die einen Menschen ein Leben lang mit den Beinen auf dem Boden der Tatsachen verbleiben, während es die anderen beständig mit dem Hirn gen Wolken zieht. Ganz wild umherspringen in meinem Gitterrost werde ich. Es wird aussehen, als hätte mich niemand Geringeres als der Leibhaftige illuminiert, als wäre ich von einem Schatten gedrängt worden, der zu werden, der ich bin.

Das Volk wird jubeln und johlen, wird meinen wilden Tanz mit anerkennendem Szenenapplaus quittieren. Sie werden mich in Erinnerung behalten als den Plapperer, der ihnen vielleicht doch noch so manches hätte erklären können, so man ihn nur gelassen hätte. Bevor ich jedoch verrecke zwischen meinen Eisenstangen, zum Bauernopfer ihrer Heuchelei werde, werde ich von dort oben, also aus fünfzig – nein – aus hundert Metern Höhe, das Evangelium der Ehrlichkeit und der Liebe über das Volk bringen. Werde in meinem Käfig umher hopsen wie der Teufel, jedoch von Liebe krakeelen. Und die Leute, sie werden stehenbleiben, werden mir zuhören – und begreifen. Denn das einfache Volk ist nie das einfache Volk, für das es gehalten wird, sondern lediglich das unstudierte Volk. Was dazu führt, dass es wesentlich schneller begreift als die studierten Köpfe der Stadt, die verlernt haben, andere Köpfe zu sehen und ganz beschäftigt sind mit sich selbst. Ja, das sogenannte einfache Volk wird schnell begreifen und darauf drängen, mich aus meinem Käfig zu holen. Doch ich werde mich weigern, wieder zu ihnen hinab zu kommen. Denn hängt ein Mensch erst einmal hoch droben an einem Kirchturm, so will er gar nimmer mehr hinunter, verspürt keinerlei Gelüste, zurück in das bedeutungslose Loch zu kriechen, aus dem sie ihn gerade erst gezerrt haben.

Ja, ich weiß, wie es sich verhält mit dem Vornüberbeugen der Frauen und der Romantik und der Liebe. Doch meine Ankläger begreifen es nicht, halten tagein tagaus derart verkrampft Ausschau nach Menschlichkeit, dass sie die offensichtlichste aller Menschlichkeiten übersehen. Das wahre Empfinden wird flugs als Wirrnis eines verkorksten Geistes abgestempelt, damit sie sich selbst und ihre Plastikleben nicht in Frage stellen müssen.

Im Gespräch werden wir daher nicht weiterkommen, werte Ministerialbeamtin, sind Sie doch zu sehr versucht, mich zu analysieren, alles, was ich von mir gebe psychologisch sauber zu dechiffrieren. Ein bocksbeiniges akademisches Ansinnen ist das! Ein Ansinnen, das Ihnen den klaren Blick auf mich und mein Handeln verstellt. Sie mögen cleverer und intelligenter sein als ich. Doch wie oft gerät Cleverness zu Idiotie, wie oft entsteht durch Fachwissen ein Tunnelblick? Ein selbstvergessenes, falsches Leben lässt sich jedoch nicht nach den Schemata der Psychoanalyse aufdröseln. Und schon gar nicht mein selbstvergessenes, falsches Leben. Diese ständige Frage nach dem *warum* lässt aus kühl analysierenden Psychoanalytikern nervöse Neurotiker werden.

Wie mich die Ministerialbeamtin mustert. Lässt die Domina heraushängen und glaubt, mit dieser Form theatralischer Drohgebärden bei mir weiterzukommen. In allem kann sie mir etwas vormachen, in wirklich allem – nur in der Theatralik nicht, bin ich dort doch selbst der ungeschlagene Meister!

Die Ministerialbeamtin ist eine schöne Frau. Keine Uta und somit nicht mein Geschmack, aber doch fraglos schön. Fehlerfrei. Wenn sie lacht, dann wirft sie den Kopf weit nach hinten. So weit, wie ich noch nie einen Menschen einen Kopf nach hinten habe werfen sehen. Es ist ein aufgesetztes, ein zweckgebundenes Lachen. Aber einen Hals hat diese Frau, kräftig und fest. Und einen sich klar abzeichnenden Kehlkopf, wie ihn sonst nur Männer haben. Seltsam sieht das aus, obwohl es ihr steht, vollkommen übereinstimmt mit ihrem forschen Auftreten und der Regie, die sie in diesem Raum führt.

Dass Frauen langsam, aber sicher in die Refugien der Männer eindringen, habe ich gelesen. Ihnen alles streitig machen. Sie nennen es zwar Gleichberechtigung, weil es sich so sanft und intelligent anhört, wollen de facto aber gar keinen Ausgleich und kein Einvernehmen, sondern wegnehmen. Ein berechtigtes Wegnehmen, vielleicht, ein längst überfälliges Wegnehmen. Doch sie nennen es nicht so, weil sie den Mann nicht mögen, so wie er ist. Sie sagen Gleichstellungsbeauftragte, meinen jedoch Beauftragte für berechtigtes und längst überfälliges Wegnehmen.

Das Leben ist Evolution und das Wegnehmen der Frauen ist berechtigt, eine simple Logik liegt in dieser weiblichen Aneignung. Denn zuerst verdrehen sie uns Männer und machen uns alsdann überflüssig. Sogar unsere Kehlköpfe eignen sie sich bereits an, bekommen Dompteusen-Hälse. Keine zwanzig Jahre mehr und die Kosmetikindustrie wird sich eine goldene Nase an Abdeckmitteln für den weiblichen Hals verdienen. Denn unseren Kehlkopf wollen sie durchaus haben, die Frauen. Nur nicht gesehen werden mit einem derartigen Geschwulst knapp unterhalb des Kinns.

Die Hässlichkeit, den Schimpf und die Schande, alles das sollen die Männer behalten, werden die Frauen zetern, sobald sie ihrer eigenen prächtigen Kehlköpfe ansichtig werden. Und sie werden richtig liegen mit ihrem Vorwurf, denn in Verdrehung und Überflüssigkeit gestrandet wird die Existenz des Mannes darauf ausgerichtet sein das Yang zu repräsentieren. Keine Gesellschaft kommt ohne Schuldige aus, ein Menschensystem ohne Übeltäter ist dem vorzeitigen Untergang geweiht. Die vielen Stellen als Bauernopfer und Tunichtgute, die in jeder Stadt zu besetzen sein werden, werden sie mit Männern füllen, sobald sie erst einmal angebrochen ist, die unausweichliche Herrschaft der Frauen, der ultimative Sieg der Weiblichkeit.

Und ich? Ich kann nicht einmal sagen, dass mir diese Aussicht unbehaglich ist, bin ich hier doch nur der Vorreiter, die Männer-Avantgarde geradezu. Dass mich die Frauen hassen, liegt in der Natur meines Falles. Hätte ich einen Mann getötet, wären sie weniger emotional. Dass mich aber auch die Männer hassen, ist ihrem Blick auf mich geschuldet. Sie sehen mich an und merken, dass sie alle gar nicht so weit fort von mir sind, dass sie sich nicht einfach so freisprechen können von meiner Schändlichkeit. Sie blicken mich an, die Männer, und wissen genau, dass sie nicht nur mich ansehen, sondern den Mann als solchen.

Sie spüren, dass ich nicht aus dem Gestern zu ihnen gekommen sein kann, denn dafür bin ich zu unbehaart und mein Testosteronspiegel ist zu niedrig. Also werden sie bemerken, dass ich aus der Zukunft zu ihnen gekommen sein muss. Dass ich gekommen bin, ihnen aufzuzeigen, wie es mit den Männern sein wird und mit den Frauen und den vielen hunderttausend freien Stellen als Tunichtgute, die zu besetzten sein werden. Eine Position wie geschaffen für Männer, denn dort, auf den Plätzen der sabbernden Hofnarren, können sie keinerlei Schaden anrichten.

Sobald die Frauen erst einmal wissen, dass sie vor nichts und niemandem so wenig Angst zu haben brauchen wie vor einem Mann, wird das Kreischen aufhören. Sie werden einfach stehenbleiben und mit stillem Amüsement dem Mann bei seiner Selbstverformung zuschauen und alsdann in vollkommener Ruhe ihrer Wege gehen.

Offiziell ernannter Bösewicht und Übeltäter, das bin ich schon jetzt. Als Primus inter Pares. Geboren, um all die Schmach zu tragen, die sonst niemand tragen mag. *Betreutes Scheißebauen*, so wird man diesen Dienst nennen, den Männer wie ich für die Gesellschaft leisten werden. Alles wird dann unter Kontrolle sein, der offizielle

Bösewicht und Übeltäter darf sich betrinken und schlagen und verbal aus der Rolle fallen, im Gegenzug stellt er sich zur Verfügung, sobald es mit der Wirtschaft bergab geht, ein Verfall von Anstand und Moral festzustellen ist oder wieder einmal ein lebloser Kinderkörper in einem Gebüsch gefunden wird. Eine schöne neue Welt wird das sein, sobald den Frauen erst einmal ihre Kehlköpfe gewachsen sein werden. Und all die Männer meinem Beispiel folgen.

Denn auch wenn sie es nicht sehen können – nicht sehen wollen – ich bin der, der die Frauen liebt, der sie vergöttert. Vermutlich bin ich gar der Nation größter Feminist, leiste ich doch Dienste, die drei bis an die Zähne bewaffnete Polizisten mit breiten Kreuzen und mächtigen Oberarmen nicht leisten können. Ich übernehme Verantwortung. Für alle. Und für alles.

Sollen die Frauen uns ruhig die Kehlköpfe wegnehmen, gerne auch mittels Quote, staatlich verordnet. Ich werde sie nicht aufhalten. Der Untergang des Mannes, der mir schon jetzt eine allenfalls noch mitleiderregende, jämmerlich dahin siechende, stinkende Kreatur zu sein scheint, wird mir ein Fest sein. Denn ich liebe die berechtigte Selbstherrlichkeit der Frauen und verabscheue die aus der Luft gegriffene Egomanie des Mannes, die nie etwas Erhabeneres als Notwehr gewesen ist.

Nein, ich ermorde ganz sicher keine Frauen. Und schon gar nicht auf jene schändliche Art und Weise, die Sie mir nun so gerne in die Schuhe schieben wollen, Frau Ministerialbeamtin. Dafür liebe ich sie zu sehr, dafür bewundere ich die Frau zu sehr.

Ich versuche, im makellosen Gesicht der Ministerialbeamtin zu ergründen, ob sie mich nicht doch bewundert für meinen Klarblick – oder aber nur für einen weiteren Nutzlosen, des Lebens Unfähigen hält. Einen, dem allenfalls noch mit Spott zu begegnen ist. Schließlich zerschellt Logik an mir. Mein Verhalten folgt keinem Kausalitätsprinzip. Wahrscheinlicher ist jedoch, dass sie trotz ihrer prall gefüllten Akte, die sie sich auf den Schoß gelegt hat und in der doch angeblich alles über mich steht, nicht weiß, wie mir beizukommen ist.

Was habe ich Uta mit all dem Gerede über das Leid, das Böse und den Tod zur Weißglut gebracht. Irgendwann, als es ihr mit den Jahren zu viel wurde mit mir und meinem Nichtweggehen, meinem Nichtfortziehen aus der Stadt, meinem Nichtverlieben, Nichtverloben, Nichtheiraten einer anderen Frau, meinem borniertem Nichtzurruhekommen, da hat sie mich gepackt. Sie hat mich geschüttelt und mich angeschrien, ich solle mich verpissen, aufhören, ihr zu schreiben, aufhören, ihr aufzulauern, aufhören, sie zu verfolgen.

Also ging ich. Ich ging, verließ die Stadt, ließ mich im Süden unseres Landes nieder. Und es trat ein, was eintreten musste: nichts. Keine Änderung fand statt, keine Neuausrichtung der Verhältnisse. Uta folgte mir, so wie sie mich immer überallhin verfolgt hat.

Sie war immer eine sehr kultivierte Frau, meine Uta, nur in Härtefällen ein aus der Ruhe zu bringender Mensch. An jenem Tag jedoch, an dem sie mich packte und derart anschrie, stand sie kurz vor der Geburt ihres ersten Kindes. Ihr Bauch war prall wie ein Ballon und sie wurde zum ersten und einzigen Male laut mir gegenüber. Sie herrschte mich an, mit diesem und jenem aufzuhören, und wurde dann mit einem Mal ganz still. Ihr Atem ging schnell, zitternd lagen ihre Hände auf dem mit Nachwuchs angefüllten Leib, eine haselnussbraune Strähne hing ihr im Gesicht. Dann hob sie den Kopf, sah mich an und sagte: *Weißt du was, du Arschloch? Tu mir den Gefallen und geh einfach sterben. Na los, geh sterben, Jaroncek.*

14

„Ich schände keine Frauen", sage ich zur Ministerialbeamtin.
„Stimmt", sagt sie. „Sie töten sie nur."

„Das ist Ihre Version der Geschichte", sage ich.

„Oh, nicht nur meine Version, Jaroncek. Die Ärzte, die Psychologen, die Richter, die Anwälte, die Angehörigen von Frau Wensch, die Presse, ja überhaupt der ganze Pöbel da draußen, der ganze Mob, Jaroncek – alle gegen Sie. Sieht verdammt schlecht für Sie aus!"

Dann lacht sie. Mein Untergang scheint ihr Freude zu bereiten. Ich kenne sie nicht, sie kennt mich nicht und doch liegt eine Befriedigung eitler Gelüste über uns, schwebt knapp über unseren Köpfen durch diesen Raum.

„Ich bin es gewohnt, nicht verstanden zu werden", sage ich. Ich schaue sie an, lege meine Stirn in Falten, verenge meinen Blick und lege nach: „Sie erinnern sich? Ich bin es, Janusz Jaroncek, Ihr auf ewig stotternder Bettnässer!"

Falscher Stolz war schon immer ein probates Mittel gegen das Getuschel und Getratsche der Frauen. Ich tue gut daran, mich gar nicht erst auf ein Gespräch mit ihr einzulassen. Sie kann mich nicht begreifen, da sie es gar nicht vorhat.

„Wie bemitleidenswert Sie sind, Jaroncek. Sind Sie schon immer in Selbstmitleid versunken? Waren Sie schon immer ein solcher Jammerlappen? Dann verwundert es mich nicht, dass Frau Wensch Ihnen die kalte Schulter gezeigt hat. Eine ambitionierte Frau wie die Wensch und ein Totalausfall wie Sie, Jaroncek. Das konnte nichts werden!"

Sie will mich provozieren, mich aus der Reserve locken. Ihr Plan liegt ausgebreitet vor mir, ich kann ihn problemlos lesen, hier von meinem Stuhl aus. Aber mein intuitives Verhalten daran ausrichten, das kann ich nicht. Dafür ist es ja ein intuitives Verhalten. Dass mein Kopf es besser weiß, mein Körper und meine Instinkte aber dennoch den Takt vorgeben.

„Wie sieht es eigentlich mit Ihrem Gewissen aus, Jaroncek? Haben Sie überhaupt noch eines, nachdem Sie Frau Wensch die Pulsadern geöffnet und sie schließlich in die Badewanne gelegt haben, um es wie einen Suizid aussehen zu lassen? Was war das nun, Jaroncek? Größenwahn? Haben Sie wirklich geglaubt, dass unsere

Spurensicherung Ihnen das abnehmen wird? Oder aber wollten Sie gefunden werden? Wollten Sie, dass alle Welt erfährt, dass Sie sich von der Wensch befreit haben? Dass Sie doch ein richtiger Mann sind, einer, der Frauen bestrafen kann? So oder so – Ihr Handeln grenzt definitiv an Vermessenheit. Wer sich derart in das Leben eines anderen Menschen drängt, spielt Gott. Und wer Gott spielen will, macht sich schuldig. Und genau da befinden Sie sich in guter Gesellschaft, denn diesen Größenwahn besitzen fast alle Serienkiller, die ihre Komplexe und Traumata auf eine derart perverse Art und Weise an Frauen auslassen. Ständig fühlen die sich zu Höherem berufen. Sie glauben, als Einzige den Durchblick zu haben und permanent Dinge gerade rücken zu müssen."

Sie hat es sich in den Kopf gesetzt, einen Killer dingfest zu machen, einen Frauenschänder, daran besteht nun kein Zweifel mehr. Ein horrendes Unterfangen für eine Ministerialbeamtin. Wo Juristen, Staatsbeamte und Seelenbohrer reihenweise an mir gescheitert sind, glaubt sie nun wirklich, mich analysieren zu können? Ebenfalls eine Form von Selbstherrlichkeit. Denn Menschen, die anderen Menschen einen Mord zuschieben wollen, sind zwangsläufig überheblich.

Mord erreicht die höchste Intimität, die zwischen zwei Menschen zu erreichen ist. Bringt ein Mensch einen anderen um, so ist er ihm näher, als ein Kuss oder Sex sie jemals hätte zusammenbringen können. Der Mord ist die ultimative Vereinigung. Auf ewig sind Mörder und Ermordeter miteinander verbunden, denn nach dem Tod kommt nichts mehr. Wie ein Fotofinish bei einem Radrennen oder einem Hundert-Meter-Lauf ist der Tod. Man muss genau auf das Bild schauen, um zu sehen, wer am Ende knapp hinter einem, direkt neben einem oder knapp vor einem gewesen ist. Gemeinsam rasen Mörder und Ermordeter auf die Ziellinie zu und sind auf ein und demselben Fotofinish. Nur wartet hinter dieser Ziellinie keine Siegerehrung, sondern nichts, gar nichts. Dieses Fotofinish ist das Abschlussbild eines Lebens, es ist alles, was an Eindrücken haftenbleibt nach Jahrzehnten der Plackerei. Sterbe ich ohne die Mithilfe eines anderen, so stehe ich auf diesem allerletzten Bild mutterseelenallein da. Einen Mord nachzuweisen, ist daher immer arrogant, hat doch niemand herumzuwühlen im intimsten, im letzten Moment eines Lebens.

Doch genau das begreifen sie nicht und pfuschen stattdessen nach einem jeden Mord an der Leiche herum ganz so wie die Geier am

Aas. Die ganzen Eingeweide der geschundenen Leiche ziehen sie empor, zeigen sie ekstatisch herum und glauben wirklich, im Auftrag einer wie auch immer gearteten Gerechtigkeit unterwegs zu sein.

Frauenschänder? Nicht der, der eine Frau umbringt, ist der Frauenschänder. Sondern der, der sich posthum über den bereits verrottenden Leichnam beugt, begierig hinein glotzt und jede Unappetitlichkeit aus dem einstmals so schönen Körper herauszieht. Wie Mord letzthin immer nur der Sieg der Intuition über den Verstand ist, der Sieg unserer Instinkte über unseren Intellekt.

Dauernd predigen die Menschen die Natürlichkeit und die Menschlichkeit, vergessen dabei jedoch geflissentlich den Mord. Seit über einhundertfünfzigtausend Jahren gibt es den Menschen und seit über einhundertfünfzigtausend Jahren mordet er. Mord ist somit niemals eine Verirrung, niemals ein Fehlläufer und schon gar keine Pervertierung, sondern ein Eckpfeiler der Menschlichkeit.

Wir brauchen mehr Menschlichkeit, höre ich die Menschen permanent heucheln. Sie alle reden so bigott daher wie die Popen und die Pfaffen, dabei könnten sie es sich durchaus erlauben, anständig und ehrlich durch ihr Leben zu gehen. Doch daran liegt ihnen nichts. Ehrlichkeit ist für die Menschen nur ein Etikett, das sie auf alles, was sie wollen, kleben können.

Das Einzige, was sie wirklich begehren, ist die Heuchelei. Selbstverliebt quatschen sie daher, als wüssten sie nicht, dass der Nachweis von Mord auch immer der Nachweis von Menschlichkeit ist. Wären sie aufrichtig und ehrlich, ich würde mir bereitwillig jeden x-beliebigen Mord und Totschlag anhängen lassen, auch den an Uta. Nur um auf diese Weise endlich den Beweis meiner eigenen Menschlichkeit zu erlangen. Doch so tief können sie nicht schauen. Ihre Selbstverliebtheit und ihr Irrglaube, *reinen Herzens zu sein,* verstellt ihn die Sicht.

Das wäre endlich einmal ein Motiv, das sie mir zweifelsfrei unterstellen könnten: Dass ich Uta ermordet habe, um meiner eigenen Menschlichkeit zu begegnen.

Jaroncek, könnten sie sagen, *Sie sind der Mörder von Frau Wensch. Sie haben sie getötet, weil Sie schon seit Jahren Ihr Menschsein bezweifeln und verstanden haben, dass ein jeder Mörder mit oberster Sicherheit auch immer ein Mensch ist. Also haben Sie Frau Wensch ermordet, was nicht das Werk eines Irren oder einer Bestie war, sondern – wie wir hergeleitet haben – das Werk eines wirklichen Menschen.*

Doch darum geht es den Menschen nicht, nie geht es ihnen um

Menschlichkeit, wenn sie Morde ahnden, sondern immer nur um Optimierung. Sie krakeelen *Menschlichkeit!* und meinen doch nur eine Schönwetter-Gesellschaft, in der Menschen sich nicht mehr gegenseitig umbringen. Sie erschaffen uns eine Zombie- und Roboterdynastie und kleben ein Etikett mit dem Wort *Mensch* darauf.

Ich denke, also bin ich? Nein, weit gefehlt. Ich morde, also bin ich – so muss es heißen.

Doch von alledem hat die Ministerialbeamtin keine Ahnung. Ihr Blick reicht gerade mal vom Tisch bis zur Wand. Sie ist dermaßen schön und dermaßen studiert, dass sie mit Scheuklappen herumläuft. Auf der einen Seite wird ihr die Sicht durch ihr fabelhaftes Aussehen verwehrt und auf der anderen Seite durch ihren klugen Kopf. Genau da liegt ihr Wahrnehmungsdefizit, schließlich steht in einer solchen Akte, wie sie auf ihrem Schoß liegt, eine Menge geschrieben. Tatortbeschreibungen, Fund- und Beweisstücke, Indizienketten – alles da drin. Und all das mag in der Tat auch auf mich als Mörder weisen. Nur eines findet sich nicht in dieser Akte, die doch angeblich *meine Akte* ist: das Motiv.

Sie ist so sehr versucht, sich streng an die Fakten zu halten, dass sie die Menschlichkeit außer Acht lässt. Ausgerechnet die Hauptzutat eines jeden Mordes lässt sie außen vor! Und so ist es gerade ihr dogmatischer Hang zur Wahrheit, der meine Aktenführung unplausibel, wenn nicht komplett widersinnig werden lässt.

Doch sie scheint sich ihrer Sache mittlerweile sicher zu sein. Ich kann es ihr nicht verdenken, stand doch auf dem Marktplatz meiner Jugend dieser große Kastanienbaum und um seinen Stamm diese Bank.

15

Liebe Uta,

verzeih mir, dass ich Dir schon wieder einen Brief zukommen las-sen muss. Den zweiten mittlerweile. Binnen nicht einmal zehn Tagen. Doch Du hast keinerlei Reaktion auf meine ersten Zeilen gezeigt und so sitze ich hier ein wenig verloren. Ich bin unschlüssig, was ich tun soll. Es kursieren so viele schlimme Geschichten über die Post und meine Befürchtung, dass mein Brief womöglich nie angekommen ist bei Dir, ist sehr plausibel, findest Du nicht?

Ich habe den Brief geschrieben, in einen Umschlag gesteckt, aus-reichend frankiert, zu einem Postkasten getragen und dort hineinge-steckt. Die Leerung war für den nächsten Morgen veranschlagt. Sollte alles mit rechten Dingen zugegangen sein, so muss mein Brief Dir also zugestellt worden sein. Und zwar bereits vor acht Tagen. Warum aber antwortest Du dann nicht, Uta? Und tauchst auch nicht mehr auf Deiner Bank auf dem Marktplatz auf? Du kennst mein Gesicht nicht, aber ich kenne Deines und kann Dir daher versichern, dass Du nicht mehr dort gewesen bist, nicht am Morgen, nicht am Mittag, nicht in der Nacht.

Ich hoffe, Du verstehst, dass ich beginne, mir Sorgen zu machen, Uta. Sorgen um Dich. Ich habe Dich schreiben und laufen sehen. Sehr oft. Ich weiß, dass Du niemand bist, der unachtsam mit Din-gen umgeht, der fahrlässig urteilt oder handelt. Doch Du tauchst ein-fach nicht mehr auf Deiner Bank unter dem großen Kastanienbaum auf und in mir entsteht die Furcht, Dir könnte etwas geschehen sein.

Ich muss Dir nichts über die Menschen erzählen, Uta, schlecht sind die Leute, das wissen wir beide. Und die meisten können nicht mit jenen Geschenken, die wir der Natur zu verdanken haben, umgehen.

Kurz bevor ich meinen ersten Brief an Dich schrieb, habe ich einen Mann Dir hinterher schauen sehen. Du hast davon nichts mitbe-kommen, warst ganz in Gedanken Deinen Weg gegangen. Ich aber bekam es mit, hatte ich doch extra ein paar meiner Schulstunden geschwänzt, um auf Dich aufpassen zu können, nötigenfalls auch einmal einspringen zu können, wenn Not am Mann sei.

Und an jenem Tag war es fast so weit gewesen.

Du hattest Mathematik gehabt, das Fach, das Du zwar nicht liebst, dass Du aber beherrschst, wie ich in Erfahrung habe bringen können. Nach der Schulstunde hast Du auf dem Pausenhof gestanden und noch einen Plausch mit Deinem Mathematiklehrer gehalten. Ich stand unweit von euch, irgendwo, ich weiß schon gar nicht mehr wo, und habe euch betrachtet. Mir gefällt es, wie Du mit den Menschen umgehen kannst, Uta. Sogar Deinen Mathematiklehrer, diesen unversöhnlichen Zausel, scheinst Du bezaubern zu können. Ich habe es seinen Gesichtszügen entnommen, er mochte dieses kurze Gespräch mit Dir und wie hell Deine Augen sogar auf sein tumbes Formelgeplappere reagierten. Das Lächeln, das Du ihm geschenkt hast, das war nicht ganz ehrlich, liebe Uta, Du weißt es und ich auch. Aber das spielt keine Rolle, denn als der Mathematiklehrer sich umwandte, um zu gehen, war er plötzlich ein sinnvoller Mensch. Er schleppte sonst seine ausgebeulte Aktentasche mit schlurfendem Gang und hängenden Schultern durch die Aula, wandte sich aber nach diesem kurzen Gespräch mit Dir um und war zwar kein neuer Mensch, aber eben ein sinnvoller Mensch.

Du hast von alledem aber nichts mitbekommen, bist Deiner Wege gegangen und hast mich, wieder einmal, hinter Dir hergezogen. Ab und an, wenn Du stehenbliebst und Dich umwandtest, dann hättest Du mich sehen müssen, weil ich mir nur noch selten Mühe gebe, panisch Deinem Blick zu entweichen. Nein, ich habe gelernt innezuhalten, Deinem möglichen Blick die Stirn zu bieten. Von Dir gesehen zu werden, ist mir zu einer Sehnsucht geraten in den zurückliegenden Wochen. Doch Du schautest nicht. Nie drehtest Du Dich nach mir um, Uta. Nie.

Und dann, als ich schon dachte, Du würdest vielleicht wieder zu unserem Kastanienbaum laufen, schlugst Du mit einem Male eine mir noch ungewohnte Richtung ein, gingst eine Straße entlang, die wir beide bisher noch nicht gegangen waren bei unseren vielen Wanderschaften durch unseren Ort. Du landetest in einer unbedeutenden Seitengasse, einer hässlichen, nichtssagenden Straße, in der klumpige Häuser angefüllt sind mit klumpigen Menschen und in der die Sonne nur selten eine Spur hinterlässt. Du verschwandest in einem dieser grotesken Hauseingänge und ich stand direkt hinter Dir und fand es sofort seltsam, dass eine Frau wie Du in einen solchen Hauseingang läuft. Lass mich Dir sagen, Uta: Nichts zu suchen hast Du in derlei Gassen, in derlei Hauseingängen.

Geh nicht mehr dorthin. Versprichst Du mir das?

Lange stand ich vor dem Haus, wartete und wartete, bis Du nach *einer oder zwei Stunden wieder auftauchtest, begleitet von einer Person, mit einem Lachen im Gesicht und einem Kuss auf den Mund. Dann gingst du nach links und die Person nach rechts, derweil ich wie festgeparkt auf der anderen Straßenseite stand. Und da sah ich, dass die Person sich doch noch einmal umwandte, Dir hinterher sah. Du bemerktest es nicht, gingst wie immer unbeeindruckt Deines Weges, doch die Person und ich, wir standen beide dort und blickten Dir hinterher.*

Vermutlich wäre es mir nicht einmal aufgefallen, hätte ich nicht mit einem Male den Blick von Dir abgewandt und in sein Gesicht geblickt. Zutiefst erschrocken bin ich da. Ich hatte erwartet in ihm die gleichen Merkmale festzustellen, die ich schon bei Deinem Mathematiklehrer hatte feststellen können. Doch dem war nicht so, Uta. Denn ich sah in das Gesicht des Jungen, der mit Dir aus dem klumpigen Haus gekommen war, dem Du erst ein Lächeln und dann einen Kuss geschenkt hattest. Und sah mich. Er war ich, Uta! Kannst Du Dir sowas vorstellen?

Ich erwarte Deine Antwort, liebe Uta. Es muss nicht ein Lächeln und schon gar kein Kuss sein. Schenk mir nur ein Wort, Uta, liebe Uta. Mehr möchte ich gar nicht. Ein Wort. Um meinem ganzen Treiben schnell ein Ende zu setzen. Bevor es sich noch in einen Spuk verwandelt. Das möchte ich nicht. Ein Wort von Dir und ich trolle mich, Uta. Verschwinde in der Dunkelheit wie ein räudiger Köter.

Oder aber ist es doch nur die Post gewesen? Ist Deine Antwort auf meinen ersten Brief bereits auf dem Weg zu mir?

Nur eine Frage der Zeit, liebe Uta. Das ganze Leben ist immer nur eine Frage der Zeit.

Ich werde stehen und auf Deine Antwort warten. Du kannst Dich auf mich verlassen.

Dein Janusz

16

Seit Wochen schon drängen meine Ankläger mich zu einer Erinnerung. Einer umfassenden Erinnerung an diesen Marktplatz, diesen Kastanienbaum und auch an diese angebliche Bank, die um diesen einen angeblichen Kastanienbaum herum gestanden haben soll. Es solle mir endlich wieder einfallen. Es sei wichtig, dass ich mich erinnere, so sagen sie. Verdammt wichtig.

Ich antworte ihnen nicht, glaube ihnen aber, dass es ihnen verdammt wichtig ist. Aufrichtige Verzweiflung erkenne ich sofort und meine Ankläger scheinen mir die am meisten verzweifelten Menschen zu sein, die mir in meinem ganzen Leben begegnet sind. Könnten sie sich selbst sehen und hören, wie sie dort so verzweifelt insistieren, sie würden sich erschrecken vor ihrem jämmerlichen Anblick.

Zuerst waren die Männer da und befragten mich, erst danach kamen die Frauen. Die Art der Verzweiflung änderte sich, die Männer ergossen sich in Flüchen und Verwünschungen, begannen schnell zu transpirieren, so dass die Schweißflecken unter ihren Achseln die meinen an Größe weit überragten. Derweil die Frauen sich in Dominanz flüchteten, sich jene Verhaltensweise aneigneten, die sie doch gemeinhin viel lieber den Männern zuschreiben.

Die Notwendigkeit, mich zu einer vollkommenen und lückenlosen Erinnerung anzutreiben, ist derart groß, dass sie bereits beginnen, sich zu deformieren und zu entfremden. Nur um an Antworten zu gelangen. Ja, sie verändern sich, ich bekomme es doch mit, wie sie fragen und fragen und dabei immer weniger Herr ihrer selbst sind, vollkommen Form und Fassung verlieren, außer sich geraten. Es ist zu vermuten, dass es der tagtägliche Umgang mit meinem vermeintlichen Starrsinn ist, der ihnen derart zu schaffen macht.

Sie sagen: *Marktplatz.*

Und ich antworte: *Ich weiß nichts von einem Marktplatz.*

Sie rufen: *Doch, doch – Marktplatz!*

Und ich sage: *Nein, nein – kein Marktplatz!*

So ging und geht das tagein, tagaus. Der Kragen ist ihnen schon mehrfach geplatzt und der Geduldsfaden gerissen. Dabei ist es ihr Spiel und ich mache mit, tue ihnen den Gefallen, rede ein wenig daher, sage aber nichts, entziehe mich jeglicher Erinnerung und beobachte, wie sie an mir und meinem Verhalten verzweifeln. Meine

Schuld ist das nicht, verlangen seltsame Aktionen doch seltsamen Reaktionen. Ich habe mich schließlich nicht darum beworben, hier zu sein. Abgeholt haben sie mich, auf diesen harten Stuhl gesetzt und diese gleißende, nackte Glühbirne über mir angeschaltet. Ich passe mich ihrem plakativen Wahnsinn nun lediglich ein wenig an.

Jähzorn werfen sie mir vor. Ausgerechnet mir, dem traurigsten Menschen der Welt. Wenn ich im richtigen Winkel gepikst werde, so sagen sie, werde ich unberechenbar, rücksichtslos, cholerisch und brutal. Ein unkalkulierbares Risiko für meine Umwelt sei ich dann. Sie mutmaßen es einfach einmal so dahin, weil es in ihren Büchern steht. Und weil es ihnen, wie mir scheint, ganz gut in den Kram passt. Schließlich suchen sie nach einem seltsamen Menschen. Einem Menschen, der eine Frau tötet und wirklich glaubt, dadurch irgendwas ändern zu können.

An meine Kindheit und meine Jugend soll ich mich erinnern. *Entsinnen* haben sie es zu Beginn noch genannt, aber das habe ich ihnen bereits ausgetrieben, habe ihnen zu bedenken gegeben, dass ihnen doch nicht wirklich daran gelegen sein kann, dass ich mich meiner Sinne entledige, ihnen meine Erinnerungsfetzen vollkommen *von Sinnen* präsentiere. Sie haben mich schon oft beleidigt und ganz zu Anfang, als sie mich herbrachten, sogar geschlagen.

Nichts habe ich mir anmerken lassen, keine Miene habe ich verzogen. Doch als sie mir nahelegten, mich zu *entsinnen*, da konnte ich, als hätten sie es bewusst herausgefordert, für einen Augenblick nicht mehr an mich halten, bin laut geworden, habe sie ebenfalls angebrüllt, doch bitte nicht einen solch unfassbaren Scheiß von sich zu geben, ihren ausgekotzten Wortsalat mal schön bei sich zu behalten und mich nicht zu besudeln mit ihren fehlgelaufenen deutschen Begrifflichkeiten. Ich bin ein ruhiger Mensch. So ruhig, dass man mich kaum wahrnimmt in meiner Nachbarschaft, mancher nicht einmal mitbekommt, dass ich überhaupt dort wohne.

Ja, ich habe sie mit einem Male angeschrien und das nur wegen ihrer Wortwahl. Selbst übertölpelt war ich davon, bin regelrecht zusammengezuckt meiner eigenen lauten Stimme wegen und habe daher, um sie nicht so sehr zu schockieren wie mich selbst, schnell geschaut wie einer, der tatsächlich längst *entsinnt* ist, mit verdrehten Augen, zur Decke und zum Erdboden gleichzeitig schielend. Ganz befriedigt hat sie das, sie haben genickt und sich eifrig Notizen in ihre Notizblöcke gemacht.

Mein Ausbruch schien sie zu befriedigen und auch ich fand

binnen Sekunden zurück in meine Traurigkeit, sah ich doch, dass sie schrieben und mich sezierten, mich mit ihren Kugelschreibern analysierten, sich ihre Meinung über mein Sein und Werden bildeten, sich mit mir beschäftigten und es offensichtlich genossen, mich befremdlich zu finden. Schnell und lautlos glitt ich zurück in meine zur Schau gestellte Lethargie, schließlich ist es Teil meines großangelegten Überlebensplans, die Sehnsüchte und Wünsche meines vorbeieilenden Publikums antizipieren zu können, zu wissen, wie ich sie glücklich machen kann. Wie ich mich darzustellen habe, damit sie sich angesichts meines Verhaltens in Sicherheit wiegen, sich sagen können: Schau einer an, so also sieht ein mental Dahingeraffter aus, so labert ein an der Welt verworren Gewordener vor sich hin. Eile ich nur schnell genug an ihm vorbei, mit zu Boden gesenktem Blick, so werde ich mich nicht anstecken an dieser Verlorenheit!

Sie, die Menschen dort draußen und auch die hier drinnen, die Männer wie die Frauen, suchen ein Monster, also gebe ich ihnen ein Monster so oft und so gut ich kann, denn in dem Punkt gebe ich ihnen recht: Ich eigne mich hervorragend für diese so unbeliebte Rolle. Die ganze Welt sucht Monster, das große Böse, auf das sie mit dem Finger zeigen und das sie für ihr eigenes Unglück verantwortlich machen können.

Immerzu suchen die Menschen den Wolf und sind dann ganz erpicht darauf, ihn wieder und wieder zurück in die Wälder zu treiben. Doch was sich die Menschen in klammheimlicher Stille gegenseitig antun, sobald die Gassen ihrer Dörfer befreit von ebendiesem Wolf daliegen, das wollen sie sich nicht vorstellen, das mögen sie sich nicht ausmalen. Die Menschen brauchen den Wolf, um nicht der Düsternis ansichtig zu werden, die zwischen ihnen herrscht. Um sich nicht dem Grauen und dem Gemetzel widmen zu müssen, das sie untereinander anrichten, täglich, stündlich, in ihren Städten, in ihren Firmen, in ihren Wohn- und Kinderzimmern.

Kinogänger wissen das. Warum haben Asterix und Obelix nie Frauen vergewaltigt oder die Kinder des Dorfes missbraucht? Etwa weil sie reine und gute Menschen sind? Nein. Sie haben nie ein junges Mädchen brutal penetriert, weil immer genug Römer im Wald herumlungerten. Das ist der einzige Grund. Hätte es keine Römer im Wald gegeben, Asterix und Obelix hätten den ganzen Tag gelangweilt in ihrem kleinen Dorf zugebracht. Und was dann geschehen wäre, ahnen wir alle, getrauen uns jedoch nicht, im Detail darüber nachzudenken. Was ist mit He-Man und Spiderman? Warum ist weder der eine noch der andere jemals alkoholsüchtig geworden? Gründe, dem Wein oder dem Whiskey zu verfallen, hätten sie gehabt. Ich höre immer was von Superkräften, doch das ist Quatsch. Skeletor und der grüne Kobold sind der Grund für ihre Abstinenz vom Alkohol. Ihre angeblichen Widersacher, die haben sie davor bewahrt und haben ihnen geholfen, sich nicht in das schwärzeste aller schwarzen Löcher begeben zu müssen.

Adolf Hitler, Charles Manson, Caligula, Pol Pot. Ja, was diese Männer getan haben, ist widerlich und verabscheuungswürdig. Doch manchmal, wenn ich aus meiner Lethargie heraus in einen Schlaf falle, der so tief ist, dass er dem Tode gar nicht unähnlich ist, dann träume ich, es hätte sie nie gegeben, diese Massenmörder und Serienkiller, all die meuchelnden Diktatoren. Ich träume, die Menschheit wäre vor ihnen bewahrt worden, unsere ganze Entwicklungsgeschichte wäre ohne sie ausgekommen. Doch ich komme nicht weit in diesen Träumen. Kaum sind Hitler und Manson und Caligula aus dem Gedächtnis der Menschen entfernt, erwache ich, hetze zur Wohnungstür, drehe in wilder Panik den Schlüssel herum, greife mit zittrigen Fingern nach Brettern, Hammer und Nägel und hämmere mir die Seele aus dem Leib. Aus Furcht, es hätte nie einen Hitler und nie einen Caligula gegeben und dort draußen liefen die Menschen umher, mit ihrer nun unwiderlegbaren Scheinheiligkeit. Ohne Mahnbeispiel, ohne diese Geschichtswölfe, auf die sie mit den Fingern zeigen können in ihrer ganzen menschlichen Verantwortungslosigkeit, würden die Menschen sich irgendwann selbst zerfleischen.

Die Menschen haben sich in ihrem aufklärerischen Wahn ihrer Götter schon vor geraumer Zeit entledigt und glauben nun auch noch, das Böse entfernen zu müssen, um selbst zu Gottheiten werden zu können. Doch wie einer, der Choleriker sucht, dabei selbst zum Choleriker wird, so wird einer, der das Böse entfernen will, immer selbst zum Bösen.

Was sind denn Diktatoren? Nichts anderes als ehemalige Freiheitskämpfer, die an den Schalthebeln der Macht nicht aufhören können, den Feind in den eigenen Reihen zu ahnden sich selbst als verfolgte Minderheit zu begreifen und dabei gar nicht bemerken, dass sie längst selbst zum größten Feind des Volkes geworden sind.

Also gebe ich ihnen den Wolf, denn sie brauchen den Wolf. Sie können es zwar nicht formulieren, warum sie ihn brauchen, aber sie spüren es instinktiv. Und so schaue ich so irre, wie ich nur kann. Schließlich ist das hier ihr Spiel, nicht meines.

17

Ich strecke meine Arme aus, taste mit den Fingern nach den mich umgebenden Selbstverständlichkeiten. Berühre eine Wand, eine Lampe, einen Traum. Und schrecke zurück, jäh überwältigt von der kurz und plötzlichen Intensität des Gefühls. Wild beginnen sich die Tagesabschnitte untereinander zu mischen, verlaufen ineinander, gehen auf im Takt eines anderen Moments. Ich vergesse die Zeit und versäume die Wechsel.

Sie ist da, einfach da. Sie ist immer in meinen Gedanken.

Ich betrachte meine Handflächen, ich beobachte Mutter, wie sie im Vorgarten steht und gar nichts tun. Und alles vermischt sich, ergibt ein Gemälde, eine einzige große Expression. Meine Handflächen, Mutter, der Vorgarten. Uta. *Es* trägt mich bei jedem Schritt, den ich gehe, jedem Griff, den ich tätige. Ich hatte es nicht erwartet, hatte schon gar nicht mehr damit gerechnet und schon gar nicht mit jemandem. Doch nun ist es da. Das Sein.

Die Zeit vor Uta? An das *Davor* erinnere ich mich kaum, ich kenne nur noch das Jetzt. Dieses *Davor* ist fort, ist irgendwann einen Abhang hinabgerutscht, hat sich den Schädel an einem Felsvorsprung aufgeschlagen und ist jämmerlich verreckt, während ich am Abgrund stand, hinunterschaute und es verlachte, dieses verreckende *Davor*.

Vor Uta. Ich war noch keine zwanzig und auch noch nirgends gewesen, besaß aber auch gar nicht mehr den Drang, irgendwohin zu reisen. Noch keine zwanzig Jahre alt, von Uta noch weit und breit keine Spur und trotzdem vernahm ich bereits das Knallen meiner Synapsen, bemerkte die Funktionalität meines Körpers und meiner Empfindungen, diese simple, so vorhersehbare Zweckgerichtetheit.

Ich bin ein automatischer Mensch, und wenn so ein Mensch das Knallen seiner Synapsen wahrnimmt, so durchschaut und entlarvt er sich selbst, weiß alles, erkennt alles; und nichts – gar nichts mehr – lässt ihn noch *oh* oder *ah* ausrufen. Das Salz schmeckt mit einem Mal nach Salz, eine Möwe ist eine Möwe, ein Stein ein Stein und ich möchte plötzlich weinen vor Glück. Zehnmal schaue ich hin zu einem Stein und entdecke ihn mit jedem Mal neu. *Stein,* sage ich mit der enthusiastischen Verwunderung eines Kindes, das *Ball* sagt. Ich höre mich über Witze anderer lachen, sehe meine neuen

Handflächen krachend auf meine neuen Oberschenkel klatschen, bemerke, wie sich mein Oberkörper krümmt, doch nicht vor Scham wie seit eh und je, sondern vor Intensität.

Ich wage die Menschlichkeit und erhalte ein Lachen und ein Gespräch zurück. Man kennt sich und versteht sich mit einem Mal, verabredet sich mit neuen Kumpels für den Abend in einer neuen Cocktail-Bar, schaut sich gemeinsam Fußballspiele im Fernsehen an. *Du hast dich verändert*, so werden sie später anerkennend sagen. Sie mögen mein neues Ich und beginnen, mich zu ihren Partys und Geburtstagen einzuladen. Eh ich mich versehe, finde ich mich auf Gartenfesten wieder, auf denen sie mir ihre Schwestern vorstellen und diese Schwestern wiederum ihre Freundinnen.

Ich sehe sie mir alle an, die Schwestern und die Freundinnen, sehe ihre schwingenden Röcke und ihre langen Haare, die vollen Lippen und die großen Augen. Ich stehe auf einer Rasenfläche, über mir die Girlanden, hinter mir die bunten Glühbirnen an dürren Kabeln hängend, auch ein Barbecue ist dort. Und Frauenaugen. Frauenaugen, die im Grunde noch Mädchenaugen sind, gerichtet auf mich, so groß, so verschluckend.

Das Knallen der Synapsen? Oh, ich weiß noch immer darum, natürlich. Doch ich vernehme es nicht mehr. Ich weiß, dass es da ist, und taumele doch in den verzaubernden Zustand einer sommerhaft leichten Gartenfest-Erregung. Hier eine Schwester eines Kumpels, dort eine Freundin einer Schwester eines Kumpels. Und überall um mich herum langes, wallendes Haar, geschwungene Röcke, verhuschte Blicke. Sanft angedeutete Bewegungen, schemenhaft zu erahnende Sehnsüchte.

Nein, ich interessiere mich nicht für die Freundinnen der Schwestern der Kumpels, natürlich nicht: Doch das erwartet auch niemand von mir. Nicht einmal ich selbst. Ich stehe auf der Rasenfläche, meine Hände tief in den Taschen vergraben, die Schultern hochgezogen, der Oberkörper kaum wahrnehmbar hin und her schwankend. Ich rede, rede einfach so daher, achte kaum auf meine Zeilen, denen ich genug Luft zum Atmen, genug Luft zur Entfaltung lasse. Während ich einfach so daherrede, wandert mein Blick über die Silhouetten, bewegt sich vorsichtig über Gesichter, die ähnlich meinen Tagen aus Porzellan gemacht zu sein scheinen, und verliert sich in Biegungen und Wölbungen. Ich erlebe mich ein wenig verdutzt, wie ich dort stehe, rede – und eintauche. Nein, ich will sie nicht, diese Freundinnen der Schwestern der Kumpels, meine Erregung ist keine

Begierde. Doch ich sehe ihre Silhouetten, betrachte ihre schmalen, so eng und so parallel beieinanderstehenden kleinen Füße in den leichten Sommersandalen, vergleiche die Porzellanartigkeit ihrer Fesseln mit der Porzellanartigkeit meiner Tage, stelle eine große Übereinstimmung fest und lächle in mich hinein.

Die Welt ist Frau, denke ich. Alles ist Frau.

Wir tanzen, über uns dreht sich der Mond, Rock und wallendes Haar sausen durch die Lüfte, verströmen Düfte von Weiblichkeit. Ich drehe mich, schneller und immer schneller, halte dünne und sanfte Finger, erkenne die Sauberkeit der Frauen als gegeben an. Ein Mann kann sich verhalten, wie er will, denke ich mitten in meinem Drehen und Tanzen, er kann duschen, so oft er will, die Sauberkeit einer Gartenfestfrau wird er niemals erreichen. Also muss er sich eine Gartenfestfrau suchen, sie bei der Hand nehmen und in ausgelassenen Bewegungen mit ihr über eine Rasenfläche tanzen. Möchte ein Mann rein werden, so wird ihm dies nur mit Hilfe einer Frau gelingen. Und so sind die einsamen Männer auch stets die verkommenen Männer, völlig verdreckt von innen und von außen.

Mir wird ein wenig schwindelig, weil ich mich mit ihr, der Gartenfestfrau, so oft im Kreise drehe und mit weit ausholenden Bewegungen durch ihren Frauenduft begebe. Ich bin es nicht gewohnt, dieses Kreisen, Drehen und diese Weiblichkeit. Sie lacht. Und während sie lacht, sehe ich von oben direkt in ihren Hals hinab. Tief hinein blicke ich. Selbst ihr Atem duftet. Ich stelle mir eine Berührung vor, vereine in meinem Kopf das Gemälde eines Mannes und das Gemälde einer Frau.

Es sind diese Gartenfest-Tage, an denen ich glaube, das Puzzle des Lebens gelöst zu haben. Nicht weil ich es durchdrungen und verstanden hätte, denn niemand kann das Leben durchdringen oder es verstehen, dafür ist es ja das Leben. Es will gar nicht begriffen werden können, sondern stattessen einfach so vorübergehen. Genau das ist auch die Antwort auf sämtlich Existenzfragen, dieses Nichtbegreifen. Ein Mann muss eine Frau nicht küssen. Er muss auch nicht mit ihr tanzen, muss sie nicht im Arm halten, sie nicht schwängern und schon gar nicht heiraten. Dennoch tut er es, weil er es nicht müsste, vielleicht nicht einmal sollte. Ein Mann ist gerade deswegen ein Mann, weil es ihn permanent zur Verrichtung unplausibler Taten drängt. Saufen, rasen, Frauen heiraten – alles ist gleich absurd. Doch genau das ist der Mann. Sinn? Einen wirklichen Sinn ergibt immer nur die Frau.

18

Sie springen nicht an auf meine Grimassen, begnügen sich nicht damit, in mir den perfekten Wolf zu sehen und fordern stattdessen ihren Irrsinn, diese *totale Erinnerung*. Ich sitze hier auf diesem harten Stuhl, unter dieser gleißenden Glühbirne und frage mich: Wollen sie wirklich den totalen Kastanienbaum? Wollen sie ihn totaler und radikaler, als sie ihn sich überhaupt vorstellen können?

Sicherlich, ich könnte sie fragen, ob es genau das ist, was sie wollen, oder ob sie sich da nicht vielleicht nur in einer Illusion verrennen, sich verzetteln in dumpfer Ideologie und abstrusem Heilsfanatismus. Wo doch so offensichtlich ist, dass diese ganze Aktion hier ihnen allenfalls Waterloo und Stalingrad einbringen wird. Hier gibt es nichts für sie zu gewinnen.

Depressiver Dampfplauderer tötet im Wahn die Liebe seines Lebens – man muss schon sehr viele Hemingway- und van Gogh-Biographien gelesen haben, um auf einen solchen Quatsch zu kommen. Also frage ich sie derlei Dinge nicht. Ich fürchte mich vor ihrem frenetischen Geschrei, dieser stumpfsinnig und tumb aus ihnen herausbrechenden Massenantwort auf meine Frage: *Ja, genau das ist es, was wir wollen! Einen Hemingway und einen van Gogh hier inmitten unserer schimmeligen Amtsstube!*

Der studierte und der verbeamtete Pöbel waren schon immer die übelsten Sorten des Pöbels. Schämen sollte sich unser Land für diese ganze verkommene Sippe, ihr ganzes vermaledeites und verlogenes akademisch-bürokratisches Drecksgeschlecht. Doch es schämt sich einfach niemand. Niemand rennt peinlich berührt und mit hochrotem Kopfe über die Straßen oder durch die Gassen ihretwegen.

Stattdessen lüften wir unsere Hüte, wenn wir ihnen begegnen, sagen: *Guten Tag, Herr Oberprofessor! Wünsche wohl gespeist zu haben, Herr Oberprofessor!*

Die Kranken sind niemals freiwillig krank. Sie sind es, weil sie entweder krank gemacht wurden *von* jemandem, der genügend Kranke um sich herum braucht, um selbst existieren zu können. Oder aber sie sind krank geworden *an* jemandem. Einhundert Beamte und noch mal einhundert Ärzte pissen uns ungehindert in die Vorgärten, stehen breitbeinig da und strullen uns in hohem Bogen in die frisch gesetzten Geranien – und eintausend, ach was sage ich denn, zweitausend von uns gehen kaputt daran, da wieder einmal etwas zur Ordnungswidrigkeit oder zur neuen Volkskrankheit erklärt wurde. Weil alles dafür getan wurde, uns krank und verbrecherisch zu halten, weil eine potentielle Besserung nicht akzeptiert wird von jenen, die zwar dauernd behaupten an einer Besserung der Welt zu arbeiten, aber nichts davon haben. Und ein jeder von uns grüßt noch schön, während er an der Notdurft der privilegierten Schicht verreckt. Kein Kranker dieser Welt ist freiwillig krank, nicht einmal die eingebildeten Kranken, nein, das große Drumherum hat sie krank gemacht, das Menschheitsbrimborium.

Ihr Menschen wollt eine von Kranken befreite Welt? Dann hört auf, jenen hinterher zu hecheln, die sich das Gewerbe des Krankschreibens zum Beruf gemacht haben! Ein Zuhälter hat weit mehr Anstand und Ehre im Leibe als dieses Krankschreiberpack, rottet sie aus – und schon geht es euch besser. Ruhe und Gesundheit herrschen auf Erden, sobald wir die Krankschreiber zum Teufel gejagt haben!

Ja, so in etwa plappere ich daher, wenn sie mich zum Quatschen bringen und hier in diesem Verhörraum noch einmal nacherzählt bekommen haben wollen, was ich für gewöhnlich zu verkünden habe an den Straßenecken und auf den Marktplätzen. Ich halte sie mit rudimentären Fragmenten bei Laune, mit achtlos in den Raum geworfenen Satztrümmern. Vollkommen aus der Luft greife ich mir meine Laberstücke, schieße sie über meinen Mund zurück in die Umlaufbahn, ohne zuvor einen umständlichen Zwischenstopp im Gehirn einzulegen. Ab und an lande ich einen Treffer, aber es ist mir gleich, solange ich sie nur fein entrüste und sie das Gefühl haben, nicht weiterzukommen bei mir. Ob sie sich empören, weil ich unrecht habe und sie einfach nur nach Hause wollen, oder ob sie sich empören, weil ich recht habe und ihnen entsetzlich auf die Füße gelatscht bin, spielt für mich keine Rolle, solange nur ihre Empörung authentisch ist. Schließlich lebe ich von der Empörung anderer Menschen.

Ich bin mutiger, als sie glauben. Schließlich ist in China neulich ein Mann bei ähnlich wilden Spekulationen ums Leben gekommen. Ja, gestorben inmitten haltloser Ahnungen, erstickt an gefährlichem Dreiviertelwissen, an ein wenig wahl- und hirnlos gegenüber der Welt geäußerten Vorwürfen. Vorwürfen, die diese Welt bis dato noch nicht gehört hatte und an denen sie sich sogleich schlapp und krumm und kringelig gelacht hat, während der dreiviertelwissende Chinese verreckt ist, inmitten seiner ungefähren Ahnungen und eines Tobsuchtsanfalls. Mich hat das beeindruckt. Würde sich nicht schlecht auf einem Grabstein machen, so als Spruch: *Hier liegt Janusz Jaroncek der Plapperer – gestorben an vehementer Schwadroniererei.*

Dabei geht es genau darum. Diese Schwadroniererei sind nicht von mir in dieses Verhör gebracht worden, sondern von ihnen. Zwangsläufig, denn mehr steht ihnen nicht zur Verfügung, um mich zur Strecke zu bringen. Ein wenig Marktplatz, ein wenig Kastanienbaum und eine Bank, die um diesen Baum herum stand. Sie wünschen sich, dass ich, der ich als Einziger in den Strudel der Zeit hinabtauchen und danach schauen kann, ihnen ihre Existenz bestätige. Denn gibt es in meinem Kopf keinen Marktplatz, keinen Kastanienbaum und keine Bank, so haben sie ein fettes Legitimationsproblem. Denn es würde sich die sehr allgemeine Frage stellen, was wir hier überhaupt wollen, was diese Farce aus Verhör und Beschuldigungen eigentlich soll.

Antworten Sie, Jaroncek, erinnern Sie sich an diese Bank?, so haben meine männlichen Ankläger mich also – anfangs in ruhigem, beschwörendem Tonfall, später dann schreiend und anklagend – gefragt.

Das ist nicht relevant, habe ich ihnen geantwortet in einem aufrichtigen und gemäßigten Tonfall.

Verarschen Sie uns nicht, Jaroncek! Da war eine Bank und Sie saßen darauf, geben Sie es endlich zu!, insistierten sie weiter. Durch ihre Wortwahl und den verabscheuungswürdigen Tonfall verloren sie augenblicklich an Ansehen.

Verstehen Sie, gute Herren, erklärte ich daraufhin mit höchster Besonnenheit, *die Existenz dieser Bank, an die Sie so inständig glauben, ist nicht zu klären. Die Frage nach ihrem grundsätzlichen Sein kann per se nicht beantwortet werden, weder mit Ja, noch mit Nein.*

Völlig irre werden meine Ankläger. Lustig anzusehen ist das. Schließlich sind sie die studierten Köpfe – nicht ich. Ich bin lediglich der, der daherplappert, was er in den Klappentexten der Werke großer Agnostiker gelesen und notdürftig behalten hat. Doch so läuft es nun einmal bei den Menschen: Hume, Kant, Kierkegaard und Huxley ehren sie, nennen sie *brillant* und *blitzgescheit*. In mir aber, der ich das ganz große Existenzgefasel ebenso auf den Lippen trage, ja die Worte großer Geistesmenschen mitunter sogar eins zu eins kopiere, in mir erkennen sie nur den plappernden Irren.

Nie ist es wichtig, was einer sagt, sondern lediglich wer etwas sagt. Ein falscher Mann mit richtigen Worten ist und bleibt ein Depp, wohingegen ein richtiger Mann mit falschen Worten gar nicht weiß wohin mit all der Ehrerbietung, die ihm zugetragen wird. Zu bemitleiden jedoch sind beide, werden sie doch beständig verzerrt. Zitiert und wieder zitiert, bis kein Mensch mehr weiß, wo oben und wo unten ist, wo richtig und wo falsch, was Weisheit und was Mummenschanz ist. Ob Soldat oder Philosoph – Verdienst und Verdammnis liegen noch immer nur einen Kieselsteinwurf voneinander entfernt.

Dabei habe ich kaum noch Erinnerungen an die Zeit, für die sie sich so sehr interessieren, und an jene Orte, an denen ich mich herumtrieb. Was ich mit mir herumtrage, sind Gedankenskizzen, zerfetzte Ahnungen, schwingende Assoziationsketten. Reale Erlebnisse und Erfahrungen vermengen sich in mir mit den Träumen der vergangenen Jahre, den vielen unerfüllten Sehnsüchten, den durchgestandenen Ängsten, Visionen und der Paranoia. Und, natürlich, meinem so freimütig erfundenen Dampfplaudereien. Gerade dem. Schließlich bin ich bekannt als Jaroncek der Plapperer.

Ich bin der, der den Menschen erzählt, was sie hören wollen, wenn sie einem Aussätzigen an einer Ecke begegnen. Der ihnen die Fratzen zeigt, nach denen es sie verlangt. Natürlich wollen sie die menschliche Entstellung nicht an sich selbst erkennen, sondern an jemand anderem. Sie wollen jemanden haben, um entsetzt mit dem Finger darauf zeigen, hysterisch aufschreien und davor wegrennen zu können. Schließlich kann man nur schwerlich vor sich selbst davonlaufen.

Die Ehrlichkeit einer Katze, die ihren eigenen Schwanz anfaucht und allzeit zu Selbstverstümmelung und Autoaggression bereit ist – nein, diese Fähigkeit besitzen wir Menschen nicht. Dabei kann nichts so kathartisch sein wie Selbsthass. Oder ritzen sich junge Frauen die Arme auf, weil sie sich nach diesem Ritzen und angesichts ihrer eigenen Wunden und ihres eigenen Blutes bedrückter fühlen als zuvor? Wohl kaum.

Nein, sie wollen ein Ungeheuer in mir sehen, also gebe ich ihnen ein Ungeheuer. Ich reflektiere ihre Wünsche, ihre Befindlichkeiten, ihr Sein, doch sie sind blind für Jaroncek den Sanftmütigen. Mit ihm wissen sie nichts anzufangen, niemand kann ihn gebrauchen und dementsprechend überfordert wären sie mit einem solchen. Also lassen sie ihn gar nicht erst in dieses Verhörzimmer, Jaroncek den Guten, und rufen: *Kommen Sie, Jaroncek, gehen Sie einen Schritt auf uns zu, machen Sie es uns nicht schwieriger als es eh schon ist!*

Aber genau diesen Gefallen tue ich ihnen gerne und rufe also: *Ruckedigu, Blut ist im Schuh! Burn Motherfucker Burn!*

Ich bin ganz überrascht von mir selbst, woher ich das nur alles habe und auf welchem meiner Lebenswege ich derartige Äußerungen aufgesammelt habe. Doch es irritiert sie weitaus mehr als mich, denn den Jaroncek, den sie zur Aufrechterhaltung ihres bröseligen Weltensystems brauchen, den ertragen sie schon kaum. Sie sind es gewohnt, auf diesem harten Stuhl und unter dieser gleißenden Glühbirne Verbrecher sitzen zu haben, die sich als Unschuldslämmer gebärden. Ein genau entgegengesetzter Charakter, ein sich bereitwillig als Ungeheuer anbietender Unschuldiger, der verstört sie jedoch zutiefst.

Doch wir müssen dieses absurde Theater spielen. Wir haben gar keine andere Wahl, so schwer es ihnen und so schwer es auch mir fällt. Schließlich hätte niemand etwas von Jaroncek dem Normalen. Sie nicht. Und ich noch viel weniger. Eine grobe Enttäuschung und ein großes Unglück wäre Jaroncek der Normale. Die Erde würde aus den Fugen geraten, wenn sie und ich gemeinsam feststellen würden, dass im Grunde nichts geschehen ist.

Panem et circenses, Brot und Spiele, das ist es. Die Menschheit will belogen und an der Nase herumgeführt werden. Sämtliche Machtmenschen unseres Landes begründen ihre Macht auf Brot und Spiele, auf das gekonnte Jonglieren mit Sehnsüchten. Das kann jeder erkennen, nur in eine Zeitung oder in einen Fernsehapparat muss man dafür hineinschauen. Dort schlägt er einem regelrecht entgegen, dieser Handel mit Sehnsüchten, der alle erfolgreichen Menschen auszeichnet. Politiker sind Sehnsuchtsjongleure. Medienmacher sind Sehnsuchtsjongleure. Kirchenvertreter sind Sehnsuchtsjongleure, Finanzvorstände, Stars und Sternchen sind Sehnsuchtsjongleure.

Jene, die auf der Strecke geblieben sind, die in ihrem Leben nichts auf die Reihe bekommen haben, die sagen, oben stünden immer nur die Reichen und die Starken. Doch da haben sie nicht richtig in ihre Fernsehapparate hineingeschaut, denn oben stehen nicht die Wohlhabenden und Potenten, nein, an der Spitze einer jeden Gesellschaft stehen die fähigsten Gaukler, Schalmeienbläser und die besten Realitätsverwischer.

Aber die Menschen sind selbst schuld. Denn sie interessieren sich nicht für Realitäten, sie haben es nie getan und sie werden es auch niemals tun. Um den Handel mit Sehnsüchten, um den geht es. Das – und nur das! – ist das Erfolgsrezept der Eliten. Sie führen den Menschen beständig vor, was alles nicht ist, aber sein könnte! Sie verdrehen ihnen die Köpfe mit ihrem Reden und ihrem Tun, bis die Menschen nicht mehr wissen, wo vorne und hinten ist, bis sie sich nicht mehr auskennen in ihren Leben. Mit einem Mal begreifen sie ihre naturbedingte Armut, Hässlichkeit und Beschränktheit eben nicht mehr als naturbedingt, sondern erachten sie als Systemfehler, als ein von anderen entfachtes Unglück, das doch endlich aus der Welt geschafft werden muss.

Ja warum tut denn niemand etwas gegen mein unvollkommenes Sein in der Welt?, so zetern die Menschen, die es nicht in eine Elite hinein geschafft haben. Und während sie noch dort stehen und lamentieren, kommen die Eliten schon herbei mit ihren Parteiprogrammen, wedeln mit ihren Weihrauchkerzen, präsentieren ihre Villen in Saint Tropez und ihre schönen jungen Frauen und rufen: *Dividende! Dividende!*

Betört und benebelt, ja wie von Sinnen, stolpert der Mensch ihnen hinterher. Nur deshalb werden sie von Traumverkäufern und Budenzauberern beherrscht. *Faire Löhne für gute Arbeit*, so ruft die Elite einmal quer durch die Parteienlandschaft und der Mensch schaltet seinen Kopf aus und gibt ihr seine Stimme. Und sie nehmen diese ergaunerte Stimme und reiten auf sehnsuchtsgeschwängerten Hängeschultern zu ihrer eigenen Macht und trampeln die wenigen nieder, die das simple Einmaleins aus überbordender Weltbevölkerung, begrenzten natürlichen Ressourcen und wild um sich schlagendem Wirtschaftssystem noch beherrschen, die keine Budenzauberer und Traummarketender, sondern schlichtweg ehrlich sind und die daher warnend den Finger heben und sagen: *Puh, faire Löhne für alle, das wird schon mathematisch besehen schwierig, wenn alle reich und immer reicher werden wollen.*

Aber niemand hört diesen letzten ehrlichen Menschen zu. Sie werden verdammt, als Miesepeter bezeichnet und aus der Stadt gejagt.

Auch ich mache da keine Ausnahme, natürlich nicht. Warum sollte ich auch? Mich interessiert nicht, wie die Dinge sind, und mich interessiert auch nicht, wie ich bin. Mich interessiert, wie ich gerne wäre. Mich interessiert das Leben, wie es sein sollte. Nicht das Leben, das ich führe, weckt meine Begierde. Sondern das Leben, das mir vorenthalten wird. Nur deswegen wurde ich zum Dampfplauderer und vielleicht habe ich mich auch nur deswegen eines Tages vor so vielen Jahren in die schönste aller Frauen verliebt und hangle mich seitdem als vom Wahnsinn Gezeichneter am seidenen Faden baumelnd von Tag zu Tag. Obschon mir ab und an der Sinn danach steht, habe ich mich noch nicht selbst ausgelöscht, weil ich eine Sehnsucht in mir trage.

So ist es zumindest die vergangenen fünfzehn Jahre gewesen. Doch jetzt, jetzt ist Uta tot. Ich hocke in diesem kargen Raum, unter dieser gleißenden Glühbirne, auf diesem harten Stuhl und bemerke, wie mir mit Utas Tod meine Sehnsucht abhandengekommen ist. Diese unplausible, borniert, beinahe schon lächerliche Sehnsucht, die mich fünfzehn Jahre lang getrieben hat, die mir jeden Morgen einflüsterte, dass es einen Sinn für mein Dasein gäbe, dass auch ich nicht umsonst lebe, dass es eine Aufgabe gäbe, die ich zu bewältigen hätte. Und jetzt ist die fort, wie weggeweht. Ein Sturm kam auf und fegte erst Uta und dann meine Sehnsucht aus meinem Leben.

Nein, ich verspüre diese Sehnsucht nicht mehr und doch stehe ich noch zu ihr. Gerade dieses Bekenntnis zur Sehnsucht ist es, dass mich davor bewahrt, einen endgültigen Schlussstrich unter mein Leben zu ziehen. Aber genau das ist es, wonach es meine Ankläger trachtet. So wollen sie meine und Utas Geschichte drehen. Als die Geschichte eines in seiner Sehnsucht ganz fürchterlich Abgedrifteten. Und sie sagen es dahin, als sei mein absurdes, so vom Weg abgekommenes Sehnen tatsächlich eine Schande. Dabei sind es doch gerade unerfüllte Sehnsüchte, die den Menschen leiten und prägen. Ihn anspornen, antreiben, gehörig Dampf machen. Oder hat der Mensch es bis ins einundzwanzigste Jahrhundert geschafft, weil er sich für Realitäten interessiert? Weil er so ausnehmend gut in der Lage ist, naturgegebene Zustände zu akzeptieren? Fünfe auch mal gerade sein zu lassen?

Nein, der Mensch ist Mensch, weil er fünfe eben nicht gerade sein lassen kann. Nie kann der Mensch fünfe gerade sein lassen, nie! Und genau darum ist der Mensch Mensch. Und auch ich, Jaroncek, bin genau deswegen ein Mensch. Sie können mich anklagen, können meinen menschlichen Versuch, eine Sehnsucht mit Gewalt in einen Ist-Zustand zu wandeln, vor ihre Gerichte stellen. Wenn ihnen der Sinn danach steht, die gesamte Menschheit zu verklagen, bitte, ich werde der Letzte sein, der sie daran hindert!

Aber an diesen Punkt gelangen sie einfach nicht, sie bedrängen mich weiterhin, ihnen *meine Realitäten* zu liefern. Ich werde zunehmend müde, ihnen diesen Begriff zu zerfleddern. Realitäten wollen sie. Unwiderlegbare Fakten. Mummy. Daddy. Alina. Und Uta. Immer wieder Uta, natürlich Uta. Uta, die auf einer Bank unter einem Kastanienbaum sitzt. Dort sitzt und sich immer wieder ihre aufmüpfige Haarsträhne aus dem Gesicht schiebt.

Einen regelrechten Narren haben sie an der Uta gefressen, die mir begegnet ist. Uta mit den schlanken, übereinandergeschlagenen Beinen, Uta mit dem wunderschönen Gesicht, Uta, wie sie sitzt und schreibt und ihre allumfassende Ruhe ausstrahlt. Uta die Blendende, Uta die Verheißungsvolle. Man könnte fast glauben, sie wären verliebt in sie und nicht ich. Man könnte fast glauben, ihnen zerschießt Utas Tod das Leben und nicht mir.

Dabei ist nichts von alledem, was sie wissen wollen, fort. Alles ist noch an seinem angestammten Platz, dort wo es hingehört – in meinem Kopf. Ich sehe es in meinen dunklen Momenten, in denen mein Blick es nicht einmal bis zur gegenüberliegenden Wand schafft. Genau dann ist er da, dieser eine, dieser universale, dieser alles verschlingende Anblick des Bildes einer Frau. Doch er geht einfach nicht mehr weg, verschwindet nicht mehr aus meinem Schädel. Blutig geschlagen habe ich ihn mir an Mauervorsprüngen, Wohnzimmerwänden und Badezimmerspiegeln. Bin so oft mit der Stirnplatte gegen Stein und Glas geschlagen bis meine Welt in ein Meer aus Rot und Tränen getaucht war. Genutzt hat es nichts, ihr Anblick ist nicht verschwunden. Uta ist geblieben. Und diese verdammte Sehnsucht gleich mit ihr.

Und nun kommen sie und sagen, ich solle mich erinnern, das sei wichtig. Ihnen, so sagen sie, wird es juristisch helfen und mir therapeutisch, wenn ich vorbehaltlos alles auf den Tisch lege. Sie begreifen nicht, dass es hier nicht um Erinnerung geht, dass nicht Erinnerung der Schlüssel zu allem ist. Sondern das exakte Gegenteil davon. Es geht darum, mich endlich nicht mehr zu erinnern, es geht darum zu verhindern, dass ich wirklich noch überschnappe, wirklich noch zu einem werde, der unbescholtene Bürger in Angst und Schrecken versetzt, so wie sie es sich ausmalen und von mir erwarten.

Ich hatte Uta doch schon fast aus meinen Leben gedrängt, war nach all den vergeblichen Jahren doch schon so weit gewesen, nicht mehr hinter einem jeden Klopfen, einem jeden Quietschen und einem jeden Laubrascheln ein Zeichen von ihr zu vermuten. Ich war doch längst auf dem Weg zu mir selbst gewesen, hatte mich zwar noch nicht erkennen und greifen können, aber hatte bereits begonnen zu ahnen. Hatte dem Zorn und der Verworrenheit den Laufpass gegeben, meine bodenlose Existenz zu den Akten gelegt und mich an eine Neuorientierung begeben, den Versuch einer Neujustierung. Auch meine Geschichten, meine geschwungenen Tiraden waren nicht mehr so wütend gewesen, ich hatte sogar bereits aufgehört, die

Menschen für jedes Unglück dieser Welt verantwortlich zu machen.

Aber jetzt kommen sie, beachten den genesenen Jaroncek nicht, weil er ihnen nichts bringt, und fangen wieder mit dem Wühlen an. Sie mögen sich zwar als Verhinderer von Mord und Totschlag fühlen, sind jedoch die Verursacher. Sie provozieren meine Erinnerung. Und wenn ich erst einmal beginne, mich so richtig zu *entsinnen*, dann werden diese Mord- und Totschlagsfantasien, die sie hier so hemmungslos und in vollkommenem Einklang mit ihren Gesetzen vor mir ausbreiten, ein feuchter Dreck gegen das sein, was dann einsetzt. Dann wird ihnen ihr ganzes juristisches System um die Ohren fliegen, denn da ich Uta nicht getötet habe, werden sie mir nichts nachweisen und mich wieder gehenlassen müssen mit all meinen frisch geöffneten Erinnerungswunden, mit denen ich dann ziellos durch die Gegend laufen werde.

Seit jeher stehen sie mitten im australischen Busch, werfen fahrlässig mit glimmenden Zigarettenstummeln um sich und wollen mir nun ihren Groß- und Flächenbrand in die Schuhe schieben. Sie haben sich meine Plappereien in den Block diktieren lassen, haben haargenau mein Frauenbild, meine Komplexe und Verhaltensanomalien analysiert und beugen sich dennoch zu mir hinab, flüstern mir dauernd ins Ohr: *Uta, Uta, Uta.*

Aber wenn es knallt, wollen sie nichts damit zu schaffen haben. Eine seltsame Auffassung von Recht, Ordnung und Moral haben sie. Eine seltsame Vorstellung von Anständigkeit. Und so liegt es wohl in der Natur menschlicher Widersprüchlichkeit, dass es stets die Unbelehrbaren sind, die die Belehrbaren belehren dürfen. Dabei müsste es sich doch genau andersherum verhalten.

Ich soll mich an alles erinnern, soll mir alles, was *angeblich* einmal war und somit nicht bloß sehnsuchtsgeschwängerte Fantasie ist, zurück in mein Bewusstsein pressen. Wozu das gut sein soll, das sagen sie mir nicht. Und solange sie mir nicht erklären, was ich mit einer Realitäts-Uta soll, wo ich mir doch eine so wunderbare Sehnsuchts-Uta ersonnen habe, kann und darf es nicht um Wiederherstellung gehen, sondern nur darum, Uta, den Marktplatz, den Kastanienbaum und all meine falschen Schlüsse, Herleitungen und Assoziationen endlich aus meinem Kopf zu bekommen. Abtöten muss ich Uta, sie aus mir tilgen. Exorzismus wird mir den Weg leiten, ist es doch so offensichtlich ein Monster, das ich dort unter meinem Herzen fünfzehn lange Jahre nährte.

Alle sagen, es sei ein Monster, keine Liebe, keine Sehnsucht, nein

ein Monster. Und wenn alle sagen, dass es ein Monster ist, so wird es wohl eines sein. Ein Monster, das mir unter der zerschundenen Schädeldecke hockt. Es will einfach nicht verschwinden. Ein Monster mit Utas Gesicht und auch ihrer Stimme.

Ich sollte mich fernhalten von diesem Monster, ich war schließlich schon so gut wie weg davon. Hatte all meine Verzweiflung gebündelt und zu Disziplin verkehrt, war engagiert aufgebrochen, um nie – niemals – wieder zurückzukehren und mich nicht weiter von ihr anstiften zu lassen, ein seltsamer, ein schlechter, ein verrenkter Mensch zu sein. Ich ging, schlug alle Türen hinter mir zu. Doch ich kam nicht weit, war kaum aus der Stadt, kaum auf dem Weg zu neuen Ufern, da ist sie es gewesen, die mich zurückholte. Nein: zurückpfiff! Und schon war mein Bestreben, diese Geschichte, unsere Geschichte, doch noch zu einem verträglichen Ende zu führen, erlahmt.

Ein Kraftakt ist diese Flucht gewesen. Ich musste über mich selbst hinauswachsen. Doch es hat zu nichts geführt. Sie pfiff und ich trottete zurück, entmündigt, sanglos, klanglos. Ist es nicht genau das, was ein Monster ausmacht? Dass es nicht abläßt von dem, der bereit ist zu flüchten? Dass es keine Gnade kennt? Ja, der Gedanke an eine neuerliche Flucht ist da. Doch es gelingt mir nicht noch mal, mich aufzuraffen. Erlahmt bin ich, der Kampf hat mich mürbe gemacht.

Mit jedem Tag, den ich hier festsitze und wehrlos diesem Fragenstakkato und Erinnerungszwang ausgesetzt bin, kann ich mich zu immer weniger aufraffen.

Uta ist tot. Sie wurde ermordet. Doch ihre Verfolgung beginnt erst jetzt so richtig, sie hetzt mir hinterher, gönnt mir keine Atem-, keine Gedankenpause mehr, nun, wo sie nicht mehr ist. Und so gehe ich ganz nah an es heran, dieses Uta-Monster, denn entfliehen kann ich ihm nicht mehr. Ich strecke meine Hand aus, streichle und füttere es – und sehe, wie es wächst, größer und immer größer wird, wie es prächtig gedeiht und sich angefüllt mit Stolz *Liebe* nennt.

Ich solle mich an Uta erinnern, sagen sie. Also an ein Monster, das ich selbst erschaffen habe. Doch wie soll das gehen? Es sieht aus wie Uta, es spricht wie Uta, es kämpft mit der widerspenstigen Haarsträhne wie Uta, doch es ist nicht Uta. Ich mag sentimental sein, nostalgisch und gefühlsduselig. Aber ich bin nicht dämlich. Ich weiß, was hier abgeht und ich weiß auch, was unter meiner Schädeldecke abgeht.

Ich kenne Uta nicht. Alles, was ich von ihr habe, ist ein verzerrtes, schrecklich nervtötendes Schönbild, das ich immer mit mir herumschleppe. Ich überfrachte dieses Bild mit Emotionen, jedes Gefühl, das sich nicht binnen Millisekunden einordnen lässt, werfe ich rücksichtslos auf Uta, alle meine Sehnsüchte, die noch immer unerfüllt im toten Winkel meiner Identität liegen, schreibe ich Uta zu. Geht es mir mies, so geht es mir wegen Uta mies, geht es mir gut, so geht es mir wegen Uta gut. Sie ist zum Spielball meines rücksichtslosen Wankelmutes geworden, ein Opfer meiner leidenschaftlichen Willkür. Wie zum Teufel soll ich mich da an sie erinnern können?

Oh doch, ich weiß sehr gut, was hier vor sich geht. In meinem Kopf bin ich der Chefanalyst und niemand sonst. Ich sehe und entlarve alles, jeden sentimentalen Winkelzug meiner Seele kann ich auffinden, deuten und in einem Diagramm darstellen, geradeso wie sie meine Psyche seit Wochen kartographieren.

Nur mein Verhalten – das kann ich nicht beeinflussen.

Es gibt so viele Dinge, an die wir – ich und alle anderen Menschen – uns nicht mehr erinnern wollen. Die wir aus unseren Gedanken streichen wollen, aus unseren Schädeln herausreißen wollen. Doch je brutaler wir dabei vorgehen, je emsiger wir an diesem freiwilligen Gedächtnisverlust arbeiten, desto unberechenbarer kommen sie daher, unsere Erinnerungen. Dann drehen und verformen sie sich, ändern ihre Gestalt. Intelligent wie Viren sind diese Erinnerungen, finden zu jedem Immunsystem den passenden Schlüssel. Aber Erinnerungen sind schlimmer als Viren. Denn sie befallen uns nicht von außen und noch nicht einmal von innen. Sondern entstehen in uns selbst. Nur von uns werden sie angetrieben und genährt. Wehrlos gehen wir an ihnen zugrunde, weil wir an uns selbst zugrunde gehen.

Seit Wochen schon bedrängen die Stimmen meiner Ankläger mich, die der Männer und die der Frauen, die der Ermittler und die der Wissenschaftler und Ärzte. Und alle fragen, was einmal war und wie und warum ich der wurde, der ich heute bin. Doch ich habe ihnen bisher keine Antworten geben können, weil ich ein Mensch bin und mich als Mensch einen Dreck um Realitäten schere.

Ausgelacht habe ich sie stattdessen also. Was sonst hätte ich auch tun können, wenn nicht herzhaft und laut über ihre einfältigen Spürnasenfragen zu lachen? Richtiggehend mokiert habe ich mich über ihren Wunsch nach Aufarbeitung, ihren Drang nach minutiöser Lebensprotokollierung und glasklarer, nachvollziehbarer Mord- und Totschlagsherleitung. Ahnungslose Gaffer und Glotzer sind sie, wollen am Ende meiner Tage sagen können: *Ach so war das! Ach so kam das alles! So führte eins zum anderen, fügte sich alles zu einer einzigen großen Schrecklichkeit! Deshalb wurde aus einem Stotterer und Bettnässer ein für alle Ewigkeiten Abartiger!*

Dabei habe ich doch schon versucht, ihnen zu erklären, dass ich keiner Kausalität folge. Mein Charakter ist kein Konsekutivsatz, sondern eine hohlwangige Zufälligkeit, die jeden Moment zusammenfallen und sich wieder neu zusammensetzen kann. Ein einziges großes *Heute hier, morgen dort* ist mein Charakter.

Meine Ankläger jagen einem Hirngespinst hinterher. Ihrem eigenen Hirngespinst. Denn einmal angenommen, ich habe verbrochen, was sie mir vorwerfen, verbrochen zu haben, dann bin ich vielleicht juristisch und moralisch dafür verantwortlich, just so wie Eltern, die immer und überall für ihre wild umherstreunenden Kinder zu haften haben. Doch können Eltern mit Genauigkeit sagen, warum ihr Sohn aus des Nachbars Vorgarten die Äpfel entwendete? Warum er das bei Kindern so beliebte Klingelmännchen-Spiel durchführte, wieder und wieder? Nein, niemand kann es sagen. Mutmaßungen anstellen können Eltern. Sie können sagen: Weil es Spaß mache und weil Grenzüberschreitungen seit jeher den verlockendsten aller Düfte mit sich führen.

Nicht viel anders verhält es sich bei mir. Wenn es ihnen möglich ist, so werden sie mich ins tiefste aller Gefängnisse werfen oder am höchsten aller Galgen aufknüpfen. Ihre Paragraphen und Moralvorstellungen legitimieren sie dazu. Doch wirklich ermessen, begreifen und verstehen werden sie nichts. Sie werden mich aufhängen, weil es so in ihren Büchern steht. Weil ihr Glaube an die eindeutige Trennbarkeit von Gut und Böse keine Erschütterung verträgt. *Gescheiterter Immobilienverhökerer schändet und ermordet unschuldige Provinzschönheit!* Es klingt aber auch zu verlockend, um nicht wahr zu sein. Sie haben eine regelrechte Gier danach entwickelt, sind süchtig geworden. Bestünde das wirkliche Verbrechen also nicht eher darin, mich ihrer Sehnsucht in den Weg zu stellen? Durch eine Aufarbeitung meines Lebens an den Grundpfeilern ihres Selbstverständnisses zu rütteln? Was wenn wir reden und reden und am Ende unseres Redens müssten sie aufstehen und sagen: *Manchmal muss sich ein Mann einer Frau entledigen. Die Art, mit der Sie dabei vorgegangen sind, verehrter Herr Jaroncek, die war zwar nicht fein, aber folgerichtig. In sich schlüssig. Also gehen Sie, Jaroncek, Sie sind frei. Gehen Sie und leben Sie weiterhin als Mensch unter Menschen, so wie Sie es längst hätten tun sollen!*

Was, wenn es genau darauf hinausläuft? Wenn es mir gelingt,

ihnen zu beweisen, dass es keine Monster auf der Welt gibt, nicht einmal unter meiner Schädeldecke, sondern nur die Menschen mitsamt ihren Taten? Was, wenn sie einsehen, wie unlogisch es ist, einzelne Menschen in Kerker zu werfen für etwas, was ihnen in die Gene gepflanzt wurde, ja was vielleicht sogar der Inbegriff ihres Menschseins ist? Neunzig Prozent aller Sträflinge sitzen hinter Gittern, weil sie ihrer Menschlichkeit erlegen sind. Die restlichen zehn Prozent sind Justizirrtümer. Ist das nicht der eigentliche Wahnsinn der Welt? Unsere Menschlichkeit macht uns zu Verbrechern.

Sie wissen das längst, ich bin nicht der Erste, der diesen Zusammenhang zwischen Straffälligkeit und Menschlichkeit erfasst. Darum und nur darum spiele ich ihr Spiel mit, bewege mich seit Wochen wie auf Eierschalen durch ihre Verhöre. Denn sie spüren, wie gefährlich es wird, wenn sie mich am Ende doch gehenlassen müssen, weil sie mir diesen Mord, für den sie keinen anderen Täter als mich finden konnten, nicht nachweisen können. Ihr verrücktes Lebenssystem werde ich ihnen hernach zerdeppern. Kein Stein ihres gesellschaftlich-moralischen Miteinanders wird noch auf dem anderen liegen, wenn ich als freier Mann diesen kargen und kahlen Raum hier verlasse.

Mein Jahr kennt dreihundertfünfundsechzig Tage, habe ich zu ihnen gesagt, *und mein Leben sechsunddreißig Jahre. Ich bin dreizehntausenddreihundert Tage*, habe ich gerufen. *Ich bin dreihundertsechzehntausend Stunden! Ich bin neunzehnmillionen Minuten! Mit wem genau wollen Sie da sprechen in Ihrer seltsamen Schändungsangelegenheit? Das Jaroncek-Backup welchen Tages hätten Sie gerne?*

Ich bin viele. Sehr viele. Wie auch jeder andere Mensch viele ist. So oft ändern wir unsere Wege, häuten und optimieren uns, fallen und stehen gestärkt wieder auf. Wer kann da noch behaupten, ein einziger Mensch zu sein?

Nein. Auf ihre Fragen kann es keine Antworten geben, denn der, der ich gestern war, der ist schon lange fort. Und der, der ich morgen sein werde, der kommt gerade erst zur Tür herein. Ich bin selbst gespannt, wie er wohl aussehen wird, der Jaroncek des neuen Tages.

Aber sie verstehen es nicht. Sie schauen mich an, bezichtigen mich der sprachlichen Glitschigkeit, beschuldigen mich, taktische Ausweich- und Abduckmanöver zu vollziehen, nur um nicht auf den Punkt kommen zu müssen. Und fragen weiter. Sie wollen wieder und wieder wissen, wie diese Gewalt in mir entstand und woher dieser Hass auf Frauen kommt.

Doch ich lache nur. Ein unsicheres Lachen, natürlich, schließlich bin ich es in diesen Momenten, der sie nicht begreift. Denn ich liebe die Frauen. Alle Welt weiß, wie sehr ich die Frauen bewundere, ehre, respektiere. Wir veranstalten diesen ganzen Affentanz hier doch nicht, weil ich ein Kostverächter bin, der Frauen abstoßend findet. Im Gegenteil: Ich will bei ihnen sein. Und sollte das auch.

Statt hier zu sitzen und sinnlos Zeit zu verplempern mit der tumben Aufarbeitung von Dingen, die ich irgendwo und irgendwann getan haben könnte, sollte ich in just diesem Augenblick eine Frau zum Erblühen bringen, wie es jeder Mann, der schon einmal abgeblitzt ist, tun würde. Sich eine beliebige, einsame Frau nehmen, von denen es doch so viele gibt, und sie sich als Königin der Welt erdenken. Sie aus ihrem kleinen Leben reißen und von ihren kümmerlichen Alltagssorgen befreien. Erst sie und dann sich selbst glücklich machen. Ist es nicht das, worum es geht?

Sie aber wollen den fiesen Frauenverfolger in mir sehen, den durchgedrehten Stalker. Sie glauben, sie hätten einen gesunden Menschenverstand und verstünden etwas von Romantik. Aber kommt dann einer und lebt ihnen diese Romantik vor – geht ein Mann komplett im Sein einer Frau auf, gibt sich einer flüchtigen weiblichen Bewegung hin, lässt sich lustvoll zerreiben in jenem aussichtslosen, luftleeren Raum zwischen Hoffnung und Sehnsucht – dann kommen sie nicht klar damit, schreien empört auf, zeigen mit dem Finger auf diesen leidenschaftlichen, hingebungsvollen Mann und rufen: *Hängt ihn, den Bastard! Er ist ja ein schäbiger Lump!*

Nein, die Menschen mögen keine Romantiker und auch mit der unentrinnbaren Sehnsucht kommen sie nicht klar. Was sie mögen, sind reibungslose Abläufe, Schmierenkomödien, vorgetanzte Verhaltensschemata, einen Mann, der sagt: *Ich liebe dich*, und eine Frau, die antwortet: *Ich liebe dich auch.* Abweichungen im Drehbuch sind nicht vorgesehen, unvorhergesehene Dialogstränge lassen sie sofort argwöhnisch nach Ketzern suchen. Ein Mann, der mit einem Blumenstrauß vor der Tür einer Frau steht, und sie flehentlich anbettelt, ebendiese Tür doch zu öffnen, derweil sie von innen damit droht, die Polizei zu rufen, wenn er nicht sofort verschwindet – das ist Romantik, wenn dann zum richtigen Zeitpunkt des richtigen Bettelns eine sehnsuchtsgeschwängerte Filmmelodie eingeflochten wird. Ja, Komponisten von Filmmusik sind es, die aus Bastarden im Handumdrehen romantische Helden werden lassen.

Gleichgeschaltetes, unromantisches Plastik- und Heuchlerpack sind sie. Als wären sie ein Leben lang nur netten Bekanntschaften, nie jedoch herz- und kopfsprengenden Leidenschaften begegnet, so verhalten sie sich. Sie verkaufen brühwarme Allerweltsliebschaften und weichgekochte Schulterklopfersentimentalitäten als Liebe. Schema F als Beweis ihrer Existenz, gut geschmierte Zahnräder. Und das soll Liebe sein? Nein, diese Liebe will ich nicht.

Doch ich will nicht unfair sein. Schließlich sind meine Ankläger Uta nie begegnet und haben nie erlebt, wie sie spricht und schweigt. Sie haben sie nie auf der Bank unter jenem Baum sitzen sehen. Sie nennen zwar beständig ihren Namen, konfrontieren mich wieder und wieder mit ihrem Foto, doch genau das beweist, dass sie keinerlei Schimmer haben, über wen sie reden und mit wem sie sich dort beschäftigen. Für sie ist Uta Wensch ein Aktenzeichen. Für mich hingegen ist Uta – selbst jetzt, wo sie tot ist und ich kurz vor dem Galgen stehe – das Leben.

Doch das begreifen sie nicht. Sie sagen ihren Namen, sehen mir ins Gesicht und erahnen anhand meiner sich sofort aufhellenden Züge, dass mir ein Wunder widerfahren sein muss. Ausgerechnet mir, dem widerlichen Jaroncek, muss eine erhabene Unsagbarkeit geschehen sein. Nicht ihnen, die sie doch ohne Fehl und Tadel sind, von höchster Moral und noch höherem Anstand, sondern mir, dem Ungeheuer, dem Tier, dem Wolf. Von Neid gepackt sind sie und gieren danach, alles über jenen Augenblick zu erfahren, in dem ein Marktplatz, ein Kastanienbaum und eine Bank sich vereinigten und zu einer Sehnsucht verschmolzen, die weit hinaus geht über das, was sie gemeinhin Liebe nennen. Da haben sie Semester über Semester studiert und dann? Dann kommt ein Unstudierter wie ich und erteilt ihnen eine Lektion in Sachen Leidenschaft. Oh, an ihrer Stelle wäre ich auch ganz fuchsig deswegen!

Nein, studiert bin ich nicht. Muss man studiert sein, um zu leben? Vielleicht muss man studiert sein, um zu überleben in dieser Titel- und Abzeichenwelt, die sie sich erschaffen haben. Aber zum Leben braucht kein Mensch ein Studium, im Gegenteil: Es führt direkt in die Lebenssackgasse, ein solches Studium. Mir zumindest ist noch kein Akademiker begegnet, der nicht die Bezeichnung *emotional gestrandet* im Lebenslauf hätte führen müssen. Eine Hochschule oder Universität zu besuchen ist bekanntlich der erste Schritt zur Lebensunfähigkeit, ja sogar zum Suizid. Die meisten schweren Alkoholiker, die meisten Depressionspatienten und auch die meisten Selbstmörder sind hochintelligent. Umso mehr Wissen ein Mensch mittels Disziplin in seinen Kopf gezwängt hat, umso gestrandeter ist er. Und um es so weit gebracht zu haben, um sich von Amts wegen mit mir in diesen kleinen Raum quetschen und über meinen *ach so verkorksten* Lebenslauf nachdenken zu müssen – da bedarf es schon einiges an Strandung.

Und doch fühlen sie sich mir überlegen. Sollen sie doch. Ich weiß, dass sie gestrandet und todgeweiht sind, sich des Nachts in den Schlaf saufen oder heulen und Erektionsprobleme haben. Das reicht. Damit stecke ich sie alle in den Sack.

19

Dieser verdammte Obersalzberg. Er wirkt nachkoloriert auf diesen Sechzehnmillimeterfilmen. Doch er ist es nicht, er ist so wie Agfa- und Kodachrome ihn eingefangen haben in den aus Schutt und Asche bestehenden Farbwelten des Zweiten Weltkriegs. Damals, so habe ich in Erfahrung bringen können, waren diese Filmaufnahmen vom Feriendomizil des Führers auf dem neuesten Stand der Filmtechnik. Heute aber sehen Eva Braun und Adolf Hitler kitschig aus, als seien sie in ein Schminkköfferchen gefallen.

Heimelig sieht das aus und es ist eine Schande zu wissen, dass der Adolf und die Eva, der Joseph und der Heinrich gar nicht rumgepfuscht haben daran, es gar nicht nötig hatten, die ganz große Wohlfühlinszenierung in Gang zu setzen, sondern einfach nur draufhalten mussten mit der Kamera. Der Kitsch kam ganz von selbst.

Ich liebe diese Aufnahmen von Hitler auf dem Obersalzberg. Wann immer ich den Kontakt zu mir zu verlieren scheine, wenn sich alles in eine Lebenslethargie hineinmanövriert und ich die Realität beobachte, wie sie sich ablöst vom Lauf der Welt − dann sehe ich mir den missmutig und grimmig auf dem Berghof hin und her stapfenden Führer an und gebe mir dieses Farbenspiel, wie es zuckerig süß den LCD-Bildschirm meines Fernsehers hinunterträufelt, zäh und widerwillig wie Harz.

Sie sagen, Hitler war ein schlechter Mensch. Sie behaupten, er sei sogar mit dem Teufel im Bunde gewesen. Dabei stimmt das nicht und alle wissen, dass es nicht stimmt. Das Böse an Hitler war nicht Hitler, wie das Böse an der Judenvernichtung auch nicht die Judenvernichtung war, sondern dieses mit Blindheit geschlagene Sein offenäugig durchs Leben laufender Menschen. Denen hat ihr aufrechter Gang und ihr hochentwickeltes Hirn nichts gebracht. So konnte aus Hitler der Hitler werden, der noch immer nicht tot ist, und aus der Judenvernichtung die Judenvernichtung, die weiterhin in unseren Geschichtsbüchern hockt.

Doch diese fortwährende Paranoia hat sich unser Land auch verdient, denn die Menschen wollen sich angesichts eines Hitler und einer Judenverfolgung weiterhin am liebsten dumm und doof und mit ausgekratzten Augen stellen, da nur *dumm und doof und mit ausgekratzten Augen* noch als Entschuldigung für Holocaust gilt, während alles andere längst unter Mitwisser und Mittäter läuft.

Und so schaue ich mir diesen kitschigen Obersalzberg-Hitler an, sehe, wie er in seinen Agfachrome-Farben zu Eva Braun läuft, offensichtlich einen Scherz macht und alle Vasallen und Steigbügelhalter um ihn herum lachen. Zwei, drei, vier Mal schaue ich mir diese Szene an und denke an die Menschen dort draußen, im Hier und im Jetzt, wie sie diesen Hitler verdammen und ihm zwischen Blitzkrieg und Holocaust auch noch ihre eigene Verkommenheit flugs in die Schuhe schieben wollen. Und hier auf meinem Bildschirm stapft er umher, reißt seit achtzig Jahren die gleichen Possen und altert einfach nicht, während draußen vor unseren Fenstern ungebremst alles vor die Hunde geht und die Sehnsucht der Menschen nach einem Heilsbringer immer größer wird. Das sagen sie natürlich nicht, so etwas wie: *Ein neuer Hitler, das wäre toll.* Stattdessen sagen sie: *So kann es nicht weitergehen! Früher war es besser!* Und dann schütteln sie resigniert den Kopf und öffnen gerade damit einem neuen Hitler Tür und Tor. Weil sie schlechte Menschen sind, weil sie das Böse von Generation zu Generation tragen und nicht dieser weichgekitschte Obersalzberg-Hitler.

Wann immer ich die Menschen nicht begreife, beschaue ich mir also Hitler auf dem Obersalzberg, lege ihn mir auf die Augen wie einen Verband auf eine Wunde und genese am geheuchelten deutschen Wesen. Nur ausschneiden sollte man ihn nicht, den Obersalzberg. Denn druckt man sich den Hitler und die Eva aus, wie sie dort auf dieser Freiluftterrasse ihres Berghofs herumlungern, wählt ein extragroßes Format, minimiert jegliche Pixeligkeit und versucht dann, das Gesicht der Eva schadlos zu entfernen, so mag dies kaum gelingen. Sicherlich, mit ihren Computern und Graphikprogrammen wäre so einiges möglich, doch was ist ein in vier automatisierten Schritten makellos erstelltes Kunstwerk schon gegen ein solches, für das man nur Leim und Schere und Augenmaß hat?

Also drucke ich den Hitler und die Eva und den Obersalzberg aus und gehe dann mit einer Schere daran, der Eva den Kopf zu entfernen, ohne sogleich den ganzen Ausdruck zu verschandeln. Das geht überraschend gut, besser als der Hitler lässt sich die Eva aus der Obersalzbergidylle herausschneiden. Etwas verloren sieht er nun aus, der witzelnde Hitler, hat er doch auf diesem Ausdruck nun niemanden mehr, der über seine Possen lacht, sei es auch nur auf Kommando. Nur der Obersalzberg hört sein Witzeln.

Hitler erinnert mich sogleich an mich selbst, bin ich in Haltung,

Mimik und Haarschnitt den Nationalsozialisten doch schon immer recht nahegekommen, so staksig und aufgezogen mein Schritt, so starr und roboterhaft meine Gesichtszüge, so hinterhältig mein Wesen. Oh doch, ich wäre ein guter Nazi gewesen, so frustriert und staksig und sehnsuchtsgeleitet, wie ich bin. Während ich an der Eva herumschnippel, summe ich nebenher die Deutschlandhymne.

Die Deutschlandhymne wird dauernd zu offiziellen Anlässen oder zu Fußballspielen gesungen, mit heroisch emporgerecktem Kinn plärren die Amts- und Würdenträger sie vor sich hin. Doch käme nun jemand herein, sähe mich hier auf dem Fußboden hocken, die Deutschlandhymne summen und an der Eva herumschnippeln und ein klein wenig dem Adolf schöne Augen machen, gäbe es eine große Aufregung. Mutter würde mich enterben, Vater kurzzeitig zurückkommen, um mir eine Tracht Prügel zu verabreichen und dann käme wohl auch der Verfassungsschutz vorbei.

Mir fällt meine Kindheit ein, in der ich ebenfalls auf dem Fußboden gehockt und gespielt habe. Den Hitler habe ich damals noch gar nicht gekannt, er ist mir erst wesentlich später vorgestellt worden, als mir die grenzenlose Blödheit der Menschen klar wurde und ich wusste, dass ein jeder Mensch, der massenhaft Menschen vernichten will, auf ewig mein Freund sein wird. Nur die Sache mit den Juden, die hätte er sich sparen sollen. Würde ich neben ihm stehen und wir würden beispielsweise gemeinsam einen schönen Waldweg entlanglaufen, ergäbe sich ein Szenario wie damals bei den verrückten Stooges: Ich würde ihm mit der flachen Hand auf den Hinterkopf hauen, er mir dafür in die Nase knuffen und ich ihm daraufhin am Schnurrbart ziehen. Er würde rufen: *Autsch, verflixt!*, und ich würde sagen: *Das geschieht dir recht, Hohlbirne!* Eine Viertelstunde würde das so gehen, nur wäre ich im Recht, denn die Sache mit den Juden, das war idiotisch und schwachsinnig. Da war doch klar, dass man ihn dafür hängen sehen wollte.

Denn ein guter Massenmörder verhält sich – will er erfolgreich sein – nicht anders als ein guter Mensch. Das bedeutet, dass für ihn alle Menschen gleich sind und er keinen Unterschied macht zwischen den Rassen oder Religionen. Ein guter Massenmörder nimmt, wen er vor die Flinte bekommt, doch genau das hat Hitler nicht begriffen, hat sich in diese Judensache verrannt, die von vorne bis hinten nicht gut durchdacht war. Systematisch habe er die Vernichtung aller Juden angestrebt, so sagen die Historiker, aber das sehe ich ganz anders. Willkürlich ist er vorgegangen, hat die Juden genommen, vermutlich weil er glaubte, leichtes Spiel mit ihnen zu haben, da sie einer Minderheit angehören. Doch genau das funktioniert eben nicht.

Die Auslöschung einer Minderheit ist vollkommen für den Arsch, die Auslöschung einer Mehrheit ist die Aufgabe. Die Auslöschung jener Mehrheit, die wir Mensch nennen, das wäre doch mal was gewesen. Minderheiten auslöschen kann schließlich jeder.

Aber ich verzeihe Hitler. Ja, ich verzeihe ihm. Ich verzeihe ihm nicht, dass er in Sachen Massenmord nur halbe Sachen gemacht hat! Nein, das ist und bleibt auf ewig unverzeihlich, denn wenn einer schon derart nah dran ist, dann muss er auch den Deckel drauf machen. Aber was ich ihm verzeihe, ist seine Blindheit, denn der Hitler war ja Maler. Alle Welt spottet hinter vorgehaltener Hand, dass der Hitler nur ein verhinderter Maler war, der es zu nichts gebracht hat. Dabei haben die wenigsten Menschen jemals eine solche Hitler-Malerei gesehen. Ja, im Spotte sind die Menschen vereint, denn dass ein Hitler nicht malen könne, das ist ihnen so klar, dass sie sich gar nicht erst eine solche Hitler-Pinselei anschauen müssen. Sie wollen auch nicht glauben, dass er auf dem Obersalzberg stehend Witze reißt und der Eva Braun seine Zunge in die Mundhöhle drückt, ihr tief in die Augen schaut und sagt: *Oh, du!*

Schauen sie sich doch einmal die Malereien von Hitler an, dann erschrecken sie, da diese nicht so schrecklich sind, wie immer behauptet wird. Nichts Diktatorisches haben diese Malereien, nichts Größenwahnsinniges, ja nicht einmal etwas Holocaustiges. Vor allem Kirchen, Dörfer und Wiesen hat er gemalt, weswegen er auch abgelehnt wurde an der Akademie. *Viel zu wenig Köpfe*, heißt es im Ablehnungsschreiben eines Professors.

Und so zog Hitler los, blind und hilflos, rannte über Polen hinweg und schoss auf all die Köpfe, die sich ihm in den Weg stellten. Und das nur, weil er den Menschen nicht sehen wollte. Nicht von den Amerikanern oder den Russen ist Hitler besiegt worden, sondern von sich selbst. Er ist daran gescheitert, ein Mensch zu sein, obwohl er sich doch so offensichtlich vorgenommen hatte, niemals wieder ein solcher zu sein. Wie auch ich mich eines Tages hinsetzte und mir jegliche Menschlichkeit verbot, hat auch Hitler den Menschen in sich zu unterdrücken versucht.

Er hat sich einen Schnurrbart angeklebt, eine viel zu große Uniform angezogen und sich vor seinen Heimspiegel gestellt, um Posen und Rhetorik einzustudieren, sich eine Stimmlage drauf zu schaffen, die jeglicher Menschlichkeit entbehrt. Und es ist ihm gelungen, seine Fassade aus Wut und Hass und Schreierei hat lange gehalten und ihm die Menschen vom Leib gehalten. Doch dann sind sie ihm doch zu sehr auf die Pelle gerückt, denn wie alle Misanthropen hat Hitler es übertrieben mit seinen Menschheitsvernichtungsideen. Die Juden sind ihm knapp geworden und gehen einem Hitler die Juden aus, so wird er nicht einsichtig, sondern unleidlich, schaut hilflos umher und beginnt in seiner Ohnmacht, russisches Roulette mit Russen zu spielen.

So wie ich mir die Uta vom Halse halten sollte, da sie längst begonnen hat, mich zu malträtieren und meine Gedanken aufzufressen, hat Hitler die Juden ausgemacht als Besetzer seines Kopfes, als den Ursprung seines Unbehagens. Doch anstatt die Juden zu vernichten und es dann einfach mal gut sein zu lassen, ist er vom Kleinen direkt zum Großen gesprungen und da kann ich ihn verstehen. Schließlich bin ich doch auch von Uta direkt zu allen Frauen gesprungen. Anstatt nur Uta zu knicken und zu falten und in ein Ablagefach zu schieben, setze ich zum großen Tigersprung auf alle Frauen an, mache sie alle für mein Nichtexistieren verantwortlich, benenne Busen, Hüften, geschwungene Lippen und volles Haar als meine Kerkermeister.

Ja, was dem Hitler die Juden, das sind mir die Frauen. Ich erschaudere bei dem Gedanken, dass da *etwas* in mir wächst, ein charakterlicher Winkelzug, den ich erkenne, aber nicht aufhalten kann. Mutter, Alina, Uta – ein stummer Schrei durchschneidet meinen Kopf, denke ich an Frauen. Und ich möchte sie alle vernichten, sie alle auslöschen. Weil sie so groß, so wunderbar, so schön und zugleich so nichtssagend und stumm sind. Weil jede ihrer Bewegungen meine Welt zum Einsturz bringen kann.

Weil ich diese Angst vor ihnen verspüre.

20

Ich bemerke, wie ich in meinen Plapperer-Duktus verfalle, obwohl ich mich an mein eigenes Gequatsche von soeben kaum noch erinnern kann. Ja, nur wenige Sekunden sind verstrichen und ich weiß es schon nicht mehr. Irgendetwas mit Gartenfesten und irgendwas mit Hitler, oder? Ach, es ist das alte Lied, das alte Leid – Frauen kriegen mich immer zum Reden, den einen schütte ich mein Herz in Briefen aus, den anderen gehe ich auf den Leim, indem ich auf ihre Drohgebärden hereinfalle, mich von ihren sorgsam einstudierten Verhörtaktiken überlisten lasse. Und Sie wollen doch ein Geständnis nicht wahr? Also gebe ich Ihnen mein Geständnis, behandle Sie so, wie ich Uta stets behandelt habe: mit aller mir zur Verfügung stehenden Offenheit. Wir wollen keine Geheimnisse mehr voreinander haben, ja? Ich verspreche, mich zu erinnern, Sie versprechen, sich alles zu notieren.

Was ich nur immer mit diesem Hitler habe, bin ich doch kein bisschen deutschnational gesinnt, im Gegenteil. Der größte Verächter der deutschen Nation und des deutschen Charakters bin ich viel mehr. Und trotzdem kann ich nicht genug von ihm bekommen. Würden Sie es mir noch einmal vorlesen, was ich da alles erzählt haben soll, *angeblich*, werte Ministerialbeamtin? Sie schreiben doch so bewundernswert fleißig alles mit, machen sich eine Notiz nach der anderen, lassen meinen Aktenordner dicker und immer dicker werden. Oder nein, lassen Sie es besser, ich möchte lieber doch nicht hören, was ich Ihnen da soeben aufgetischt habe. Meine eigenen Worte laufen stets Gefahr, mir peinlich zu werden.

Kennen Sie das auch? Menschen mögen weder ihre eigene Stimme noch ihre eigenen Worte. Seltsam, oder? Sie erschrecken regelrecht, wenn sie sich selbst einmal auf einer Tonbandaufnahme hören, und wollen stets die Flucht ergreifen, liest man ihnen ihre eigenen Mails oder SMS vor. Es scheint, als sei der moderne Mensch auf alles vorbereitet, nur nicht auf eine Konfrontation mit sich selbst.

Lesen Sie mir Ihre Notizen also besser nicht vor. Egal wie wir es drehen und wenden, es wird zu nichts Gutem führen. Entweder wird es mir gefallen, was ich gesagt habe, so dass ich Sie bitten werde, es wieder und wieder vorzulesen, um mich an meinem Durchblick und meiner Lebenscleverness zu weiden – oder ich werde es nicht ertragen können und mir die Augen und Ohren blutig kratzen angesichts der Klebrigkeit meiner eigenen Schilderungen.

Für Menschen wie mich, die beständig ihre Synapsen knallen hören, die kein normales Leben auf die Reihe bekommen und plötzlich spurlos verschwinden, für die gibt es nur wenige Zukunftsperspektiven: Entweder sie bringen sich frühzeitig um oder sie driften in Parallelwelten ab. Drogen, Wahnsinn oder Eckenplapperei hatte ich zur Wahl, denn leider bin ich für einen Suizid zu feige. Drogen und Wahnsinn wollten Ärzteschaft und Justiz mir verordnen, ganz erpicht waren sie darauf, aus mir einen Heinrich Pommerenke-Charakter zu machen. Doch weder Drogen noch der Wahnsinn entlasteten mich und so blieb mir nur noch diese renitente öffentliche Schwadroniererei.

Was immer da also in jenen Tagen aus Porzellan geschehen ist: Es ist erdacht und kann unmöglich so stattgefunden haben, wie ich es hier erzähle. Denn hätte es so stattgefunden, wie von mir erzählt, säßen wir wohl kaum hier. Wir sitzen doch hier, weil bei mir irgendwas falsch gelaufen sein muss, nicht wahr? Und nicht, weil irgendwas richtig gelaufen ist oder weil irgendetwas schön war.

Wenn ich Ihnen, liebe Ministerialbeamtin, neben meinen Obersalzberg-Erinnerungen also auch meine schönen Erinnerungen präsentiere und ganz ins Schwärmen gerate, dann kann da doch nur etwas faul sein – oder nicht? Wo kämen wir da auch hin, wenn Sie und all die Mediziner und Juristen nach all den vielen Unterhaltungen mit mir zu dem Schluss kämen, dass mir einfach nur etwas Wunderschönes passiert ist, ja vielleicht das Schönste, was einem Menschen begegnen kann: die Liebe zum Beispiel. Wo kämen wir hin, wenn Sie am Ende unter Ihre Abschlussberichte schreiben müssten, dass sich nach vielen Sitzungen und Konsultationen herausgestellt hat, dass ich, Janusz Jaroncek, unter einer ziemlich üblen Krankheit namens *Wahre Liebe* leide, untherapierbar, unausmerzbar, kurzum: ein Fall für die Geschlossene. Ein schönes Gedrängel würde das geben in den Nervenheilanstalten, denn wird *Wahre Liebe* erst einmal zum Delikt und zur Psychose erklärt, so wird die Hälfte der Menschheit schön ins Kittchen wandern, derweil nur noch jene auf freiem Fuß bleiben, die ihr Leben auf einer Lebens- und Liebeslüge aufgebaut haben. Ein köstlicher Gedanke, finden Sie nicht? Freiheit als Beweis für Verkommenheit und Haft als Beweis für Aufrichtigkeit.

Aber so kann das System der Menschen nicht funktionieren,

natürlich nicht. Also müssen Sie und ich nach dem Fehler suchen in dieser Breitwandpanoramafreske, die ich Ihnen hier an die kalten Wände Ihrer Richtig-und-Falsch-Kathedrale pinsele. Die Menschheit zählt auf Sie und Ihr Können, meine Gute. Wenn Sie nichts Grässliches und moralisch Beanstandungswertes an mir finden, wenn es Ihnen nicht gelingt, mich der Scharlatanerie und des Imaginierens zu überführen, des geheuchelten Liebesglücks, dann haben wir alle miteinander ein ziemlich fettes Problem.

Gerne will ich Ihnen aber noch ein wenig von jenem Jaroncek erzählen, der ich vor Utas Auftauchen war. Ich bin mir zwar nicht sicher, wohin das führen soll, doch werde ich so eindrücklich um einen Gefallen gebeten wie von Ihnen, dann will ich diesem gerne nachkommen. Außerdem merke ich, Sie wissen sehr genau, was Sie tun.

Würden Sie mir erklären, wie ein Mensch so wird wie Sie? Ist es angeboren? Oder antrainiert? Außerordentlich faszinierend finde ich das. Deswegen wollte ich wohl mit Ihnen zusammenkommen, bin ich doch seit jeher neidisch auf Menschen, die in der Lage sind, mir Entscheidungen abzunehmen, die ich selbst nicht treffen kann. Über mich sagt man, wie Sie mit Sicherheit längst wissen, ich wüsste heute schon nicht mehr, was ich erst gestern erzählte, dort an meiner Straßenecke, auf meinem Rinnstein, auf dem Marktplatz. Seit Jahren wird mir vorgeworfen, ich sei weder bei Sinnen noch bei Trost, wenn ich deklamiere und schwadroniere. Aber erzählen soll ich dennoch die ganze Zeit, immerzu wollen die Leute nun einen Schwank aus meiner Jugend hören, um aus diesem Schwank alsdann eine bare Münze aus Traumatisierung und Frauenhass schlagen zu können. Sie finden mich vermurkst, wollen aber dennoch permanent mit mir reden oder zumindest meine Eckenpredigten nacherzählt bekommen.

Sehen Sie, was die traurigen von den glücklichen Menschen unterscheidet, ist doch lediglich der Umgang mit Ballast. Die einen schleppen ihn mit sich herum, die anderen lassen ihn am Wegesrand liegen. Mitschleppen oder liegenlassen – um mehr geht es doch nicht im Leben, oder? Was meinen Sie?

Ich sehe mich noch immer in meinem Zimmer auf und ab gehen, in jener Zeit, bevor die Tage aus Porzellan mich zu umschwirren begannen. Von Wand zu Wand sind es vier Schritte, sagt ein Lied. Und von Gedanke zu Gedanke nicht einmal einer. Kennen Sie das, wenn sich Ihre Gedanken gegenseitig den Weg abschneiden, sich

Beinchen stellen und ins Stolpern geraten? Ist der zweite Gedanke schneller als der erste, so ist Verwirrung das Ergebnis. Irritation. Bis ein Mensch nicht mehr ein noch aus weiß, nicht mehr ersehen kann, ob er hinterher oder doch eher davonrennt. Ich verfiel der Idee einer Liebe, wie alle Menschen der Idee einer Liebe verfallen. Aus Alternativlosigkeit, aus dem Fehlen einer anderen Idee heraus.

Nein, ich stotterte nicht mehr und ich bettnässte auch nicht mehr. Ein großer Junge wurde ich. Dafür kratzte ich mich. Ich sehe mich dort in meinem Zimmer von Wand zu Wand laufen und mich wie besinnungslos kratzen. Es wirkt, als hätte ich die Krätze oder doch zumindest Flöhe gehabt. Aber die hatte ich nicht, noch war ich ein sauberer Junge, ein reiner Mensch. Ich kratzte mich, einfach nur um des Kratzens willen. Wann immer niemand hinsah, schlug ich mir meine Fingernägel in die Arme, in die Beine, später dann in den Kopf. Das linderte die Unruhe und die Rastlosigkeit, die mich beherrschten. Doch niemand bemerkte sie, diese Unruhe und die dicken Striemen, die mein Kratzen auf meinem Körper hinterließen. Die Lehrer nicht, die Mitschüler nicht und Mummy schon gar nicht. Für sie alle war ich der ruhigste und stillste Junge der Welt. Doch gerade das war ich nicht.

In jenen Tagen, weit vor den Gartenfest- und Porzellantagen, saß ich mit übereinandergeschlagenen Beinen auf dem Fußboden meines Kinderzimmers, wippte mit meinem Oberkörper hin und her und sah dabei aus wie ein religiöser Gelehrter inmitten seines Gebets. Und kratzte mich.

Sagen Sie, können Sie damit schon etwas anfangen? Gibt es etwas für solche Menschen? Ein feines Präparat vielleicht? Die berüchtigte Gummizelle? Oder ein nordkoreanisches Arbeitslager? Gerne auch eine simple Unterlassungsklage, mit der alles, was noch folgt, zu verhindern, zu stoppen ist! Sie sehen, ich bin anspruchslos geworden mit der Zeit. Ich nehme alles, um nur irgendwie raus zu kommen – aus mir selbst.

Und nur mal angenommen, für gestrandete Menschen wie mich gäbe es keinen Ausweg – ist es dann statthaft, alles allein mir in die Schuhe zu schieben?

Du bist nicht allein auf der Welt, das sagten alle zu mir, die Juristen, die Ärzte, meine Lehrer, meine Mutter und Uta. Alle schauten mich bedeutungsschwanger an und sagten: *Bedenke, Jaroncek, du bist nicht allein auf dieser Welt, also verhalte dich auch nicht so!*

Aber jetzt, wo ich eine Schandtat an Uta begangen haben soll, da erinnert sich mit einem Male niemand mehr an diese sämigen Worte, jetzt heißt es nur noch, ich allein sei durchgedreht, ich allein säße auf der Anklagebank, ich allein müsse mich voll schuldfähig erklären.

Aber ich frage Sie – wie soll denn das gehen? Leben wir nun in einer Gesellschaft oder nicht? Angenommen ich habe die Frau ermordet – wer sind die Mittäter? Gibt es erste Verdächtige am Wegesrand, fiese Gestalten, denen ich besser hätte ausweichen sollen, da sie mich daran hinderten, meinen Ballast abzulegen und ein beschwingter Mensch zu werden? Los, raus mit der Sprache, Sie sind doch die Fachfrau, ausgebildet ein psychologisches Gutachten zu erstellen: Sind Mummy und ihr Ohrensessel an allem schuld? Oder Daddy und das wegfahrende Auto? Und was ist mit Alina? Ich wusste, dass ich mich nicht richtig artikulieren konnte damals. Welcher Sinn bestand darin, mich beständig darauf hinzuweisen? Wollen wir gemeinsam einen Kreuzzug führen gegen alle Ohrensessel und wegfahrende Autos dieser Welt, auf dass sie ihr schändliches Wirken einstellen und niemals wieder eine Frau durch Männerhand den Tod findet?

Nein, ich mache mich nicht lustig über Sie und ich rede auch nicht ironisch daher. Warum nur unterstellt mir alle Welt immerzu Ironie, wenn ich einmal klar und deutlich zu formulieren versuche? Haben Sie keine Sorge, ich nehme Sie durchaus ernst, ernster als Sie es glauben mögen, ernster als Sie je von einem Menschen genommen wurden. Denn auch ich denke mir, dass irgendwer doch die Schuld tragen muss an diesem Schlamassel, in dem wir uns nun befinden.

Kein Mann tötet eine Frau ohne eine Vorgeschichte – und schon gar nicht so bestialisch wie in diesem uns vorliegenden Fall! Ich bin gespannt, was am Ende herauskommen wird bei meinem ganzen Gequatsche, was für ein Lebenskomplott wir hier gemeinsam aufdecken werden. Schließlich stehe nicht ich hier am Pranger, sondern das ganz große Menschheitsversagen. Gut möglich, dass dieser Fall am Ende meinen Namen tragen und in irgendwelchen Gazetten mein Gesicht zu sehen sein wird, über- und untertitelt mit Nomen der Verächtlichkeit, Nomen aus Schimpf und Schande und moralischer Aburteilung. Um mich wird es dann aber schon lange nicht mehr gehen, keine Sau wird sich da noch für den ehemaligen Immobilienverschleuderer Janusz Jaroncek interessieren, und für den Menschen Janusz Jaroncek schon einmal gar nicht. Stattdessen wird es um mehr gehen, um viel mehr.

Legionen von Psychologiestudenten werden sich auf mich und meinen Fall stürzen. Das wissen Sie, das weiß ich. Doch nicht weil ich ihnen so faszinierend erscheine als Aussätziger und Seltsamkeit. Sondern weil ich Pars pro Toto bin. Weil es wieder passieren könnte, jederzeit, überall. Wie alle Schlächter und Gräueltäter wird man mich und meinen Fall niemals zu den Akten legen, weil jedem klar ist, dass ich eben kein Aussätziger bin, keine Seltsamkeit, kein Extremfall. Sondern Teil dieser großen, haarfein miteinander verzahnten Menschheitsmaschinerie. Sie werden fieberhaft nach dem Fehler im Getriebe suchen, da sie ahnen, dass es mit einem Galgen oder einem Schierlingsbecher hier nicht getan ist. Mich können sie entfernen aus der Welt, mit Leichtigkeit, kein Problem. Doch das Übel, das sich wie ein Schimmelpilz zwischen ihnen breitmacht, das bekommen sie damit nicht entfernt. Und genau deswegen werden sie mich und Uta und unseren ganzen schrecklichen Fall niemals zu den Akten legen, so wie sie auch Adolf Hitler, Charles Manson oder Heinrich Pommerenke bis heute nicht zu den Akten legen konnten. Weil sie wissen, dass es wieder passieren kann und wieder passieren wird. Weil mit diesen grauseligen Fällen nicht ein Individuum vor Gericht steht, sondern das große Menschheitsversagen.

So läuft es doch immer, nicht wahr? Die Menschen rufen nach dem Wolf und kaum ist er da, schon bürden sie ihm all ihre miesen Erfahrungen miteinander und all ihre Ängste voreinander auf. Der Wolf als solcher ist nicht böse, nie böse gewesen, da können Sie einen jeden Tierfreund fragen. Der Mensch ist es, der ihn so böse hat werden lassen. Fast erstickt ist der Mensch an der eigenen Niedertracht und Verkommenheit – und so hat er sich den Wolf einverleibt und ihn zum willfährigen Träger seiner eigenen finsteren Triebe werden lassen. Doch Hochmut und Dämlichkeit verstellen ihm die Sicht, sieht er einen Wolf, so will er ihn fortjagen oder gleich abschlachten, weil er seine eigenen Schattenseiten nicht erträgt. Also greift er nach der Flinte und zielt auf den Wolf.

Also kommen Sie schon, verraten Sie mir, wen wir gemeinsam mit mir auf die Anklagebank zerren. Den Wolf gebe ich schon seit geraumer Zeit, er ist zu meiner Paraderolle geworden. Das bisschen Frauenschändung mogeln Sie mir problemlos auch noch unter.

Vielleicht machen wir einen Deal? Ich nehme Ihnen in bester Wolfsmanier Ihre Frauenleiche ab, für die Sie offenbar weiterhin keinen Täter finden – und Sie sorgen im Gegenzug dafür, dass endlich einmal ein Großreinemachen durchgeführt wird in diesem

Menschendrecksstall. Wäre das was? Ich denke mir eine feine Geschichte mit Würgen und Treten und Schlagen und Penetration aus für Sie. Und danach greifen Sie sich einen Hochdruckreiniger, öffnen die Fenster der Welt und spülen den Dreck von den Straßen dieser Stadt, für mich.

Denn wissen Sie, mir liegt das Wohl der Menschheit am Herzen. Weit mehr als Ihnen liegt es mir direkt am Herzen. Leider ist es aber übel bestellt um dieses Menschenwohl, denn die Menschen fressen sich gegenseitig, das Zeitalter der Kannibalisierung hat längst begonnen. Da ein Messias weiterhin nicht in Sicht ist und ein neuer Führer schon gar nicht – lassen Sie es uns doch über den Schänder- und Penetrationsweg versuchen. Und gibt es nicht effektive Hochdruckreiniger heutzutage?

Wir könnten auch bei den Lehrern ansetzen – erst bei meinen und dann bei Ihren – und diese ganze Pädagogenkaste zum Teufel jagen. Denn eines ist doch klar: Gerade die ausgebildeten Pädagogen hätten doch was merken und frühzeitig einschreiten müssen! Da schweigt einer vor sich hin, verlässt Schulpartys weit vor Mitternacht, trägt rötliche Striemen auf seinem Arm spazieren – und keiner will den künftigen Frauenschänder bemerkt haben? Niemand will erkannt haben, dass sich dort Druck unter der Schädelplatte aufstaute und ein stetes Beben sich hinter der Stirn einnistete? Ich bitte Sie, wer soll denn so was glauben?

Wenn wir diesen Pädagogen nicht zuvorkommen, wird die Frage nach Verantwortlichkeiten, sei es juristischer oder moralischer Natur, doch eh auftauchen. Und wie immer wird sie vorhersehbar und verlogen wie Katzenjammer, Krokodilstränen und Trauerweibergeflenne daherkommen. *Oh wir Armen*, so wird es aus hunderttausenden Kehlen dringen, *wir Verwunschenen! Wie konnte nur dieses Unglück über uns kommen! Ein Mensch radiert einen Menschen aus, das sind schlimme Zeiten, die Sterne stehen schlecht, die Götter sind uns nicht mehr gesonnen! Ein Mensch tötet einen Menschen und wir können nichts dafür!*

Mitten in der Nacht werden sie mit ihren Fackeln und den Mistgabeln und diesem ganzen Instrumentarium, das sie seit dem Mittelalter nicht ganz losgeworden sind, wieder losziehen. Und sie werden sich auf die Suche nach weiteren Wölfen, Hexen oder eben wieder Juden machen.

Doch lassen wir dieses ganze Wolfsgequatsche ruhen. Sehen Sie, Sie und ich, wir haben zwei Möglichkeiten: Entweder unsere ganze Seelenwühlerei hier ist eine einzige große Zeitverschwendung, weil ich Uta nun einmal nicht getötet – ja nicht einmal angefasst habe. Weder in der langen Zeit, in der sie mich mied, noch in der kurzen Zeit danach, als Ignoranz und Meiden ein Ende hatten, zerstörte sie mich gänzlich. Oder ich bin der Täter, den sie so verzweifelt suchen und der Schlüssel zu meiner Tat und der nachfolgenden großen Verdrängung liegt in einer verkorksten Jugend und einem komplexbeladenen Eigenbild. Dann müssen wir jedoch dringend weitere Menschen mit mir ans Messer liefern. Denn angenommen, ich schände eine Frau und töte sie – dann bin ich zwar der zu verurteilende Täter, aber doch nicht der Schuldige.

Glauben Sie wirklich, dass ich stark genug sein könnte, einen Menschen wie Uta auszulöschen? Sie scheinen mir viel zuzutrauen, viel mehr als ich mir selbst zutraue, schließlich bin ich ein kleiner Mann. Ich bin einer, der sich an Ecken aufstellt und laut vor sich hinspricht. Männer, die sich aufplustern, sich wichtig nehmen und wichtig machen, die sind immer kleine Männer, winzig klein, nicht einmal unter einem Mikroskop richtig zu erkennen. Darum sind sie ja verrückt geworden. Ihre Stimmen und Brustkörbe sind so schwächlich, dass sie nur durch ihre Verrücktheit eine theoretische Chance besitzen, doch noch gehört zu werden.

Mir ist bewusst, dass die Schlagzeile *An beinhartem Immobilienkapitalismus zerschellter Ex-Makler schändet sanftmütige Frau* ganz wunderbar ist, zu wunderbar, um sich den Kopf darüber zu zerbrechen, ob sie überhaupt der Wahrheit entspricht. Sobald das alles hier vorbei ist, werde ich vielleicht einen Roman schreiben. *Janusz Jaroncek – Tod einer sanftmütigen Frau* wird dann auf dem Buchdeckel stehen. Was meinen Sie, ob sich dieser Schändroman verkaufen wird? Mit meiner Feder geschrieben doch bestimmt, oder? Die Menschen mögen Geschichten über Opfer der eigenen Systeme, damit sie was zum Kopfschütteln haben und um sagen zu können: *Traurig, so traurig, diese Welt.* Und mir werden die Leute zutrauen, dass ich weiß, wovon ich spreche. Einen goldenen Daumen werde ich mir verdienen an Utas Tod, irre aber reich werde ich sein.

Ist es nicht seltsam? Da erfinden die Menschen schwachsinnige Sentenzen wie *Verbrechen lohnt sich nicht!* – und dann sorgen sie selbst dafür, dass das nicht stimmt. Mit jedem Tag, den ich hier in diese Sippenhaft genommen werde und als Pars pro Toto den Schädel für die Verkommenheit da draußen hinhalten darf, werde ich berühmter und legendärer. Noch bin ich ein Irrer, aber wir kennen die Wege der Menschen, die Irrsten von uns werden stets auch die größten

Legenden, erhalten die inbrünstigsten Liebesbekundungen. Mit jedem Tag, den Sie mich hier festhalten, werde ich zum Märtyrer, zur Legende und mein Charisma wird stärker. Nichts muss ich dafür tun, gar nichts, nur hier sitzen und die Zeit verstreichen lassen. Den Rest übernehmen Sie und das ganze Pack da draußen. Sie sagten doch selbst, dass sich die Menschen vermehrt für mich zu interessieren beginnen und nach Informationen gieren. Sehen Sie – es ist schon nicht mehr aufzuhalten, Sie haben ein Ungeheuer geschaffen, das es zuvor noch gar nicht gab, auch wenn Sie sich das noch so sehr wünschen. Sollte ich hier herauskommen und ein Schriftsteller werden, so werden sich meine Bücher verkaufen, rasend schnell und über Jahrzehnte hinweg. Werde ich ein Politiker, so werden mich die Leute wählen. Werde ich eine Sekte gründen – sagen wir *Die Janussen* – werden die Menschen mir in Scharen hinterherlaufen. Und die Schuld an all diesen Entwicklungen trage nicht ich, sondern Sie, denn es sind immer die Treibjagden, die aus Menschen Halbgötter machen.

Mein an Ecken stehen und meine Dampfplauderei wurde verlacht. Dem steten Gespött der Passanten bin ich ausgeliefert gewesen. Nun aber benötigen sie einen Totschläger und *schwupp* – schon nimmt man mich ernst, entdeckt den Kern meiner Schwurbeleien, macht aus dem, was über Jahre abschätzig als *unzusammenhängendes Gesabbel* tituliert wurde, hochgefährliche Brandreden. Und schon sitze ich hier auf dem Stuhl als Angeklagter und meine wirren Reden sind von einer einzigen großen Schwachsinnigkeit zu einer einzigen großen Tatsache mutiert.

Bitte verzeihen Sie mir diesen etwas antiquierten Spruch, aber: Da lachen doch die Hühner! Seit Uta tot ist und ich hier drin bin, reißen sich Parteien, Verlage und alle anderen Medien um mich. Wichtige Leute sitzen mit übereinandergeschlagenen Beinen in noch viel wichtigeren Talkshows und eruieren die zerstörerische Macht der Liebe. Denn in ihren Talkshows klassifizieren sie mein damaliges Rinnsteingequatsche, das ich, offen gesagt, selbst nicht immer so recht verstanden habe, bereits als *geniales Psychogramm und schonungsloses Bekenntnis eines baldigen Mörders.* Und damit nicht genug! Zeitungen, die mit meinem Gesicht aufmachen, müssen neue Druckpressen anschaffen, und neue Leute einstellen, weil sie kaum noch mit der Auslieferung hinterher kommen. Bevor Sie mich hier festgesetzt haben, hätte es niemanden interessiert, wenn ich an meiner Laberecke verreckt wäre. Und jetzt dieser ganze Wirbel. Wird da nicht eines der bis soeben noch lachenden Hühner in der Pfanne verrückt? So lachhaft ist der Mensch!

Nun kommen Sie schon, freuen Sie sich ein wenig mit mir. Ich drohte, ein verschwindender Mensch zu werden, so gering waren ich und meine Achtung vor mir. Jetzt aber, wo ich hier drin hocke, beginnt man mir mit Respekt zu begegnen, mich für voll und für wichtig zu nehmen, kurzum: für voll wichtig! Und mich in Reihen einzugliedern: Hitler, Manson, Jaroncek! Sehen Sie, die Menschen wollen keine Menschen, sie wollen Ungeheuer, denen sie huldigen können.

Diejenigen, die von meiner Schuld überzeugt sind, mögen mich hassen. Zeitschriften mit meinem Gesicht vorne drauf kaufen sie dennoch, denn sie benötigen Brennmaterial für ihre Brandreden. An keine Gruppe verkaufen sich Zeitschriften mit meiner Visage so hervorragend wie an die Gruppe mich hassender Menschen. Und keine Gruppe saugt meine Worte so sehr auf, zitiert sie und trägt sie durch die Welt wie die Gruppe derer, die mich am Galgen baumeln sehen wollen.

Sagen Sie, ist das nicht urig? Dabei wissen wir doch alle, dass ich nur ein kleiner Mann und Scharlatan bin. Ich leugne es nicht einmal, sage es Ihnen, einer Fachfrau, sogar direkt ins Gesicht: Ich ersticke an Komplexen und Traumata. Schreiben Sie das ruhig exakt so auf! Ich, Janusz Jaroncek, fühle mich hässlich und dreckig und minderwertig. Ein kleiner Pimpf bin ich, kein Mann. Uta schänden und töten? Mit Verlaub: *Sie* müssen wahnsinnig sein. Ich bin viel zu armselig, als dass ich Frauen Gewalt antun könnte. Nun notieren Sie es sich schon, schreiben Sie sich alles auf! Und setzen Sie dann als Titel über Ihre Notizen: *Bekenntnisse des Hochstaplers Janusz Jaroncek*. Dann ausdrucken, mir zur Unterschrift vorlegen – und dann ab zu den Akten mit mir.

Wie? Das reicht Ihnen noch nicht? Passen Sie auf, dann erzähle ich Ihnen noch etwas, plaudere noch ein wenig mehr aus meinem Nähkästchen: Ich soll ein Frauenmörder sein? Das genaue Gegenteil ist viel plausibler. Schauen Sie mich doch an, werfen Sie einen Blick in meine Vita und dann in meine Seele. Genau das ist doch Ihr Job! Es sind die Frauen, die mir problemlos den Garaus machen können. Körperlich und geistig ist mir eine jede Frau weit überlegen.

Die Waffen der Frauen? Ach, hören Sie doch auf, einen solchen revisionistischen Unfug zu quatschen, Sie sind doch Akademikerin und entstammen dem Bildungsbürgertum! Waffen der Frauen, das ist Groschenromanniveau und hinterwäldlerisch! Männer, die noch immer eine Phrase wie Waffen der Frauen in den Mund nehmen, die sollten Sie mit mir zusammen einkerkern und in einem großen Brennofen verfeuern! Waffen der Frauen ist Schnurbartträgergequatsche, sind es doch ausschließlich Männer, die diese angeblichen Waffen der Frauen am Leben halten. Aus purer und plumper Geilheit, aus einer Lust an billigen Spielchen heraus.

Wenn Frauen etwas so gar nicht brauchen, dann sind es jene Waffen der Frauen. Und bei mir schon einmal gar nicht. Denn jede halbwegs intelligente Frau weiß doch sofort, woran sie bei mir ist. Hört mich eitel und selbstvergessen daherreden, schaut mir ins Gesicht und weiß sofort, dass sie mich im Handumdrehen fertigmachen kann, wenn sie das will. Aber natürlich! Sie sehen das doch genau so und sind trotzdem so vernarrt in diese Frauenschändertheorie, dieses ausgelutschte Spiel aus einem männlichen, sexuell traumatisierten Täter und einem weiblichen, zu falscher Zeit am falschen Ort Opfer.

Schauen Sie sich doch diese Männer an, die Frauen wie Sie zur Zierde meines Geschlechts emporgehoben haben. Nichts trauen diese Bastarde den Frauen offensichtlich zu, gar nichts. Menschen vom alten Schlag sind die von Ihnen in den Rang von Königinnen hochgelobten Männer. Und das obschon sie nur die Puppen und das Schlachtvieh in den Frauen sehen können und wollen. Ich mag verkorkst sein. Die von Frauen wie Ihnen favorisierten Männer aber sind eine Schande. Frauen wären längst die Herrscher der Welt und unser Planet wäre schöner, wahrer und aufrichtiger. Wenn nur Sie und Ihresgleichen nicht derart phlegmatisch, Ihrem eigenen weiblichen Fortschritt im Wege stehen würden! Waffen der Frauen, dass ich nicht lache. Wer Waffen der Frauen sagt, befindet sich mitten im Geschlechterkrieg, vielleicht nur in einem spielerischen, doch der gespielte Krieg ist bekanntlich noch viel perverser als der reale Krieg, wird er doch ohne Not, aus purem Sadismus und purer Langeweile geführt.

Gehen Sie doch hinaus, fragen Sie jene Männer, denen Sie nach Feierabend kopfschüttelnd und angewidert von mir erzählen. Fragen Sie Ihre *Waffen der Frauen*-Männer, ob nicht auch sie, wo sie stehen und gehen, den nächsten Frauenangriff, die nächste Frauenattacke fürchten. Und das weitaus mehr noch als ich! Oh und wenn Sie das Thema hinfortlachen, eine tumbe Geste der Zärtlichkeit zwischen sich und eine klare Antwort schieben, dann erinnern Sie diese

Männer daran, was eine Frau einem Mann alles nehmen kann, so sie es darauf anlegt. Beginnend beim Geld, endend bei der Würde. So unberechtigt ist ihre Panik gar nicht, die Männer wissen es vielleicht nicht, aber sie ahnen, warum sie so gerne von jenen Waffen der Frauen sprechen.

Also los, gehen Sie schon, stellen Sie die von Ihnen favorisierten Männer vor die Wahl. Weiterhin Krieg oder aber, diese Wahl habe ich getroffen, die vollkommene Unterwerfung. Diese beiden Alternativen bleiben. Andere gibt es nicht.

21

Liebe Uta,

wie die Wüste flimmert. Ich habe die Beschreibung von Schrift-stellern gelesen und habe Sänger es besingen hören. Doch glauben konnte ich es nicht. Nun aber stehe ich bis zu den Knöcheln in hei-ßem Sand, halte mir die flache Hand über die Augen und inspiziere diese verschwimmende, diese verwirrte Horizontlinie. Heiß ist es. Der trockene Wind sorgt zwar nicht für Linderung, aber für Abwechslung. So wie man bereit ist sich eine Wasserquelle einzubilden, so ist man auch bereit, sich eine Frische einzubilden und sich vorzustellen, dass alles erträglich, alles machbar ist an diesem trostlos schönen Ort.

Am Morgen bin ich mit dem Reisebus aus Be'er Sheva gekom-men. Auf dem Beduinenmarkt hatte ich gestanden, gleich im frühen Morgengrauen. Habe versucht nicht aufzufallen als einer, der fremd ist, der gar nicht hergehört. Und, als ich scheiterte, schnell zu meiner Geldbörse gegriffen und eines dieser seltsamen Goldschmuckstü-cke erworben, wie man sie hier überall bekommt. Plunder, sicherlich. Aber schön anzusehen. Mit meinem aus Verlegenheit erworbe-nen Schmuckstück habe ich dort auf dem Beduinenmarkt gestan-den in aller Frühe. Ich habe gar nicht so recht etwas mit mir anzufan-gen gewusst, in dieser derart hektischen Betriebsamkeit, inmitten des Gewusels und Gewühls – und mit einem Male das Bedürfnis gehabt Dir nah zu sein. Magst Du mir das glauben, Uta?

Umzingelt von Goldkitsch, Nutzvieh und den kehligen Lauten kra-keelender Händler kamst Du mir in den Sinn. Über mir stand die Sonne, unter mir lag ein staubtrockener Grund. Und ich dachte auch hier, am anderen Ende der Welt, an Dich. Und kaum dachte ich an Dich, da blickte ich nach links und blickte nach rechts, öffnete meine Nasenflügel, spitzte die Ohren und fand mit einem Male eine orienta-lische Welt von berückender Schönheit vor. Faszinierend und lebens-wert. Das seltsame Schmuckstück in meinen Händen begann zu schimmern, sich in den herabfallenden Sonnenstrahlen zu spiegeln.

Vor knapp einer Woche hat es hier einen plötzlichen Regenguss gegeben, kurz und heftig. Hast Du gewusst, dass das Wasser kaum versickern kann in Be'er Sheva? Der Boden lässt es einfach nicht zu. Das Wasser kommt selten, aber wenn es kommt, dann geht es nicht mehr weg. Überschwemmungen, Uta, sogar hier, tief im Negev ist man vor dem Ertrinken nicht sicher. Es ist also gar nicht wahr, dass man selbst schuld ist, so man sein Haus direkt an einem Flussbett baut. Man kann sein Haus auch in die Wüste setzen und trotzdem mit Kind und Kegel hinfort geschwemmt werden.

*Und so bin ich von Be'er Sheva nach Arad gefahren. Ich habe mein blinkendes Schmuckstück in die Sonne gehalten und beschlossen, aus den Lichtspielen, die sich auf dem erdigen Boden erzeugen lie-ßen, das Wort **Arad** herauszulesen. Mit dem Bus habe ich die fünf-undvierzig Kilometer zurückgelegt, die beide Städte voneinander tren-nen. Mit einem Sherut zu reisen erschien mir unmöglich, die beengte Stille dieser Sammeltaxis ertrage ich nicht, die erzwungene Intimität ist mir ein Graus. Wie schnell wird man in ein Gespräch gezogen, wie schnell geschieht es, dass Maskerade und Fassade fallen und man dasteht als der, der man ist, der man war und der man noch werden könnte. Im Reisebuch konnte ich mir vortrefflich einbilden, sonst wer zu sein, als ich von Be'er Sheva aus nach Arad fuhr. Ich blickte durch das große Busfenster hinaus in die gelbliche Unendlichkeit und trug ein selbstvergessenes Lächeln zur Schau, wie Du es wohl noch nie gesehen hast und wie Du es wohl auch niemals für möglich halten würdest an mir.*

Magst Du die Wüste, Uta? Ich mag sie. Eine Wüste ist der schönste, der lebenswerteste Ort der Welt. Ein magischer und ein klarer Ort zugleich ist die Wüste, hat die Menschheit hier doch nichts geschaf-fen und auch nichts zu schaffen. Nichts anzufangen mit sich weiß das Gros der Menschen in der Wüste, macht die Wüste doch keiner-lei Angebote, biedert sich nicht an, wie unsere Dörfer und Städte es permanent tun. Man stelle sich das vor, Uta: Alles voller Sand, doch kelnerlei Zerstreuung ist hier möglich. Und weiß ein Mensch nicht, wer er ist oder was er ist, so empfehle ich ihm, sich mutterseelenallein in die Wüste zu begeben, zu wandern, Tag und Nacht hindurch. Genau das habe ich getan, Uta.

Mir ist die Gefahr einer solchen Unternehmung durchaus bewusst, wer sich allein in die Wüste begibt, der begibt sich in akute Lebens-gefahr. Doch die Lebensgefahr ist mir seit jeher die langweiligste aller Gefahren, springt sie mich an, so lache ich sie aus und gehe über sie hinweg. Und so ist es auch hier gewesen, stand doch vor mei-nem Ansinnen, Dich in Arad aufzusuchen, der Wunsch mutterseelen-allein in einer Wüste zu stehen, die komplette Auflösung der Himmels-richtungen, das Zerfleddern einer jeglichen Orientierung am eigenen

Leibe zu erspüren. Nicht ein, noch aus, nicht links, noch rechts zu wissen. Und selbst den Unterschied zwischen Himmel und Erde nur noch mit allergrößter Mühe ausfindig machen zu können. Ich wollte vergehen, Uta. Bei lebendigem Leibe verschluckt werden von der Natur. Nur um nicht mehr ich selbst sein zu müssen.

Ich liebe die Wüste, Uta. Und so bin ich gelaufen und gelaufen, bis sie mich ganz in sich aufgenommen hatte. Mit Haut und Haar aufgegangen bin ich dort, Sand wurden mir die Hände, Sand wurde mir der Blick.

Nun aber bin ich zurück in Arad, habe mir eine kleine Wohnung in einem dieser nichtssagenden Wohnblöcke unweit des Busbahnhofs und damit auch unweit Deines Hotels gemietet und lausche den vielen russischen Lauten, die aus den Zimmern hinter meinen Wänden zu mir dringen. Das ist Arad und hier bin ich, weil auch Du hier bist. Das mag Dir unwahrscheinlich vorkommen, Du wirst denken, dass es sich hier doch keinesfalls um einen Zufall handeln kann.

In Deutschland bin ich schon vor Jahren fortgezogen, habe das Weite gesucht, habe so viel Distanz wie nur möglich zwischen Dich und mich gebracht. Aber hier befinden wir uns nun in ein und derselben Stadt, all der Unwahrscheinlichkeit zum Trotz. Ich habe Dich nicht mehr ertragen, Uta. Und noch viel weniger habe ich mich selbst ertragen und wie ich mich verhielt in Deiner Gegenwart.

Also bin ich eines Tages fortgezogen. Doch aus den Augen ist nicht aus dem Sinn. Wer wüsste das besser als ich. Und so habe ich Dich in meinen Gedanken behalten, die ganze Zeit hindurch. Die Jahre über den Kontakt zu Dir gehalten, unbemerkt von Dir meine Fühler nach Dir ausgestreckt. Dieses und jenes erfahren, kleine Informationen aus Deinem Leben erhalten, die mir mal die Tränen in die Augen schießen ließen, dann wieder ein Lächeln in mein Gesicht brachten. Dass Du – dass ihr nach Arad reist, um eure Flitterwochen hier zu verbringen, es gehörte nicht viel dazu, um das in Erfahrung zu bringen. Man muss nicht einmal wie ich sein, um darauf zu stoßen. Und so hocke ich hier, bringe es nicht mehr fertig durch Deutschland zu reisen, springe jedoch noch immer in jedes Flugzeug, um Dir an alle erdenklichen Orte der Welt zu folgen. Seltsam, nicht wahr, liebe Uta?

Wie lange ich hier verbleiben werde, ist abzuwarten. Ich werde noch ein wenig in der Wüste spazieren gehen, die mir regelrecht ans Herz gewachsen ist und die hier, mehr noch als in Be'er Sheva, sich an jedem Ende der Stadt wie aus dem Nichts aufzutürmen beginnt. Als Europäer kennt man nur das langsame Erwachsen und Abflauen *der Städte, das spärlich werden der Häuser und Höfe, bis man mit einem Male in der blanken Natur steht. Nicht so hier. Hier fährt sich die Gesellschaft – nein: die Zivilisation! – mit einem einzigen großen Ruck von hundert auf null hinunter. Man kann mit dem einen Bein in der Stadt stehen und mit dem anderen in einem Wadi. Beeindruckend ist das, der Wahnsinn der Menschen wird immanent, stellt sich die Wüste uns derart abrupt und kompromisslos in den Weg.*

Doch genug davon, nur weil ich beständig Deine Nähe suche, will ich Dich noch lange nicht stören, nicht immerzu der sein, der nervt.

Dir, Deinem Verlobten und Lisa wünsche ich noch einige bezaubernde Tage in dieser gelben Stadt, wie ich auch hoffe, dass Deine pädagogischen Studien zu Deiner größten Zufriedenheit verlaufen.

Schau nicht nach mir, ich werde sorgsam darauf achten, mich vor Dir verborgen zu halten.

Es grüßt über ein paar, jedoch nicht viele Häuserdächer hinweg,

Al tagidi laila

Janusz

22

Ich bin nicht länger allein mit der Ministerialbeamtin, denn hinten, in einer dunklen Ecke des Raumes, sitzt eine Stenotypistin, die alle meine Worte sorgsam protokolliert. Ab und an schauen auch Männer vorbei, andere Männer als zu Beginn, solche mit weißen Kitteln und aschfahlen Gesichtern. Stumme Männer. Sie reden nicht mit mir, haben wohl aus der kommunikativen Pleite ihrer Vorgänger gelernt und überlassen der Ministerialbeamtin das Reden. Aber sie tuscheln – immerhin – so dann und wann ganz aufgeregt miteinander.

Was die Männer betrifft, so ist es ein stetes Kommen und Gehen. Konstant ist nur die Ministerialbeamtin. Und nun auch die Stenotypistin. Sitzt hinten in ihrer dunklen Ecke und sieht mich mit glänzenden Augen an. Ich vermute, die Ministerialbeamtin hat sie kommen lassen, da ich für ihre Begriffe nun ein wenig zu sehr ins Reden gekommen bin, ins Tratschen geradezu. Die Erinnerung an Kamerad Hitler hat mir die Zunge gelockert und nun rede ich wie ein Wasserfall. Und sie hat wenig Lust sich wegen meiner Quatschsucht weiter die schönen lackierten Fingernägel an ihrem Kugelschreiber zu ruinieren.

Und so rede und schweige ich, schweige und rede. Und das alles unter den Blicken der Ministerialbeamtin, die mich mit spöttisch emporgezogenen Augenbrauen fixiert, vermutlich selbst nicht weiß, wo nur all die Sätze mit einem Male herkommen, nach Tagen und Wochen des Schweigens. Ihre Kollegin hinter ihr hackt derweil eifrig alles in ihre Schreibmaschine, findet sogar für mein Schweigen Buchstaben und Kürzel. Ich habe keine Ahnung, warum sie nicht einfach ein Tonbandgerät aufgestellt haben. Bin ich womöglich unaufnehmbar? Quittiert die Magnetbandtechnik ihren Dienst bei einem wie mir? Oder konnten sie lediglich keinen finden, der mich transkribieren kann?

Vielleicht aber haben sie die Stenotypistin auch nur deswegen herbeordert, um noch eine Frau zu mir in diesen engen Raum zu quetschen und mich nervös zu machen. Oder mich sogar in Versuchung zu führen, so dass ich ihnen mein Fratzenrepertoire enthülle. *Bist du nicht willig, so gebrauch' ich Gewalt*, könnten sie sich gedacht und mir alsdann eine weitere Frau in diesen Raum gesetzt haben, so weit in die hinterste Ecke, dass ich sie mehr erahne, als wirklich sehe. Doch das Klacken ihrer Stenotypisten-Maschine verrät sie. Wie spitze Damenschuhabsätze auf hochwertigem Parkett klingt das. Sie mag einige Meter von mir entfernt sitzen, eingepfercht hinter ihrem Stenotypistentisch, doch schließe ich die Augen, so höre ich sie näherkommen.

Keine Frage, wenn sie hier mit mir fertig sind, wird diese Stenotypistin eine Meisterin ihres Faches und somit sehr gefragt in der Stenotypistenszene sein. Wie überhaupt alle, die hier mit mir zu tun haben, nach meinem unweigerlichen Ende sehr gefragt sein werden in ihren Berufen. Sie stöhnen zwar beständig, seufzen entnervt und verdrehen die Augen, doch auch das ist nur bigottes Wissenschaftler- und Beamtengetue, denn in Wahrheit sind sie genauso begeistert von mir wie die Stenotypistin. Ich sehe es in ihren glänzenden Augen, aus denen die Mattigkeit ihres verwelkenden Alltags entflieht, kaum dass sie mich von ihrem Tisch in der Ecke aus ansieht.

Würden sie sich nur einmal zu ihr umwenden, würden sie nicht in das Gesicht einer zutiefst von mir erschrockenen Stenotypistin blicken, sondern in das Gesicht einer faszinierten, atmenden und aufblühenden Frau. Wir haben kein Fenster in diesem Raum. Der Grund, warum hier trotzdem noch niemand erstickt ist – bin ich. Ich versorge sie erst mit einem Kick und dann mit einem Rausch. Ich rette ihre kleinen einfältigen Leben, verleihe dieser ganzen absurden Situation hier Sinn und Bedeutung. Würde ich diesen Raum verlassen, sämtliche Luft würde sofort entweichen und alles in sich zusammenfallen. Unser Miteinander funktioniert nur, weil ich bin, wie ich bin. Wie sie sind, ist egal. Sie sind austauschbar, holzköpfige Marionetten eines maroden Systems, das sich viel zu lange darauf verlassen hat, inständig an das Gute im Menschen und das Gute in sich selbst zu glauben. Sich und seinen Wohlstand zu mehren, ein stetes Wachstum zur Tugend zu erklären. Angenommen ich schweige von nun an. Nicht nur partiell wie bisher, sondern endgültig. Ich sage einfach meinen Text nicht mehr auf. Dann wird es kein Theaterstück geben. Erst mein Reden wird ihnen ihren eigenen Applaus ermöglichen.

Ja, für sie bin ich Jaroncek. Jaroncek der Hauptdarsteller.

Jaroncek das Karrieresprungbrett.

Nein, ich weiche ihnen nicht aus, weder den aschfahlen Gesichtern der weißbekittelten Herren, noch den hochgezogenen Augenbrauen der Ministerialbeamtin. Wie könnte ich auch? Ich habe noch immer keine Ahnung, was sie überhaupt von mir wissen wollen, zu was diese von ihnen geschaffene absurde Situation hier führen soll. Würde ich ihre Beschuldigungen begreifen, wäre es gut möglich, dass ich es auf einen verbalen Fluchtversuch ankommen lassen würde. Doch herausreden kann sich immer nur der, der weiß, worin er sich gerade befindet. Und da ich noch immer keinen Schimmer habe, was dieses ganze Provinztheater hier soll und warum sie ausgerechnet mir, dem traurigsten Mann der Welt, vorwerfen, die schönste Frau der Welt getötet zu haben, versuche ich mich ihnen anzupassen. Mich zu einem Chamäleon werden zu lassen, das auf jede ihrer Ungereimtheiten die adäquate Färbung parat hat. Doch es gelingt mir noch nicht so recht, denn sage ich schöne Dinge, erzähle ich von Liebe und Hingabe und Inbrunst, so verziehen sie angewidert die Gesichter. Gebe ich hingegen Ekelhaftigkeiten von mir, rufe ich Wirrnisse aus wie: *Brennen muss Salem!* oder: *Also sprach Zarathustra!* so zucken ihre Mundwinkel nach oben. Jaroncek der Mensch scheint sie zu bekümmern. Jaroncek das Ungeheuer hingegen lässt sie schier überschnappen vor Glück. Ganz freudig und aufgeregt sind sie, wenn ich ihnen eine Ekelhaftigkeit zum Fraß vorwerfe. Wie die Löwen stürzen sie sich auf jeden ausgekotzten Blutklumpen, den ich ihnen in die Manege werfe. Wie soll ich mit derart verrenkten Gestalten sprechen? Und wie mit einer solchen Situation umgehen?

Also quatsche ich daher, heillos, ziellos. Schleudere ihnen abwechselnd meine Verachtung und meine Unsicherheit entgegen. Kein Wunder, dass sie mich für einen Irren halten. Wenn ich erst einmal ins Plappern gerate, plappere ich sowohl hier als auch draußen alles unreflektiert und undurchdacht aus, was mir gerade durchs Hirn schießt. Nur um dann wieder zu schweigen, über Stunden und Tage hinweg.

Sie werden sich schon exakt die Krumen aufklauben, von denen sie sich zu ernähren vorgenommen haben. Irgendwas von meinem Gequatsche wird schon genau nach ihrem Geschmack sein. Ich munde ihnen.

Dabei beginnt diese ganze Angelegenheit, auch mich zu interessieren. Zu Beginn, als sie mich herbrachten und auf diesen Stuhl setzten, da war ich nur Verachtung, nur Blockade. So sehr Verachtung und Blockade war ich, dass ich mich nicht einmal gewehrt habe. Widerstandslos und klaglos habe ich mich in diesen nichtssagenden Raum verfrachten lassen, um mich sogleich in Apathie und Nichtssagerei zu begeben. Mit verschränkten Armen habe ich hier gesessen, ihre vielen Anschuldigungen auf mich einprasseln lassen und keine Miene verzogen. Nach meinem Anwalt habe ich verlangt. Und mich bei der ein oder anderen Verhörperson mit aufgesetzter Strenge nach dem Namen des jeweiligen Vorgesetzten erkundigt.

Dabei habe ich nicht einmal einen Anwalt, und für die Namen gesichtsloser, hinter den Kulissen an Strippen ziehender, durch den Fensterspiegel glotzender und überhaupt am ganz großen Rad der Geschichte drehender Vorgesetzter habe ich mich noch nie interessiert. Ich spürte lediglich die sofortige Filmreife dieser Situation, in die sie mich gedrängt hatten. Eine Filmreife, die mich beeindruckte. Denn offensichtlich bin ich hier auch Jaroncek der Leinwandheld. Daran muss sich ein gesichtsloser Junge aus der Provinz erst einmal gewöhnen. Also drehte ich meinen Schädel missmutig nach rechts, schaute auf exakt die Stelle der kahlen Wand, an der sich ein großes Fenster gut machen würde und sagte in abgehacktem Tonfall, dass ich nun meinen Anwalt sprechen wolle und vorher gar nichts mehr sage. Ich werde mir ihre Namen, Dienstgrade und Gesichter merken und das alles hier werde noch ein Nachspiel haben.

Nachspiel. Mein Lieblingswort. So eschatologisch. So endzeitlich. So beängstigend fair. Schließlich sind alle Menschen gleich und tragen gemeinsam das Gen für die Schuld und für die Unschuld ihrer Spezies im Leibe. Doch genau das negieren und ignorieren sie und so tagt das Jüngste Gericht längst. Man muss keine Cassandra sein, um den Niedergang vorauszusagen. Es reicht ein kurzer Blick hinaus, um die Glut in den Augen der Menschen auszumachen. Ein Geruch von Schwefel hängt über der Stadt. Ja, Apokalypse und Armageddon vereinigen sich zu einem einzigen großen Flammeninferno, wenn Jaroncek der Höllenhund zum Scheiterhaufen geschleift wird. Ganz ohne Special Effects, ganz ohne doppelten Boden und ganz ohne empiristisches Sackhüpfen wird das geschehen. Die Zuschauer werden begeistert sein und ihr eigenes Kaputtgehen feiern, alles für einen Film halten, für Brot und Spiele. Und somit an ihrer eigenen Verlogenheit krepieren, den ungebrauchten Feuerlöscher in der Hand. Doch, es ist was dran: Brennen muss Salem. Einfach nur brennen, lodern, am eigenen Übereifer zugrunde gehen, an von Liebe entfachtem Wahnsinn. Schutt. Und Asche. Damit endlich Ruhe einkehren kann auf der Welt. Und in meinem Kopf.

Doch sie sehen das alles nicht. Warum nur sehen sie das alles nicht? Sie verwenden so viel Zeit und Personal darauf, die Geschichte einer einzelnen toten Frau aufzuschlüsseln, dass sie das Ende unseres gesamten Geschlechts nicht interessiert. Sie haben studiert, können *Pars pro Toto* auch fehlerfrei übersetzen, scheren sich aber einen feuchten Dreck um das *Toto*, sondern glotzen ausschließlich auf das *pars*. Sie reden von Weltgemeinschaft und dem einigenden Band der Menschheit, sobald aber die Luft dünn wird und es darum geht, Verantwortlichkeiten zu klären, ducken sie sich alle ab, glotzen nur noch auf ihr *pars*, zeigen mit dem Finger auf Individuen und rufen: *Packt ihn und zerhackt ihn!* Vergessen ist das *Toto*, wenn es darum geht, Bauernopfer zu bestimmen.

Opportunistische Schönwettermenschen sind sie. Gesindel.

Doch ich muss gestehen, dass auch ich neugierig werde. Zu Beginn, als sie mich herbrachten, war diese getötete Frau eine wahrliche Anonyma, nur eine Hülle. Schließlich kenne ich Uta, nicht jedoch eine Leiche. Sie konfrontierten mich mit Namen und Orten, den sichtbaren und unsichtbaren Schnittpunkten unserer Lebensläufe. Sie zeigten mir Fotos und Berichte, käuten Zeugenaussagen wieder, während um sie herum die Welt Feuer fing. Bis mir endlich klarwurde wovon und von wem sie da sprachen.

Mit rußgeschwärzten Augen und Lungen plapperten sie auf mich ein, bekamen nichts mit vom Ende des Universums, so versessen waren sie darauf, den Tod dieser Frau zu enträtseln. Als wenn der Tod von Menschen jemals ein Rätsel gewesen wäre. Doch ihre Hartnäckigkeit zahlte sich aus, sie quatschten und quatschten und nach und nach verzogen sich die Rauschschwaden, ich konnte wieder sehen. Zwar bezichtigen sie mich noch immer der Scharlatanerie, missdeuten es, dass sie auf der einen Seite des Tisches sitzen dürfen und ich nur auf der anderen, doch zunehmend beginne ich, die gleichen Fragen an mich zu richten wie sie. Was hat es auf sich mit dem, was sie mir vorwerfen? Und welche Rolle spiele ich dabei? Werden sie noch zu einer Lösung ihres kniffligen Falls gelangen? Oder einfach nur dumm sterben, so wie alle Menschen gezwungen sind, äußerst dumm und nichtswissend zu sterben? Vor allem aber: Darf wirklich ich der Schlüssel zu ihrer Erkenntnis sein? Ich, Jaroncek?

Es wäre schön, so schön. Doch in meiner Verquickung von Dichtung und Wahrheit bin ich derart gut geworden, dass auch ich die Trennlinie kaum noch zu erkennen vermag. Fest ineinander verknäult liegen *das tatsächlich Gewesene* und *das, was hätte sein sollen, sein können und sein müssen* in meinem Schädel. Ein einziger großer Vermutungsklumpen, eine Unentwirrbarkeit, die nur sie borniert weiterhin als *Erinnerung* betitelt haben wollen. Doch was nun wirklich war und was niemals war – ich vermag es nicht mehr zu trennen.

Ich habe mich in mir selbst verheddert, vor langer Zeit den Draht zu mir selbst verloren. Sie können mir die Maske des Clowns und des Cowboys überstülpen, die des Narren und die des Helden. Und meinetwegen auch die des Wolfs und des Schänders. Sie passen mir inzwischen alle.

Wo liegt der Unterschied zwischen Erinnerung und Fantasterei?, habe ich sie gefragt, in einem Moment der Unachtsamkeit. Sie sind so erpicht darauf, mich auszuhorchen, dass ich beginne, Fehler zu begehen. Natürlich beginne ich, Fehler zu begehen, schließlich beherrschen sie ihr Handwerk und wissen, wie man Leute klein kriegt. Sogar die, die längst winzig, fast schon unsichtbar sind, kriegen sie klein mit ihren von der Pike auf erlernten Methoden. Ich bin kein dummer Mensch. Ich weiß, dass es kein Entrinnen für mich geben wird. Das Urteil steht bereits fest, ich kann es in ihren Augen lesen. Und so fragen sie mich schon gar nicht mehr, ob ich eine Frau getötet habe. Auch das *wie* ist ihnen bereits egal. Sie fragen bereits nur noch nach dem *warum*.

Ja, wir befinden uns bereits im Nachspiel. Ich habe meinen großen Auftritt längst gehabt, das hier ist nur noch der Abspann. Und sie alle wollen auch noch namentlich genannt werden.

Natürlich habe ich mir etwas zuschulden kommen lassen. Seit dem Tag an dem ich auf die Welt geworfen wurde, seit dem Tag an dem ich ein Mensch bin, habe ich mir etwas zuschulden kommen lassen. Vielleicht müssen sie mich dafür abstrafen. Doch warum sie mich hängen sehen wollen und der ganze verlogene Rest ungeschoren davonkommen soll, obwohl er doch so aufwacht wie ich und so zu Bett geht wie ich, die gleiche Luft atmet, den gleichen Himmel sieht und beseelt von denselben verdammten Sehnsüchten ist – warum dieser Rest verbleiben darf, während ich als Pars pro Toto hinhalten muss – nein das verstehe ich nicht. Wenn sie das Übel aus der Menschheit tilgen wollen, so müssen sie das Übel von den Menschen befreien und nicht andersherum. Denn das Übel als solches ist gar nicht so schlecht, die Menschen sind es, die seinen Ruf beständig versauen.

Aber dieses Verhörerpack rafft es nicht, stolziert mir vor der Nase auf und ab, gibt vor studiert zu haben, hat de facto jedoch einfach nur am Menschen vorbeigelernt, in eine einzige Verklärung hinein studiert!

Suchen Sie sich eine andere Fata Morgana!, habe ich sie entnervt angefahren, als mir meine frisch entdeckte Redseligkeit für einen kurzen

Augenblick wieder zum Halse heraushing. Nichts haben sie dazu gesagt, sich nur gegenseitig wissend angesehen. Einzig und allein die Stenotypistin hat zu mir herüber geschaut, fasziniert, gierig, entzückt. Vielleicht, weil es ein Wort wie Fata Morgana in der Stenotypistensprache bisher nicht gab und sie nun reich und berühmt werden wird damit. Vielleicht aber auch, weil sie längst begonnen hat, sich in mich zu verlieben. So wie Frauen sich immer und überall von kruden Männergestalten angezogen fühlen.

So vergehen die Tage, die Wochen. Sie fragen, ich rede und schweige, schweige und rede. Und sie reagieren nicht. Und fragen dann erneut, woraufhin ich wieder rede und schweige und sie mir wieder nicht antworten, weil sie nichts zu entgegnen haben. Ja, bin ich denn Jaroncek der Unwiderlegbare? Jaroncek der Rechtbehaltende?

Vielleicht aber erwarte ich auch zu viel. Erhoffe und ersehne mir mehr von ihrem Aufklärungsgehabe, als sie de facto liefern können. Nicht einen meiner Gedanken und nicht eine meiner Taten werde ich ihnen plausibel darlegen können. Und sie werden mir nicht ein einziges meiner Gefühle für Uta erklären können. Ich habe diese Frau geliebt, obwohl ich sie niemals hätte lieben dürfen. Das ist die Ausgangssituation und das ist auch die Endsituation. Dazwischen herrscht das Nichts. Sie wissen es. Wer also behauptet, dass fragende Menschen etwas wissen wollen, der offenbart nur seine Unkenntnis.

23

Als würde einem das Herz zerreißen oder sich zu einem kleinen und festen Klumpen zusammenziehen. Um schließlich ganz zu verschwinden. Auch vorstellbar, dass es sich aufbläht und immer größer wird. Als fürchte es, übersehen zu werden, als wolle es rufen, als wolle es springen.

Ein einziger großer Jammerlappen ist das Herz. Der Hauptgrund meiner ausufernden Badegänge im Selbstmitleid ist dieses verdammte Herz. Ich gestehe ihm nichts zu, lasse ihm nichts durchgehen – und doch führt es mich am Nasenring durch die Manege je älter, je wirrer ich werde. Dieses Zirkusherz bläht sich auf, dehnt und streckt sich, um gesehen zu werden und bestätigt zu wissen, dass niemand zu ihm herüberschaut, zu diesem aufgeplusterten und deformierten Herz. Und so fällt es in einer dieser vielen unbeobachteten Sekunden mit einem lauten *Paff* in sich zusammen. Ist das nicht lächerlich? Als wenn irgendwo geschrieben stünde, dass es sich nicht auch ohne Herz prima leben ließe. An einer eingebildeten Implosion sterben Menschen mit einem solchen Herzen, wenn es *Paff* macht. An inneren Blutungen.

Ich würde gern einmal sehen, am liebsten direkt danebenstehen, wenn ein implodierender Mensch erst verblutet und dann vergeht. Um mich für das zu wappnen, was mir blüht, wenn ich nicht doch noch aus dieser Schlucht herausfinde, in die ich mich freiwillig begeben habe, um nie gesehen, nie gefunden und niemals errettet zu werden. Doch das geht nicht.

Ich kann die Implosion eines anderen Menschen nicht exemplarisch mitverfolgen, denn vergehende Menschen vergehen kaum sichtbar. Sie welken in Zeitlupe. Man sieht das Ergebnis, erkennt das grausige Fazit, doch den Weg dorthin, den Werdungsprozess, den bekommt man nicht mit, denn die auf Schönheit und Stolz fixierten Augen der Menschen sind nicht für die detailgetreue Erfassung des schleichenden Untergangs gemacht.

Und so ahne ich lediglich etwas. Ich betaste meine Brust und bemerke: Es ist bereits da. Das Vergehen in mir hat bereits begonnen. Ich schwinde bei lebendigem Leibe. Schon jetzt bin ich, die Hand auf meiner Brust, kaum noch anzutreffen in mir selbst. Ohne mein eigenes Zutun spielt sich eine Unerhörtheit in mir ab. Und ohne, dass ich mich ihr erwehren könnte. Wie ein Entmündigter stehe ich in meinem Zimmer, sitze in einem Café, fahre mit dem Bus und bin entmündigt.

Doch da sind ein Stechen und ein Ziehen. Ein Pochen und ein Puckern. Ich befinde mich bereits im Vergehen. *Ich habe das ganze Leben noch vor mir*, sagt immer jeder, doch ich blicke bereits zurück, sehe meinen Körper und vernehme ein heftiges Pochen. Wie gerne würde ich mir den Brustkorb aufreißen und nachschauen, was zum Teufel dort vor sich geht. Wer oder was sich dort, so tief in mir drin, an mir zu schaffen macht. Doch es funktioniert nicht, ich bin bereits zu weit entfernt von mir. Ich erreiche mich nicht mehr.

Große, weiße Schneeflocken fallen vom Himmel. Unentwegt, hunderte, tausende! Wild tanzen sie durcheinander, fallen und fallen und steigen dann, getragen von unsichtbarer Hand, wieder empor. Sie hängen sich an die leichten Böen, die der Wind über das Land trägt, klammern sich einige Momente daran fest, lassen sich dann verwirbeln und verwehen, nur um sich schließlich Märtyrern gleichend wieder in die Tiefe zu stürzen, dem sicheren Schmelztod entgegen. Schon seit Stunden schaue ich dabei zu. Flocke für Flocke schwebt vor meinem Fenster herab. Unten sitzt Mutter in ihrem Ohrensessel und schaut dem gleichen Schauspiel zu wie ich.

Flocke für Flocke schwebt vor meinem Fenster hinab und ein Blick hinaus verrät mir, dass sie dies auch an den anderen Fenstern in der umliegenden Nachbarschaft tun. Von hoch oben kommen sie und auf ihrem Weg hinab beehren sie uns mit ihrem Anblick. Dabei macht es für sie keinen Unterschied, ob einer keinen Daddy oder eine keinen Ehemann mehr hat. Oder ob einer an nichts und niemanden mehr glaubt und furchtbar gerne tauschen würde mit ihnen, den Schneeflocken. Oder mit sonst irgendwem. Verweht werden müsste man können.

Wie unablässig die Gedanken des Menschen kreisen. Kreisen und kreisen, bis sie zur Belästigung werden, zur Plage – und dann zum Selbstekel. Wie zubetoniert liegt die Welt dann unter einer Decke aus Grübelei begraben. Man läuft durch sie hindurch, bekommt sie jedoch nicht mehr mit. Dumpf und lautlos führt man lediglich ein Schalldämpferleben.

Ist das nicht die wahre Gefangenschaft des Menschen? Eingekerkert zu sein im eigenen Schädel, bis aufs Blut malträtiert von den eigenen Kreisel- und Kriegsgedanken? Ein sibirisches Straflager, errichtet und auf Schritt und Tritt durch die Gegend geschleppt vom Häftling höchst selbst. Handlungen werden hinterfragt, Sätze abgespeichert, Worte auf Goldwaagen gelegt und hernach seziert. Alles wird kleinlich untersucht, um schließlich in Beziehung zu sich selbst gesetzt werden zu können. Eine quälend-zermürbende Folter der Eintönigkeit ist das, ähnlich dem Schlagen von Fels in einem Steinbruch, von früh bis spät.

Denkt jemand im gleichen Maße nach, wie er bestrebt ist, Mensch zu bleiben, liegt seine Rationalität in ständigem Widerstreit mit seiner Sensibilität. Mit einem Identitäts-Potpourri als Folge. Ich denke, also bin ich. Ich fühle, also bin ich. Nein: Mir schwirren die verirrten Sinne, mir fliehen die Konturen, mir verwackeln die Strukturen. Ich kippe und falle. Also bin ich.

Ich stehe am Fenster. Und so wie Mutter unten in ihrem großen Ohrensessel sitzt, hinausschaut und sich immer wieder selbst zuflüstert, dass Daddy ihr egal ist, dass Daddy sie mal kreuzweise kann, dass sie ihn nicht braucht, weil sie eine gute Frau ist, eine erwachsene Frau, eine mutige Frau – so stehe ich hier, schaue hinaus in das Flockenmeer und sage mir, dass ich die anderen Menschen nicht brauche, dass ich klarkommen werde ohne menschliche Hilfe und ohne menschlichen Beistand, dass der beste Janusz, den es geben kann, der isolierte Janusz ist. Der Unsichtbar-Janusz. So dass das Nachdenken und Deuten endlich ein Ende findet und all die in ständigem Widerstreit mit sich selbst liegenden Stimmen verstummen.

Rühre ich niemanden an, so werde auch ich von niemandem angerührt. So könnte es gehen. So könnte sich ein Leben führen lassen. Spreche ich niemanden an, so wird auch niemand ein Gespräch mit mir suchen. Eins mit der Nacht werde ich sein, wenn ich mich nach und nach all meiner Menschlichkeit entledige. Nicht einmal meine Steuern zahlen oder An- und Abmeldungen werde ich noch durchführen müssen, ziehe ich mich mit den letzten mir verbliebenen Habseligkeiten tief in die Wälder, ernähre mich von Kiefern und Baumrinden und schlürfe den Morgentau von den Gräsern und Blättern.

In einem dunklen Raum müsste man sich befinden können.

24

Menschen fragen niemals, um etwas zu begreifen, sondern fragen, um zu fragen. Fragen, um sich selbst beim Fragen zuzuhören, sich im Wissen darum zu suhlen, dass sie es auf die Seite der Fragenden geschafft haben, sich emporstudiert haben in den Beobachter- und Beurteilerrang. Wer fragt kontrolliert, wer fragt, der steuert. Wer fragt, regiert die Welt. Die, die antworten, sind immer nur Handlanger und Dienstleister. Knechte.

Ich bin kein guter Fragensteller und auch nie einer gewesen. Wie auch? Ich kenne die meisten Antworten doch längst. Die paar Antworten, die mir unbekannt sind, die interessieren mich nicht: *Woher kommen wir? Wohin gehen wir? Warum müssen wir sterben?* Das ist mir gleich, solange wir nur kommen, gehen und sterben.

Nein, ich bin kein guter Fragensteller. Mir fehlt die Arroganz zu glauben, irgendeine Situation oder gar mein Leben steuern oder gestalten zu können. Gar nichts lässt sich steuern – und gestalten noch viel weniger. Was uns passiert, das passiert uns ganz ohne unser Zutun, wir können nichts dafür und noch viel weniger dagegen unternehmen. Deswegen doch unser verdammter Hang zu Sehnsüchten, weil wir nichts in der Hand haben, gar nichts! Fragen? Wonach zum Teufel soll ich denn einen anderen Menschen fragen?

Sie aber sind anders und so sind unsere Rollen klar verteilt. Sie fragen, ich antworte. Sie brüten über meinen Sprachfetzen, nur um weiterhin daran glauben zu können, irgendetwas unter Kontrolle zu haben. Bezichtigen mich am einen Tag dieser Störung und am anderen Tag jener Neurose. Nennen mich Mörder, Meuchler und Schänder. Ja, wahrhaftig! Jaroncek der Schlächter, so nennen sie mich. Provozierend und immer dann, wenn sie gerade nicht weiterkommen, wenn meine Antworten einfach nicht zu den von ihnen gestellten Fragen passen wollen und sie ihre Kontrolle in Gefahr wähnen.

Wie ängstlich sie über die Wochen geworden sind. Die Angst, ich könnte in keines ihrer sorgsam vor mir ausgelegten Schemata passen, hockt bereits in ihren Schädeln. Was, wenn ich mich am Ende aller Tage gar nicht als Jaroncek den Schänder entpuppe? Sondern lediglich als Jaroncek den Unerklärlichen? Wohin dann mit mir?

Die Menschheit ist nicht vorbereitet auf Leute wie mich, die weder Gut, noch Böse zuzuordnen sind. Den Bösen stellen sie nach, werfen sie in Kerker und Gefängnisse. Wirklich Angst aber machen ihnen die Schlingernden, die nach Lust und Laune in alle möglichen Richtungen ausscheren können, die sie zwar ächten aber niemals verurteilen können. Klare Verhältnisse, das ist es, wonach ihnen der Sinn steht. Doch gerade die kann ich ihnen nicht bieten. Es ist Uta zu verdanken, dass ich zu einer fleischgewordenen Unberechenbarkeit geworden bin. Beschließt ein Mensch, einer Sehnsucht zu folgen, so ist es, als lasse er sich freiwillig in eine Nussschale setzen und irgendwo auf dem Ozean aussetzen. Sein Leben aus der eigenen Hand zu geben, ist das Wesen der Sehnsucht, das Verlangen der Verliebten. Sich fallen und treiben zu lassen, dieser ständigen Selbstkontrolle zu entziehen und in ein Meer einzutauchen, dessen Tiefen und Untiefen nicht zu erahnen sind. Liebesmorde – sie werden allesamt begangen auf hoher See. Von jenen, die es um den Verstand gebracht hat in ihrer Nussschale, die fast verreckt sind an ihrem Matrosentum.

Sie ahnen, dass ich ein Nussschalenmann bin. Sie notieren sich jeden meiner Halbsätze, jede meiner Silben und lassen nicht einen meiner Kommentare unnotiert. Sie scheinen mein Nussschalentum zwar zu erahnen, aber wahrhaftig nicht schlau aus meinem Geplapper zu werden. Also beginnen sie damit, mich mathematisch zu erfassen. Von meinem Platz aus habe ich sehen können, wie sie mein Geplapper in Sinus- und Cosinuskurven umwandeln. Zunächst wollte ich protestieren und dieser entmenschlichenden Form der Behandlung erwehren. Denn mathematisch erfasst und in Kurven und Formeln umgerechnet zu werden, um daraufhin via Wahrscheinlichkeitskalkulation meine nächsten Schritte vorausbestimmen zu können, hat mich an den Rand eines Flehens und Bettelns gebracht. Fast hätte ich eine Unterschrift unter ihr Mord- und Totschlaggeständnis gesetzt, so erschüttert hat mich die Unmenschlichkeit ihrer perfiden Herangehensweise.

Dann jedoch entdeckte ich, als sie sich mir abwandten, die Köpfe zusammensteckten und tuschelten, wie bunt und schwungvoll die Kurven auf ihren Blättern verlaufen. Ich gebe zu, ich bin nie ein Freund meines eigenen Lebens gewesen, allzu zusammenhangslos und in sich unstimmig erscheint es mir, eine holperige Existenz, notdürftig zusammengestückelt. Nun aber besah ich mir ihre Diagrammblätter und war entzückt zu sehen, wie elegant und harmonisch ich verlaufen kann. Und wie farbenfroh.

Ihnen jedoch helfen auch die Diagramme nicht weiter. Denn sie fragen zwar dauernd, aber nicht richtig. Würden sie so schön fragen, wie sie ihre Kurven zeichnen, wir wären längst fertig miteinander. Stattdessen aber verhalten sie sich linkisch und unpragmatisch, sezieren meinen Schrei, aber nicht das Schweigen dahinter.

Und so kommt nach ihren Fragen immer nur ihr Aufschreiben und Zeichnen. Danach weitere Fragen. Und wieder Aufschreiben. Die Psychose, die sie so entschlossen bei mir zu finden glauben, die gibt es nicht. Sie ist ein Konstrukt ihrer eigenen Sehnsucht, denn der vermutete Wahnsinn, der steckt nicht in meinem Schädel, sondern in ihrem. Sie selbst sind es, die ihn erzeugen und am Laufen halten, ihn mit jeder ihrer schwachsinnigen Fragen neu entfachen. Oder ist ein Mensch jemals in sich selbst wahnsinnig gewesen? Nein, wahnsinnig ist er erst dann, wenn fünfzehn Leute sich von oben zu ihm herab beugen und ihn mit ausgestreckten Fingern und hochgezogenen Brauen fragen: *Sag, kann es sein, dass du wahnsinnig bist?*

So entsteht Wahnsinn, nur so. Ist ein Mensch aber allein mit sich und rennt seinen torkelnden und kreisenden Gedanken hinterher, so ist das zwar nicht schön, aber kein Wahnsinn. Wahnsinn nennen es nur jene, die sich nicht in ihre eigene Nussschale trauen, die am Strand stehen, argwöhnisch hinausschauen aufs Meer und jene beobachten, die den Schneid zu gehobenem Nussschalentum haben. Und ebendiese alsdann verantwortlich machen wollen für ihre eigene Nussschalenlosigkeit.

Ihre Blindheit raubt mir den Nerv, befinden wir uns hier doch so offensichtlich in einer einzigen großen *Self-fulfilling prophecy.* Ihrer *Self-fulfilling prophecy.* Sie wollen den Wahnsinn aus der Welt treiben – und wären in einer komplett vom Wahn befreiten Welt doch die ersten Lebensunfähigen. Sie sind angewiesen auf mein Nicht-richtig-Ticken. Ich habe nichts von einem übergeschnappten Menschen, sie schon! Ihre ganze verdammte Existenz ist daran ausgerichtet! Und so sind natürlich sie es, die diese Kopfkrätze in die Welt setzen. Waffenfabrikanten zetteln Kriege an, Pharmafabrikanten erfinden Krankheitszustände, ja selbst die katholische Kirche hat den Teufel nicht aus Langeweile inthronisiert. Sondern weil es zweckmäßig ist und ihre Existenz rechtfertigt.

Und doch bezeichnen ausgerechnet sie mich in ihren Besprechungen und hinter vorgehaltenen Händen als Jaroncek den Brandgefährlichen. Jaroncek das Scheusal. Dabei bin ich es, der es mit den Wahnsinnigen zu tun hat! Ja, genau: Zur Hilfe – Irre und Narren halten mich hier fest!

Wie armselig sie doch sind. Ich weiß es und sie wissen es. Die ganze Welt ist sich ihrer Armseligkeit bewusst. Doch gerade ihre geistige Armseligkeit und ihre verkümmerten Charaktere sind es, die sie derart genial werden lassen. Denn die Brillanz, in mir ein Scheusal zu entdecken, obwohl gar keines da ist, die muss auch ein wissenschaftlicher und studierter Intellekt erst einmal aufbringen. Ein Höchstmaß an Kreativität ist dazu nötig. Ein Höchstmaß an Konklusionsfähigkeit bei gleichzeitigem Aberglauben. Aber natürlich auch eine Sehnsucht nach einer Welt mit klaren und geordneten Verhältnissen.

Und so drängen sie weiter darauf, eine Erinnerung in mir zu entfachen. Sie wollen mehr über den Marktplatz, den Kastanienbaum und die Bank wissen, die sich um dessen Stamm drapierte. Wenn ich ehrlich bin, so habe ich sogar Verständnis für ihr Drängen. Denn ihr erfundenes Scheusal hat noch gar keine richtige Kontur, es sitzt ihnen als Non-Faktum gegenüber, verschwommen und abstrakt. Es trägt zwar bereits mein Gesicht und spricht mit meiner Zunge, ganz so wie sie es sich wünschen, gibt sich jedoch noch immer merkwürdig unbeteiligt. Es sitzt an diesem Tisch und quatscht und schweigt. Aber irgendwie ist es nicht da. Fast als wäre es nur erstunken und erlogen, nur eine Halluzination ihres sich nach einem Täter sehnenden Geistes.

Sie wollen mich dazu bringen, mich selbst als Scheusal zu sehen, mit dieser katholischen Beichtstuhltour. Ja, sie sehnen sich nach dem Moment, in dem ich mich vor einen Spiegel stelle und endlich Jaroncek den Frauenschänder und Frauenmörder sehe. Sie wünschen sich den Moment herbei, in dem ich zu meinem läutenden Telefon eile, abnehme und nicht mehr: *Ja? Jaroncek hier!*, in die Muschel brülle, sondern sage: *Geistig verwirrter Frauenschänder am Apparat, was kann ich für Sie tun?*

Ich soll mich hier, direkt vor ihren Augen und Ohren bekennen zu einem widerlichen und verdrehten Charakter, einem ekelhaften Trieb, das ist ihr Wunsch. Ich soll aufhören, vor mir selbst zu fliehen, haben sie sogar gesagt. Was habe ich lachen müssen darüber. Sie haben es gar nicht bemerkt, obwohl es mir geradewegs die Zähne auseinandergerissen hat vor lauter Lachen. Das – und nur das! – sei der Weg zu meiner Genesung, haben sie gemeint, zu meiner Heilung sogar, und würde von den Richtern als strafmildernd wahrgenommen werden. Immerhin das nehme ich ihnen ab, zumindest in diesem Punkt glaube und vertraue ich ihnen. Schließlich sind es doch seit Jahrhunderten immer nur die Dummquatscher, Scheißeerzähler und Bärenaufbinder, die sie davon kommen lassen mit ihren Schurkereien und Gräueltaten.

Je ehrlicher sich ein Mensch gibt, desto unbarmherziger wird er abgestraft, denn ehrliche Menschen sind anderen Menschen unheimlich, seit eh und je tragen die Menschen einen Widerwillen in sich gegenüber ehrlichen und aufrichtigen Gestalten. Marketender der Laberei und mit heißer Luft handelnde Kaufmänner glorifizieren sie. Sie würden auch mich glorifizieren, wenn ich nun aufstehen und sagen würde: *Ups, Frau geschändet. Ups, Frau zerstört. Ups, Spaß dabei empfunden. Noch stundenlang neben der Leiche gehockt, Fotos von violetten Blutergüssen auf sonst unberührter Frauenhaut gemacht, ejakuliert, wieder Fotos gemacht, weiter ejakuliert, oooh und aaaah dabei gemacht, Filmchen von zerfetzten Schamlippen gedreht, mich selbst in der Lache aus Blut gewendet wie ein Schnitzel, einen alles in allem und summa summarum schönen Abend mit schöner toter Frau verlebt. Heirate mich, Frauenleiche, die du Ähnlichkeit mit meiner Mutter und meiner Schwester hast.*

Pfui Deiwel! Derlei Quatsch wollen sie hören von mir, auf diese gequirlte Scheiße haben sie es abgesehen! Sie schauen abends ihre amerikanischen Serien und finden ihr eigenes Leben schon tags darauf nur noch grau und fad. Doch da sie sich nicht ändern können und auch die Welt sich nicht für sie ändern wird, glotzen sie mich an, wollen einen Fall von nie dagewesener Erschütterung, wollen Charles Manson in noch böser, wollen Hitler, Goebbels und Göhring in einer Person. Sie wollen mich – nur in gescheitelt, hinkend, fett und schwitzend.

Als Studenten haben sie sich Kubricks *Clockwork Orange* reingezogen. *Wieder und wieder, spiegelt der Film doch die sadistische Brutalität einer zunehmend wertebefreiten Gesellschaft wieder*, wie sie es so gerne auswendig gelernt herunterleiern. Nur ist das hier nicht London, hier gibt es keine *Droogs* und das hier ist auch nicht die *Korova Milchbar.* Und so müssen sie sich ihr kleines bisschen Horrorshow selbst erschaffen. Diese Fragesteller sind ganz auf sich allein gestellt. Sie spüren, dass das Leben ihnen noch einen gottverdammten Kubrick schuldet, und fühlen sich ganz ungerecht behandelt von diesem Leben, da sie immer nur mit Mäusen experimentieren durften.

Ich aber, ich bin nun der erste echte Mensch, dem sie begegnet sind. Ich solle aufhören, vor mir selbst zu fliehen, sagen sie. So tief sind sie schon gesunken, so fertig sind sie bereits mit sich und ihren Nerven und der Welt. Schließlich ist es keinem Menschen auf Erden je gelungen, vor sich selbst zu fliehen, so wie sie es mir gerade vorwerfen. Oder wurde jemals ein Mensch dabei beobachtet, gibt es gar Fotos oder Filmaufnahmen, wie er gerade vor sich selbst Reißaus nimmt? Nein, Menschen können nicht vor sich selbst fliehen. Sie lernen entweder mit sich selbst klarzukommen oder aber sie verrecken jämmerlich an sich und ihrem verkorksten Sein. Dazwischen gibt es nichts. Manche von ihnen mögen eine Maske tragen, die mit der Zeit wie angegossen auf den Gesichtszügen zu liegen beginnt. Derart angegossen, dass sie sie beim Blick in sich hinein schon gar nicht mehr bemerken. Doch selbst in jenen Momenten, in denen sie eins werden mit ihren Masken, spüren sie einen Schmerz und bemerken, wie sie sich an sich selbst vergehen.

Flieht ein Mensch vor sich selbst und beginnt mit dem Tragen einer solchen Maske, so zerfurcht es ihm unweigerlich das Gesicht, zerschneidet ihm die Lungenflügel, zerpflückt ihm die Eingeweide. Trägt er eine Maske, so brechen sich sein Leid und seine Verkommenheit anderweitig Bahn. Er wird zum Alkoholiker und Tablettenabhängigen, fettleibig und cholerisch. Es sind die Gesichter, die die ganze jämmerliche Wahrheit über den Menschen und sein Maskendasein kennen und immer lauter und hemmungsloser herausbrüllen. Denn die vielen Falten auf der Stirn, die Krähenfüße unter den Augen und die kleinen Einkerbungen entlang der Mundwinkel sind nur selten ein Zeichen des Alters. Sondern Spuren der Kämpfe mit dem größten und unbesiegbarsten aller Feinde: der Mensch selbst.

Nein, eine Flucht vor sich selbst gibt es nicht. Nicht praktisch und schon gar nicht theoretisch. Ich schätze, sie wissen es auch, durch all ihre Ausbildungen, ihre wissenschaftlichen Arbeiten und honorablen Titel. Sie sagen doch dauernd Dinge wie: *Die Wahrheit liegt in Ihnen, Herr Jaroncek, bringen Sie sie ans Licht!* Oder: *Sie belügen in erster Linie nicht uns, Sie belügen sich selbst, Herr Jaroncek!* Derart kindisch sprechen sie mit mir, werfen mit auswendig gelerntem Poesiealbumsquark um sich, der weder geschrieben noch gesprochen jemals etwas bewirkt, geschweige denn einen Sinn ergeben hat! Trotzdem sagen sie es. Wie verzweifelt sie sein müssen.

Ich lasse sie gewähren. Schließlich legt ihre maßlose Wiederholungssucht doch nur ihre Angst offen. Die Angst, dass gerade mir dieses Kunststück gelingen könnte. Dass gerade ich, der als widerlich und brandgefährlich enttarnte Immobilienhai Janusz Jaroncek zu einer derartigen Menschenunmöglichkeit fähig wäre, seinen eigenen Klagegeistern und seinem eigenen Jüngsten Gericht zu entkommen.

Wundern muss ich mich dennoch, wie felsenfest sie überzeugt davon sind, ganz anders zu funktionieren als ich. Sie wollen mich verstehen, meine Gedanken und Taten nachvollziehen, so sagen sie. Und doch sind sie ganz versteift darauf, eine Grenze zwischen ihnen und mir zu ziehen, sich vorzumachen nicht auch über sich selbst zu sprechen, wenn sie über mich sprechen. Nicht auch über sich selbst zu urteilen, wenn sie über mich urteilen.

Wir – sie und ich – sind Menschen, sie funktionieren wie ich und ich funktioniere wie sie. Doch anstatt sich genau das einzugestehen, stellen sie sich lieber auf den Kopf, wackeln hilflos mit den Füßen und legen alles daran, mich zu einem unverständlichen Rätsel zu machen. Das ist die Maske, die sie tragen, und der Grund, warum die Angeklagten immer jünger und attraktiver aussehen als die Verteidiger, Staatsanwälte und Richter um sie herum.

Ja, ihr felsenfester Glaube daran, dass einer wie ich immer anders sei als sie, versetzt sie in die ausweglose Situation mir alles zuzutrauen. Jaroncek der Magier und Jaroncek der Überswassergeher sind diesen Wissenschaftlern plausibler als Jaroncek der Durchschnittsbürger und Jaroncek, der auch nur mit Wasser kocht. Akademischer Aberglaube. Humbug in weißen Kitteln.

Dabei habe ich ihnen längst erzählt, wie ich als kleiner Junge durchaus versucht habe, vor mir fortzulaufen und mich selbst hinter mir zu lassen.

Wie ich es tatsächlich vollbracht habe, dieses Kunststück, einige Meter zwischen mich und mich selbst zu bringen. Mir dann jedoch, zu meinem eigenen Verdruss, schon an der nächsten Straßenecke wieder begegnete. Gesagt haben sie nichts zu dieser wahrlichen Brot-und-Spiele-Geschichte, sich nur alles notiert und sich unmerklich zugenickt.

Mit ihren aufgedunsenen Schädeln haben sie dort gesessen, an ihren Kugelschreibern gekaut und versucht, meinen ganzen Tinnef – der der Menschheit doch seit Menschengedenken vollkommen klar ist und für den man keinen Doktor zu machen, kein Studium zu vollbringen, ja sich nicht einmal aus dem Fenster zu lehnen und hinauszuschauen braucht – in Fachtermini zu packen. In der Lage zu sein, alles binnen Sekunden in lateinische Verklausulierungen zu packen, das ist die Herausforderung, mit der sie sich herumschlagen. Nie habe ich Menschen derart viel fragen und sich notieren sehen wie hier. Nur um dann – nach tausend Fragen und tausend Sinuskurven und tausend Aktenseiten – gar nichts zu raffen!

Es verhält sich doch wie folgt: Muss ich Dinge ein einziges Mal erklären, so habe ich es mit Neugierigen zu tun. Muss ich Dinge zweimal erklären, handelt es sich bereits um Schwerhörige. Beim dritten, vierten und fünften Mal aber spreche ich eindeutig zu Deppen! Wenn es das Ziel akademischer Einrichtungen ist, kluge, erwachsene Menschen auf die geistigen Fähigkeiten von Sozio-Legasthenikern zurückzustutzen, so ist dieses Ziel exakt hier erreicht worden, in höchster Vollendung. Im wahrsten Sinne des Wortes dumm und dusselig hat sich dieses ganze Medizinerpack hier studiert, hat sich so lange belesen und herumexperimentiert, bis es sich schließlich so gar nicht mehr auskannte in der Welt. Diesen Maskenträgern geht es doch niemals um mich, sondern immer nur um sie selbst und ihren immer brüchiger werdenden Kontakt zu den Menschen. *Sagen Sie uns, Herr Jaroncek, wie es ist, ein Mensch zu sein!*, steht über ihren Fragen. *Erzählen Sie uns doch von den Lebenden, Jaroncek, wir haben uns verlernt, uns verrannt in unseren vielen Studien!*, flehen sie mich mit ihren angsterfüllten Kittelaugen an.

Ärgern, geschweige denn überraschen kann mich ihre Dummheit jedoch nicht. Es sind immer die Dummen und Ignoranten, die sich dazu auserkoren sehen, Gehirnwäschen an Unschuldigen auszuüben, sich einen stolpernden Charakter wie mich zu greifen und ihn auf der immer gleichen weichen Flanke zu traktieren. Wieder und wieder. Bis er eben fällt.

Es ist alles so vorhersehbar. Eine tote Frau wird gefunden und sie benötigen einen Schuldigen. Dringend. Wenn sie keinen Schuldigen finden und es ihnen nicht gelingt, ihre ewig gleiche Lustspielposse aus Opfer und Täter, Gut und Böse und Schuld und Sühne zu legitimieren, so bricht ihnen ihr komplettes Wertesystem unter ihren Ärschen zusammen. Deswegen lieben und brauchen sie mich auch so dringend. Selbst wenn sie gar nicht bemerken, wie sehr sie mich lieben und brauchen, für sie und ihr erstunkenes und erlogenes Wertesystem bin ich Jaroncek der Stabilisator.

Dabei werden sie wissen, dass immer nur gute Menschen sich durch Mord und Totschlag zu erkennen geben. Und nie die Bösen. Nein, so dämlich sind böse Menschen nicht. Das wirklich Böse macht sich doch nicht die Hände schmutzig, sondern lässt andere die Drecksarbeit für sich machen. Doch was heißt schon andere: Die Guten sind es, die von den Bösen verführt werden und ihnen die Drecksarbeit abnehmen. Ich weiß das, denn ich habe lange genug junge Familien freudestrahlend in ihr überteuertes Eigenheim geführt, sie darin eingeschlossen und anschließend den Schlüssel weggeworfen, während sie an ihren Hypotheken, Zinsen und Zinseszinsen erstickt sind, umgeben von hellen Tapeten und einem schönen Ausblick auf einen schönen Garten. Das hätte ich mit Sicherheit nicht getan, hätten sie mich nicht so flehentlich angeschaut mit ihrem Jungvermähltenblick und dem schreienden, gewickelten und gepuderten Bastard auf dem Arm!

Herr Jaroncek, geben Sie uns ein Haus im Grünen!, so haben sie mich angefleht.

Zu teuer, habe ich ihnen entgegnet.

Herr Jaroncek, wir sind eine junge Familie und suchen das Glück. Geben Sie uns doch unser Haus im Grünen, haben sie jedoch erneut gejammert. *Wenn Sie uns nicht unser Haus im Grünen geben, wissen wir nicht, was wir tun sollen, wir wissen nicht, wohin, wir bringen uns um ohne Haus im Grünen!*

Also gab ich ihnen ihr Haus im Grünen, ließ mich fürstlich entlohnen, verabschiedete mich bei dem gewickelten Winzling, bedauerte ihn für seine bösartigen Eltern, schämte mich für mich und sie und die Funktionsweisen dieser Welt und gab ihnen ihr gottverdammtes überteuertes Mauerwerk, aus dem eines Tages mit Sicherheit Schreie und Schläge und vielleicht gar Schüsse zu vernehmen sein werden.

Nein, an fiesen Taten und fragwürdigen Machenschaften erkennt man immer nur den fallenden Guten, nie aber den von Geburt an Durchtriebenen, den Bösen. Den Schein der Verwerflichkeit von sich auf die Schwachen, Gestolperten und Verrenkten zu lenken, das ist die Insignie der wahrhaft Bösen in der Welt. Der Böse, dem man seine Bosheit ansieht, ist gar kein Böser. Sondern nur ein gestrandeter Guter. Das weiß doch jedes Kind.

Aber sie fragen und fragen, um nicht die Kontrolle über die Welt zu verlieren. Ich greife blind in das große Erinnerungsknäuel in meinem Schädel und ziehe wahllos etwas heraus, damit ich es ihnen zum Fraß vorwerfen kann, damit sie sich daran gesundstoßen können. Sie wollen den Marktplatz meiner Jugend. Also werfe ich ihnen nun endlich den Marktplatz meiner Jugend um die Ohren. Und knalle ihnen auch den großen Kastanienbaum, der darauf stand, als Bonus direkt vor den Latz. Die Bank, die um den Stamm dieses Kastanienbaums herum stand, die reiche ich ihnen als Grübelaufgabe, damit sie was zum Knobeln haben am Abend, wenn sie sich auf der Heimfahrt befinden, hinein in ihre tumben Akademikerfeierabende.

Sollen sie mit dem ganzen vergangenen Plunder doch anstellen, was sie wollen.

Ob ich den Kastanienbaum als *schön* oder *eher nicht so schön* empfunden habe, wollen sie wissen. Ob der Gedanke an die Bank, die sich um den Stamm des Kastanienbaumes drapiert, nur *schmerzt* oder eher *stark schmerzt*. Ob die Möglichkeit, an jenen Ort und in jene Zeit zurückzukehren, mich eher *abschreckt* oder doch *fasziniert*. Was sind das für Reißbrett-Methoden?

Die Möglichkeit, an einen Ort meiner Vergangenheit zurückzukehren, fasziniert mich!, antworte ich ihnen. Oder: *Ui, es schreckt mich ab, nehmen Sie meine Vergangenheit doch bloß von mir, ich mag nichts mit ihr zu schaffen haben!* Und auch: *Weder noch!*, habe ich gesagt und dabei ein Gesicht gemacht wie einer, der etwas zu verbergen hat. Auf die bunten Kurven, die sie aus meinen Antworten fertigen werden, freue ich mich jetzt schon.

Sie können mich mal.

Sie mögen es nicht, wenn ich mich so gebe. *Dafür seien wir nicht hier*, haben sie mich angeschrien. Ja, wirklich, richtig laut sind sie geworden. Eine bewusste Verzögerung unseres Analyseprozesses haben sie mir vorgeworfen. *Ich solle endlich zur Sache kommen*, haben mich die Männer angefaucht, bis sie dann schließlich die Ministerialbeamtin auf mich losgelassen haben. Es ist eine Posse, in der ich mich hier befinde, denn seit die Kerle durch mich und meine Antworten ganz verrückt geworden sind, beginnen sie, mir die Bude mit lauter Weibsbildern vollzustellen.

Zu Beginn habe ich mir die zehn Quadratmeter noch mit einem Sekretär und einem Vernehmungsoffizier teilen dürfen. Der Sekretär hat mit aschfahlem Gesicht ungerührt vor sich hingetippt, während der Vernehmungsoffizier mit verschränkten Armen beständig auf- und abgeschritten ist. So gut es sich auf zehn Quadratmetern eben auf- und abschreiten lässt. Dauernd hat er hilfesuchend durch die Glasscheibe hinüber in den Wissenschaftler- und Vorgesetztenraum geblickt und sich bei dem Versuch, den guten und den bösen Bullen gleichzeitig zu geben, mächtig in sich verrannt. Nach ihm haben dann die Wissenschaftler ihr Glück versucht, haben aber außer vielen lustigen, bunten Diagrammen und permanentem Kopfschütteln nur wenig zustande gebracht. Dann jedoch haben sie plötzlich die Köpfe zusammengesteckt und mir wurde sogleich klar, dass es sich diesmal um eine zündende Idee handeln musste, wie einem schmierigen und wankelmütigen Charakter wie mir doch noch beizukommen sei. Und in der Tat: Kurz nach diesem Köpfezusammenstecken sind sie aus dem Raum verschwunden und haben mir die Ministerialbeamtin auf den Hals gehetzt. Als Krönung haben sie dann noch die Stenotypistin mit in den Raum gesetzt.

Seitdem teile ich mir diesen engen Raum mit zwei Frauen. Die eine klein, zierlich und fraglos fasziniert von mir. So fasziniert, dass sie mit unterwürfigem Hundeblick aus ihrer Stenotypistinnenecke dauernd zu mir herüberschaut und heftig errötet, wenn ich zurückschaue. Und dann die Ministerialbeamtin. Großgewachsen, üppig, arrogant. Ich habe noch nicht herausbekommen, welche Funktion sie hat, was das für ein Amt sein soll, das sie bekleidet, oder was zum Teufel sie überhaupt hier will.

Diese Konstellation ist nicht nur platt, sie ist regelrecht billig. Ich bin doch nicht Jaroncek, der durchtriebene Frauenschänder, um eine solche Inszenierung für einen Zufall zu halten. Ich begreife sehr wohl, was hier los ist, durchschaue ganz genau, was sie im Schilde führen! Natürlich steckt ein perfider Plan dahinter, eine aufgepeppte Variante des Spiels *guter Bulle, böser Bulle*. Und damit ein weiteres Zeichen ihrer Angst vor mir und ihrer Verzweiflung. Sie versuchen, mir Angst einzujagen, sie erhoffen sich einen Effekt mit diesem Psychoterror. Sie spekulieren darauf, dass das hier nicht gutgehen wird, dass ich es nicht aushalten werde mit zwei attraktiven Frauen auf so engem Raum und schließlich irgendwie und irgendwann durchdrehen werde.

Sie langweilen mich. Sollen sie doch glauben, dass ich über kurz oder lang die Contenance verlieren werde. Nur weil ich ein Wolf bin, dem sie ein paar ihrer lächerlichen Hühner in den Stall geschickt haben.

Wobei, so daneben liegen sie mit ihrer Einschätzung nicht. Wenn ich schon hier sitzen muss, dann lieber mit zwei jungen Frauen als einer Horde abgehalfterter alter Säcke. Das Auge hockt schließlich immer mit auf der Anklagebank. Und sollte man mir bei meiner Hinrichtung die Möglichkeit lassen, den Henker selbst zu bestimmen, fiele meine Wahl auf eine edel geschminkte Grazie im Chanel-Kostüm. Ich wünsche mir eine Henkersfrau von so atemberaubender Schönheit, dass ich, mit dem Schädel unter der Guillotine, nicht an einem verlorenen Kopf, sondern an akutem Herzversagen dahinscheide.

Doch all das sage ich ihnen nicht, schließlich bin ich nicht so verrückt, wie sie mich gerne hätten. Und so weiß ich: Würde ich ihnen davon erzählen, dass ich ab und an davon träume, erst von attraktiven Frauen ermordet, dann von attraktiven Pathologinnen obduziert und schließlich von attraktiven Sargträgerinnen zur letzten Ruhestatt getragen zu werden – eben weil mir der Gedanke von alten und abgehalfterten Sackgesichtern aus der Welt geschafft zu werden, ekelhaft und gotteslästerlich erscheint – so weiß ich schon jetzt, wie sie reagieren würden: Als Perversen würden sie mich beschimpfen, als Freak, als Irren. Dass der Tod genauso wie das Leben eine Inszenierung ist, ich es lieber schön als hässlich habe und dieser Drang zu Schönheit nicht verdreht, sondern logisch und menschlich ist, das wollen sie nicht verstehen.

Das studierte Pack würde mir, erzählte ich ihnen von all den attraktiven Sargträgerinnen in meinen Träumen, im Handumdrehen einen Fetisch daraus zimmern. Würden rufen: *Soso, Jaroncek, Sie hätten also gerne Models als Sargträgerinnen! Was noch? Starlets in Hot Pants in der Kirche? Hostessen auf der Begräbniszeremonie? Und, sagen Sie, reichen Ihnen dort dunkle Kleider oder bevorzugen Sie High Heels und Push-up-BHs, Jaroncek? Ist es das, was Sie wollen, Sie dreckiger Freak?*

Exakt so würden sie es drehen, nur um recht behalten zu können. Und ich? Ich würde ihnen antworten, dass es in der Tat genau das ist, was ich will. Schließlich bin ich Jaroncek der Ästhet. Warum die Menschen sich ausgerechnet auf ihren Beerdigungen mit den hässlichsten aller Menschen umgeben, habe ich nie begriffen.

Und so sage ich nichts und erfreue mich an der Gesamtsituation, die sie mir freiwillig erschaffen haben, als sie alle Männer entfernt und mich mit zwei Frauen zurückgelassen haben. So mutterseelenallein. Und riecht es nicht auch gleich viel besser? Nein, ich irre mich nicht. Der Gestank männlicher Verzweiflung ist raus. Ein Duft von Betörung und Fruchtbarkeit dafür drin. Es ist ein wunderbarer Duft, der Geruch des Lebens. So sind die Frauen. Und ich, Jaroncek, ich liebe die Frauen.

Ja, es soll Männer geben, die bezahlen viel Geld für ein solches Szenarium wie dieses. Ich kann ihn verstehen, den Neid aller Männer, die nicht auserwählt wurden, in eine solche Position zu gelangen wie ich. Denn wie Odysseus, der gefesselt an seinem Schiffsmast dem Gesang der Sirenen lauschte, so werde ich – bewegungslos und starr auf meinem Stuhl fixiert – mit meiner eigenen Irrfahrt belohnt. All die Deppen, Vasallen und Steigbügelhalter um mich herum, sie haben sich Wachs in die Ohren stopfen müssen, um den Gesang der Sirenen nicht zu vernehmen. Sie sitzen hinter dem dicken Sicherheitsglas und liegen richtig mit ihrer Wahrung des Sicherheitsabstandes, denn es würde sie wahnsinnig machen und sie um den Verstand bringen, wären sie derart hilflos der Weiblichkeit ausgesetzt wie ich.

Ich aber bin anders. Ich kenne die Frauen und ich liebe die Frauen, habe sie immer geliebt. Wie Odysseus muss ich wohl ein Anführer sein, ein König, dass gerade ich hier sitzen, schauen, riechen und die Weiblichkeit inhalieren darf. Wäre ich von geringem Stand, hätten sie mich doch längst aus diesem babylonischen Sündenpfuhl herausgezerrt − oder nicht? Es muss also etwas an mir und meinem Wesen sein. Denn sie überschütten mich mit der Aufmerksamkeit ihrer Weiber.

Und so sitze ich hier, versuche mich wie ein Angeklagter zu fühlen, einer, der sich am Leben vergangen hat. Doch es gelingt mir nicht. Sie haben mich auf diesen Thron gesetzt, das Schwert des Damokles über meinen Kopf gehängt, den Schierlingsbecher vor mir auf dem Tisch gestellt und auf mein Haupt exakt jene Dornenkrone drapiert, die sie schon viel größeren Gestalten der Menschheitsgeschichte auf die Birne gesetzt haben. Die sie ihr Kreuz tragen ließen, damit sie es nicht selbst tragen mussten. Bis zum heutigen Tag bürden sie ihnen ihre eigene Verkorkstheit auf, stülpen sie ihnen einfach über, als hätten sie damit nichts zu tun.

Hitler und Manson. Odysseus und Jesus Christus. Auch ich muss ihnen ein solcher König sein. Ein König. Anders kann es gar nicht sein.

Jaroncek der König.

25

Ich habe es getan. Ich habe es tatsächlich getan. Wird es denn niemals ein Ende nehmen? Ich muss verrückt sein, total wahnsinnig. Oder aber alle anderen sind es. Die ganze Welt oder ich, das kann ich mir aussuchen. Denn ich habe es tatsächlich getan. Ich kann es noch immer nicht glauben. Dabei habe ich es doch gewollt, es war meine und nur meine Entscheidung es zu tun. Und so habe ich es getan. Ich kann mir meinen plötzlichen Sinneswandel auch gar nicht so recht erklären und diese plötzlich in mir auftauchenden Fragen. Ich habe mir nun wirklich nichts vorzuwerfen. Gar nichts.

Ich habe meine Gedanken und meine Gefühle aufgeschrieben. Und auch meine Ängste habe ich erwähnt. Einen weißen Bogen Papier vor mir und den Füllfederhalter in der Hand – und plötzlich war alles geradezu aus mir herausgeströmt. Alles, was ich zu tun hatte, war, meine Hand auf das Papier zu senken. Der Rest ging von allein.

Ich bin es gewesen, den ich auf diesen weißen Untergrund geschrieben habe. Mich und nichts anderes als mich. Meine Persönlichkeit, meine Identität. Nichts habe ich beschönigt, nichts korrigiert oder gar retuschiert.

Sie wird es wieder nicht verstehen.

Einen wunderbar weißen Umschlag nahm ich sogleich zur Hand, in den ich mich hineingesteckt habe. Adressiert und frankiert war er schon seit Tagen, vielleicht auch seit Wochen, ich weiß es nicht. Persönliche Dinge brauchen ihre Zeit. Und mit der Post ging es dann auf die Reise, zu ihr. In ihre Hände. In ihren Blick. In ihren Atem.

Ich versuche mir vorzustellen, wie sie mich bekommen hat. Der Briefträger wird mich am Morgen gebracht haben. Alle Menschen freuen sich über Post und so wird auch sie sich gefreut haben. Auch wenn sie nicht wie alle Menschen ist. Bei weitem nicht.

Und dann wird sie ein Messer aus der Küche geholt, mich aufgeschlitzt und gelesen haben. Und dann? Vielleicht wird sie mich achtlos in ihren Papierkorb geworfen haben. Das wäre noch erträglich, denn so nah bin ich ihr nie gewesen. Vielleicht aber hat sie mich auch verbrannt und die Asche anschließend die Toilette hinuntergespült. Und dabei gelacht. Nein, natürlich ist es kein sonderlich angenehmer Gedanke, von ihr verbrannt und ausgelacht worden zu sein. Aber es ist die schönste aller Möglichkeiten, Gefühle in mir zu wecken. Ein kurzer Stich im Herzen nur. Und dann ein Lodern, das nicht enden will.

Ich habe ihn geschrieben, den Brief. Und sie wird mir niemals antworten. Sie hat mir noch nie geantwortet, warum sollte sie es jetzt tun. In ihrem Leben werde ich niemals eine Rolle spielen, das ist die Wirklichkeit. Ich wusste es schon, bevor ich diesen Brief schrieb, mir war es bewusst, während ich ihn schrieb – und kaum hatte ich ihn losgeschickt, hatten sie mir sogleich hell und gleißend im Kopf gestanden: der Nonsens meiner Tat, die Absurdität meiner Gedanken und die faktische Unmöglichkeit meiner Gefühle. Denn sie wird niemals bei mir sein, niemals wird sie ihre Hand nach mir ausstrecken. Ihre Haut wird niemals wie zufällig die meine streifen und ihr Lächeln wird niemals mir gelten.

Niemals! Alles Träumereien. Spinnereien. Visionen und Wahn. Sie ist eine Einbildung, ich weiß, dass sie eine Einbildung ist. Schöne Frauen sind immer Einbildungen, nur eitle Ideen schwärmerischer Geister, Irrläufer eines zu kurz gekommenen ästhetischen Empfindens. Ich weiß es, mein Verstand ist geübt darin, Fantastereien zu entlarven. Seit Mummy und Daddy mich zum ersten Mal zu den Ärzten brachten, weiß ich, dass nichts so ist, wie es scheint. Dass ich mir selbst misstrauen muss in jenen Momenten, in denen es mir am besten geht. Und zu Recht haben sie mir diesen Argwohn mir selbst gegenüber beigebracht. Sie haben ihn mir eingetrichtert in hunderten von Sitzungen, in denen sie weit mehr bearbeitet haben als meinen Kiefer, der nicht geschmiert daher plappern wollte, der sich verhakte, ins Stolpern und ins Trudeln kam bei den einfachsten Worten.

Die in mir aufflammende Begierde, mein Sehnen nach einer Antwort von ihr, meine Vorstellungskraft, die mich und sie nah beieinander liegen lässt, bis sie zu mir wird und ich zu einer Form von ihr – alles das lässt sich auf einen einzigen Kernbegriff reduzieren: Aussichtslosigkeit. Es ist vollkommen egal, ob sie meinen Brief lesen wird oder nicht, vollkommen gleich, ob sie ihn danach verbrennen wird oder nicht, niemals wird sie diejenige sein, der ich meinen Brief gesendet habe. Ihr Name mag auf dem Kuvert stehen und ein Briefträger wird bei einer Befragung schwören, dass er das Schreiben Frau Uta Wensch direkt in die Hand gegeben hat. Und doch wird sie es nicht sein. Die angedachte Empfängerin und die schlussendliche Leserin mögen denselben Namen tragen und in demselben Haus mit derselben Adresse leben. Aber es sind doch zwei gänzlich unterschiedliche Individuen.

Die eine Uta hockt bei mir, sieht mir über die Schulter, wenn ich alleine in meiner kleinen Wohnung, bei gedämpftem Licht die Seiten fülle mit meinen Gedanken und Sprachskizzen, die weder Punkt noch Komma kennen, weder Orthographie noch Grammatik. Sie sieht mir zu, wie ich schreibe, Satzgebilde ohne Grund und Boden erschaffe. Ab und an langt sie mir in den Füllfederhalter, lächelt verstohlen, greift nach meinem schreiberischen Zug und fügt ihm manch schwärmerischen Bogen hinzu. Ja, die Verachtung und der Wahnsinn in meinem Geschwafel, all das stammt von mir. Auch die Angst, die Unsicherheit und die Traurigkeit sind von mir. Die Liebe aber, die Bewunderung, die Sanftheit und der Traum, das alles sind Utas Zutaten. Es ist ihre Macht, die aus meinem halben Sein ein ganzes Sein macht. In der mir so eigenen Stumm-, Sprach- und Fassungslosigkeit das Feuer des Mitteilungsbedürfnisses entfacht. Und aus einer niedergedrückten Emotion ein buntes Sinnesfest werden lässt. Das Schreiben und das Reden muss ich erlernen, schnell, ganz schnell. Bevor die Dunkelheit meinen Kopf erfasst.

Frau Uta Wensch hat wenig damit zu schaffen. Frau Uta Wensch wird in ihrer Wohnung sitzen und ganz überrascht darüber sein, einen Brief von mir zu bekommen. Schließlich ist es Uta, die ich kenne, wohingegen Frau Uta Wensch nur eine temporäre Begleiterin ist, die es zufällig in einen meiner Busse, in eines meiner Cafés, an eine meiner Kreuzungen und somit mitten hinein in meine Vita gewürfelt hat. Ich kenne sie nur aus der Ferne, ich hier stehend, sie dort drüben sitzend.

Jenen Tag, an dem ich sie zum ersten Mal sah, ungewollt, ohne Absicht, unter einem Kastanienbaum, habe ich längst in Vergessen getaucht. Und auch die Mühe, die es mich hernach kostete, sie zu vergessen und ihr möglichst nah zu sein, beides parallel, gleichzeitig. Ja, ich stellte ihr nach und wollte doch am liebsten fortrennen, so weit und so schnell wie nur irgend möglich. Und während ich beides zugleich tun wollte, begann ich mich zu deformieren und zu einem komischen Menschen zu werden.

Ich saß in meiner Ausbildungsklasse, wir erlernten das Mietrecht, wühlten uns durch das Gebiet der Nebenkostenabrechnungen, und während ich Soll und Haben kontierte, überkam mich Ekel vor dem Wohnen, Ekel vor dem Hausen der Menschen in abgeschotteten Räumlichkeiten mit Dach über dem Kopf. Ich kontierte und es würgte mich, allein das Wort *buchen* auszusprechen, kostete mich Überwindung, die mir neu war und die mich erschreckte.

Möchten Sie ein guter Kaufmann sein?, fragte mich der Lehrstoffvermittelnde.

Ich möchte gar kein Kaufmann sein, antwortete ich. Die Klasse lachte, unbeholfen lachte ich mit und spürte zum ersten Mal, dass irgendetwas an mir keinen guten Ausgang nehmen würde. Dass ich mich in einem Strudel befand, der bereits begann, mich hinab in eine Tiefe zu ziehen. Dass die erste Sinnlosigkeit Besitz von mir ergriff. Dass ein falsches Leben, eine falsche Frau, eine falsche Sehnsucht mich leiteten. Ich erkannte es, sah es ganz klar. Doch ich kam schon nicht mehr heraus, der Strudel hielt mich bereits in seinem schwindelerregenden Griff.

Dies ist ein freies Land, die Menschen dürfen lernen, was sie wollen, und lieben, wen sie wollen. Ich hasse dieses freie Land, ich verachte unsere freie Gesellschaftsordnung. Ich verrecke an ihr.

Uta kennt mich nicht, ich folge ihr wie der letzte Depp, würdeund stillos. Und sie sieht nicht einmal den Idioten oder Clown in mir. Sie sieht mich gar nicht! Ich stehe des Nachts unter ihrem Fenster, hinterlasse während ihrer Abwesenheit meiner Fingerabdrücke auf ihrer Fensterscheibe, habe einen aufklappbaren Plan ihrer wöchentlichen Laufwege und wiederkehrenden Termine. Im Bus sitze ich zwei Reihen hinter ihr, schräg genug, um ihr Profil betrachten zu können. Eine ganze Busfahrt betrachte ich ihr Profil, versäume Station um Station, beschaue dafür ihre Haarsträhne, die kleine Nase, den wachen Blick.

Unbemerkt sehe ich sie.

Mein Brief an sie ist für mich eine sich sanft aufbauende Selbstverständlichkeit. Für sie aber wird er aus heiterem Himmel stürzen, einem Kamikazeflieger gleichend aus den Wolken auf sie hinabgesaust kommen. Natürlich wird sie überrascht sein, einen Brief von mir zu erhalten, denn sie kennt mich nicht. Sie kennt meine Briefe, schließlich ist dieser Brief nicht der erste und es wird auch nicht der letzte sein. Sie ahnt nicht, wer ihr dort schreibt, sonder nur, dass da jemand ist, der sich immer weiter in ihren Alltag stiehlt. Sie hat bereits eine Ahnung von mir, denn verlässt sie ihre Wohnung, so schaut sie seit einiger Zeit zuerst nach links die Straße hinunter und dann nach rechts in den Garten, dort wo Büsche und Bäume dicht an dicht stehen. Lange steht sie dort und schaut. Zehn, manchmal fünfzehn Sekunden. Erst dann geht sie los.

Sie weiß es nicht, aber wenn sie dort steht und in die Büsche schaut, dann sucht sie nach mir. Einen seltsamen Blick hat sie dann, wenn sie dort steht und nach einem schaut, dessen Briefe sie kennt, dessen Gesicht ihr jedoch gänzlich unbekannt ist.

Ich versuche, diesen Gesichtsausdruck zu entschlüsseln. Doch es gelingt mir nicht. Denn es ist der gleiche Gesichtsausdruck, den auch ich trage, wenn ich meine Briefe an sie verfasse. Ein Gesichtsausdruck voller Abscheu, ein Gesichtsausdruck voller Irritation. Ein Gesichtsausdruck voll frisch erwachter Angst.

Einen weiteren Brief habe ich ihr geschrieben. Einen Brief, den ich in der Einsamkeit meines Zimmers verfasst habe. Es wird sie überraschen, wie viel ich bereits über sie weiß. In meinen Briefen mache ich ausgiebig Gebrauch von meiner Kenntnis über ihr Sein, gehe regelrecht damit hausieren, gebe mit ihr vor ihr an. Kommt meine Feder erst einmal in Schwung, erlebe ich den Rausch desjenigen, der sich vorbehaltlos zu öffnen versteht. Ich erzähle ihr, wo ich sie gesehen habe, wohin ich ihr gefolgt bin, hinter welchem Mauervorsprung ich gekauert und sie beobachtet habe, während sie sich allein und von fremden Blicken befreit fühlte.

Wohin Du auch gehst, habe ich geschrieben, *ich werde bereits da sein. Wenn Du einen Raum verlässt*, so schrieb ich weiter, *so bin ich derjenige, der hinter Dir das Licht ausmacht. Und in der Dunkelheit dieser Räume werde ich Deiner Gegenwart nachspüren, Deinem Fortgehen trotzen ...*, so schrieb ich ihr.

Wir kennen uns nicht, aber in meinen Briefen spreche ich bereits von Wahrheiten. Doch nicht einmal die Reinheit meiner Sätze wird etwas daran ändern, dass diese Aussichtslosigkeit mich antreibt und zum Katalysator meiner Sehnsucht wird. Ob ich sie jemals für mich begeistern werde oder ob der Tag kommen wird, an dem ein Gefühl von Glück sie erfasst, wenn sie meinen Namen vernimmt – das ist nicht von Belang. Denn Frau Uta Wensch wird niemals Uta sein. Der Mensch, nach dem ich mich strecke, wird auf ewig eine Sagengestalt sein. So sehr sie sich auch bemühen wird, mich zufriedenzustellen, sie wird es nicht hinbekommen. Für mich ist sie exakt das, was Frauen schon immer für Männer waren und auf ewig sein werden: Projektionsfläche.

Dabei haben ich und die Uta, die in der Stille meines abgedunkelten Zimmers stets hinter mir steht und meinem eitlen Treiben beiwohnt, uns wahrlich alle Mühe gegeben, Frau Wensch einen schönen, Text zu übermitteln. Und keinen, der sie erschrecken oder sogar in Panik versetzen soll. Zuckerguss ist es geworden. Natürlich Zuckerguss.

Liebe Uta.

Für einen Augenblick habe ich geträumt, dass dort jemand sei. Für einen kurzen Moment glaubte ich, eine Hand zu sehen. Eine Hand, die gehalten werden wollte. Von mir. Für einen kurzen Augenblick sah ich ein Lächeln, welches mir galt und für einen kurzen Augenblick spürte ich schon den beruhigenden Atem der Vertrautheit. Für einen kurzen Augenblick.

Sage mir, Uta – wie tief kann ein einzelner Mensch fallen? Es muss die Einsamkeit gewesen sein, die mich in dieses Reich der Illusion und des Wahns entführt hat. Zu welch' Idiotie wir Menschen doch fähig sind, Uta! Aber sage mir, es müssen doch die Nächte gewesen sein, nicht wahr? Die Nächte, in denen ich aus schrecklichen Träumen erwachte und in die schwarze Dunkelheit starrte, in dieses allmächtige Nichts. Diese Nächte, die dazu führten, dass mein Herz mit einem Male aussetzte – für einen kurzen Moment nur – und doch lang genug, um mir meine Endlichkeit bewusst zu machen.

Du wirst Dich wundern über meine Zeilen. Du hättest einen Brief wahrscheinlich von jedem erwartet, nur nicht von mir, den Du noch immer nicht zu kennen glaubst. Doch genau darum erhältst Du ihn ja gerade von mir. Denn meine Endlichkeit ist menschliche Endlichkeit. Und damit auch eine Endlichkeit, die Dich bedroht, Uta.

Hab keine Sorge, ich trachte nicht danach, bei Dir zu sein, neben Dir einzuschlafen oder aufzuwachen, Deine Hand zu halten oder gar Deine Lippen zu spüren. Ist ein Mensch erst einmal einer solchen Endlichkeit ansichtig geworden, so wie ich in meinen Nächten, dann wird alles obsolet. Ich schreibe Dir und weiß selbst schon gar nicht mehr, was das alles soll. Denn weder will ich Dich sehen, noch ein Wort mit Dir wechseln, Uta. Nicht nur Du, auch ich weiß, wie schrecklich das wäre. Stünden wir beieinander, so würden wir schnell der grausamen Wahrheit ansichtig werden: Du bist nicht die Frau, die ich mir in den letzten Monaten freskengleich auf eine Leinwand gemalt habe. Und ich bin ein Mann, der noch viel verworrener daherkommt, als Du es befürchtest. Nein, von einem Treffen, von einem Gespräch zwischen Dir und mir ist dringend abzuraten. Eine große Menschheitsbestürzung wäre die Folge, die nicht das Schlimmste wäre. Wirklich schlimm – Uta – ist immer nur, was dieser Bestürzung folgt: dieser Sturz in die Nacht.

Ich will Dich also beschützen, Uta, so dass Dir der Abfall in die Bodenlosigkeit auf ewig vorenthalten bleibt. Ich will Deine Sinne schärfen, Deine Lust am Leben befeuern und Deine Fähigkeit zu Liebe, Anstand und Sittsamkeit bewahren. Am Wegschlummern will ich Dich hindern, liebe Uta, denn wer schlummert, der verliert. Und ich möchte nicht, dass Du jemals verlierst. Also schlag mir ins Gesicht, beleidige und beschimpfe mich, und wenn Du damit fertig bist, dann steig auf meinen gramgebeugten Rücken. Mein Untergang soll Deine Seligsprechung sein. Mein Frevel und meine Niedertracht Dein Glanz und Deine Gloria. Meine Hässlichkeit wird Dich nur noch schöner machen. Und meine Armut reicher und immer reicher. Ich werde Dich zur Unendlichkeit tragen. Ich verspreche es.

Das ist der Brief. Das ist mein Denken, mein Fühlen und mein Schreiben. Das bin ich. Ein Pamphlet des Jammers, ein zusammengepapptes Konstrukt des Selbstmitleids. Anstatt diesen Brief zur Post zu tragen, sollte ich mich vor einen Spiegel stellen und mir selbst direkt ins Gesicht brüllen: *Nein! Schluss! Aus! Nicht abschicken!*

Ich sollte Uta einfach auf meinen Berg geschasster Emotionen ablegen. Dort liegen doch genug Tinnef und Trödel herum, eine regelrechte Lumpenanhäufung ist mein Berg geschasster Emotionen. Rauf mit ihr auf diesen Berg, Spiritus drüber, Flammenmeer, Freiheit.

Wäre sie eine Hexe, hätte ich leichtes Spiel. Doch sie ist keine Hexe, sondern eine Frau. Wenn es etwas gibt auf dieser Welt, das schlimmer, fieser, in seiner Hartnäckigkeit unbarmherziger als eine Hexe ist, so ist es die Frau. Hat eine Frau deinen Geist und deinen Körper in Besitz genommen, so bist du gefangen und verloren, verraten und verkauft. Fremd im eigenen Leib bist du dann, bewegst dich nur noch ferngesteuert durch deine Zeit, bedrängst sie, folgst ihr. Wirst zu einem Zuckenden, einem, der beständig Flüche ausspeit, einem Opfer, das zum unumkehrbaren Täter wird. Die Hexen zwangen uns, unserer eigenen Hilflosigkeit und Ohnmacht zu begegnen. Und so jagten wir ihnen hinterher, verfrachteten sie auf Scheiterhaufen, um das Chaos in uns loszuwerden, das diese Frauen angerichtet hatten mit ihrer Schönheit, ihrer Naturverbundenheit, ihrer Vieldeutigkeit. Ihrem *Ja*, das zugleich ein *Nein* bedeuten kann, ihrem hingehauchten: *Folge mir*, das eine frappierende Ähnlichkeit zu ihrem gefauchten: *Bleib weg!*, aufweist.

Und das soll nun der Zauber der Welt sein? Ausgekotzt und abgegriffen fühlt sich dieser Zauber der Welt an, dem wir den Namen *Liebe* gegeben haben, um ihn nicht Treib- und Hetzjagd nennen zu müssen. Ausgekotzt und abgegriffen sieht er aus. Ausgekotzt und abgegriffen schmeckt er auch. Er soll die Zierde der Menschheit sein, macht mich aber kein Stück schöner, sondern immer nur noch hässlicher.

Die Liebe widert mich an, denn ich erkenne, dass sie mich zu einem Ungeheuer werden lässt. Ich stehe vor meinem Spiegel, belle mich selbst an, rufe: *Aus! Schluss! Sitz!* Und sehe, wie mir nicht nur meine Gesichts-, sondern auch meine Wesenszüge entgleiten. Ja, ich wohne einer Verwandlung bei, meiner eigenen Verwandlung. Samsa, mein Name. Janusz Samsa.

Liege ich wirklich so falsch damit? Habe ich wirklich eine exklusive Meinung? Wie kann das sein? Nein, das kann nicht sein! Wir – die Menschen und ich – führen doch alle das gleiche Leben. Alles ist in jedem angelegt: Missgunst, Hass und Mord. Sehnsucht, Umarmung und heiße Küsse. Ausnahmen gibt es nicht, warum zum Teufel sollte es Ausnahmen geben? Und doch geraten so viele Menschen ins Schwärmen, wenn sie über die Liebe sprechen. Ausnehmend hässlichen Menschen bin ich begegnet, von denen man niemandem erzählen mag.

Auch ich würde meine Bekanntschaft mit diesen Schandflecken unserer Gesellschaft verleugnen – hätte ich sie nicht über die Liebe sprechen hören. Und dabei ihre eigene Verwandlung bemerkt. Ich selbst mag ein Samsa sein, nach bestem kafkaeskem Vorbild zu einer Unsäglichkeit mutieren, im Angesicht der Liebe. Sie aber – die Schandflecke unserer Gesellschaft – wurden glänzend und schön. Sie standen vor mir, redeten über die Liebe und währenddessen legte sich ein sanfter Schleier über ihr Gesicht, das Blut strömte in ihre Wangen und ihre Pupillen weiteten sich. Und geöffnet waren ihre Hände. Wenn du das Wesen eines anderen Menschen erkunden willst, seine Ausweglosigkeit, seine tiefen Schluchten, seine Allgemeingefährlichkeit, seine Tendenz zu Suizid und Amoklauf, so lass ihn über die Liebe sprechen und beobachte seine Hände.

Für alle möglichen Dinge haben die Menschen sich Lösungswege ersonnen. Sogar einer Heilung von Krebs und AIDS sind sie inzwischen näher als einer Möglichkeit, den verheerenden Auswirkungen der Liebe zu begegnen.

26

Ich solle mitarbeiten, sagen sie. Meine eigene Zukunft konstruktiv mitgestalten. Nicht flüchten, sondern vorbehaltlos alles auf den Tisch legen, um direkt danach reinen Tisch machen zu können.

Ich habe sie beobachtet. Sie weigern sich zwar, über die Liebe zu sprechen, und beharren darauf, dass ich hier der Verhörte sei und sie die Verhörenden. Aber ich habe die ganze Zeit ihre Handflächen sehen können. Sogar während ihrer Wut, als sie wieder und wieder an mir scheiterten, habe ich ihre geöffneten Handflächen sehen können. Sie haben laut gebrüllt: *Also Jaroncek, so kommen wir nicht weiter!,* und dann mit kräftigem Schwung auf die Tischplatte geschlagen. Aber nicht mit der Faust, so wie ich immer auf Tischplatten schlage, sondern mit der flachen Hand.

Kann man sich das vorstellen, kann das jemand begreifen? Sie sind vollkommen außer sich, schlagen schwungvoll auf einen Tisch und vollbringen sogar das mit geöffneten Handflächen. Ich erschrak, als ich das gesehen habe. Sie haben es mitbekommen, haben wohl vermutet, mich beeindruckt zu haben mit ihrer Heftigkeit, mit ihrem Ausbruch. Dass es nicht ihre Kraft ist, die mich derart erschrocken hat, sondern ihre geöffneten Handflächen, die sie selbst in ihrer Wut noch mit sich führen, das haben sie nicht erkannt. Und ich werde es ihnen auch nicht erklären, nichts werde ich ihnen erläutern.

Wir – die Menschen und ich – haben alle die gleichen Anlagen und folgen dem gleichen Bauplan. Doch genau das ist es, was uns nicht eint, sondern trennt. Ja, unser größter gemeinsamer Nenner ist auch unser größter gemeinsamer Trenner. Begegnen sich also zwei verzweifelte Menschen in einem Raum und beide schlagen auf einen Tisch, doch der eine hat seine Hand geöffnet und der andere geschlossen – schon finden sie nicht mehr zueinander. Keine Diskussion dieser Welt wird aus Nenner und Trenner noch eine Gleichung machen können. Und so warnen sie mich, ich solle nicht fliehen und meinen es sogar ernst damit, denn Menschen mit geöffneten Handflächen können sich gegenseitig einen Begriff wie Flucht zuwerfen und wissen sofort, was damit gemeint ist.

Also spreche ich nicht weiter mit ihnen, es ist von vorne bis hinten zwecklos. Denn wenn ich über die Liebe spreche, so schließen sich meine Finger schnell und krampfhaft.

Ich bin kein Nazi oder Pädophiler, der sich in die Pampa absetzen könnte. Ich bin auch kein Ronald Biggs, der 1963 einen britischen Postzug überfiel, zweieinhalb Millionen Pfund einsackte und dann nach Brasilien abhaute!

Nein, mit solchen Leichtgewichten bin ich nicht zu vergleichen. Denn ich bin ein verliebter Mann.

Utas Schrammen und Narben, die vielen Wunden und großen menschlichen Niederlagen, hat sie schließlich nicht mir zu verdanken, sondern dem Mann, auf den sie seit ihrer Jugend setzte, dem sie eine Tochter gebar und der sich schließlich davon machte, es vorzog über alle Berge zu sein anstatt bei Frau und Kind. In eine derartige Verzweiflung hat dieser Mann meine Uta gestürzt, dass sie sich inmitten ihrer plötzlichen Einsamkeit an meine vielen Briefe erinnerte, sie aus einem Karton kramte und nach all den vielen Jahren begann, sie zu lesen. Richtig zu lesen. Weinend hat Uta in ihrer kleinen Küche gesessen und alle meine Briefe gelesen.

Eine Mutter, eine verlassene Frau, eine frischgebackene Studienrätin hockt sitzengelassen in ihrer Küche – die kleine Tochter längst im Bett, der Karton mit all meinen Briefen auf ihrem Schoß – und heult, schlägt sich die Hände vor das Gesicht, begegnet ausgerechnet in meinen Briefen mit einem Male der Liebe. Liest, beginnt mich mit anderen Augen zu sehen und sich zu fragen, wer ich sei, wo ich sei.

Wohin könnte einer wie ich schon fliehen? In welchen entlegenen Winkel dieser Erde könnte ich flüchten, von allen guten Geistern verlassen und all den bösen Geistern beseelt? Wie läuft man vor einer Frau davon, die gar nicht da ist, nie da war? Und es mit einem Male abgesehen hat auf einen?

Ich bin abgeschweift. Dieses Abschweifen und Verzetteln liegt in meiner Natur. Das Chaos um mich herum habe ich akribisch geplant und sorgsam erschaffen, mit meinen eigenen Händen, Stück für Stück, Stein auf Stein. Das Entlangtuckern auf vorgelegten Schienen hat mich erst gelangweilt und dann frustriert, denn tuckert einer immer seinen vorgestanzten Schienenweg entlang, macht rechtschaffen *Tuuut Tuuut* und *Töööööt Töööööt* und dampft und keucht dabei wie eine Lok, so kommt das doch einer ziemlichen Beschwerlichkeit gleich. Völlig ausgebrannt wirken daher Lokomotiven und auch die Menschen, die sich entschieden haben ein Lokomotiven-Leben zu führen.

Ich begreife nicht viel vom Leben und noch weniger vom Glück und noch viel weniger, wie dieses zu erlangen sein könnte, aber eines habe ich früh begriffen: Eine Lokomotive zu werden, wäre mein Untergang. Und so habe ich mir meine eigene Entgleisung geschaffen, früh dafür gesorgt, dass es mich nicht lange auf den Schienen halten wird. Genau das ist mein Lebenskonzept, mein großes *Jaroncek bringt sich doch nicht um*-Konzept.

Uta mag groß erscheinen, denn schließlich ist sie der Grund, warum ich nicht zu den Verhörenden, sondern zu den Verhörten gehöre, warum man bestrebt ist, den Täter in mir zu sehen anstatt des Opfers. Das ist nachvollziehbar. Sogar ich kann erkennen, wie wichtig es ist, mich zu den einen zu zählen und nicht zu den anderen. Meine Ankläger können ruhig die Liebe und Uta treten, aber bitte nicht mit Füßen, indem sie sie ungebührlich maximieren, sie aufplustern, bis sie wie ein großer, fetter Ballon die Sicht zu verstellen droht.

Uta war kein Tsunami, der über mich gekommen ist. Uta war auch kein Sturm, kein Wind, kein Hauch. Nicht einmal ein Stolperstein war sie. Nein, Uta war ein Fünf-Cent-Stück. Nicht mehr, nicht weniger. Hob man sie hoch und hielt sie direkt in die Sonne, so begann sie zu glänzen. Ganz wundervolle Lichtspiele konnte man mit ihr machen. Und trug man Uta zu einem See und holte Schwung, so konnte man sie dabei beobachten, wie sie über das Wasser segelte und immer wieder sacht das Wasser touchierte. Richtig elegant sah das aus. Eine große Überswasserhüpferin war Uta.

In den Zeitungen wird geschrieben, dass einer wie ich doch gar nicht wisse, was Liebe sei. Dass Scheusale wie ich keine Gefühle hätten, dass ich und meinesgleichen Verbohrte und Verstockte seien. Vielleicht ist da sogar etwas dran. Und auch exakt der Grund, warum ich Uta an jenem Tag, als ich sie als Fünf-Cent-Stück enttarnte, ihren Glanz und ihr sanftes über das Wasser Segeln entdeckte, sogleich vor mich legte, direkt auf jene Schienen, die so entsetzlich vorhersehbar ausgebreitet vor mir lagen.

In den Gazetten und Postillen steht, dass ich ein widerlicher Kerl sei, versehen mit fetten Überschriften. Jeder Mann, der seine körperliche Überlegenheit nutzt, um eine Frau zu verprügeln, zu schänden oder gar zu töten, sei ein furchtbar armseliger Kerl, steht dort. Das mag stimmen. Ich bin Jaroncek, die kraftstrotzende Lok, und Uta war ein Fünf-Cent-Stück, das ich auf meine Schienen gelegt habe. Ein ungleicher, ein zutiefst unfairer Kampf.

Vielleicht wollte ich einfach sehen, was geschieht, wenn einer wie ich sich mit einer wie ihr anlegt. Ich solle mich gefälligst mit Männern prügeln, haben die Beamten gesagt, als sie noch an die Wirksamkeit männlicher Gewalt glaubten und noch nicht auf die Stärke ihrer schönen Kollegin vertrauen wollten. Dann sind sie aufgestanden, haben sich die Sakkos ausgezogen, die Ärmel nach oben geschoben und mich aufgefordert, mit ihnen vor die Tür zu gehen. Ich solle zeigen, was in mir stecke, es mit jemandem aufnehmen, der genauso stark, vermutlich sogar stärker sei als ich. Gezischt haben sie und ganz verzogene Gesichter mit einem Male gehabt. Und ihre Handflächen waren geschlossen, während meine ruhig und offen vor mir lagen. Spreche ich über die Liebe und das Glück der Menschen, so sind meine Handflächen geschlossen. Spreche ich jedoch über Uta, so öffnet sich alles an und in mir.

Nein, mich mit Männern zu prügeln, rentiert sich nicht für Scheusale wie mich. Denn prügele ich mich mit Kerlen, so habe ich nichts zu gewinnen und noch viel weniger zu verlieren. Ein einziges großes Egal sind Prügeleien unter Männern. Gleichgültig, ob es der Zweite Weltkrieg oder ein versoffenes Handgemenge im Pub ist – Männerprügeleien sind die größte Nichtigkeit auf der Welt, schon immer gewesen. Die Welt wäre ein viel feinerer Ort, hätten jene, auf Recht und Ordnung und Moral pochende Männer nicht dauernd das Bedürfnis, mit ihresgleichen vor die Tür zu gehen. Nein, Männer können mir nichts.

Ich weiß, wovon ich spreche. Denn plötzlich erinnere ich mich genau. An ein Irgendwann, ein Irgendwo. In der Zeit der ersten Briefe, der ersten Anrufe, viele Jahre zurück. Da war ein wütender Blick, ein fast unmerkliches Zucken der Augenbraue, ein Arm, der sich hob. Dort irgendwo war dieser Muskel, wohltrainiert und hervorragend in Form. Die Zähne blitzten auf, es zeigte sich ein kleines Lächeln. Die körperliche Überlegenheit war zu eindeutig, um nicht mit einem Gefühl der Freude in Aktion zu treten. Und dann: nur noch die Faust, groß und hart. Unbarmherzig. Schmerz. Die Nase schien beim Aufschlag zu brechen. Ich torkelte, dann fiel ich. Wieder Schmerz. Ich war mit dem Kopf auf dem Asphalt aufgeschlagen. Es hatte mich niemand aufgefangen. Hatte ich das denn ernsthaft erwartet? Ja. Nein. Ich weiß es nicht mehr. Dann das Lachen. Erst ein dunkles und dann ein weiteres, ein helleres. Das war es. Das war ihr Lachen. Ihr Lachen, irgendwo weit über mir. Wie herrlich es klang, wie verlockend. *Bitte lass mich dein Gesicht dazu sehen, die aufgerissenen, glänzenden Augen, den geöffneten Mund, die wunderbaren Zähne!*

Stattdessen ein anderes Gesicht. Das Gesicht zur Faust. Ein wütender Blick, ein mahnender Finger, ein paar durch die Zähne ausgesprochene Worte. Dann wieder das dunkle und das helle Lachen. Beide entfernten sich.

Ich war allein. Reglos lag ich auf dem kalten und unbequemen Boden. Warmes Blut rann aus meiner Nase und schaffte es, mir die Kälte ein wenig zu nehmen. Keine Gedanken. Keine Gefühle. Ich lag da und ließ die Zeit an mir vorüberziehen.

Nein, das genügt. Ich verspreche, dass ich nicht mehr in Selbstmitleid verfalle und alles nur noch gefühlsbefreit erzählen werde.

Ich wurde niedergeschlagen und liegengelassen auf dem kalten und harten Straßenbelag. Ende.

War das neutral genug? Oder sollte ich mich besser meiner Adjektive entledigen? Ein netter Gedanke ist das. Statt einer Gefängnisstrafe oder Therapie könnte man verliebten Männern wie mir einfach die Nutzung von Adjektiven untersagen, über einen Zeitraum von dreißig Jahren. Eine kalte Straße wäre nur noch eine Straße, ein brennendes Verlangen nur noch ein Verlangen und eine lange, unselige Geschichte wie die von mir und Uta, nur noch eine Geschichte. Sogar wirkliche Sexualstraftäter wären besser in den Griff zu bekommen als es bisher Zölibat, Keuschheitsgürtel und Fußfesseln vermögen. Denn was sind Luder, Stück und Biene, wenn wir nicht heißes, geiles und flotte davorsetzen dürfen? Der Welt ihre Adjektive zu klauen, ist wie die Luft aus ihr zu lassen.

Doch wir sind nicht hier, um zu verstehen oder zu begreifen, sondern um in mir ein Gefühl von Täterschaft zu erzeugen. Weder meinen Anklägern, noch mir, noch der Menschheit ist geholfen, wenn ich zweihundert Mal über mich und Uta nachdenke und immer zu dem Schluss komme, dass ich einfach ein wenig Pech hatte. Dass ich ein netter und sympathischer Kerl bin, bei dem sich leider einige klitzekleine Nichtigkeiten zu einigen kleinen, aber eben unschönen Zufällen verbunden haben, so dass am Ende dann womöglich Mord stehen könnte, so wie bei jedem anderen Menschen an jedem x-beliebigen Tag des Jahres ebenso Mord auf der To-do-Liste stehen könnte: Butterbrote für die Kinder schmieren, Unterlagen zum Finanzamt bringen, Jockel anrufen und zum Geburtstag gratulieren, irgendeine Art von Mord verüben.

Schuld gibt es nicht. Scheiße gelaufen gibt es, aber keine Schuld. Aber wenn es Ihnen wichtig ist, Ministerialbeamtin, dann bin ich gerne der Täter. Ich habe Uta zwar nicht ermordet, denn mir fehlen sämtliche Anlagen, ja überhaupt jeglicher Mut, mich einer Frau derart intim zu nähern, aber mir gefällt der Gedanke, ich *könnte* es getan haben.

Wenn Sie möchten, so machen wir einen Deal: Wir lassen den Bastard, der Uta wirklich auf dem Gewissen hat, laufen. Ich nehme die Schuld auf mich, sage es in Ihre Protokolle und auch in die Fernsehkameras und Radiomikrofone, die mich erwarten werden, direkt hinein: *Ich, die Unsagbarkeit Janusz Jaroncek, tötete die sanftmütige Uta Wensch.*

Was halten Sie davon? Sie werden geehrt und ausgezeichnet und befördert werden und haben vor allem diesen fiesen Fall und nicht zu vergessen mich, Jaroncek den Schwätzer, vom Hals. Ich werde in Isolationshaft gesteckt und habe nicht nur die Menschen und ihre Scheinheiligkeit, sondern auch Uta endlich von der Backe. Vor allem die! Ich werde alleine, aber ausnehmend heroisch in meinem Kerkerloch hocken und denken: *Yes. I did it! I fought for freedom!*

Ein freier Mensch werde ich sein. Endlich. Nach all den Jahren.

Also, kommen Sie, schlagen Sie ein. Rufen Sie die Juristen herbei.

Ich war es! Ich bin es gewesen!

27

Vor einigen Tagen habe ich begonnen, mir ihr Flüstern zu notieren. Mir aufzuschreiben, wann sie kommen, was sie flüstern und wie lange sie bleiben. Auch die ungefähre Anzahl ihrer Stimmen versuche ich zu bestimmen. Ich hatte darauf spekuliert, dem Schrecken und dem Terror auf diese Weise ein wenig Einhalt gebieten zu können, doch musste ich nun feststellen, dass das nicht funktioniert. Denn diesen Schrecken zu kennen, zu wissen, dass er kommt, wann er kommt und was er vorhat mit mir, ist weitaus nervenzerfetzender als die Arglosigkeit. Alles genau vorausberechnen zu können und dennoch nicht aus diesem wahnwitzigen Status des Wartens und Erduldens herauszukommen, ist eine der größten Bürden, die ein Mensch zu tragen haben kann.

Aber jetzt weiß ich, was sie bezwecken mit ihrem Flüstern. Ich weiß, wozu sie sich um dieses Haus herum aufstellen und mit ihrem leisen, kaum wahrnehmbaren und gerade deswegen so lauten Säuseln immer wieder beginnen. Zu Anfang habe ich noch befürchtet, sie wollten zu mir hereinkommen, um mich zu meucheln, mich aufzumischen. Inzwischen aber, nach Wochen des Säuselns und des Flüsterns wird mir klar, dass das nie ihr Plan war. Sie beschränken sich ganz darauf, in den Morgenstunden, wenn ich kaum die Hand vor Augen sehen kann, aufzutauchen und mir von draußen ihre Nachrichten direkt ins Hirn zu flüstern. Es ist mein Gewissen, an das sie appellieren. Sie appellieren an meinen Anstand, meine Würde, meine Männlichkeit. Sie kommen mir nicht auf die drohende Art und Weise, vergreifen sich nicht einmal im Ton, werden nie unflätig. Sie säuseln jedoch von meiner Fehlerhaftigkeit, meiner Verkorkstheit. Dass ich ein schlechter Mensch sei, sagen sie. Dass ich einer sei, der Angst und Schrecken verbreite und niemals das Recht gehabt habe, einer Frau, dazu noch einer die ich liebe, hinterherzulaufen. Meine Schwäche werfen sie mir vor, nein, meine fehlende Stärke. Meine Unfähigkeit von Uta zu lassen, meine Arroganz für etwas zu streiten, was mir Glück versprach. *Ein Mensch*, so flüstern sie, *bemerkt seine Grenzüberschreitung. Ein richtiger, ein echter Mensch weiß, wo weiterzulaufen und wo zu stoppen ist.*

Ich habe begonnen, mir ihre Vorwürfe zu notieren und sie abzugleichen mit meinem Leben, den Erfahrungen der vergangenen fünfzehn Jahre. Die Übereinstimmung ist erschreckend groß. Die Stimmen scheinen bestens informiert zu sein, sie kennen die Geschichte von Uta und mir, wissen von jedem Baum, hinter dem ich stand, um einen Blick auf sie erhaschen zu dürfen. Sie kennen auch jede Zeile meiner vielen Briefe, halten sie mir vor und lachen abschätzig. Es ist kein lautes Lachen, sondern ein ebenfalls leises, nur angedeutetes, gerade so zu erahnendes ... Aber: ein Lachen. Ein Lachen, das beginnt, mir den Schädel auseinanderzudrücken.

Ich liege in diesem dunklen Raum und presse mir meine Handinnenflächen gegen die Schläfen, um meinen Schädel vor dem Zerspringen zu bewahren. Mein Blut kocht, mein Schweiß rinnt. Und sie flüstern und lachen und appellieren an mein Gewissen, Schluss zu machen, endlich ein vernünftiger Janusz zu sein, Verantwortung zu übernehmen für mein Schreiben, mein Auflauern, mein Hinterherlaufen. *Nur ein toter Janusz ist ein guter Janusz*, so flüstern sie. Sie stehen links und rechts, vorne und hinten, bilden einen Kreis um mich, appellieren an meine Scham, sprechen sie direkt an, gehen nicht den Umweg über mich, sondern wenden sich einfach geradewegs an meine Scham. Ich tobe und ich brülle, versuche die Scham und ihr Flüstern voneinander zu trennen, versuche zu schlichten, versuche ein guter Janusz zu sein.

Nur ein toter Janusz ist ein guter Janusz, so säuseln sie.

Ich blicke durch die Dunkelheit zu dem Tisch hinüber, erahne den Brief, meinen noch immer ungeschriebenen letzten Brief an meine große Liebe, mein Vermächtnis, mein Abschlussplädoyer. Ich brülle und trete, werfe mich gegen die dunklen Wände, die mich umgeben, wieder und wieder lasse ich mich selbst abprallen daran, nur um sie endlich zum Verstummen zu bringen. Ich kenne ihre Zeiten, ich habe mir alles notiert, ich weiß, wann sie kommen, weiß, wann sie gehen und doch werfe ich mich gegen die Wände, denn sie berechnen zu können, macht ihr Flüstern nur noch berechtigter, ihr Terror wird zur Logik. Auf A folgt B, auf Liebe Wahn, auf Abartigkeit Strafe. Nichts an meinem Brüllen und meinem Strampeln ist also verkehrt, ich zahle lediglich die Zeche für alles, was ich Uta angetan habe. Ich bezahle für meine Unfähigkeit, in einer Frau einfach nur eine Frau zu sehen. Göttinnen oder Monster sind die Frauen für mich, dazwischen gibt es nichts, Überhöhung oder Verteufelung, Anbetung oder Drangsalierung. Vor mir müssen daher die einen genauso wie die anderen in Rettung gebracht werden. Vor mir, der sich in einem dunklen Raume befindet, sich die Einsamkeit und die

Verworrenheit aus dem Leib brüllt und sich die Stirnplatte an den dunklen Wänden aufschlägt, wieder und wieder seinen Kopf gegen Stein rammt, um nur dieses verdammte Flüstern aus seinem Kopf zu bekommen, um Buße zu tun, um körperlichen Schmerz über seelischen Schmerz zu legen.

Über mir schwebt Uta, ich sehe sie, blicke an die dunkle Decke, sehe sie dort schweben und weiß: Es ist nur ihr Geist, es ist nicht die wahre Uta, wahre Frauen schweben nicht an Decken, sie kreisen nicht über Köpfen. Und doch schwebt sie dort und ich brülle sie an, schreie, dass sie dort hinunterkommen solle, dass sie aufhören solle, mich zu umkreisen, mir einen Himmel zu suggerieren, den es gar nicht gibt. Doch sie kreist und kreist, zieht ihre Bahnen direkt über mir.

Und unten, in einem großen Ohrensessel sitzt Mummy, taub und stumm, starrt vor sich hin. Ich steige hinab zu ihr, spreche sie an, flehe sie an, mir zu antworten, mit mir zu reden. Doch sie antwortet nicht und sie redet auch nicht. Sie ist eine Mummy, die nicht spricht und meine Worte sinnlos verhallen lässt in der Stille unseres Hauses.

Als wenig später Ruhe einkehrt, sacke ich zusammen. Mein stoßender Atem erfüllt die Stille, mein Schweiß verklebt mir das Hemd. Ich liege und starre in die Düsternis. Ich versuche, ein guter Janusz zu sein.

28

Die Menschen dieser Stadt benötigen ein Bauernopfer mit einem Gesicht, das sie dem Schrecken, der über ihre piefige Provinzstadt gekommen ist, zuordnen können. Ich muss gestehen: Die Idee ist gar nicht schlecht. Drei verrostete Käfige hängen seit Jahrhunderten am Glockenturm der Kirche als Mahnung an die Welt sich doch bitteschön zu benehmen, als Warnung für die Menschen bloß nicht die fein säuberlich abgesteckten Trampelpfade und Eisenbahngleise ihrer kleinen, vorgezeichneten Leben zu verlassen. Drei Käfige sind es und im Mittelalter waren Menschen eingesperrt, die Visionen hatten, die sich erhoben und aufgeschwungen hatten, die der Sonne nahgekommen waren, näher und immer näher, denen das Wachs ihrer Flügel jedoch einfach nicht hatte schmelzen wollen. Diese visionären Überflieger wollten einfach nicht durch Vorsehung, Schicksal oder Gottheit zurück auf die Erde kommen, so dass das gläubige, sittsame und moralische Volk sie schließlich selbst zur Strecke bringen musste mit ihren Mistgabeln. Auf dem Marktplatz der Stadt hatten sie die unseligen Hochflieger mitsamt ihren verwegenen Gedanken gefoltert und sie dann, blutüberströmt und bewusstlos, in diese eisernen Käfige gesteckt. Auf dass ein jeder sehe, was mit denen geschieht, die sich der Sonne nähern wollen.

Auf einen Käfig mehr oder weniger kommt es da nicht an. Jaroncek, das plappernde Scheusal vom Marktplatz – das ist ihr Plan und inzwischen ist das auch mein Plan. Einen anderen Plan gibt es nicht, weder in ihren Köpfen, noch in meinem.

Doch unser Plan droht nicht aufzugehen, braucht es für Bauernopfer doch bekanntlich Bauern. Ein solcher aber bin ich nicht. Sie werfen mir Schauspielerei vor, bezichtigen mich der permanenten Charakterinszenierung. Meine Darbietung gefällt ihnen nicht, denn sie passt nicht in ihr Anforderungsprofil für Frauenschänder. Würde ich ihnen von einem Augenblick zum nächsten den tumben Holzkopf geben oder das geistig beschränkte Opferlamm wären sie hellauf begeistert.

So aber läuft ihnen ihre Zeit davon. Ich spüre, wie Panik sich breitmacht. Ich kann sie sehen, wie sie zwischen und über ihren Köpfen steht und in großen Blasen ihre Münder verlässt, immer dann, wenn sie sich leise über mich unterhalten.

Ihr Verderben bin nicht ich, sondern ihre eigenen Gesetze, an die sie sich zu halten haben. Solange ich nicht rechtskräftig verurteilt bin, dürfen sie mir kein Haar krümmen. Schlimmstenfalls müssen sie mich sogar wieder gehenlassen. Und genau das macht sie nervös. Denn all das hier macht ihnen Angst. Sie fürchten sich bereits jetzt vor der Stunde, in der sie mich gehenlassen müssen. Dann müssen sie ihren vierten Käfig, den sie in der Gewissheit ihrer moralischen Überlegenheit längst dort oben aufgehängt haben, wieder herunterholen.

Ja, es macht sie nervös, dass sie nicht in der Lage sind, auch nur eine Anstößigkeit in oder an mir zu finden oder mir jene vermutete Schlechtigkeit nachzuweisen. Und einen Mord schon gar nicht. Sie schalmeien herum, weil ihnen Verbindungen zwischen mir und ihrem Opfer aufgefallen sind. Weil sie einen Haufen meiner Briefe in ihren Unterlagen gefunden haben, weil ihr Tatort übersät ist mit meinen Fingerabdrücken, weil ihnen mein einsiedlerischer Lebensstil verdächtig erscheint, und sie ganz offenkundig inzwischen auch Abschriften meiner Marktplatzplappereien angefertigt und studiert haben. Das ist alles, mehr haben sie nicht.

Ein paar Tage noch, dann werde ich aufstehen und gehen. So wie Utas Ex-Mann – den sie aus mir unbekannten Gründen nicht auf der Rechnung haben, obwohl er sich moralisch besehen wahrhaft etwas zuschulden hat kommen lassen, als er Frau und Kind verließ – so wie er werde ich mich über alle Berge machen. Sie werden mich nicht aufhalten können, keiner von ihnen, weder Männlein noch Weiblein. Sie wissen das. Ja, meine Freiheit wird für sie ein Alptraum sein, soviel ist sicher. Denn je insistierender sie mich befragen, desto klarer erkenne ich die Konturen ihrer Panik. Einen wie mich wieder gehenzulassen, erscheint ihnen und ihrem eingeschränktem Sichtfeld als falsch und verwerflich. Weil ihr System nun mal Bauern braucht und Jesusse, die sich debil und schiefköpfig ans Kreuz kloppen lassen.

Dabei sind sie von jenen Antworten, nach denen sie sich so heftig sehnen, gar nicht mehr so weit entfernt. Alles ist hier vorhanden in diesem kleinen Verhörzimmer. Die ganze Geschichte der Menschheit, Adam und Eva, Kain und Abel, Schuld und Sühne – alles ist da. Sie verstehen es nur nicht, denn sie stellen einfach nicht die richtigen Fragen.

Die Beamtin sitzt nur noch da und hört zu, verächtlich grinsend. Ich weiß ihren Gesichtsausdruck zu deuten, es ist die vollkommen berechtigte Überheblichkeit. Sie weiß, dass ich mich nun selbst ans Kreuz bringe, sie muss gar nicht mehr viel tun, nur noch abwarten und die Stenotypistin mitschreiben lassen.

Die weißbekittelten Männer aber, die verstehen ihre Schweigsamkeit nicht. Sie wundern sich über die plötzliche Stummheit der Ministerialbeamtin. Sie beginnen daran zu glauben, die Herrschaft über dieses Verhörzimmer zurückerlangen zu können. Verzagt stellen sie nun auch wieder Fragen. Dämliche Fragen, so dämlich, dass die Verachtung, die der Ministerialbeamtin im schönen Gesicht steht, nicht mehr nur mir, sondern auch ihnen gilt. Selbst wenn sie ein Mal eine richtige Frage stellen, so hören sie sich meine Antworten nicht richtig an. Noch während ich rede, beginnen sie mit dem Aufschreiben und Analysieren und bekommen so die wichtigsten Bestandteile meiner Antworten nicht mit, verpassen die Hälfte, weil sie das Hinhören verlernt haben und vor lauter Gelehrtheit taub geworden sind.

*Ich habe Uta nicht getöte*t, rufe ich.

Was wollen Sie damit sagen, Jaroncek?, blaffen sie zurück.

Damit will ich sagen, dass ich Uta nicht getötet habe, rufe ich erläuternd.

Warum haben Sie Uta nicht getötet?, fragen sie alsdann.

Weil ich es nicht kann, weil ich mich gefürchtet habe vor ihr und ihrem Glanz und ihrem Licht, ihrer sanften Gestalt, ihren warmen Worten, die sich selbst in ihrer kältesten Ausprägung immer nur sanft und flauschig um meinen Kopf gelegt haben! So rufe ich, denn ich weiß, dass es exakt die Art von Antwort ist, die sie lieben.

Die Wensch hat Sie abgewiesen, folgern sie also – verzweifelt und voreilig. *Und da sind Sie durchgedreht, Jaroncek, und haben sie umgebracht. Das ganz alte Menschenspiel, Jaroncek. Los, gestehen Sie, so ist es gewesen!*

Dann stecken sie die Köpfe zusammen und tuscheln, werfen einen Blick auf ihre Maschinen, die meinen plötzlich in die Höhe geschossenen Puls in Zahlen und weitere Kurven erfassen und nehmen Proben von meinem Schweiß, der sich auf meiner Stirn gebildet hat. Als bestünde das Leben doch aus Schwarz und Weiß.

Dass ich tatsächlich in den Ort meiner Kindheit und Jugend zurückgekehrt bin, habe ich ihnen längst erzählt. Es drängte mich selbst, mich zu erinnern. Schließlich bin ich kein Unmensch und wird eine von mir besinnungslos geliebte Frau auf grausame Weise dem Leben entrissen, so lässt mich das keineswegs kalt.

Nirgends auf der Welt gibt es Schuldige, somit aber auch keine Unschuldigen. Man braucht kein Hirn, um zu wissen, dass jeder Mensch sich hundertmal am Tag an seinen Mitmenschen vergeht.

Sie essen Marmelade oder schlüpfen in eine Hose und in Indien verreckt eine Familie genau deswegen. Weil die Menschen Marmelade essen, sie mit der Messerspitze aus dem Glas holen, auf einen Toast schmieren, ihn sich in den Mund schieben und *Mmmm…lecker!* sagen. Oder weil sie in ihren neuen Jeans in die Diskothek gehen, sich in wilden Pirouetten auf der Tanzfläche drehen und *Hey, Baby!* rufen. Genau deswegen siecht an irgendeinem Auslandsjournal-Fleck dieser Welt eine Familie in bitterer Armut vor sich hin oder wird bei Bombenanschlägen und auf Minenfeldern zerfetzt.

Die Menschen sind alle eins, es gibt nicht diese Menschen und jene Menschen, nein, sie sind alle miteinander verbunden und bewegen sie sich, zucken sie auch nur unmerklich mit der Augenbraue, so ist das wie Tauziehen und Kettenreaktion in einem. Sie bekommen es kaum mit, dieses Zucken und Ziehen, doch dann marschiert die USA im Irak oder in Afghanistan ein und die Menschen tun alle ganz überrascht, formieren ihre Marmeladenmünder zu Schreien der Empörung und laufen in ihren Diskothekenjeans auf Protestkundgebungen und wollen lieber Bush aus dem Irak bomben, anstatt ihrer selbst aus ihren Beinkleidern. Ja, die Menschen und auch ich – wir sind alle schuldig, immer. Selbstgerecht.

Niemand hat etwas von ermordeten Frauen. Filme und Bücher sind zwar voll davon, aber unterm Strich hat die Gesellschaft doch schrecklich wenig von erdolchten, erschossenen oder vergifteten Weibsbildern. Das habe ich meinen Anklägern auch exakt so gesagt, als sie mir wieder ihr Motiv, ihren Sinn am Mord eintrichtern wollten. Aber sie haben kaum hingehört, es nicht einmal aufgeschrieben, so belanglos waren meine Sätze. Dabei sind sie es doch, die darzulegen haben, dass Mord für manche Menschen und in manchen Situationen eine gute Idee sei.

Also habe ich ihnen freimütig und aus einem törichten Entgegenkommen heraus erzählt, dass es wahr ist und ich tatsächlich in den Ort meiner Jugend zurückgekehrt bin. Als ich ihnen davon erzählte, waren allerdings nur die Männer hier. Aber wenn Männer weder über Sport noch übers Geschäft reden, so ist das Gespräch für die Katz. Hätten bereits die beiden Frauen hier gesessen, wer weiß, vielleicht wären wir augenblicklich zu einer tieferen Einsicht gelangt. Doch sitzen nur Männer zusammen und geraten ins Quatschen, so führt das immer nur zu Stillstand oder Krieg, zu Status quo oder Endlösung. Männer halten sich auf oder metzeln sich nieder, dazwischen gibt es nichts. Erst die Anwesenheit von Frauen spornt die

Männer an, irgendetwas Sinnvolles oder Konstruktives zu schaffen.

Alle Weltreiche wurden erschaffen, weil irgendwo irgendein Mann irgendeine Frau ins Bett bekommen wollte. Und aus dem gleichen Grund wurden sie später auch dem Erdboden gleichgemacht, weil irgendein Mann sich erhoffte, irgendeine Frau ins Bett zu bekommen, oder er sich rächen wollte, weil ihm genau das nicht gelungen war. Politik? Es gibt keine Politik. Wie es auch keine Wirtschaft gibt. Es gibt nur schöne Frauen, die tatenlos in der Gegend herumstehen und kopflose Männer mit dicken Eiern. Der Rest ist Folgeerscheinung. Aber auch das weiß jedes Kind, und muss nicht ausgerechnet von mir wieder und wieder dargelegt werden.

Ja, ich habe mich zurückbegeben an den Ort meiner Jugend. Lange Zeit war ich nicht dort gewesen, hatte eine Rückkehr ganz nach Art erwachsener und verantwortungsbewusster Menschen hinausgezögert, so gut es eben ging. Nur um dann in einer Hauruck-Aktion über Nacht über jenes verschlafene Nest herzufallen, das ich in den hintersten Ecken meines Erinnerungsapparates nur noch bruchstückhaft hatte ausfindig machen können. Regelrecht getrieben hat es mich, meine eigenen Wurzeln hatten vom einen auf den anderen Tag begonnen, mich zu rufen. Ich solle mich ihnen widmen, mich mit ihnen beschäftigen, an ihnen knabbern und mich nähren daran. Ihnen endlich wieder einen Platz einräumen in meinem Leben. Und ich?

Ich war diesem Ruf gefolgt. Erst war ich Hals über Kopf nach Jahren der Verliebtheit getürmt, aber dann doch wieder zurückgekehrt. Um nach dem Rechten zu sehen, nach meinen Wurzeln zu schauen. Alles das hatte ich ihnen erzählt, wohl wissend, dass sie sich eine Begrifflichkeit wie *Ruf der Wurzeln* nicht entgehen lassen würden, sie begierig aufschreiben und mit einem weiteren lateinischen Wort kennzeichnen würden. Ein Begriff wie geschaffen, um das Interesse Weißbekittelter und Strenggescheitelter zu wecken. Und so hatten sie mich sofort damit konfrontiert, allerhand psychologische Schieflagen in diesen Ruf der Wurzeln hineininterpretiert und sich darauf gestürzt. Sie begannen, mich bei lebendigem Leibe zu zerrupfen, um mich alsdann zu rügen für meine so vollkommen zerrupfte Gestalt. Ganz fürchterlich lachen musste ich da. Begriffe wie dieser *Ruf der Wurzeln* versetzt sie immer und überall in helle Aufregung.

Ja, ich war diesem Ruf gefolgt. Bereitwilliger und enthusiastischer als sie es sich vorzustellen vermögen, war ich in den nächsten Zug gesprungen, hatte die vielen hundert Kilometer Wegstrecke hinter mich gebracht und war in einer kleinen Pension unweit des Marktplatzes eingekehrt. Sicherlich, Mutter lebte da noch, ich hätte auch bei ihr einkehren, nach all den vielen Jahren endlich wieder einmal *Hallo, wie geht es dir!* sagen und das alte Schweigen zurückerhalten können. Doch ich halte nichts von Rückkehrbewegungen in Elternhäuser oder von Wurzelbeschau, auch wenn ich es so genannt habe, um den Akademikern eine Freude zu machen und ihnen etwas zum Nachdenken zu geben.

Ist ein Mensch erst einmal aus dem Elternhaus, so sollte er nie wieder dahin zurückkehren, denn niemand mag eine derartig erzwungene Konfrontation mit dem eigenen Gestern. Kehren Kinder in ihre Elternhäuser zurück, so ergießt sich alles in eine einzige große Ratlosigkeit. Mütter und Väter und Söhne und Töchter stehen ungelenk beisammen, halten Kaffeetassen und Kuchengabeln steif in den Händen und ertappen sich selbst beim Ausstoß pauschalisierter Nettigkeiten. Nettigkeiten, die seit jeher unverfrorener und verantwortungsloser sind als Unverfrorenheiten und Verantwortungslosigkeiten.

Dies war einmal dein Kinderzimmer, sagen die Eltern. Und die erwachsen geworden Kinde denken im Geheimen: *Ach, du scheiße.*

Auf diesem Foto bist du dreizehn Jahre alt, sagen die Eltern dann und fügen hinzu: *Und die Frau mit dem großen Sonnenhut neben dir, das ist Tante Marlene. Und hier dein Zeugnis aus der zehnten Klasse, keine gute Handschrift hattest du, schau nur, da steht es mit Schreibmaschine: keine gute Handschrift.*

Und die Kinder denken: *Ach du scheiße, ach du scheiße, ach du scheiße!*

Und wenn der Kuchen verspeist und der Kaffee getrunken ist, dann flüchten sie wieder aus ihrem Elternhaus, setzen sich in ihre Autos und brausen davon nach Pusemuckel oder sonst wohin. Hauptsache weg! Denn sie sind sich selbst peinlich, ihre eigene Vergangenheit ist ihnen peinlich. Der einzige Grund, warum in Elternhäuser zurückkehrende Kinder sich nicht ständig umbringen, ist, dass morgen alles anders und besser werden könnte, wenn es ihnen nur gelingt, nicht mehr länger Lots Frau zu sein und zu verhindern, dass sie – angesichts der ihnen zu allem Überfluss auch noch so schrecklich ähnelnden Eltern – stante pede zu Salzsäulen erstarren.

Und so bin auch ich nicht in mein Elternhaus gefahren, erwartete mich dort doch nichts andere als meine sich noch immer täglich umschauende Mutter, zur Salzsäule erstarrt in ihrem großen Sessel.

Warum wollten Sie unbedingt so nah am Marktplatz nächtigen?, haben mich die Weißbekittelten eifrig gefragt. *Warum sind Sie nach Ihrer Rückkehr sofort dorthin zurückgekehrt?*, wollten sie wissen, *Ausgerechnet an jenen Ort, an dem Ihr ganzer Wahnsinn begann.*

Ausgelacht habe ich sie und ihnen ihre törichten Fragen dennoch verziehen. Denn sie wissen nicht, was sie tun und noch viel weniger, was sie fragen. Sie brauchen einen Mörder und finden keinen. Menschen, die einen Täter brauchen, um ihm alles in die Schuhe schieben zu können, kommen traditionell auf die lächerlichsten Ideen. Per se zum Kaputtlachen sind Tätersucher.

Alles hat sich verändert an dem Ort meiner Jugend. Kaum ein Gesicht, kaum ein Gebäude und auch kaum ein Straßenzug sind noch zu erkennen. Hässlich ist der Ort während meiner Abwesenheit geworden, unfreundlich, beliebig. Nur der Marktplatz, der Kastanienbaum und die Bank sind noch immer da.

Nein, habe ich daher wahrheitsgemäß zu ihnen gesagt, *den Ort meiner Kindheit gibt es nicht mehr. Wie sollte es auch. Denn so wie dieser Ort, so habe auch ich mich verändert. Wir sind beide nicht mehr das, was wir mal waren, noch wie wir waren.*

Kein Wunder, dass sie die Männer durch die Frauen ersetzt haben. Frauen müssen nicht fragen. Männer labern sich von selbst um Kopf und Kragen, verhalten sich auffällig, so dass Frauen sie problemlos lesen und anlysieren können. Wann immer die weißbekittelten Idioten aus dem Raum sind, lässt es sich beinahe aushalten hier. Zwei Frauen und ich.

Die hübsche Stenotypistin hinten, die attraktive Ministerialbeamtin vorne. Mit ihrer drohenden Präsenz hat sich diese hochgewachsene Frau vor mir an den Tisch gesetzt und damit ihre kleine, grazile Kollegin verschluckt, deren Tippen zwar noch zu hören, deren bewundernde Blicke auf mich jedoch kaum noch zu sehen sind.

Ein netter Einfall war das von ihnen. Sie wollen mich schädigen, wollen mich zermalmen und wissen nicht, dass sie mir einen meiner geheimsten Wünsche erfüllt haben. Völlig ahnungslos setzen sie mich mit zwei Schönheiten in einen Raum. Sie wissen nicht einmal was von meinem Letzten Willen.

29

„Jaroncek – Ihre ganze kaputte Psychojugend interessiert mich einen Scheißdreck."

Wie ruhig die Ministerialbeamtin ihre Schmähungen artikulieren kann. Sie flüstert nicht und brüllt auch nicht, so wie ihre unfähigen Vorgänger es getan haben. Nein, sie spricht gelassen – gelangweilt beinahe. Mit einer stummen Geste hat sie die Männer aus dem Raum geschickt und mit einem kurzen Fingerzeig der Stenotypistin befohlen, das Tippen einzustellen. Ohne ein einziges Wort zu verlieren, hat sie sich sämtlicher Störfaktoren entledigt.

Natürlich wusste ich, was passieren wird. Und wie sie sein wird, die Ministerialbeamtin. Sie war noch gar nicht richtig im Raum, da hatte ich ihren Charakter bereits durchschaut und begriffen, worauf sie nun abzielen, wie sie versuchen, mich weichzukochen, und was sie sich vom Aufeinandertreffen einer solchen Frau und mir erhoffen. So bin ich vorbereitet gewesen auf diesen so kunstvoll bedrohlichen Tonfall der Ministerialbeamtin. Einen Tonfall, aus dem gefallene Männer mit Leichtigkeit die Bedrängung herauszufiltern verstehen.

„Mich interessiert weder Ihre Vergangenheit noch Ihre Zukunft. Und wenn Sie es genau wissen wollen, Jaroncek: Stumm sind Sie mir wesentlich sympathischer als redend. Hier drin und dort draußen."

„Sie haben mich reden hören? Dort draußen?"

„Aber natürlich. Erstaunlich, was heutzutage alles frei rumrennen und frei reden darf auf unseren Marktplätzen. Aber immerhin – amüsant ist es gewesen, Ihnen zuzuhören, wie Sie sich in aller Öffentlichkeit zum Idioten machen. Ein richtiger Witzbold ist unser kleiner Frauenschänder Jaroncek, wenn er auf einem Marktplatz steht und laut mit sich selbst quatscht." Sie lacht – kurz, kühl und abgehackt.

„Ich bin nicht lustig", insistiere ich, die Arme vor meiner Brust verschränkt, den Blick starr auf die Tischplatte gerichtet.

„Eben. Deswegen ist es ja so lachhaft. Weise Menschen verfügen über Humor. Durchgedrehte wie Sie, Jaroncek, nicht. Jeder verfickte Satz, so abgedreht er auch klingt, ist bei Durchgedrehten ernst gemeint. Da steht dann zwar *Irres Gelaber* auf dessen Stirn, aber genau genommen müsste da stehen: *Tatsachenbericht*."

Mit übereinandergeschlagenen Beinen sitzt sie dort, selbstgefällig, arrogant. Die Arme vor der Brust verschränkt, so wie ich, aber souveräner, eleganter. Und eine Zigarette in den langen, zartgliedrigen Fingern ihrer rechten Hand. Gut möglich, dass sie den Nachwuchskräften an den Universitäten nur noch Müll beibringen – die Verhörtalente scheinen dafür umso besser ausgebildet zu sein. Beruhigend, denn die gepflegte Kunst des effektiven Verhörs gehört doch zu den traditionsreichen Grundtugenden unserer Nation.

„Jaroncek, ich bin nicht Ihre Mutter und auch nicht Ihre Psychologin, Gott bewahre! Verschonen Sie mich also bitte mit Ihrem Seelengewäsch. Das Geseire interessiert niemanden, die ganze Welt hat genug von Ihrem Selbstmitleid. Ich habe Ihre Schrottreden analysiert – analysieren müssen! – und das reicht. Ich kenne Sie, bin komplett im Bilde. Ich weiß mehr über Sie als Sie selbst, also verschonen Sie uns beide mit Ihrer jämmerlichen Opfer-Arie. Sie sind kein Opfer, nie gewesen. Väter hauen nun einmal ab, Mütter verstummen und ab und an verlieben sich Menschen nicht in einen und es gibt kein Happy End. *So what?* Kein Grund jedes Mal ein episches Breitwandkino auf Marktplätzen draus zu machen, Jaroncek. Ihnen geht es kein Stück dreckiger als dem Rest der Menschheit, Sie lassen sich nur lieber beobachten in Ihrem Leid. Jaroncek, der arme und isolierte Misanthrop? Ha, dass ich nicht lache! Ein Leidexhibitionist sind Sie. Machen sich vor aller Welt nackig, lüften Ihr Mäntelchen und hoffen, dass jeder entgeistert und angewidert aufschreit. Den Gefallen werde ich Ihnen aber nicht tun, Jaroncek. Sie sitzen hier splitterfasernackt vor mir und ich renne nicht weg, sondern schaue genau hin, begutachte Sie in Ihrer ganzen Nacktheit. Und wissen Sie, was ich sehe, Jaroncek? Ich sage es Ihnen. Sie haben recht! Jaja, wirklich, Jaroncek, Sie haben vollkommen recht, das sehe ich! Sie sind ein ganz kleines Würstchen, das Männlein, das allein im Walde steht, still und stumm, das sind Sie. Sehen Sie, Sie müssen mich gar nicht mehr überzeugen. Ich finde Sie genauso eklig wie Sie sich selbst. Also lassen Sie mich hier ein paar Fakten notieren und geben Sie mir dann Ihr Geständnis. Alles andere interessiert mich nicht, dafür sind die Ärzte zuständig. Oh, und die Richter natürlich. Und der Mob, der da draußen auf Sie wartet. Vor allem der." Sie lacht – lange, laut und ehrlich.

„Nun kommen Sie, seien Sie nicht so steif. Wir können hier sitzen und uns gegenseitig anwidern. Oder aber wir können gemeinsam viel Spaß haben. Auf Ihre Kosten versteht sich. Witzfiguren muss man nehmen, wie sie fallen. Vielleicht sollte ich Ihnen aber vorher verraten, dass ich nicht nur Ihre Marktplatzreden, sondern natürlich auch Ihre Akte gelesen habe. Ach, was sage ich denn: Auswendig gelernt habe ich sie, Jaroncek! Und lassen Sie mich Ihnen sagen: Zumindest was Ihre Akte betrifft, bin ich schon schlechter unterhalten worden. Wenn Sie nur nicht immer so dick auftragen würden in Ihren aufgeblasenen Taten und den nicht minder aufgeblasenen Reden. Schon versucht, einfach mal die Schnauze zu halten, Jaroncek? Nicht wegen jedes Wehwehchens zum nächsten Rinnstein zu eilen und das große Gelaber zu beginnen, sich stattdessen konsequent so isoliert zu geben, wie Sie immerzu behaupten zu sein? Aber nein, Sie ertrinken geradewegs in Pathos und Selbstmitleid. Janusz Jaroncek, der nicht mehr ganz junge, aber immerhin neue Werther. Und genau das ist auch das Ergebnis: drei dicke Aktenordner, pickepackevoll mit Ihrem Gequatsche, dort draußen und hier drinnen. Achthundert Seiten Schund, zusammengepresst in dicken Ordnern. All diese ehemals schönen weißen Seiten, vollgeschmiert und vollgesifft mit Ihrem egozentrischen *Ich hasse die Welt und die Welt hasst mich*-Mist. Aber wissen Sie was, Jaroncek? Das überrascht mich kein Stück. Im Leben zu kurz gekommene Männer funktionieren immer nach diesem Schema. Ihr Todeskampf beginnt mit fünfundzwanzig und sie ziehen ihn bis weit über achtzig. Sie werden ein entsetzlich alter Knacker werden, Jaroncek, aber sich fast zwei Drittel Ihres Lebens ausschließlich mit Ihrem eigenen Verrecken beschäftigen. Doch anstatt sich wirklich davon zu machen, von irgendwas Hohem zu springen oder sich in irgendwas Tiefes plumpsen zu lassen, von irgendwas Giftigem zu beißen oder irgendeine fragwürdige Flüssigkeit in Ihren Körper einzulassen, werden Sie uns, die Sie einfach nur in einem Hochsicherheitstrakt wissen wollen, ganz fürchterlich auf die Nerven gehen mit Ihrer jahrzehntelangen Schilderung Ihres angeblichen Nicht-Lebens. Eine seltsame Art um Liebe und Anerkennung zu betteln ist das, Jaroncek!"

Und wieder lacht sie, nimmt einen kräftigen Zug von ihrer Zigarette, streicht sich durch das lange, dicke Haar und grinst zu mir herüber.

Hält sie mich für dämlich? Denken alle hier, sie hätten es mit einem Idioten zu tun? Jaroncek dem Schwachsinnigen? Ich bin nicht dämlich. Ich sehe durchaus, was hier vor sich geht. Der taktische Ansatz, mich bei dem letzten Rest Würde zu packen, der mir noch verblieben ist, ist offensichtlich. Sie hoffen, dass ich dieser arroganten und selbstsicheren Frau nicht standhalten werde, dass ich jämmerlich zusammensacken und alles unterschreiben werde, nur um dieser Situation zu entfliehen und nicht mehr mit ihr in einem Raum sitzen zu müssen. Sie spekulieren auf meine Angst, meinen Hass, meine Panik. Und jonglieren mit meinem Frauenbild.

Dabei muss ich der Ministerialbeamtin zugestehen, dass es wahr ist. Rede ich über meine Vergangenheit, so gerate ich schnell in ein unschickliches Pathos. Schließlich bin ich ein Mensch und wie alle Menschen rase ich in meiner Rückbetrachtung ungebremst in das Fahrwasser platter Nostalgie und unstatthafter Heroisierung. Mit dem Resultat jener ganz von Verklärung ummantelten Fantasterei, die sie so dickköpfig und borniert *Erinnerung* nennen wollen. Betrachte ich mein eigenes Leben, so kann ich wahrhaftig keinerlei Schönheit darin finden. Eine einzige eiterige, zähe Flüssigkeit ist meine Existenz, ein Hangeln und Hechten von Tag zu Tag. Und doch: Kleide ich mein Gestern in Worte, tritt auch mir bei der Schilderung meiner Niederlagen unverzüglich der Glanz der Entrückung in die Augen. Und meine Wangen werden ganz rosig und speckig vor Wonne.

Dabei sind es doch nur diese seltsamen Löcher in den eigenen Erinnerungen, die mich und die Menschen derart kitschig und theatralisch werden lassen. Das Leben gleicht bekanntlich einem Flug, nur dass wir Menschen nicht gemacht sind für Fluglöcher. Wir werden ganz ängstlich, wenn wir drohen, an Fahrt und an Höhe zu verlieren oder gar abzustürzen. Also schmieren wir unser Leben reichlich mit Pathos ein, unserem Luftlöcher- und Erinnerungslücken-Kit. Schließlich soll unser Leben von sämtlichen Turbulenzen und Eskapaden befreit sein. Es soll dahinflutschen, gut geölt, gut geschmiert, gut gebunden. Das ist die Aufgabe des Pathos und da kann die Ministerialbeamtin sagen, was sie will, mir ist noch kein Mensch begegnet, der an seinem Gürtel nicht ein kleines Fläschchen Pathos mit sich geführt hat.

Ohne Pathos geht es nicht. Nicht als durchgedrehter Marktplatzplauderer und noch viel weniger als Mensch. Denn angenommen wir ließen unser kleines Fläschchen Pathos zu Hause, zögen hinaus in die Welt mit einem Bekenntnis zur Unerklärlichkeit der Dinge und zum Wunder des Lebens, das doch gerade in seiner so abstrakten Undurchschaubarkeit besteht – wir würden mit jedem neuen Luftloch in Sprachlosigkeit enden. Bevor wir zu uns selbst befragt werden und uns der Erkenntnis hingeben müssen, nichts über uns zu wissen und nichts über uns zu erzählen zu haben, erzählen wir lieber irgendeinen hilflos und in aller Eile zusammengeschusterten Schmu.

Da hat sie schon recht, die Ministerialbeamtin, wer viel quatscht, offenbart damit lediglich seinen Drang, sich beständig seines eigenen Daseins zu vergewissern. Wenn einer verreist, so kann er was erzählen, heißt es. Und es stimmt, die Menschen wollen Geschichten hören. Sie sind ganz wild auf Seemannsgarn, viele Berufszweige leben prächtig von dieser ständigen Sehnsucht der Menschen nach konstruierten schönen Geschichten. Und so erzähle auch ich ihnen Geschichten, wortreich ausgeschmückte Halbwahrheiten, wo ich nur kann und wann ich nur kann. Schließlich ist genau das mein Metier. Mit Hingabe spinne ich den Menschen und mir etwas zusammen, füge nie vollbrachte Taten an nie gedachte Gedanken, male Augen, Nase, Mund darauf und rufe: *Ecce Homo!* Und sie rennen neuerdings ganz aufgeregt an den Kiosk und fragen nach den Zeitschriften mit meinem Kopf vorne drauf und blättern ganz aufgeregt darin herum, um ihn mir abzukaufen, meinen Flick- und Stöpselmenschen.

Ja, Geschichten aus Tausend und einer Nacht kann ich erzählen, doch fragt man mich nach meinem gestrigen Tagesablauf, so gerate ich ins Stocken und Schlingern. Schlussendlich bin ich nicht selten auf die Erinnerungen anderer Personen angewiesen. Sekundärquellen sind es, die meine Gestalt bezeugen und mir selbst Augen, Nase und Mund auf meinen Schädel gekritzelt haben. Auf dass die Welt mich anglotzen und sagen kann: *Ecce Jaroncek!*

Alles, was ich bin und alles, was mich ausmacht, ist somit die Summe ihrer Verlautbarungen. Ein Sekundärquellen-Potpourri bin ich. Ein zusammengemanschtes Meinungs-Ratatouille, ein wild zusammengewürfelter Ansichts-Auflauf. Zubereitet von Menschen, die sich als verlässliche Augenzeugen betrachten.

Kommt einer auf mich zu und sagt, er habe mich neulich an der Ampel stehen sehen, sei auf mich zugegangen, habe freundlich gegrüßt, doch ich, ich habe ihn von mir gestoßen und sei fortgerannt und habe dabei einen ganz seltsamen Gesichtsausdruck gezeigt. Dann ich stehe staunend da, erkenne die menschenübliche Dramatisierung in dieser Geschichte — das Negativ-Pathos — und horche ganz gebannt einer dieser Geschichten, die sich die Menschen über mich erzählen. Es sind allerhand Geschichten, die sie sich inzwischen über mich erzählen.

Es ranken sich bereits etliche Sagen um mich. Derart heftig zerreißen sich die Menschen ihre Mäuler über mein beständiges Fehlverhalten. Ich stehe nicht nur an Straßenecken und auf Marktplätzen und bin in wirre Monologe vertieft, sondern ich zwänge Frauen in Gespräche. Ich zwinge sie, sich zu rechtfertigen für ihr Frausein. Ich stelle ihnen nach, treibe sie in Ecken, aus denen kein Entkommen mehr ist vor mir.

Aber es stimmt: Die Frauen entkommen meinen bohrenden Fragen nicht mehr, seitdem ich ihren immer bohrender werden Blicken nicht mehr entkomme. Das ist keine gerichtlich zu ahnende Untat, aber ein permanenter Stein des Anstoßes. Auszüge meines Gequatsches wollen sie nun sogar abdrucken in ihren Zeitungen, so heißt es. Doch will ich unter ihnen leben, ziehe mitten in ihre Nachbarschaft hinein, so schließen sie ihre Frauen und neuerdings sogar ihre Kinder ein. Sie reichen Petitionen für meinen sofortigen Wegzug ein und gegen mein stilles Verbleiben an einem Ort. Und dann versammeln sie sich in Bürgertrupps vor meinem Haus.

Welch Verkehrung der Tatsachen! Schließlich bin ich doch nicht der, der auf einem Gehsteig an mir entlangläuft und von Panik gepackt wird, der in meine Richtung schaut und das Grausen bekommt. Oder der an der Kasse des Supermarktes direkt vor mir steht, sich jäh umdreht, mich erkennt und tief erschrocken zusammenzuckt. Nein, das sind die Frauen. Die Frauen sind es, die es auf diese Kollision anlegen mit ihrem stetigen Schauen und Zucken und Panik vortäuschen. Und dass nur, weil sie meine Frevelhaftigkeit spüren, meine Unfähigkeit ihnen noch als unvoreingenommener Mann begegnen zu können. Sie zucken zusammen und genießen es gleichzeitig, sie baden in Momenten, in denen sie sich mittels Zusammenzuckens zu eigener Moral und Sittsamkeit emporschwingen können. Das Erschrecken in der Gegenwart eines stadtbekannten Sabblers dient als Beweis der eigenen Rechtschaffenheit, so denken sich die Frauen. Wie schmutzig, verkommen und verwegen müsste auch eine sein, die meine Gegenwart lässig zu ertragen wüsste?

Zu einer liebgewordenen Abwechslung für die Frauen bin ich geworden. Einer, der noch Junggeselle ist und sofort heftig errötet, wenn eine Schülerin in seine Richtung schaut. Der heftig ins Stottern verfällt, wenn sich eine erwachsene Frau vor ihm aufbaut, sich wiegt, sanft hin und her schwingt und lächelt. Ich bin einer, mit dem noch nach Lust und Laune zu verfahren ist, das wissen die Frauen.

Was die Ministerialbeamtin hier drinnen in Gelächter ausbrechen lässt, lässt die Leute dort draußen aus der Haut fahren. Ja, die Leute erzählen sich Dinge über mich, viele Dinge. Derart viele Dinge, dass mich der blanke Neid packt, weil nicht mir, dem kreativen Marktplatzredenschwinger, diese vielen außergewöhnlichen Geschichten einfallen wollen, sondern ihnen, diesem rechtschaffenen Lumpenpack und Gesindel. Nein, keine ihrer Geschichten über mich ist wahr. Doch alle könnten stimmen.

Sie müssen allesamt verhinderte Schriftsteller sein, denn nur selten kann ich ihre angeblichen Erfahrungen mit mir verifizieren, noch viel seltener falsifizieren. Wo ich schon überall gestanden und ungebührlich lange dumm aus der Wäsche geglotzt haben soll. Wie oft ich schon eine *ach wie arglos des Weges* kommende Passantin angefahren haben soll, so laut und so wütend, so fuchsteufelswild, dass drei hochgewachsene Männer kommen und mich von ihr fortzerren mussten. Und doch höre ich ihnen gerne zu. Denn schon jetzt lassen sie mich durch ihre Schlechtfärberei zu einem Mythos werden, zu einer Gestalt, die mein Gesicht und meinen Namen trägt und die ihrer Ansicht nach als *Jaroncek das Scheusal* in einem Käfig an den Kirchturm gehängt gehört.

Doch auch das ist mir recht, denn ich werde gut von ihrer Missgunst leben können. Seit sie sich das Monster ihrer Wahl aus mir geknetet haben, beginne ich, mich zunehmend selbst zu verstehen, mich selbst zu mögen, mir mit Achtung und Respekt gegenüberzutreten. Und reich werde ich auch.

Ihre eitle und arrogante Sucht nach Bestätigung ist ihnen viel Geld wert. Mit Sicherheit würden sie für Illustrierte mit meinem Konterfei darauf auch den doppelten oder sogar dreifachen Preis zahlen, nur um auf Seite dreiundvierzig oder Seite einhundertfünfundzwanzig eine ihrer ersehnten Ungehörigkeiten zu finden, eine sogenannte *Jaroncek-Anomalie*, die sie laut und vernehmlich *Aha, hab ich's doch gewusst!* in die Leere ihrer kleinbürgerlichen Existenz rufen lässt.

Und so geschieht es, dass irgendwer sagt, er habe über meine lautstark geäußerte Meinung nachgedacht. Dabei besitze ich gar keine Meinung, bin nie Eigentümer klarer Ansichten und Standpunkte gewesen. Doch er meint, mich bei einer lautstark geäußerten Meinung erwischt zu haben und lässt sich nicht von meinem Einwand beirren. Er unterhält sich viel lieber mit seinem miesen Bild von mir anstatt mit mir selbst und kommt zu dem Schluss, dass Leuten wie mir die Menschlichkeit fehlt. Und das nur, weil er im geschwinden Vorbeigehen an meinem Laberpoint auf dem Marktplatz vernahm, wie ich wieder einmal den Stierkampf, die Todesstrafe oder jugendgefährdende Ballerspiele am PC verteidigte. Wie ich für eine Freigabe von Doping und Marihuana votierte. Dass ich das aus

Menschlichkeit machte, nein, das wollte er nicht sehen, denn einen Unmenschen mag er nicht mit menschlichen Denkmustern in Verbindung bringen.

Und genau das ist das Problem zwischen Anklägern und Angeklagten, zwischen ihnen und mir. Sie propagieren die Menschlichkeit, wo immer sie gehen, stehen, sprechen. Ich aber propagiere nicht, sondern nehme den Menschen an, wie er ist. *Ich* gestehe ihm seine Menschlichkeit zu. Doch mit Menschlichkeit wussten sie noch nie so recht umzugehen. Will man die Menschen nachhaltig verstören, so erzähle man ihnen von Menschlichkeit. Man sage: *Den ganzen Tag gefickt, den ganzen Tag gekokst, den ganzen Tag Tieren beim Verenden zugeschaut und dann, als der Abend dämmerte, noch einigen schwachen und schwächlichen Individuen von hinten die Beine weggezogen, ihnen beim Fall in die Not zugeschaut und sich an ihrem Leid ergötzt. Das ist der Mensch.*

Danach wird dieser Wahrheitsverkünder sofort zur Räson rufen, denn kommt einer und schildert ihnen den Menschen, so macht er sich in ihren Augen zum Unmenschen. Noch nie haben sie ein Interesse für den Menschen aufbringen können, so wie er ist, sondern immer nur für den Menschen, wie er sein sollte. Sehnsüchtige sind auch sie. Und so kommen sie in ihren weißen Kitteln, sind lächerliche dreißig, vierzig oder fünfzig Jahre alt und schütteln an ihren Reagenzgläsern herum, als ginge es darum, ein neues Lebenselixier zu brauen. Seit über einhundertfünfzigtausend Jahren behauptet sich der Mensch, doch sie kommen daher, schütteln ihre Köpfe und sagen: *So kann es nicht weitergehen!*

Dabei kann und muss es sehr wohl *so* weitergehen – und zwar genau *so*. Aber sie raffen es nicht, fassen sich entgeistert an die Stirn und an die Schläfen, rufen: *Die Menschlichkeit ist weg, die Menschlichkeit ist weg, so unternehme doch jemand etwas, die Menschlichkeit ist weg!*

Dabei ist sie gar nicht weg, die Menschlichkeit, sie ist allgegenwärtig in unseren Kriegen und unseren Morden und unserem Hass, auch in unserer Arroganz und in unserem Geiz und unserer Rücksichtslosigkeit. Aber sie rütteln und schütteln an ihren Reagenzgläsern, schütten sich aus lauter synthetischen Stoffen ein künstliches Wässerchen zusammen und schämen sich nicht, es mir und allen anderen als *Menschlichkeit* zu verkaufen. Sollen sie doch verrotten in der Hölle. Sie sind die Totengräber unseres Geschlechts. Nicht ich mit meiner offen propagierten Sympathie für die kathartisch heilende Wirkung von Epidemien und den naturbejahenden Sinn hinter Aussterben und Ausrotten.

Weil ich also herumkrakeelt habe, dass wir Menschen uns den Zugang zum Tod nicht versperren dürfen, dass wir in einer Aseptik stranden, dass wir mit dem Tod, dem Übel und der Grausamkeit auch uns selbst verleugnen und uns eigenhändig – jawohl: eigenhändig! – entsorgen, auch deswegen bin ich in ihren Augen zum Scheusal geworden. Denn gebe ich derlei Ungeheuerlichkeiten von mir – die bei genauerer Betrachtung doch gar keine Ungeheuerlichkeiten sind, sondern simples Menschenwissen – so nennen sie mich einen Unsympath, eine Gefahr für meine Umgebung.

Ja, die Menschen wollen gerne Menschen sein. Nur mit der Menschlichkeit haben sie es nicht so, der möchten sie aus dem Weg gehen, so gut und beständig wie nur eben machbar. Ich symbolisiere das Schlechte, sagen sie. Ich sei das Böse, der Niedergang, die Verwerflichkeit. Ich hocke und staune, lausche einer weiteren Sekundärquelle bei der Dekonstruktion meines Namens und versuche erneut, reichlich amüsiert, mir ein Bild von mir selbst zu machen. Sollte es am Ende wahrhaftig meine Menschlichkeit sein, die mich zu dem Scheusal werden lässt, das sie in mir sehen? Es wäre wohl das, was die Menschen als Ironie des Schicksals benennen.

Wenngleich mir das Lachen längst vergangen ist. Seit sie mir die Ministerialbeamtin vorgesetzt haben, werden mir meine scheußliche Auserwähltheit und meine Bereitschaft, zum Wohle der Menschheit den Wolf zu geben, zur Qual.

Es gibt doch gar keine Erinnerungen, habe ich neulich zu ihnen gesagt, als mal wieder die Männer dabei waren und sie im Halbkreis um mich herum saßen mit ihren großen Brillen und den reichlich antiquierten Schreibblöcken.

Erinnerung ist Arroganz, sagte ich. *Alles, was es gibt, sind Anhaltspunkte, hilflos zusammengepappt.* Dann habe ich gestöhnt und die Augen verdreht, um ihnen ihr Monster zu geben, ihr nicht zu sozialisierendes Ekelpaket. Alle dort im Halbkreis haben es mir gleich getan, zwar erneut fein sorgsam alles notiert, doch dabei ebenfalls leise gestöhnt und mit den Augen gerollt.

Ich bin mir nicht sicher, ob sie mich verstanden haben. Solange sie im Halbkreis sitzen, fällt es mir schwer, Blickkontakt aufzubauen und somit Rückschlüsse zu ziehen. Sie sagen, dieser Halbkreis sei notwendig, um die Kapazitäten diverser Fachkräfte zu bündeln. Ich glaube eher, dass sich inzwischen niemand mehr traut, allein mit mir in einem Raum zu sein. Nicht einmal die Männer wagen es noch. Das verwundert mich nicht, denn ein Stethoskop eignet sich doch nur sehr begrenzt zur Notwehr. Ihre Ministerialbeamtin, wo immer sie diese Frau hergeholt haben, ist der letzte verbliebene Mensch, der sich noch mit mir allein an einen Tisch zu setzen vermag. Selbst wenn die Stenotypistin kurz einmal aus dem Raum ist, scheint sie das nur wenig zu jucken.

Zum Punkt solle ich kommen, fordern sie. Ich sei ihnen zu sehr in verschwurbelten Metaebenen unterwegs. *Dampfplauderer* nennen auch sie mich hinter vorgehaltener Hand. Ich schätze, sie wollen mich beleidigen mit diesem so poetischen, ja fast schon romantisierenden Begriff. Dabei bin doch nicht ich derjenige, der hier den Verkehr aufhält.

Fragerunden über Fragerunden, dafür haben sie Zeit, dafür haben sie mich hierher verfrachtet. Um mich nach und nach aus dem Verhörraum heraus und in ihren quadratischen Weißkittel-Alltag hinein zu ziehen, um mich zu löchern, tief in mich hinein zu dringen und Dinge aus meinen Eingeweiden zu pulen, die kein Mensch je zuvor erblickt hat. Als wäre gerade ich einer, der Antworten kennt. Als wäre gerade ich ein Dinge-Erklärer.

Sie hassen mich, aber sie brauchen mich, weil sie ihre bigotte, heuchlerische Form von Menschlichkeit ohne mich niemals dekodieren, niemals dechiffrieren könnten. Sie horchen mich aus, um etwas über das Wesen und das Wirken des Menschen zu erfahren und endlich Zusammenhänge zu erblicken. Aber das raffen sie natürlich nicht. Sie begreifen nicht, dass sie nicht in mich, sondern in sich selbst eindringen. Und dementsprechend auch niemals mir, sondern immer nur sich selbst gegenübersitzen. Schließlich sind wir – sie und ich – Menschen. Und somit ist nichts in mir angelegt, was nicht auch in ihnen angelegt wäre. Nur dass ich nicht ein solcher Geheimniskrämer wie sie bin, das ist der einzige Unterschied.

„Warum haben Sie Frau Wensch ermordet?", fragt mich die Ministerialbeamtin.

Wir sitzen zu zweit in diesem fensterlosen Raum, grau schimmert mich die Tischplatte an, grau der Boden, grau auch die Wände. Neonlicht sticht mir in die Augen, macht meinen Schädel zentnerschwer und jeden logischen Gedanken bereits im Ansatz zunichte.

„Ich habe sie nicht ermordet."

„Sie haben ihr die Pulsadern aufgeschnitten."

„Gute Frau", stöhne ich. „Ich bin Redner, kein Metzger. Für mehr als Schläge in die Luft sind meine Finger gar nicht gemacht. Schauen Sie sich meine Hand- und Fingergelenke an. Vollkommen verkürzt und steif vom vielen Kämpfen mit Luftwiderständen." Ich halte meine Arme nach vorne, meine Handflächen kommen ihrem Gesicht sehr nahe, doch sie verzieht keine Miene.

„Kommen Sie schon, Jaroncek, das ist doch alles bereits aktenkundig, ersparen Sie uns das. Sie haben Frau Wensch am Morgen des 07. März mit einer Rasierklinge die Pulsadern geöffnet, sie anschließend in die Badewanne gelegt und dort verbluten lassen."

„Habe ich das?"

„Ja. Haben Sie."

„Habe ich auch Wasser eingelassen?"

„Wie?" Zum ersten Mal scheint die Ministerialbeamtin verwirrt.

„Na, wenn ich Uta schon in die Badewanne gehievt haben soll, da läge es doch nahe, dass ich auch Wasser eingelassen habe."

„Ja, haben Sie. Das hatten wir bereits. Schlimm, Jaroncek. Ganz schlimm."

„Schlimm? Geben Reinlichkeit und Ordnungswille nicht mildernde Umstände vor Gericht?"

„Nicht wenn sie von zerfetzten Handgelenken und einer zwanzig Meter langen Blutspur begleitet werden, die sich einmal quer durch die Wohnung zieht, von der Küche bis ins Bad."

„Auch wieder wahr. Sonderlich reinlich klingt das wirklich nicht. Muss eine ziemliche Schweinerei gewesen sein. Gut, dass ich nicht dort gewesen bin. Frauenleichen schlagen mir immer auf den Magen."

Sie schaut mich an. Für eine Frau, die komplett im Dunkeln stochert, verfügt sie über bemerkenswert hellsichtige Augen. Schachspieleraugen. Frauen blinzeln dauernd, manche aus Affektiertheit, andere aus Unsicherheit. Aber sie blinzeln alle. Nur diese hier nicht. Sie mustert mich, doch während sie das tut, verrät ihr Blick nichts über sie. Meine Ankläger wissen, warum sie gerade die Ministerialbeamtin zu mir geschickt haben.

„Ihre Ironie in allen Ehren, Jaroncek – es wäre mir lieb, wenn wir pointenfrei durch unsere Gespräche kämen."

„Weil?"

„Weil Ironie nur noch tiefer in den Morast führt. Noch nicht gelernt, Jaroncek? Nichts ist so sehr für die Tonne wie geistige Überlegenheit, die dann doch keiner peilt."

„Bin ich das? Geistig überlegen?"

„Mir? Nein!"

„Wo dann? Wo bin ich geistig überlegen?"

„Überlegen? Nirgendwo. Ihre Gehirnströme sind allerdings bemerkenswert, Jaroncek. Wir haben sie gemessen und überdurchschnittliche Werte erhalten. Ihr Problem ist, dass Sie weder Anstand, noch Moral oder Sittlichkeit kennen. Verantwortungs- und Pflichtbewusstsein sind Ihnen vollkommen fremd. Wir sitzen hier zu zweit, Jaroncek, Sie als Angeklagter, ich als Anklägerin. Weil Sie einen riesigen Lebensfehler gemacht haben – und ich alles richtig in meinem Leben. Ich weiß, was man tut und was nicht, wo Grenzen sind und wo nicht. Sie haben genau das verlernt in Ihrer Ohnmacht. Die Frauen Ihres Lebens haben es Ihnen ausgetrieben, das Klarsehen, das adäquate Verhalten. Sie strampeln um Ihr Leben. Sie lechzen nach einer Absolution, die Ihnen keine Frau geben kann und will. Und jetzt, nach dem Mord an der Wensch, erst recht nicht mehr. Im Grunde können Sie sich wirklich einen Strick nehmen. Wie singen sie noch mal in den Fußballstadien? Ach ja: *Schade, schade, alles ist vorbei!* Oder auch: *Du kannst nach Hause gehen, du kannst nach Hause gehen.* Kommen Sie, Jaroncek, spielen Sie hier nicht das tapfere Schneiderlein. Sie hören doch auch die gehässigen Gesänge der Schlachtenbummler. Viel lauter als ich. *Schalalalalaaa, Jaroncek. Schalalalaaa.*" Lustlos bläst sie sich eine Locke aus dem Gesicht.

Ich mag Frauen. Vor allem solche, die sich lustlos Locken aus dem Gesicht pusten. Die ganze Welt weiß inzwischen, dass ich Frauen mag, die Lustlosigkeit, Unverschämtheit und Arroganz in sich vereinen. Wohl deswegen haben sie auch gerade sie zu mir geschickt. Sie kennen meine weiche Flanke und sie haben die Uhr im Blick. Nun also dieser Versuch. So blöd und unwissend diese Akademiker sind – auch sie werden in ihrer Not offenbar erfinderisch.

„Uta", sage ich. „Uta ist ihr Name. Nicht *die Wensch.*"

Über den Rand ihrer Brillengläser hinweg blickt sie mich nun streng und wie eine Doktorin an. Dabei ist sie gar keine Ärztin, nicht einmal Medizinerin. Sondern eine dahergelaufene Ministerialbeamtin. Eine Person, die sich ein wenig übernimmt.

„Ja. Frau Uta Wensch", sagt sie und es klingt wie eine Berichtigung, eine Korrektur, arrogant und von oben herab auf mich nieder gesprochen.

Frau Uta Wensch. Ein Name wie ein Passwort. Es reimt sich nicht und Schönklang ist auch nicht direkt zu entdecken. Und doch ist nach all den Fragen dies der erste Moment, der mich berührt. *Frau Uta Wensch* hat sie gesagt und damit erneut jene ewig gleichen Bilder in mir hervorgerufen. Den Marktplatz. Den Kastanienbaum. Die

Bank. Und Uta – aus der Tiefe des Raumes kommend. Uta – aus der Frau Uta Wensch wurde, ohne dass ich es habe verhindern können. Ich bemerke, wie mir der Kiefer steif und mein Blick verschwommen wird. Das Blut schießt mir ins Gesicht, sacht beginnt die Stirn zu pochen. Dass sich in ganz bestimmten Gesprächssituationen und in der Gegenwart ganz bestimmter Menschen bei mir immer die gleichen Symptome zeigen, haben sie schon vor Jahren herausgefunden. Und sich unsagbar schlau und clever dabei gefühlt. Wissend genickt, alles notiert, alles in meine Akte gepackt. Und mich dann allein gelassen mit diesen nun schwarz auf weiß feststehenden, für alle Zeiten unverrückbaren Symptomen.

Ich verfüge über Merkmale – Verhaltensauffälligkeiten – die per Knopfdruck von jedem, dem es gerade danach gelüstet, abgerufen werden können. So er denn davon weiß. Es sei relativ einfach, *einen wie mich* mittels weniger Worte zu manipulieren, haben sie gesagt.

Ich blicke in das Grau vor meinen Augen, sehe Uta, wie sie lief, Uta, wie sie saß. Uta, wie sie wirklich war. Alles wäre möglich gewesen mit ihr, alles wäre möglich gewesen zwischen Uta und mir. Wenn doch nur diese Realität nicht gewesen und sich zwischen uns gezwängt hätte. Oh diese verdammte Realität. Zerstörerin von Leben, Erweckerin von Leid.

„Warum ist es für Sie wichtig, dass wir die Wensch beim Vornamen nennen, Jaroncek? Gestehen Sie sich und uns damit etwa, dass es sich bei Ihrem Mord sehr wohl um eine Beziehungstat gehandelt hat?“

„Ich stand in keinerlei Beziehung zu Ihrer *Frau Wensch*. Und ich habe sie auch nicht ermordet.“

„Stimmt. Niedergemetzelt haben Sie sie.“

„Nein.“

„Doch.“

„Nein, verdammt!“

„Okay, wir tun mal so als hätten Sie sie nicht ermordet. Bleibt die Frage: Woher wissen Sie das?“

„Ich werde doch wohl wissen, ob ich wen ermordet habe oder nicht.“

„Sind Sie sich da wirklich sicher?“ Sie beginnt, in meiner Akte zu blättern. „Wie sagten Sie zu meinen Kollegen, vor wenigen Tagen erst? Ah, hier haben wir es: *Es gibt keinen Unterschied zwischen Einbildung und Erinnerung.* Ihre Worte, Jaroncek. Könnte was dran sein.“ Sie schaut mich an und ich blicke zurück.

So läuft es also. Das sind die unsauberen Methoden forscher Ministerialbeamtinnen. Das hier, so denke ich, ist gar kein Schach, es ist Packesel. Nach und nach wird die Belastung erhöht, drauf, immer drauf. Und dann eine einzige unbedachte Bewegung und alles fällt in sich zusammen.

„In Ihrer Erinnerung waren Sie es nicht. Ihre Einbildung aber, Jaroncek, die hat es sich längst eingestanden. Dass Sie der Mörder sind. Wie Sie wissen, haben wir Ihre Reden, die Sie dort an Ihren Straßenecken hielten, seit Sie irgendwie aus dem System gepurzelt sind, analysiert. Wissen Sie eigentlich, wovon Sie da quatschen den lieben langen Tag, Jaroncek? Hm? Nun, es würde mich nicht wundern, wenn Sie wirklich keinen Schimmer hätten. Es sind lauter erfundene Geschichten rund um miese Frauenbilder. Wir haben allesamt überprüft, keine Ihrer Geschichten ist auch nur im Ansatz wahr. Nicht die über Huren und Dirnen, nicht die über Nonnen und Gottesanbeterinnen und schon gar nicht die über das Ende der Welt, die vollgestellt sind mit Maria Magdalena- und Mata Hari-Charakteren. Nimmt man allein diese Reden und hält die Leiche von der Wensch daneben – et voilà, da schreibt sich die Anklageschrift so gut wie von allein.“

„Da sind auch miese Männercharaktere in meinen Gedanken.“

„Da sind keine Männercharaktere, Jaroncek, das sind Sie selbst, Ihr mieses Verhalten und Ihre verkommene Sicht auf das Leben. Schauen Sie sich nur Ihre Unterarme an – alles übersät mit Brand- und Schnittnarben. Wollen wir uns wirklich darüber unterhalten, wo diese ganzen Narben herkommen, Jaroncek? Oder wollen wir das mit dem miesen Selbstbild einfach einmal so stehenlassen, hm?“

Sie lacht, zieht an ihrer Zigarette und sieht mir tief in die Augen. Zäh verstreichen die Sekunden, still, stumm. Ich versuche, ihrem Blick Stand zu halten, doch es gelingt mir nicht. Ich weiche aus und schaue an jene Stelle der Wand, an der sich jetzt ein Fenster ausnehmend gut machen würde.

„Eines müssen Sie mir erklären, Jaroncek. Jemand, der sich selbst so sehr hasst wie Sie: Was ist so geil daran, eine wehrlose Frau kaltblütig zu töten? Erklären Sie es mir. Ist es die Macht? Oder sind Sie das Opfer, das sich nach Jahren des Schmerzes über seine Peinigerin erhebt?“

„Hören Sie, ich töte keine Frauen. Die Tötung von Frauen ist … ist …“

„Ist was, Jaroncek?“

„Widerrechtlich."

„Aha. Widerrechtlich also. Etwas anderes fällt Ihnen nicht ein? Nur widerrechtlich?"

„Ja. Es ist widerrechtlich. Man darf das nicht machen. Es ist laut Gesetz verboten."

„Verboten, Jaroncek? Seit wann interessieren Sie sich denn für Gesetze? Sie vergessen, ich habe Ihr Gequatsche analysiert, ich weiß, was Sie von Gesetzen halten."

„Das ist Gequatsche, verdammt! Hätte ich Wahrheiten in petto, ich würde bestimmt nicht dort an Straßenecken stehen und vor mich hin monologisieren. Ich quatsche, weil ich nichts weiß. Ich rede so lange vor mich hin, bis ich auf einen Funken Wahrheit stoße. Deswegen stehe ich dort, nur deswegen! Weil ich weiß, dass es tausend Sätze braucht, um ein wahres Wort ausfindig zu machen. Tausend Sätze, hören Sie? Ich stehe dort und spreche alles aus, was mir einfällt, alles. Und warte, was geschieht, warte auf eine Offenbarung. *Die Wahrheit liegt in uns Menschen*, so heißt es doch. Na also, wenn ich unentwegt rede und rede, nicht aufgebe, nicht innehalte, dann muss sie mir doch irgendwann aus dem Munde fallen, diese Wahrheit, dieses ich!"

Wieder lacht sie. „Sie halten sich für intelligent und gerissen, oder Jaroncek? Dabei sind Sie unsagbar blöd. Lassen alle Welt teilhaben an Ihren Komplexen und Ihren morbiden Fantasien. Weil Sie einfach nicht die Klappe halten können, in aller Öffentlichkeit beständig das Maul aufreißen müssen."

„Ich sagte bereits: alles erfundenes Zeugs."

„Und ich sagte bereits: unsagbar blöd. Alles frei erfunden, gut möglich. Aber nicht von mir, nicht von irgendwem. Sondern von Ihnen, Jaroncek. Sie haben es erfunden. Und es in die Welt gesetzt. Eltern haften für ihre Kinder, Jaroncek. Und Quatscher für ihr Gequatsche."

Sie säuselt. Nicht sonderlich auffällig, aber eindeutig vernehmbar. Ich werde nervös. Die Dinge, die sie sagt und wie sie diese Dinge sagt, lassen in mir eine leichte Panik aufsteigen. Nicht die Panik, womöglich einer Tat überführt zu werden, die ich gar nicht begangen habe. Sondern die Panik, einer Tat überführt zu werden, die ich sehr wohl begangen habe. Die Panik, sie könnte recht haben. Die Angst, die Ministerialbeamtin könnte recht haben, ist größer als die Angst vor den potentiellen Folgen. Dabei weiß ich, dass ich die Frauen liebe. Niemals könnte ich einer Frau auch nur ein Haar krümmen. Sie wollen, dass ich zu einem werde, der es tut. Es ist ihr sehnlichster Wunsch einen neuen Wolf in ihren Reihen auszumachen.

Ich ertappe mich beim Schweigen. Beim Dasitzen und gar nichts mehr sagen. Was könnte ich auch schon sagen. Die Ministerialbeamtin ist nicht ich, ich bin nicht sie, also ist dieses Gespräch ein Witz, eine Farce. Für diese Frau bin ich ein Mörder. In meinen öffentlichen Reden habe ich mich vollständig entkleidet, vollständig gehenlassen. In ihnen habe ich einen Weg gefunden, meinen Kummer über meine verwirkte und sinnlose Existenz erträglicher zu gestalten – und komme gerade deswegen als Täter in Betracht, als eitler Rächer und zermürbter Sadist. Kein eilig nachgeschobenes Gequatsche der Welt wird an dieser Meinung noch etwas ändern können. Die Ministerialbeamtin sagt zwar, dass sie meine Worte für Schund hält, verleiht ihrer Verachtung für meine wenigen Einsichten so oft Ausdruck, wie es nur möglich ist. Und doch muss ich in meiner Wirrnis und in meinem Stochern überzeugend gewesen sein, denn alles nimmt sie für bare Münze. Alles.

Uta ist tot, nichts ergibt mehr einen Sinn. Nicht einmal das eitle Schwingen von Reden.

„Wie viele Briefe haben Sie der Wensch geschrieben, Jaroncek?"

„Steht das nicht in meiner Akte?"

„Doch. Aber ich will es von Ihnen hören."

„Einhundertsiebenundachtzig."

„Einhundertsiebenundachtzig Briefe?"

„Ja. Einhundertsiebenundachtzig Briefe."

„Und auf wie viele davon hat sie Ihnen geantwortet?"

30

Plötzlich war da diese Idee. Schon seit dem Aufstehen war sie in meinem Kopf wie selbstverständlich. Klar und deutlich stand sie dort und ich vermute, dass sie während der Nacht in mein Gehirn kam.

Wobei es keine Idee im traditionellen Sinne war. Sondern vielmehr ein Tick. Denn diese Idee würde mein Ansehen ramponieren, wenn ich mich bei ihrer Realisierung erwischen ließe. Ein einziges dummes großes Wagnis war diese Idee. Und doch musste ich sie umsetzen. Ich sah den Ärger schon kommen und schritt dennoch zur Tat, nahezu unbeeindruckt vom Schrecken potentieller Folgen. Doch der Weg war richtig, so wie es immer die risikoreichen und schmerzhaften Wege sind, die die richtigen sind.

Im Badezimmer hatte ich am Morgen meine Gestalt erblickt. Noch immer ein wenig verschwommen, latent unscharf, aber meine Gestalt. Beeindruckt und bestärkt hatte mich das in meinem Bestreben, mir diesen Tick einzuverleiben, ihn zu einem Teil meines Charakters werden zu lassen. Es war Mai, irgendwelche Abschlussprüfungen der systematischen Vermakelung von Haus, Grund und Boden standen bevor, alle Zeichen standen auf Abschied, auf Nimmerwiedersehen. Handeln war gefragt, denn sieht ein Mann eine Frau, derweil er sich in Abschlussprüfungen befindet, so kann er nur noch zurückweichen oder aber behände zugreifen. Dazwischen gibt es nichts, nur diese beiden Möglichkeiten hat er.

Will ein Mann eines Tages nicht gefragt werden, warum er zwar die Heizkostenverordnung auswendig herunterbeten kann, jedoch nicht ein einziges Wort an ein wundersames, ihn verzauberndes Weib hat richten können, nicht kräftig hinlangte, ja es einfach so hat fortradeln lassen an dieser oder jener Lebenskreuzung, so muss er sich zwingen, vom Wendehals zum konsequenten Mann zu werden. Gelingt ihm dies nicht, bedenkt er hin und bedenkt er her, wägt weise ab, so ist eine große Antwortlosigkeit die Folge. Männer, die weise abwägen und Frauen einfach so ziehen lassen, die vergehen sich letzthin nicht nur an ihrem eigenen Schicksal, sondern auch am Lauf der Welt. Wo kämen die Menschen schließlich hin mit ihrem Menschengeschlecht, würden Männer permanent der Frauen ansichtig werden, lustlos mit den Schultern zucken und sie laufenlassen. Nirgendwo käme die Menschheit da hin, Schluss wäre mit Menschheit.

Und so flammte in meinem Kopf an jenem Morgen ein Tick auf, der durch nichts und wieder nichts abzukühlen gewesen wäre. Es sei denn durch konsequente und kompromisslose Umsetzung. Durch hartes Vorgehen gegen sich selbst und jene allumfassende Angst vor Zurückweisung und Ablehnung.

Und dann, ich erinnere mich, war da auch schon der Mann vor diesem Fernseher. Einmal kurz hatte er aufgeblickt und zu mir herausgesehen, da er offenbar glaubte, etwas gehört zu haben. Anstatt meine Person zu vermuten, hatte er das Geräusch, das ich aus einer Unachtsamkeit heraus verursacht hatte, jedoch einer streunenden Katze oder einem plötzlichen Windstoß zugeschrieben und sah zurück auf seine Mattscheibe und gab mir somit die Möglichkeit, weiter meiner Wege zu robben. Er hätte mich entdecken können, während ich mich leise keuchend Zentimeter um Zentimeter weiterkämpfte, hätte ich mich nicht zuvor noch in schwarze Kleidung geworfen und mir das Gesicht mit einem Kohlestift geschwärzt, wie ich es in Spielfilmen gesehen hatte. Ich lag in diesem Garten, machte mich unsichtbar und wartete auf den Abend.

Lustig, wie gut man sich doch erinnern kann an die erniedrigenden Lebensmomente, wie sie mit einem Mal detailliert vor dem geistigen Auge auftauchen. Wie ein Pop-up-Fenster auf dem Laptop, ungewollt und unaufgefordert.

Und dann waren es noch zwanzig Meter, die mich von meinem Ziel trennten. Es befand sich direkt vor mir, ich hatte es bereits ausgiebig inspizieren können, zuvor als ich an der Gartenpforte stand – nein, kauerte. Nun aber verstellte mir dichtes Tannengestrüpp die Sicht, ließ keinen Blick zu auf das, was ich zu sehen begehrte. Alles, was ich von meinem Platz aus sah, war das hellerleuchtete Wohnzimmer. Schwere, rustikale Kiefermöbel standen darin, eine Schrankwand, ein prall gefülltes Bücherregal. Weiter hinten ein großer, runder Tisch. Vater, Mutter und sie saßen morgens und abends gewiss um diesen Tisch herum, erzählten sich Dinge, lachten, zogen auch manchmal die Stirn in tiefe Sorgenfalten. Dort, exakt an diesem Tisch, den ich sah, während ich unsichtbar in ihrem Garten kauerte.

An einer Wand hingen zwei Bilder in schwarzen Rahmen, doch ich konnte den Inhalt nicht erkennen. Direkt unter den beiden Bildern: ein großformatiger, hektisch flimmernder Fernseher, der magisch sämtliche Aufmerksamkeit auf sich zieht, wenn man ihn erst einmal anschaltet und ihn in den Alltag integriert. Auf dem schweren schwarzen Ledersessel direkt davor hatte ein Mann Platz genommen. Ich konnte kaum etwas von ihm sehen, die mir zugewandte Sesselrückwand ließ es nicht zu. Alles, was ich erkennen konnte, war ein dichter kastanienbrauner Haarbüschel. Links baumelte ein stark behaarter Arm schlaff die Sessellehne herab. Kraftlos hielten die Finger eine Fernbedienung. Er musste eingeschlafen sein, dachte ich, war vor laufenden Kameras, angesichts eines hektischen Blitzlichtgewitters aus Bildern und Stimmen einfach so hinweggedöst.

Ich beschloss, weiter zu robben. Ich robbe, also bin ich, dachte ich, amüsiert und verwundert zugleich über mein eigenes Treiben, um diese Zeit und an diesem Ort. Mühsam kämpfte ich mich weiter, Zentimeter für Zentimeter.

Mein Kämpfen wurde belohnt, als meine Finger ein paar Steinplatten zu greifen bekamen. Ich warf einen letzten Blick hinüber zum schlafenden Gebührenzahler, vergewisserte mich seiner ungeteilten Teilnahmslosigkeit und preschte vor, schoss einer Kobra gleich aus dem Unterholz, erreichte mit zwei großen Schritten die Mauer, presste meinen Körper an kalten Stein.

Ich vernahm ein Scheppern, dachte nach und beschloss, das Geräusch der Fernbedienung zuzuordnen, die sich an ihre Verpflichtung gegenüber der Schwerkraft erinnert hatte. Er würde jetzt wach sein, der Mann, dachte ich und stelle fest, dass mir dieser Gedanke nicht Furcht, sondern Faszination einbrachte. Ob er mich gehört hatte? Ob ihm die Fernbedienung nach einem kurzen Zusammenzucken entglitten war, hervorgerufen durch mein Preschen, mein Drücken an kalten Stein? Es war möglich, dass er beschloss, herauszukommen, um nach dem Rechten zu sehen. Oder er bereits an dem großen Wohnzimmerfenster stand, hinaus in die Dunkelheit seines Gartens spähte und versuchte die Herkunft des Geräusches, das ihn geweckt hatte, zu orten.

Als schwarzes Nichts klebte ich an der schwarzen Wand. Wagemut stieg in mir auf und der Drang, selbst einen Satz zur Seite zu tun und vor die große Fensterscheibe des Wohnzimmers zu treten. Doch ich unterließ diesen Schritt, koppelte meine Gedanken ab von dieser Untat, die dem Mann mit den behaarten Unterarmen gewiss einen abrupten Herztod eingebracht hätte.

Ich ließ mich zusammensacken, saß mit dem Hintern auf den kalten Steinplatten, hochkonzentriert, bis in die Haarspitzen angespannt. Wann war der richtige Moment? Mit dem Hintern auf den kalten Steinplatten sinnierte ich vor mich hin, beäugte argwöhnisch mich und diese Situation, in die es mich gezogen hatte und um deren Unstatthaftigkeit ich sehr wohl wusste. Das Problem war jedoch nicht ich. Es waren die Sprichworte der Menschen.

So viele Sprichworte gibt es, eines weiser als das nächste. Und alle widersprechen sie sich. *Was du nicht willst, das man dir tu, das füg auch keinem anderen zu.* Doch dann wieder *ist jeder seines eigenen Glückes Schmied. Und was du heute kannst besorgen, das verschiebe nicht auf morgen. Nutze den Tag,* krakeelen die Menschen und wissen, wer es wagt, anderen eine Grube zu graben, vermutlich selbst hineinplumpst. Es ist ein Wahnsinn mit den neunmalklugen Menschen, sie verheddern sich in ihrem eigenen Gelaber, haben tausend Ratschläge für adäquates Verhalten parat, genau genommen jedoch nicht einen einzigen. Sämtliche Einsichten der Menschen zerbröseln, kaum hat man sie in den eigenen Mund genommen. Ausspeien und auskotzen als Überlebensreflex. Spüle dir den Mund mit Seife aus, Mensch. Und erbrich dich alsdann an dir selbst, auf dass du endlich zu einer Reinigung gelangst!

Ich beschloss, aufzustehen, der Windigkeit des Schicksals anheimzufallen und ausgiebig zu kosten von der Faszination der Unvorhersehbarkeit, der Unplanbarkeit der Dinge. Wer nicht spielt, der lebt auch nicht. Allenfalls atmet er eine fahle, künstliche Sicherheit. Trotzdem musste ich vorsichtig sein, denn wäre ich mit einem unbedachten Ruck aufgestanden, so hätte ich in ihr Blickfeld geraten können. Und diesen Mut, nein, den besaß ich bei all meiner zur Schau gestellten Waghalsigkeit noch nicht. Von ihr gesehen, von ihr wahrgenommen zu werden, war ein Traum, den ich mich noch nicht zu träumen getraute.

Meinen Rücken an die Wand gepresst richtete ich mich langsam, ganz langsam auf. Ich postierte mich seitlich des Fensters. Als ich stand, wendete ich mich um, so dass es nicht länger mein Rücken, sondern nunmehr mein Bauch war, der sich an die kalte Mauer presste. Nun galt es. Mein linkes Auge war gefragt. Noch sah ich nur den grauen Mörtel zwischen den Ziegelsteinen, welche bei Dunkelheit und Nähe jedoch keinerlei Farblichkeit aufweisen, so dass ich dieses Grau nur erahnte. Doch dann, als ich mich leicht in die Hüfte beugte, nahmen Mörtel und Steine ein jähes Ende und Glas trat an ihre Stelle. Der Weg war frei. Ich konnte in ihr Zimmer schauen.

31

Es gab einen Kastanienbaum in unserer Stadt. Groß und mächtig stand er mitten auf dem Marktplatz, bildete das Zentrum unserer Gemeinde.

Es ist seltsam, aber bis zu jenem Tag habe ich ihn nie gesehen, ja überhaupt nicht wahrgenommen. Doch an jenem Tag, der alles verändern sollte, der alles erst in Licht und dann in Blei tauchte, da war es Frühling gewesen. Ja, ich erinnere mich noch sehr genau an den Frühling, nahm ich ihn doch zu Beginn des Tages noch gar nicht als einen solchen wahr.

„Aha", langt mir die Ministerialbeamtin in betont gelangweiltem Tonfall in die Gedanken. „Frühling also. Und wer soll Ihnen das glauben?"

Entgegen ihrem Tonfall scheint es durchaus interessant für sie zu werden, wird doch ihre ganze Haltung mit einem Male hölzern. Sie legt sich ihren Schreibblock auf den Knien zurecht, aktiviert klickend den Kugelschreiber. Sie scheint zu denken, nun kämen analysierbare Sätze. Sätze von Belang. *Frühling* habe ich schließlich gesagt – und sie scheint sogleich den Freud in diesem einen Wort gefunden zu haben.

Dabei war es doch Frühling. Ich muss es wissen, war ich doch dabei, war ich doch vor Ort, ließ ich mich doch einfangen von dem Gefühl, dass alles stimmig war, alles passte, alle Zeichen auf Selbstwahrnehmung hindeuteten. Kann sich ein einzelner Mann so sehr irren? Wäre so etwas möglich? Kann es tiefster Winter gewesen sein, als ich der Vermutung erlag, den roten Faden des Lebens gefunden zu haben, ihn in Wahrheit jedoch verlor, komplett auf die schiefe Bahn geriet? Fantasiere ich bereits, male mir all die Schrecklichkeiten meiner Taten in bunte Pastellfarben, um sie mir selbst erträglicher zu gestalten? Um nicht zugrunde zu gehen an meiner Scham das geworden zu sein, was sie einen *schlechten Menschen* nennen?

Doch, doch, ich erinnere mich nach wie vor. Orientierungslos streifte ich durch die Stadt, ließ mich hier treiben vom Drängen der Massen und dort anziehen von ihrem lauten Wirrwarr. Tauchte ein, wurde zu einem Teil von ihnen. Empfand Ekel und Sehnsucht zugleich.

„Sehr gut. Versuchen Sie jetzt sich ganz genau zu erinnern. Wie ging es Ihnen damals? Was kommt Ihnen noch in den Sinn?", fragt mich der Oberarzt.

„Ein Schlurfen", sage ich. „Ein Schlurfen kommt mir in den Sinn. Der Gang meiner frühen Jahre war kein Gang, er war ein Schlurfen. Es schleppte mich mehr durch die Straßen, als dass es mich elegant zog oder zielgerichtet führte. Meine Füße, ich sehe es noch genau vor mir, ich hebe sie in jenen Tagen nur so weit vom Boden ab, wie es notwendig ist, um vom Fleck zu kommen. Und doch war es Frühling, ganz sicher war es Frühling. Der Himmel blau, die Temperaturen vorsommerlich warm."

„Riechen Sie auch etwas, Janusz? Den Kastanienbaum zum Beispiel?"

„Nein."

„Sehen Sie ihn denn?"

„Ja."

„Und riechen ...?"

„Nein", sage ich. „Kein Geruch."

Die Ministerialbeamtin und der Oberarzt scheinen in ihren Fragen auf einen Ausgang hin zu drängen. Einen Ausgang, den sie bereits kennen, den sie nur mir noch schmackhaft machen müssen. Doch sie unterliegen einem Trugschluss, denn in dieser Geschichte gibt es gar keinen Ausgang. Mein Werden ist unumkehrbar. Mit dem Tod als einzig mögliche Flucht. Dort ist der Kastanienbaum. Mitten auf unserem Marktplatz. Ich sehe ihn doch, groß und mächtig steht er dort. Und um ihn herum: eine Bank. Und sie? Wer ist sie? Sitzt dort auf dieser Bank unter den weit ausladenden Ästen dieses riesigen Baumes. In völliger Ruhe, als gäbe es nichts zu fürchten auf dieser Welt. Die grazilen Beine übereinandergeschlagen und das Kinn auf den Handteller ihrer linken Hand gestützt sieht sie mich an. Oder sieht sie durch mich hindurch? Nein, ich rieche nichts, aber ich sehe sie, klar und deutlich vor mir. Uta. Und nun, was tut sie nun? Sie senkt ihren Blick hinab auf das Buch auf ihren Knien und schreibt.

„Sie schreibt?", fragt die Ministerialbeamtin.

„Sie schreibt?", fragt der Oberarzt.

Sie stellen Fragen, doch man braucht gar nicht sonderlich genau hinzuhören, um festzustellen, dass ihre Fragen niemals Fragen sind, sondern mit Fragezeichen versehene Aussagen, Ausrufe, Anklagen vielleicht sogar. Sie erwarten keine Antworten, die sind ihnen egal. Sie sehen mich ja nicht einmal an, wenn ich spreche, sondern sehen nur hinab auf ihre Notizblöcke, in die sie permanent Dinge notieren. Dinge, die sie in ihrem Studium über mich gelernt haben. Zu einem Zeitpunkt, da sie mich noch gar nicht kannten.

Die Ministerialbeamtin, der Oberarzt und Uta. Vor mir sehe ich drei Menschen, die unentwegt Sachen aufschreiben, sich Dinge notieren. Wo kommen wir nur hin, wenn sich die ganze Welt unentwegt Notizen macht. Die ganze Welt ist in Nachdenkerei und Reflexion begriffen. Ich notiere, also bin ich.

Und sie, Uta, die ich sehe, aber nicht rieche? Sie sitzt unter dem großen Kastanienbaum, und während sie schreibt, fällt ihr das braune Haar immer wieder in die Stirn, in die Augen, ins Gesicht. Doch ist das ein Grund innezuhalten und ihr Schreiben zu unterbrechen? Ist es ein Grund nervös zu werden? Nein. Mit einer bedrückend schönen Handbewegung schiebt sie die seidig glänzende Strähne wieder an ihren Platz. Und schreibt. Und schreibt. Und schreibt. Und ihre Beine bleiben über Kreuz und ihr Kinn bleibt auf dem Teller ihrer linken Hand. Die Welt dreht sich, die Massen umdrängen und umschließen mich, doch sie, sie sitzt dort, kastanienbraunes Haar unter einem Kastanienbaum. Und entzieht sich der Endlichkeit.

„Wie geht es Ihnen jetzt gerade, wo Sie Uta so klar umrissen vor sich sehen, Janusz? Fühlen Sie sich klar, sind Sie bei Sinnen? Oder ist da ein Schwindel?", fragt der Arzt.

„Erregt sind Sie, Jaroncek", fügt die Ministerialbeamtin hinzu. Sie gibt sich nicht einmal Mühe, es als Frage zu kaschieren.

Ob ich erregt gewesen sei, damals, vor der Kastanie, frage ich zurück, versuche meine Scham mit Arglosigkeit zu tarnen.

„Das war eine Feststellung, keine Aufforderung zur Diskussion, Jaroncek. Wenn ein Mann eine Frau sieht, die ihm gefällt, dann ist er erregt. Das ist Natur, muss an dieser Stelle nicht pathologisiert werden. Wären Sie nicht erregt gewesen, hätte das eine nicht zum anderen geführt und wir säßen nun nicht hier. Aber wir sitzen hier, also waren Sie erregt, heftig erregt sogar. Beweisführung abgeschlossen, Jaroncek!"

„Ja, vielleicht war ich tatsächlich ein wenig aufgeregt", räume ich ein.

„Quatsch nicht blöd rum, Jaroncek. Ich rede nicht von Aufregung, ich rede von Erregung. Sexuellem Furor."

Furor. Wenn die Ministerialbeamtin ihren Sätzen Nachdruck verleiht, dann vollbringt sie das nicht mit angehobener Stimme, nicht mit einem Rufen oder Schreien. Sondern mit ihren Augenbrauen.

Geschwungene Gutsherrinnenbrauen sind das, aristokratisch schlängeln sie sich über ihre Augenpartie hinweg, heben und senken sich und schauen dabei aus wie der Taktstock eines Dirigenten.

„Ich war nicht sexuell erregt", sage ich mit fester Stimme.

„Wohl", sagt sie kühl.

„Nein."

„Woher willst du das wissen, häh?"

„Weil ich nie sexuell erregt bin, verstehen Sie? Geht das vielleicht in Ihren Kopf? Nie."

Sie lächelt. Unmerklich zwar, aber eindeutig. Holt fast feierlich Schwung und notiert sich wieder etwas in ihren Block.

Der Oberarzt schaut mich an, schreitet aber nicht ein. Medizinisch betrachtet scheint es keine Einwände gegen das Verhalten der Ministerialbeamtin zu geben. Ein siegessicherer Zug umspielt ihre Lippen.

„Sie empfinden meine Aussage, dass der Anblick einer schönen Frau Sie sexuell erregt, als Vorwurf. Wie katholisch ist das denn, Jaroncek?"

Mal duzt sie mich, mal siezt sich mich. Und sie lacht. Wie herrlich diese Frau lachen kann. Klickt auf ihren Kugelschreiber, macht sich neue Notizen und murmelt, leise aber deutlich: „Und schon wird es doch noch pathologisch. Wie erfreulich."

Seltsame Verhörmethoden sind das. Ein Arzt und eine Ministerialbeamtin, im Sprechzimmer der Krankeneinrichtung, dringen auf mich ein. Wie kann das sein? Und darf das überhaupt sein? Geht hier alles rechtens zu? Ist die Schweigepflicht des Arztes aufgehoben bei einem wie mir? Tauschen sich Justiz und Medizin aus, tuscheln hinter meinem Rücken und mauscheln sich einen Kuhhandel zurecht? Ich blicke in ihre Augen, erst in seine, dann in ihre und wittere die Karrieregeilheit, die sich hier Bahn bricht. Mit Aufklärung hat das nicht mehr viel zu tun, mein Schicksal und Utas Schicksal ist meinen beiden Verhörern egal. Alles, was sie interessiert, ist ihre eigene Vita.

„Wie stehen Sie zu einem Begriff wie Scham?", fragt der Oberarzt, seltsam unbeteiligt, seltsam beiläufig.

„Scham?", frage ich unentschlossen.

„Ja", sagt er. „Scham."

„Scham wovor? Oder wofür?"

„Da gibt es viele Möglichkeiten, Janusz. Schämen Sie sich ab und an, ein Mensch zu sein? Menschlichkeit zu zeigen?"

„Das möchte ich spezifizieren", schneidet ihm die Ministerialbeamtin das Wort ab. „Schämst du dich ab und an ein Mann zu sein,
Jaroncek? Männlichkeit zu zeigen?"

Ich sehe beide an, wie sie dort vor mir sitzen, in fast identischen
Körperhaltungen, mit ihren Schreibutensilien auf den Knien und
den Brillen auf den Nasenrücken. Seltsam, der Oberarzt scheint
die Frechheit der Ministerialbeamtin kaum zu bemerken. Sie fällt
ihm ins Wort, ja wiederholt seinen Satzbau geradezu und er verzieht
nicht eine Miene, so sehr ist er in seiner Wissenschaftlichkeit befan-
gen. Diese Frau treibt ein undurchsichtiges Spiel, nicht nur mit
mir, nein, auch mit ihm. Ein Spiel aus Provokation und Herausforderung, aus Rückzug und Angriff. Nicht zu trauen, ist dieser Frau.
Doch er reagiert nicht einmal im Ansatz, sieht nicht einmal herüber
zu diesem bei aller Durchtriebenheit doch so entsetzlich schönen
weiblichen Menschen. Ist das die Abgestumpftheit des Alters? Oder
professioneller Standesdünkel?

Verglichen mit ihm schwimme ich geradezu in Hormonen, inso-
fern liegt sie durchaus richtig mit ihrer Vermutung, die Ministerialbeamtin. Nicht eine ihrer vielen Mikrogesten bleibt mir verborgen.
Ich bin ein Schwamm, ich sauge ihre Weiblichkeit in mir auf, selbst
in Momenten, in denen sie nur dort sitzt und ihre seltsamen Fragen stellt und auch in Momenten, in denen sie sich mit fast schon
inbrünstiger Gehässigkeit überhöht, nehme ich jedes kleinste Detail
von ihr als die pure Weiblichkeit wahr.

Da sind die Gestik und die Mimik, von denen ich weiß, dass sie
sie bewusst einsetzt. Und gegen die ich dennoch machtlos bin. Das
systematische, immer wieder durchexerzierte Übereinanderschla-
gen der Beine, langsam, ganz langsam, es ist auswendig gelernt,
platte Methodik. Auch ihre Haltung, die nach vorn gedrückte Brust,
das ständige Öffnen und Schließen ihres Jacketts, alles mehr Päda-
gogik denn Natürlichkeit. Eine einzige große Erziehungsmaßnahme
ist das, der durchschaubare Versuch einen Frauenschänder in seine
Schranken zu weisen.

Kein Wunder, dass sie bei mir damit nicht punktet, dass sie mich
nicht trifft, denn ich bin kein Frauenschänder, sondern das exakte
Gegenteil davon. Sie spielt die Frau, sie inszeniert ihre Weiblichkeit und ja: Das macht sie gut, auch wenn ich ihr Treiben durch-
blicke, erfasst mich eine unterschwellige Wonne. Sie anzusehen, ist
ein Genuss. Wie alle Frauen strebt sie danach, ihre Schönheit zu
einem Ereignis werden zu lassen, zu einer Aufführung, umgeben von

Männern, die zum Zuschauen, Beobachten und ehrfürchtigen Verharren verdammt sind. Doch das wirkliche Wunder, da verhält es sich bei ihr exakt wie bei Uta, das bekommt sie gar nicht mit. Denn neben der inszenierten Schönheit wohnt einer jeden Frau auch eine nicht inszenierte und somit nicht zu kontrollierende, nicht zu steuernde Schönheit inne. Eine Schönheit, die sie nicht mitbekommt und die nur dem Mann, der sie betrachtet, direkt in die Augen, die Nase, die Ohren und vor allem in die Gedanken fährt. Das leise Klingen ihres Haares, ihrer Locken. Wendet die Ministerialbeamtin ihren Kopf, dann sehe ich eine Locke sacht auf und ab schwingen. Und höre dieses leicht rasselnde Klingen. Wendet eine schöne lockige Frau abrupt ihren Kopf, so erfüllt sie einen Raum mit Weihnachtsglocken. Doch, ganz sicher, so verhält es sich!

Oder jene Augenblicke, in denen ihre Augen auf meinen Lippen liegen, die genau studieren, was ich sage und wie ich es sage. Es sind Momente, in denen ist sie so nah bei mir und meiner Geschichte, dass sie ganz vergisst, auch bei sich zu sein. Sie denkt, sie hat alles und jeden unter Kontrolle, schließlich studiert und analysiert sie mich, doch in Wahrheit ist sie vollkommen außer sich, vergisst sich komplett in jenen Momenten, in denen sie an meinen Worten hängt. Ihre langen dünnen Finger streichen dann sanft über ihren Hals, fahren selbstvergessen ihr Schlüsselbein entlang. Eine Geste der Frauen, die kein Mann je vollführen könnte. Und so redet ihr Mund über meine Männlichkeit, doch während sie darüber mit mir spricht, gibt sie ein ganz anderes, gegenteiliges Thema vor: ihre Weiblichkeit.

Ich bemerke, wie mein Atem hastig vorantreibt. Der Schweiß tritt mir auf die Stirn. Denn der Arzt und die Ministerialbeamtin nehmen mich sehr wohl und sehr gekonnt in die Klemme. Es wäre töricht, das zu leugnen. Ich spiele den Überlegenen, doch ich bin allenfalls der *Überlegende*, einer der sich hin und her denkt, der sich windet, der längst wankt. Sämtliche Bestandteile meines Organismus spüre ich arbeiten. Ich spüre mein Herz- und Kreislaufsystem, wie es puckert und pumpt, spüre einzelne Poren meiner Haut, wie sie atmen und spüre auch das Blut, wie es sich zurückzieht aus meinen Füßen und mir in den Kopf schießt. Meine Schläfen beginnen zu pochen, das müssen Hormone sein, denke ich, Serotonin, Dopamin, Endorphin, vielleicht auch Adrenalin, alles zwängt sich zwischen meine Gedanken, strömt mir mitten hinein in meine Wahrnehmung, vermengt sich zu einem Drogencocktail. Benommenheit.

Uta sitzt unter dem Kastanienbaum, schiebt sich ihre Strähne aus dem Gesicht und in mir herrscht Benommenheit. Ich stehe in einigen Metern Entfernung, sehe diese Frau zum ersten Mal in meinem Leben und schon sehe ich sie nur noch verschwommen. Wer bist du? Wer bist du, dass du so ruhig auf einer Bank sitzen und schreiben kannst, während mich das Chaos verschluckt?

Ich stehe. Stehe und schaue, inspiziere mit blutdurchtränktem, äderigem Blick die Ruhe, die nichts anderes vollbringt, als diese aufmüpfige Strähne immer wieder geduldig an ihren Platz zurück zu befördern. Und zu schreiben. Ansonsten bewegt sie sich nicht, kein Wippen, kein Zittern, kein auf der Stelle Rutschen, nichts. Nur ein leichter Windhauch wagt es, einzelne ihrer kastanienbraunen Haare emporzuheben und damit zu spielen. Sogar der Wind ist betört und entzückt, streckt seine Finger nach ihr aus, gebannt von ihrer Schönheit, gebannt von ihrer Ruhe.

„Und Sie sind sich sicher, dass Frau Wensch wirklich dort gesessen hat?", fragt der Oberarzt.

„Ich verstehe nicht", sage ich.

„Sie haben bei Ihrer Aufnahme in unserer Station angegeben, dass Sie Dinge sehen, die nicht jeder sieht."

„Nein", sage ich. „Mir wird das Gefühl gegeben, dass ich Dinge sehe, die nicht jeder sieht. Das ist etwas anderes. Das ist ein Unterschied."

„Dinge, die nicht jeder sieht? Oder Dinge, die gar nicht da sind?"

Ich sehe ihn an, den Oberarzt. Ich mag ihn nicht, seine Visiten, unsere Besprechungen, sie führen zu nichts. Der Wissenschaftler in ihm hat die Oberhand, der Mensch und Psychologe verschwindet hinter seinem Forscherdrang. In diesem desaströsen Forscherzustand scheint er nur *Ja* und *Nein* zu akzeptieren, negiert jedoch die leise Poesie der Zwischentöne, die Magie und den Schimmer der Farbenspiele. Nichts davon werde ich ihm verständlich machen können, meine Gefangenschaft in der Zwischenwelt werde ich ihm kaum vermitteln können.

Ich hocke in einem steckengebliebenen Fahrstuhl, hänge fest zwischen zwei Stockwerken, gelange nicht rauf, gelange nicht runter. Ich komme nicht zu Uta hin und komme auch nicht weg von ihr. Ich verrecke im Stillstand. Das ist meine Existenz, doch ich werde sie ihm nicht deutlich machen können. Meine ganze Sprachlichkeit werde ich umstellen müssen, damit zumindest ein Mindestmaß an Gespräch geführt und somit eine Diagnose gestellt werden kann.

Bevor er mir helfen kann, werde ich also ihm helfen müssen. Werde ihn aus dieser schrecklichen Gefühlsstarre holen müssen, die ihn umgibt. Werde ihn herauslösen müssen aus seiner Umkittelung. Meine Welt mag wirr sein und durchsetzt von Vision und Wahn. Aber es ist immerhin eine Welt. Kein Koordinatensystem, kein börsennotierter Aktienkurs. Nein, eine Welt.

Blicke ich den Oberarzt an, so weiß ich bereits nach zwanzig Sekunden nicht mehr, wo ich noch hinschauen könnte. Es mag der Gipfel meiner eigenen Oberflächlichkeit sein, aber bei Menschen wie dem Oberarzt, gibt es nichts zu entdecken. Sitze ich einem Menschen gegenüber und bin nicht augenblicklich angefüllt mit Fragen, die ich an ihn richten möchte, so kann es sich nur um einen Toten handeln. Ich sehe tote Menschen und einer davon sind Sie, Herr Oberarzt.

Ganz anders die Frau neben ihm. Ihre Schönheit und Weiblichkeit ist eines. Ich werde ihrem Reiz nicht entgehen können, sie wird gewinnen, wie Frauen immer gewinnen, die in mir den Mann wecken, die meine Urinstinkte berühren, für die ich mich so sehr zu schämen gelernt habe, die mich anekeln und doch in mir gären.

Doch das ist nicht bemerkenswert, schließlich findet Schönheit immer ihre Abnehmer. Bemerkenswert ist die so offensichtliche Fähigkeit der Ministerialbeamtin, zielgenau auf der Klaviatur meiner Frustrationen und Aggressionen zu spielen. Woher kennt die Ministerialbeamtin mich so genau? Woher weiß sie, welcher Ton anzuschlagen und welcher zu vermeiden ist? Ich kann sie nicht greifen, diese Frau, wann immer ich zu ihr hinübersehe, entdecke ich etwas Neues an und in ihr.

Die Fragen, die beim Oberarzt ausbleiben, strömen mir bei ihr in rauen Mengen entgegen. Allein zu ihren dichten Locken hätte ich hundert Fragen, zu den geschwungenen Rundungen ihres Oberkörpers weitere hundert. Und zu den schwebenden Bewegungen ihrer Arme und Hände noch einmal hundert. Die Ministerialbeamtin wirft nur so um sich mit Facetten, ihr Charakter spiegelt sich in mannigfaltigen Zerrbildern, die sie immer wieder gekonnt auf- und abbaut zwischen sich und mir. Sie bedient das große Lebenskino der Lust. Sie erregt, regt an und regt auf. Stößt ab und zieht an. Menschenmagnetismus. Wer immer sie geschickt hat, wer immer sie ausgewählt hat, mich zu malträtieren – versteht etwas vom Menschen, hat sein Sein durchdrungen.

Wie Uta so trägt auch diese Frau ein unlüftbares Geheimnis in sich. Ein Geheimnis, von dem sie selbst noch nicht einmal etwas ahnt. Und das sie daher auch niemals wird preisgeben können. Ich werde sie anschreien können, wie ich möchte, lang, laut und ausdauernd, so wie ich Uta angeschrien habe in jener Nacht. Es wird zu nichts führen, denn sie wird dieses Geheimnis nicht preisgeben können. Auch Uta ist Trägerin eines Schatzes gewesen, den sie selbst nicht erreichen konnte.

In meinem Kopf sitzt sie noch immer dort unter dem Kastanienbaum und vermag mir nicht weiterzuhelfen in meiner Verwirrung, meiner Verirrung. Wie ein abgebrochener Schlüssel ist Uta. Das Chaos in meinem Kopf, der Überschuss der Stoffe, sie kann ihn erzeugen, aber nicht lindern. Uta ist immer nur Ausgangspunkt, niemals Endpunkt, niemals Erlösung. Ich hänge in der Luft, baumel mit den Beinen und gelange einfach nicht mehr an den Grund, an den Boden, an die Welt, wie sie ist.

Sie sieht her, Uta schaut her. Die grazilen Beine überkreuz und das Kinn auf dem Teller ihrer linken Hand sieht sie her. Über ihr der Kastanienbaum, unter ihr die Bank. Und diesmal sieht sie nicht durch mich hindurch, sondern fokussiert mich geradezu.

Ich bin ertappt. Einem schäbigen Spanner gleich renne ich fort, renne um mein Leben. Renne, soweit mich meine Füße tragen.

Ich bin ertappt. Bin ertappt.

32

„Warum sind Sie hier, Janusz?" Der Oberarzt lehnt mit übereinandergeschlagenen Beinen in seinem ledernen Chefpostensessel und verschwindet fast gänzlich darin. In seinem Sessel und in seinem weißen Medizinerkittel. Das Wenige, was noch aus diesem Kittel herausschaut, wird entweder von seiner großen randlosen Brille überlagert oder von einer goldenen Rolex. Es gibt Menschen, über die wird gesagt, sie hätten *es geschafft*. Mehr wird dem nie hinzugefügt, nur *geschafft* hätten *es* diese Menschen. Und manchen Menschen, wie dem Oberarzt, sieht man es auch an, dieses *es geschafft* haben. So sitzt also einer, der es geschafft *hat*, einem gegenüber, der geschafft *ist*. Der durchgereicht wurde, der gestrandet ist.

Es geschafft haben, geschafft sein – sprachlich liegen der Oberarzt und ich nah beieinander, und auch räumlich teilen wir uns den gleichen Ort, sitzen sogar am gleichen Tisch. Würde ich nun den Arm ausstrecken, ich könnte seine Kniescheibe berühren, so nah sind der Oberarzt und ich uns sprachlich und räumlich. Und doch trennen uns Galaxien. Er und ich sind wie die zwei Seiten ein und derselben Medaille.

„Das müssen Sie doch wissen, warum ich hier bin", antworte ich ihm ein wenig trotzig.

„Ich möchte es aber gerne von Ihnen hören, Janusz. Was können wir hier für Sie tun? Was denken Sie, könnte unser gemeinsames Ziel sein?" Er lächelt. Doch gerade diese wohlwollende Verständigkeit lässt sein Lächeln verdächtig wirken. Es ist nicht aufgesetzt, er lügt dieses Lächeln nicht. Doch gerade daran nehme ich Anstoß. An seiner ungespielten Medizinerhaftigkeit.

„Unser Ziel? Ich habe kein Ziel."

„Aber Sie sind doch zu uns gekommen. Irgendeine Motivation wird es also gegeben haben."

Er rückt mit dem Stuhl ein Stück näher an die Tischplatte heran. Das zum Fenster hereinbrechende Licht fällt auf seine goldene Armbanduhr, die sogleich noch ein wenig mehr funkelt. Wie viele Oberarztgehälter mag so eine Uhr kosten? Und wie viele Frauen lassen sich mit einer Rolex am Arm und einem Doktortitel im Personalausweis wöchentlich ins Bett kriegen? Wie viele Seelen hast du da draußen auf dem Gewissen, Arzt? Und wie viele hier drinnen?

Zähle sie zusammen, addiere sie – heraus kommt ein Wert für deine Eitelkeit.

Ich werde ungerecht. Meine eigenen Gedanken weisen mich als einen aus, der von Bitterkeit beseelt ist. Zerfressen von dem Gedanken andere könnten schuld sein. Andere könnten die Verantwortung für alles tragen.

„Eine seltsame Sicht der Dinge ist das", sage ich. „Ich bin nicht zu Ihnen gekommen. Man hat mich gebracht."

„Wer hat Sie gebracht?"

„Steht alles in meiner Akte."

„Welcher Akte?"

„Die für mich angelegt worden ist."

Er greift nach einem Kugelschreiber, der in seiner Arztkittelbrusttasche steckt, zieht ein Blatt Papier aus einer Schreibtischschublade und notiert sich etwas. „Vergessen Sie die Akte für einen Moment. Wir reden nur über Sie. Warum also sind Sie hier?"

Ich schaue zum Fenster hinaus. Schaut man in Eschenallee zum Fenster hinaus, so sieht man Ulmen. Wohin das Auge auch blickt in Eschenallee, alles ist vollgestellt mit Ulmen. Eine Mogelpackung ist dieser Ort.

„Ich habe einen Menschen umgebracht."

„Haben Sie das?"

„Ja."

„Woher wissen Sie das?"

„Woher weiß ich was?"

„Woher wissen Sie, dass Sie einen Menschen umgebracht haben?" Mit dem Daumen klickt er auf seinem Kugelschreiber herum. Ich glaube, das soll seinen Worten Nachdruck geben. Der insistierende, konsequente Arzt soll hier erweckt werden. Vor mir sitzt lediglich ein überforderter Rolexträger mit Geduldsdefizit.

„Es wurde mir gesagt."

„Es wurde Ihnen gesagt. Und Sie selbst haben keine Erinnerung daran?"

„Nein."

„Warum glauben Sie es dann? Mord ist eine schwere Anschuldigung. Wenn mir jemand so etwas vorwerfen würde, ich würde das nicht so einfach glauben."

„Wirft man Ihnen so was denn ab und an vor?", frage ich.

„Nein. Natürlich nicht", sagt er in einem selbstsicheren Tonfall, voll tiefster Überzeugung, absoluter Selbstklarheit.

„Nein", wiederhole ich. „Natürlich nicht. Menschen wie Ihnen wirft man nie Morde vor."

„Warum also, Janusz, glauben Sie so einfach dem, was andere Ihnen erzählen, wenn Sie doch selbst keinerlei Erinnerung an einen Mord haben?"

„Weil es sein *könnte*."

„Weil was sein könnte?"

Die Angst vor sich selbst ist immer die größte Angst und die Verstörungen, die ein menschlicher Kopf sich selbst einbrocken kann, das sind immer die größten Verstörungen. Denn steht einer hinter einer Ecke, wartet arglistig auf einen, der ihn nicht sieht, und macht dann *Buh!,* so mag das eine schlimme Angelegenheit sein. Doch kein Vergleich zu dem *Buh!,* das von einem selbst stammt, mit dem man sich selbst erschrickt und das man nicht hat kommen sehen.

Sie haben versucht, meine Fähigkeit, mich selbst zu zerstören, mir als Kunstfertigkeit zu verkaufen. Ein normaler Mensch könne so etwas nicht, haben sie gesagt. So wie kein Mensch sich kitzeln kann, kann auch kein Mensch sich selbst verstören, haben sie gesagt. Aber ich könne das. Ein Künstler sei ich, der sich nicht grämen solle wegen seiner Kunst, sich selbst verstören zu können. Normale Menschen kämen nie dahin, sagen sie. Natürlich haben sie eine andere Redewendung benutzt, haben nicht von *normalen* Menschen gesprochen, denn die gibt es angeblich gar nicht.

Dabei gibt es sie sehr wohl und das wissen sie auch, doch es ist nicht fein, ehrlich daher zu reden. Schaut man einen Herrn Jaroncek an, wie er ganz verängstigt vor sich selbst in einem Sessel sitzt und ins Reden zu gelangen versucht und sagt dann, dass es auf der einen Seite normale Menschen gibt und auf der anderen Seite Jaronceks, so bringt ihn das kein Stück weiter und trägt das Gespräch allenfalls bis direkt vor die nächstbeste Betonwand. Also verklausulieren die Menschen sich wild durch die Gegend, verlieren sich in Euphemismen, versuchen mir meine Angst vor mir selbst schmackhaft zu machen, so als wäre ich ein Einradfahrer oder ein Hochseilartist oder beides zugleich, ein Einradfahrer auf einem Hochseil. Denn ich sei derjenige, der den Schrecken vor sich selbst am Leben erhalte, sagen sie.

Immerhin darin liegen sie richtig, denn ich bin ein Perpetuum mobile der Verstörung. Ich halte die Visionen und den Wahn eigenmächtig in Gang. Mein Vertrauen in meine Fähigkeiten und meine fünf Sinne habe ich jedoch verloren. Ich rieche etwas und denke *lächerlich*, ich höre etwas und denke *lächerlich*, ich sehe etwas und denke *vermutlich nicht existent.* Das ist wie ein Leben auf Eierschalen.

Laufe ich einmal quer durch einen Raum und versuche, von Wand zu Wand zu gelangen, so kann ich im Moment des Loslaufens nicht mit Gewissheit sagen, dass ich an der gegenüberliegenden Wand ankommen werde, dass meine Beine und Füße genau das tun, was man Beinen und Füßen nachsagt zu tun. *Laufen, was sonst,* doch so klar ist das eben nicht. Manchmal laufen Beine und Füße auch nicht, sondern sie bleiben stehen. Exakt an diesem Punkt beginnt der Wahnsinn mit sich selbst, denn um vom Stehen in ein Laufen zu kommen, braucht es den menschlichen Willen, das Kontrollzentrum im Kopf, das bestrebt ist, von dem einen Zustand in einen ganz anderen überzuwechseln. Ja, es braucht den Willen. *Und bist du nicht willig, so braucht es Gewalt*, gilt für Frauen, gilt für Männer, gilt für Menschen.

Dass sich das Stottern mit dem Aufwachsen automatisiere, haben sie damals gesagt, als ich in ihrer Praxis saß und reden wollte, aber nicht konnte. Doch das stimmte nicht. Nichts hat sich bei mir automatisiert, nichts ist flüssig geworden, nicht meine Sprache, nicht mein Gang und schon gar nicht der Lauf meiner Gedanken. Ab und an gehe ich und sehe an mir hinab, sehe die Bewegung meiner Glieder und bin sogleich verwunderte und irritiert. Hocke als Zaungast auf meinem eigenen Körper, bin in den guten Momenten gespannt, wohin es mich wohl tragen wird und in den schlechten Momenten schockiert und verstört, dass so etwas möglich ist, dass ich von einem Stehenden zu einem Laufenden geworden bin ohne eigenes Zutun. Während ich so herlaufe, forsche ich in meinem Kopf. Ich suche in meinen Erinnerungen, ob ich womöglich den Steuerbefehl schlichtweg vergessen habe, verschludert zwischen Gehirnzelle A und Gehirnzelle B. Aber da ist nichts verschludert, kein Gedanke liegt da herum, der mir klar und deutlich zeigt, dass ich laufen wollte.

Ungefragt laufe ich durch die Gegend, etwas manövriert mich hin und her. Mein Wille ist eine einzige große Lächerlichkeit. Wie soll ich so mit mir selbst warm werden, wie soll ich mich in mich hineinfinden? Nein, ich halte mich im Kopf nicht aus, stehe im Widerspruch zu mir selbst. Es graust mir, ich sein zu sollen, wo ich es doch nur selten bin. Nichts möchte ich mit einem wie mir zu schaffen haben, und so ist es natürlich einfach, mir Dinge unterzujubeln, die ich weder verifizieren noch falsifizieren kann.

Ab und an finden sich in meinem Portemonnaie die Visitenkarten fremder Männer und ich denke und überlege, komme aber auf kein dazu passendes Gesicht. In meinem Handy finden sich die seltsamsten Namen mit den seltsamsten Nummern dahinter, *Geraldine P.* beispielsweise steht dort, doch ich kenne keine Geraldine P. Also rufe ich wagemutig an, lasse es läuten, dreimal, viermal und höre eine Frauenstimme. Und ich sage: *Geraldine?*

Und diese Geraldine erdreistet sich zu antworten: *Jaroncek, bist du es? Das ist ja schön, dass du dich meldest, du, ich habe noch einmal überlegt* ... und dann quatscht sie mich voll, dieses Frauenzimmer, was sie sich überlegt habe nach unserem letzten Zusammentreffen und wie sich meine Worte in ihrem Kopf gedreht und dann doch noch zu einem fruchtbaren Entschluss geführt hätten und sie nun wisse, wie *alles* zu handhaben sei und sie mir sehr danke, sehr sehr danke und wir *das* bald einmal wiederholen können, gerne sogar.

Und ich sage noch: *Gerne geschehen, Geraldine!* Habe aber keinen blassen Schimmer, wer diese Frau ist und was hinter diesem *alles* und diesem *das* stecken könnte. Eine Ahnungslosigkeit steckt in mir, die mich mal zur Verzweiflung, mal zur Raserei bringt.

Ich betrachte den Oberarzt, wie er dort selbstgefällig vor mir sitzt, sich im Gegensatz zu mir recht gut auszukennen scheint in sich selbst. Die Ministerialbeamtin ist fort, nun sitzt dort nur noch der Arzt, was ihm gut zu tun scheint, denn offensichtlich ist er genauso verschüchtert durch ihre Präsenz wie ich.

Ich zögere, merke wie das Atmen schwer wird, die Brust zu klemmen beginnt. Utas Gesicht. Ihre geschwungenen Augenbrauen. Die tragen die Schuld für alles, diese Augenbrauen müssten verknackt, eingebuchtet, in Gewahrsam genommen werden. Nicht ich bin schuldig, nicht der Oberarzt, nicht die Ministerialbeamtin, nicht Vater, nicht Mutter, nicht Uta. Ihre so formvollendet geschwungenen Augenbrauen, die waren es. Die gehören hierher nach Eschenallee.

„Weil es sein *könnte*", wiederhole ich. „Ich *könnte* einen Menschen getötet haben."

„Einfach nur einen Menschen? Oder einen ganz bestimmten?"

„Macht das einen Unterschied?"

„Durchaus", sagt er. Ein so kurzes Wort, denke ich. *Durchaus* – und doch transportiert es alles, was ihn aus- und mich fertigmacht. Sein kontrolliertes Selbstverständnis und mein unkontrolliertes Selbstverständnis passen in acht Buchstaben.

„Nicht für mich", sage ich.

„Nicht für Sie? Warum nicht für Sie? Gelten für Sie andere Regeln als für den Rest der Menschen? Sind Sie *anders* als alle anderen?" Seine Finger, die noch immer den Kugelschreiber halten, spannen sich. Er ist bereit zu schreiben. Er unterschätzt mich, das tun sie immer. Er rechnet nicht damit, dass ich sehr wohl sehe, auf was er hinaus will und in welche seiner auswendig gelernten Schemata er mich zu pressen versucht. Seine Fingerkuppen pressen sich zusammen. Er hofft, gleich etwas zum Notieren von mir zu bekommen.

„Ja", sage ich.

„Was ja?"

„Ja, ich bin anders."

„Und woran machen Sie das fest?"

„Woran ich festmache, dass ich anders bin?"

„Ja, Janusz. An irgendwas müssen Sie das doch festmachen. Wann und wo haben Sie dieses Gefühl anders zu sein als alle anderen?"

„Das ist kein Gefühl", sage ich ruhig. „Es ist eine Tatsache."

„Gut", sagt er. „Wenn es eine Tatsache ist und nicht nur ein Eindruck, dann muss es auch einen Beweis geben. Was also beweist Ihnen, dass Sie anders sind?" Er sieht mich an. Ich sehe ihn an. Wir beäugen uns.

Sie sind hier, damit wir Ihnen helfen können, so wurde mir bei der Einweisung gesagt. Aber das ist Bullshit. Würden sie einem helfen wollen, würden sie aufhören beharrlich Showdown-Situationen zu erschaffen. Augenblicke, in denen sich Arzt und Patient wie Cowboys gegenüberstehen, die Hand am Colt.

„Ich bin hier", sage ich. „Das ist doch wohl Beweis genug für meine Andersartigkeit."

Er blinzelt mich an.

Ich glaube, ich habe einen Treffer gesetzt. Meinen Colt schneller gezogen als her.

„Sie denken also, nur kranke Menschen kommen hierher?"

„*Krank* haben Sie gesagt. *Anders* sage ich."

„Sehr gut, das ist doch was. Wir dürfen also festhalten: Krank und anders sind zwei verschiedene Sachverhalte. Und Sie sind nicht *krank*, Janusz, sondern eben – *anders*."

„Können wir so festhalten." Ich nicke.

„Prima, dann können Sie ja gehen." Er knüllt sein Papier zusammen und wirft es in hohem Bogen in den Abfalleimer. Gut zehn Meter sind es von seinem Platz bis dorthin, doch mit einer spielenden Bewegung trifft er genau in die große runde Öffnung. Wenn das kein Zufall war, dann ist es Übung. Eine permanent ausgeführte Bewegung, wieder und wieder vollzogen.

„Ich kann gehen?"

„Genau. Auf Wiedersehen."

„Warum kann ich gehen?" Ich klinge verblüffter, als ich klingen möchte.

„Weil wir eine Krankenstation sind. Wir helfen kranken und leidenden Menschen. Für Leute, die einfach nur anders sind, haben wir hier keinen Platz. Stellen Sie sich einmal vor, wir müssten jeden kurieren, der sich als *anders* hinstellt, die Straßen wären leer und unsere Zimmer voll."

Ich schaue ihn an. Ich nehme mein eigenes Gesicht als abgeklärt wahr, doch es muss längst ein Zug von Verwirrung darin liegen.

Und so fährt der Oberarzt fort, eigene Treffer zu landen. „Hören Sie, Janusz, Sie sind doch ein intelligenter Mann. Sie haben Abitur, Sie haben eine gute Ausbildung, abgeschlossen als Landesbester sogar. Und die Sache mit den Monologen auf Marktplätzen und an Straßenecken – das machen keine Irren. Nein, das machen Menschen, die etwas zu erzählen haben. Ja, Janusz, so einfach ist das: Sie haben was zu erzählen! Nicht mehr, nicht weniger. Menschen, die den Durchblick haben und in der Lage sind, inmitten der dunklen Ahnungslosigkeit ein Licht anzuknipsen, genau die werden Kabarettisten, Aufklärer, Psychologen oder aber Eckenplauderer, so wie Sie. Die Berufe mögen changieren, das Betätigungsfeld ist das gleiche. Hey, Janusz – Sie haben gelernt, die Menschen zu lesen, so wie ich. Ein einzelnes Wort, eine einzelne Geste und Sie wissen Bescheid. Im Grunde haben wir den gleichen Beruf, mit dem Unterschied, dass ich notfalls ein Messer oder eine Spritze benutzen darf."

Er lacht. Dieser Mann ist besser, als ich dachte. Fast ist er mir sympathisch. Der Humor von Ärzten mag eigen sein, aber es ist der beste Humor, den wir in diesem Lande haben. Während Schriftsteller und Gelehrte zumeist recht humorlose Gesellen sind, sind Ärztekongresse die ausgelassensten Veranstaltungen der Welt.

„Nein, Herr Doktor. Sie *wissen* sofort Bescheid. Ich *glaube* lediglich, sofort Bescheid zu wissen."

„Ist das nicht das gleiche?"

„Nein. Es ist der Unterschied zwischen Kittel und Nicht-Kittel. Zwischen Analysieren und Stochern. Zwischen Arzt und Wegelagerer eben."

„Großartig", sagt er, zieht die Schublade auf, holt ein neues Blatt

Papier hervor und klickt seinen Kugelschreiber hoch. „Dann stochern Sie doch ein wenig. Und ich analysiere für Sie. Klingt nach gutem Teamwork, finden Sie nicht? Versuchen Sie nicht, beständig meine Rolle einzunehmen, dann versuche ich im Gegenzug, nicht beständig Ihre Rolle einzunehmen. Das ist der Deal."

Das hier ist Schach, aber ein guter Schachspieler bin ich nie gewesen. Viele Menschen haben Mühe, drei oder vier Züge im Voraus zu denken. Ich dagegen scheitere schon an der Überlegung meines ersten Schrittes. Manchmal habe ich Glück und überrasche meine Gegner gerade durch meine Unüberlegtheit. In der Regel aber stolpere ich dumpf und stupide in ihre viele Minuten zuvor aufgestellten Fallen. Für Schachspieler bin ich das geborene Opfer.

„Gehen wir doch anders an die Sache mit dem *anders* heran", sagt er und unterbricht mich in meinen Gedanken. Er lässt sich tief in seinen Oberarztsessel sinken, streicht sich mit dem Daumen über das Kinn und legt seine Stirn in Falten.

„Ich, der diplomierte Bescheidwisser, stelle eine These auf. Und Sie, der andersartige Stocherer, widersprechen mir. Oder aber geben mir gerne auch recht. Vorausgesetzt natürlich Sie sind schon so weit."

„Wie weit?"

„So weit anderen Menschen recht geben zu können, Janusz. Dem Urteil anderer Menschen ein wenig Glauben zu schenken."

„Aber das mache ich doch seit Jahren", verteidige ich mich empört. „Das ist doch einer der Gründe, warum ich hier bin. Weil ich dauernd den anderen recht gebe, die anderen verstehe, mich permanent in ihre Köpfe hinein versetze und dabei vollkommen vergesse, mich um mich selbst zu kümmern! Ich sei ein egoistischer Eckenquatscher, wurde mir bei meiner Einlieferung gesagt und genau diesem Egoismus sei auch Uta zum Opfer gefallen, Selbstsucht sei das Motiv meiner angeblichen Tat, das Motiv dieses Mordes an einer sanftmütigen Frau. Aber das stimmt nicht, nichts davon ist wahr oder auch nur im Ansatz zu belegen. Im Gegenteil: Hätte ich in meinem Leben nur ein einziges Mal an mich gedacht, ich säße nicht hier, ich hätte Frau und Job und Kinder und Auto und Haus."

Hastig notiert der Oberarzt viele Sätze auf seinem Blatt Papier. Es scheint, als komme er kaum hinterher, habe mit einem Male viel mehr zu schreiben als zu erwidern.

„Sie geben also permanent anderen Menschen recht, ich verstehe", wiederholt er, ohne aufzublicken.

„Ja, so verhält es sich".

„Und denken nie an sich selbst."

„Auch so verhält es sich."

„Dann sind Sie also so was wie ein – Altruist! Geben ist Ihnen seliger denn nehmen, Janusz?"

Ich wittere eine neue Stolperfalle, beschließe zu schweigen und den Teppichboden zu meinen Füßen zu inspizieren.

„Ich sage Ihnen etwas, Janusz. Ich weiß, Sie halten nicht viel von mir und meinen Kollegen. Das ist auch in Ordnung, das gehört zu meinem Beruf. Man wird Arzt, um respektiert zu werden, nicht um sich beliebt zu machen. Eines kann ich Ihnen nach über zwanzig Jahren auf dieser Station aber mit auf den Weg geben. Zehn von zehn Patienten hier behaupten von sich selbst, anders zu sein. Manche benennen es nicht so, sagen stattdessen, dass sie nicht richtig ticken, seltsam sind, strange, balla-balla. Gemeinsam ist allen jedoch nicht dem Standard zu entsprechen, nicht Teil einer sonst wie gearteten Normalität zu sein. Und ich sage Ihnen noch etwas: Zehn von zehn Patienten hier in Eschenallee machen die Menschen da draußen für ihre Fehlerhaftigkeit verantwortlich. Die Kollegen, die Ehepartner, die Eltern, die Regierung, die Moslems, die Russen, die Amerikaner, finstere Mächte. Kurzum: die Gesellschaft, die sie nicht so sein lässt, wie sie wirklich sind."

„Und?", frage ich. „Ist dem nicht so?"

„Gut möglich, dass da wirklich was dran ist. Ich frage Sie nur: Warum höre ich das nicht nur hier auf der Station?"

Ich schaue ihn an.

„Kommen Sie, Janusz, glauben Sie wirklich, die Gespräche, die ich hier auf der Station führe, unterscheiden sich allzu arg von den Gesprächen, die die Menschen dort draußen miteinander führen? Wenn es um Medikationen und Therapieansätze geht, dann ja. Aber ansonsten sprechen die Menschen, die draußen sind, doch gar nicht so anders als die, die hier drinnen sind. Haben Sie schon einmal einem richtig zünftigen Stammtisch beigewohnt? Oder machen wir es noch einfacher: Lesen Sie Zeitungen? Ganz gewiss machen Sie das, schließlich sind Sie von Haus aus ein belesener Charakter. Dann dürfte es auch Ihnen nicht entgangen sein: Das Gejammer über die anderen hat Methode. Es sind immer die anderen, die einem das Leben versauen. Suchen Sie sich irgendein sozialpolitisches Thema, egal welches. Umweltschutz. Asylrecht. Mindestlohn. Es könnte alles so einfach sein, wenn nicht dauernd diese *anderen* Deppen uns vernünftigen und gutherzigen Menschen in die Parade fahren würden, uns krank machen. Merken Sie was, Janusz? Hier drin sind demnach also die Vernünftigen. Aber wenn es doch die Vernünftigen sind, die hier drinnen hocken – warum hocken sie denn dann hier drinnen? Das ist der Kreislauf des Wahns. Die Vernünftigen halten sich für irre, weil sie sich als die einzigen Vernünftigen wähnen." Er lacht. Der Oberarzt lacht, greift sich dabei an den dicken Schädel und wirkt selbst ein wenig debil dadurch.

„Wenn Sie mich also fragen, Janusz: Alle Menschen sind gleich anders. Verstehen Sie? Gleich anders sind alle Menschen! Der Rest spielt sich doch immer nur im eigenen Kopf ab. Ob einer hilfe-bedürftig ist oder nicht obliegt der Selbstwahrnehmung. Deswe-gen nehmen wir nur Menschen hier auf, die sich selbst einliefern, die freiwillig zu uns kommen. Sie sind also gar nicht anders als die anderen, schon gar nicht bekloppter. Warum sollten Sie auch, so als Mensch unter Menschen? Sie möchten nur gerne einer sein, der als wahnsinnig gilt, haben sich genau das in Ihren Kopf gesetzt. Und unsere gemeinsame Aufgabe besteht darin, herauszufinden warum. Warum will ein kerngesunder, gescheiter Mann wie Sie ein Ver-rückter sein? Sie haben es vorhin selbst gesagt: Kind, Job, Frau, Haus – das alles besitzen Sie nicht, kriegen es nicht auf die Reihe. Aber ich wette, hinter dieser Fassade aus Selbstmitleid und Unglück läuft Ihnen auch ein kleiner leichter Schauer über den Rücken, wenn Sie von Ihrem Scheitern erzählen. So sind doch auch Ihre Reden auf dem Marktplatz, oder nicht? Das große Scheitern des Janusz Jaroncek, für alle ersichtlich, episch lang aufbereitet, haarklein aufgedröselt."

„Und was soll ich mit all dem nun anfangen, Herr Doktor?", frage ich, betont gelangweilt.

„Es liegt ganz bei Ihnen, was Sie damit anfangen wollen oder kön-nen. Wie wäre es hiermit: Was Sie *anders* nennen, das ist nur eine Umschreibung für *normal*. Anders sind allein die Rückschlüsse, die Sie für sich daraus ziehen. Auch andere Menschen ziehen Rück-schlüsse, permanent zieht jeder einzelne Mensch dort draußen Rückschlüsse, hundertfach am Tag. Die landen deswegen aber nicht gleich hier, sondern zucken mit den Schultern und gehen ihrer Wege. Nur Sie, Janusz, fordern so vehement Ihr Recht ein, nicht ganz zurechnungsfähig zu sein, nicht als Mensch unter Menschen zu gelten. Diese anderen Rückschlüsse sind es, die Sie hergeführt haben. Nur die."

„Aber ist es nicht ebenfalls normal, wenn wir schon dabei sind, andauernd Rückschlüsse zu ziehen?"

„Durchaus", sagt er und diesmal klingt dieses Wort nicht mehr ganz so verächtlich. „Mit dem kleinen Unterschied, dass die Jammerer dort draußen ihre Rückschlüsse immer nur aus dem Verhalten jener Anderen ziehen, selten aber ihr eigenes Handeln inspizieren. Die Menschen aber, die hier bei uns landen, bei denen verhält es sich genau andersherum: Sie kreisen immer nur um sich selbst und ziehen auch ihre Rückschlüsse permanent aus sich selbst. Ihre Selbstreflexion gerät zum Gang durchs Spiegelkabinett. Das Handeln und das Tun anderer Menschen findet dort nicht mehr statt, es gerät allenfalls noch zur Projektionsfläche des eigenen Geschwurbels. Menschen werden immer nur an sich selbst ganz chaotisch. Niemals an den anderen. Verstehen Sie, Janusz? Ich erwarte gar nicht, dass Sie mich besonders wertschätzen oder mir gar zustimmen. Es würde mich aber ausnehmend freuen, wenn Sie diese Gedanken als Stimulationen begreifen."

„Stimulationen?"

„Aber natürlich: Stimulationen."

33

Da war sie.
Es war gut, dass ich an der Wand stand, sonst wäre ich vornüber gekippt. Noch immer konnte ich mir nicht erklären, was sie mit mir machte. Und vor allem wie sie es machte. Aber sie machte es und ich konnte nichts anderes tun, als meine Finger in die kalte Mauer zu krallen und zu hoffen, dass es vorbeigehen würde – oder aber ewiglich andauern. Ich schwitzte. Die Schuhcreme, mit der ich mich getarnt hatte, um nicht gesehen zu werden, lief mir ins Gesicht.

Was für ein verwirktes Leben das werden wird, dachte ich. Ich stand in der Dunkelheit an Utas Fenster, spähte aus meiner vermeintlichen Sicherheit in ihr Schlafzimmer – und ahnte mein Leben voraus. Sah, dass es verwirkt sein würde.

Ein seltsames Adjektiv, dieses *verwirkt*. Denn mit Untätigkeit hat es nichts zu tun, das wäre *verschleudert*, ein *verschleudertes Leben*. Meines aber, so erkannte ich mit Anfang zwanzig, als ich vor Utas Schlafzimmer stand und den Blick in ihr Schlafzimmer warf, würde ein verwirktes Leben sein.

Was wollte ich dort erreichen? Was war das Ziel eines Spanners? Wie ich es auch drehe und wende, es bleibt schleierhaft. Nackte Frauen, sogar schöne nackte Frauen gab es einfacher zu sehen. Kein Aufwand war dafür noch nötig in Zeiten der Kioske. Was also dann? Warum stand ich dort im Dunkeln und blickte in ihr Zimmer?

Die Wahrheit ist immer bitter. Uta hat mich nackt nie interessiert. Ich habe mich immer schnell genug abgewendet, sie niemals nackt gesehen. Die Möglichkeiten waren da, in Tausend und einer Nacht stand ich vor ihrem Schlafzimmerfenster, sei es noch vor dem Haus ihrer Eltern, später dann vor den Wohnungen ihrer Studentenzeit oder schließlich und endlich dort, wo aus dem Mädchen, dass ich mir ersann, eine Ehefrau und Mutter wurde. Ja, überall dort sah ich sie in Tausend und einer Nacht die Knöpfe ihrer Kleidung öffnen. Und in Tausend und einer Nacht drehte ich mich um, abrupt, von Panik ergriffen.

Ich ertrug es nicht, Uta nackt zu sehen. Ich konnte nicht der Fraulichkeit in Uta begegnen. Selbst in unserer letzten Nacht, der Nacht aller Nächte, wegen der ich ich in diesem Raum sitze, ertrug ich es nicht.

Uta kam aus ihrem Schlafzimmer. Hätte ich das ahnen können? Ja vielleicht. Klettert man eine Regenrinne empor, macht sich auf einem Balkon vor den Nachbarn zum Gespött, damit das vermeintliche Objekt der Begierde dann mit einem Male herbei geeilt kommt, öffnet, lacht, spottet, in einem Negligé vor einem steht, dann hat das nichts Unterwartetes. Und doch hat es mich aus der Bahn geworfen. Ein Übertölpelter war ich plötzlich.

Ich war gekommen, um zu klopfen, nicht aber um sie zu sehen, ihr zu begegnen! Sie war allein in ihrer Wohnung. Was zum Teufel mag nur in ihr vorgegangen sein, dass sie aus ihrem Bett stieg? Welchen Sinn soll das gehabt haben, wenn nicht Niedertracht, Schmerz oder sogar Auslöschung?

Nein, ein verwirktes Leben ist nur dann ein verwirktes Leben, wenn die Aussichtslosigkeit und die Verzweiflung in jeder Pore mitgetragen werden, wenn die Verwerflichkeit sich auf die ausgewrungenen Glieder niedersetzt und wie von allein beginnt, Geschichten zu erzählen. Darum geht es doch in den Leben derer, die keinen Zugang zu ebendiesem Leben finden. Die glauben, gar kein Leben zu führen, während sie weiterhin nicht sterben.

Wie oft bin ich Uta hinterher gestiegen – und wie oft vor ihr an jenen Orten angekommen, die sie erst noch aufzusuchen gedachte? Und wie oft inspizierte ich die gleichen Orte direkt nach ihrem Fortgang, eifrig und begierig aufsammelte, was noch aufzusammeln war.

Ich besitze eine große Pappschachtel. Und darin liegen Utensilien aus fünfzehn Jahren Leidenschaft, die ich für eine Frau gehegt habe, die neben Ignoranz und Spott nie viel für mich übrig hatte. Viele Haare sind darin, sie hat sie verloren bei diesen und jenen Tätigkeiten ihres Leben. Sie hat es nicht bemerkt, aber ich sehr wohl, als ich hinter einem Baum oder einem Mauervorsprung stand. Sogleich bin ich hin gehechtet, um es aufzusammeln. Plastikbecher sind dort auch, an die Uta ihre Lippen gesetzt hat, um zu trinken, irgendwo, irgendwann. Achtlos von ihr in einen Mülleimer auf dem Weg von A nach B geworfene Bonbon- und Kaugummipapiere habe ich sorgsam aufgelesen, liebkost, archiviert. Sogar Notizzettel besitze ich, Papiere, auf die Uta geschrieben hat. Heimlich habe ich sie aus ihren Wohnungen entwendet, aus ihren Mülleimern gezogen. Eine schöne geschwungene Handschrift offenbart sich auf diesen Papieren, viel zu schön, als dass sich ein weiser oder aufklärender Gedanke dahinter verbergen könnte. Denn wer lebt und liebt, so habe ich durch sie und ihre Papierschnipsel gelernt, der braucht nicht zu sinnieren, sondern schreibt einfach so dahin, es wird ganz von selbst zu Schönheit.

Eine ganze Box angefüllt mit Uta besitze ich. Ab und an ziehe ich sie unter meinem Bett hervor, öffne sie, wühle darin herum, halte die vielen Utensilien ins Sonnenlicht, das durch das Fenster in meine Wohnung fällt – und versuche alsdann, den Wahnsinnigen in mir auszumachen. Den Perversen, den Triebtäter, den Ekelhaften. Den von Einsamkeit und unstillbarem Verlangen Vergrämten. Ich nehme mir vor, ihn zu erkennen, doch es gelingt mir nicht. Alles, was ich spüre, ist eine Poesie und eine Romantik. Eine Liebe für eine Frau, die erschaffen worden ist aus dem Nichts und die auserkoren wurde, auch im Nichts aufzugehen. Eine einzige Verpuffung ist meine Liebe für eine Frau, eine viele Jahrzehnte dauernde Erosion von Gedanken.

Diejenigen, die mich festhalten und mich vehement als Utas Totschläger entlarven wollen, die denken, sie hätten eine gut funktionierende Spurensicherung in ihrem Apparat. Doch das haben sie nicht. Sie sind allesamt ein Witz verglichen mit dem, was ich aus Utas Resten herauszulesen vermag. Ich verstehe die Welt nicht, das ist wahr. Uta aber – die spurensichere ich binnen Sekunden. Auch nun, da sie tot ist, werfe ich einen kurzen Blick auf die Tatortfotos, die sie mir permanent unter die Nase halten, um mich zu einem Geständnis zu bewegen, sehe ihren Leichnam und weiß alles.

Das ist der Unterschied zwischen ihnen und mir und der Grund, warum wir im Gespräch nicht zueinanderfinden werden und schon gar nicht im Verhör. Sie denken, alles zu verstehen, wissen de facto aber nichts. Ich hingegen weiß alles, fürchte jedoch, nichts zu verstehen. Warum dieser verdammte Kastanienbaum hat auftauchen müssen an diesem verdammten Ort. Warum ich Regenrinnen emporklettern kann. Warum Uta Uta war und warum ich ich bin. Wo ich im Lauf der vergangenen Jahre doch so verdammt gerne zu jemand anderem geworden wäre, so genug, so die Schnauze voll habe ich gehabt von der Unentrinnbarkeit, von der Leidenschaft, von der Liebe.

Ich habe in meinem Badezimmer gestanden, meinen Kopf mit voller Wucht in den Spiegel krachen lassen, das Blut beobachtet, wie es ins Becken tropfte – und keine Änderung der Verhältnisse feststellen können. Die Fingerknöchel habe ich mir gebrochen, mehrere Male, beim Einschlagen auf eine Betonwand. Stundenlang stand ich dort und schlug und schlug, hoffte, dass meine eigenen Tränen kommen und mich stoppen würden, doch sie kamen nicht, alles was kam, war die Wut und die Angst. Und dann: die bodenlose Verzweiflung. Die Tiefe, die Leere.

Wie lässt sich ein Hirngespinst vertreiben?

Dass ich ihr Angst mache, sagte sie zu mir, irgendwann in unseren Endzwanzigern. Sie hatte gerade ihr Studium beendet und war mit ihrem Mann in eine gemeinsame Wohnung gezogen. Glücklich sah sie aus, an den Busbahnhöfen, an denen ich noch immer vor ihr auf den gleichen Bus wartete, bei dem Arzt, bei dem ich den Termin nach ihr hatte, im Park, in dem ich mir die Bank, auf der sie so lange leibhaftig gesessen hatte, nicht entgehen ließ.

Ihr Mann war ein ordentlicher Kerl, dem ich, obwohl ich ihm lange die Chance gegeben hatte, mich zu enttäuschen, nichts Negatives nachsagen konnte. Er liebte Uta, zumindest über viele Jahre, hatte sich immer um sie gesorgt und gekümmert und mir auch, als ich es, wie er sagte *allzu bunt trieb,* die Leviten gelesen. Die Tracht Prügel meines Lebens hat er mir verabreicht, hat in Utas Gegenwart wie wild auf mich eingeschlagen. Nicht eine Sekunde habe ich mich gewehrt, vom ersten Schlag an ließ ich schlaff die Arme an meinen Seiten hinunter baumeln. Insgeheim, tief in mir drin, habe ich ihn sogar angefeuert. Ihm mit stummen Blicken zugerufen, es mir ordentlich zu zeigen, es mir zu geben, mich fertigzumachen!

Er hat mich ins Krankenhaus geprügelt an jenem Abend. Und Uta hat ihm zugejubelt. Und auch ich habe ihm zugejubelt – stumm. Doch am Ende war alles eine große Enttäuschung, ich habe geblutet und blaue Flecken gehabt und mein Gesicht war ganz angeschwollen, aber nach zwei Tagen habe ich das Krankenhaus schon wieder verlassen können. Nichts hat Utas damaliger Ehemann geändert mit seinen Schlägen und Tritten. Nicht hart genug ist er gewesen, der Ehemann. Anzeigen hätte ich ihn sollen. Anzeigen bei der Polizei wegen Nichtzuendeführung. Wegen Inderlufthängenlassens.

34

„Ich habe sie altern sehen", sage ich dann mit einem Male zur Ministerialbeamtin, die wie Uta eine Unumstößlichkeit darstellt. Und die wie Uta nichts begreift. Zwar alles richtig sieht und hochintelligent deutet – unterm Strich dann aber doch nichts begreift.

„Ich habe Uta altern sehen, über die Jahre. Können Sie sich vorstellen, wie das ist? Man steht mitten in der Nacht auf einem Balkon, hatte einen beschwerlichen Herweg und klopft sich die Seele aus dem Leib, weil eine seltene Chance da ist, weil das Kind bei den Großeltern ist und der Ehemann über alle Berge. Und man weiß: Der Grund des Klopfens ist schon gar nicht mehr da. Er ist nicht gestorben, er ist weg. Man klopft an die Scheibe, das Licht geht an und Uta kommt in einem Negligé, in einem Hauch von Nichts – und der Klopfgrund ist fort. Einfach fort. Verstehen Sie, was ich meine?"

„Natürlich verstehe ich das. Ist ja nicht sonderlich schwierig, das zu begreifen. Sie wollen was Junges im Jaroncek-Bett. Das geht allen alternden Knackern so. Die Wensch war schön, aber nach fünfzehn vergeudeten Jahren eben auch keine zwanzig mehr."

„Nein, das ist es nicht. Darum geht es nicht."

„Natürlich geht es darum. Es geht immer um Sex und immer um Schönheit. Hören Sie auf, sich einzubilden Sie wären eine Ausnahme, Jaroncek. Gerade bei den Männern, die am heftigsten darauf beharren, dass es nicht um Sex geht, geht es am allermeisten darum. Denn diese Männer machen sich am meisten vor, vergehen sich an ihrer eigenen Natur. Die Hälfte aller Sexualstraftäter ist fest davon überzeugt, sich nicht die Bohne für Sex zu interessieren. Kein Witz, Jaroncek! Sie rennen getrieben durch ihr Leben und flüstern sich zu, kein sexueller Mensch zu sein, sich niemals derart gehenlassen zu wollen – bis es dann irgendwann *Paff* macht, Jaroncek. *Paff*.

Und genau so einer sind Sie. Quatschen als gesellschaftlicher Möchtegern-Aussteiger existentialistisch daher, leiden aber gar nicht an der Sinnlosigkeit der Welt oder dem Wahn der Menschen, sondern einfach nur an Ihrer Verklemmtheit. Sie haben gut funktionierende, sehr wendige Augen im Kopf, die Ihnen dauernd aus dem Schädel fallen, sobald eine Frau sich vor Ihnen in den Hüften wiegt oder ihre Lippen spitzt. Doch sperrt man Sie mit fünf Pornoköniginnen in einen Raum, so passiert nichts, Jaroncek. Gar nichts! Denn anstatt sich die Seele aus dem Leib zu vögeln, hegen Sie Fluchtgedanken, fangen das große Winseln und Betteln an, wollen rausgelassen werden aus dem Raum mit den Pornoköniginnen. Kein normal funktionierender Mann kann es sich leisten, fünfzehn lange Jahre einer einzigen Frau hinterherzulaufen, Jaroncek! Weder der Geist noch der Körper des Mannes ist gemacht für eine derartige Aussichtslosigkeit. Sie aber sind so verklemmt, dass Sie genau das konnten, Jaroncek. Eine Frau, die Sie permanent ablehnt, ist wie gemacht für Sie. Bewahrt sie Sie doch davor, beständig Ihrer eigenen Verklemmtheit begegnen zu müssen. Dauernd an Ihre eigentlichen, an Ihre wirklichen Grenzen stoßen zu müssen. Das ist das Problem."

„Nein, verdammt", schreie ich. „Es geht um Flüchtigkeit! Um Unwiederbringlichkeit! Uta ist verweht. Verstehen Sie? Verweht! Sie ist mir durch die Hände geweht. So wie der Sand, damals am Strand von Katwijk, so ist Uta mir durch meine Finger geweht. Ich habe den Sand nicht festhalten können, so wie ich auch Daddy nicht habe festhalten können. All das am Fenster Stehen, all das Klopfen und all das Rufen hat zu nichts geführt, ist wirkungslos verhallt in Nacht und Regen. Daddy in seiner dünnen grünen Regenjacke, Uta in ihrem Hauch von einem Negligé, alles vermengt sich zu einer großen Flüchtigkeit. Verstehen Sie?"

„Kein Wort, Jaroncek. Muss ich aber auch nicht. Sie bringen eine Frau um und nun sollen andere die Schuld dafür tragen? Nichts da! Und spielen Sie mir nicht den Irren und auch nicht den Todunglücklichen vor, beide Rollen nehme ich Ihnen nicht ab. Sie sind voll schuldfähig."

„Sie meinen also, ich hätte nicht an ihre Tür klopfen sollen?"

„Sie hätten nicht so fest klopfen sollen, Jaroncek, das hätte bereits ausgereicht. Normale Menschen klopfen sachte an, erhalten eine freundliche Absage und trollen sich. Nur Psychopathen treten gleich mit dem ersten Klopfen die Tür ein und wundern sich über den Lärm, den sie verursachen. Mit Gewalt hat sich noch keine Frau überzeugen lassen, Jaroncek. Hätten Sie Frau Wensch nur ein wenig Respekt und nur ein wenig Achtung entgegengebracht, wer weiß, vielleicht hätte sich mit Geduld ihr Herz erweichen lassen. So ausgeschlossen ist das nicht. Sie aber, Jaroncek, kennen nur Flucht und Überfall, ganz oder gar nicht. Leben oder Tod. Dabei lernen schon kleine Kinder, dass Gewalt zu gar nichts führt. Jeder weiß das. Nur Sie nicht, Jaroncek."

„Ich weiß, dass alles zu nichts führt."

„Ach ja, Ihre beiden Grundprobleme, da haben wir sie ja wieder: das *alles* und das *nichts*. Aber das müssen Sie mir erklären. Sie stehen mitten in der Nacht auf dem Balkon von Frau Wensch, klopfen wie ein Wahnsinniger an die Scheibe − und wissen, dass es aussichtslos ist, dass diese ganze Aktion vollkommen für die Katz ist?"

„Ja."

„Aha. Und welchen Sinn soll das haben? Wo soll da die Motivation stecken? Im Scheitern?"

„Nein. Im Klopfen."

„Bockmist, Jaroncek! Bockmist. Sie sind kein Philosoph, Sie drehen es sich nur so. Sie sind ein Tier, ein Wolf sind Sie! Sie wollten Frau Wensch, konnten es nicht ertragen, dass jemand anders sie haben konnte und auch Ihre eigene Verklemmtheit, die Ihnen natürlich auf Schritt und Tritt ebenfalls begegnet ist, haben Sie im Kopf nicht mehr ausgehalten. Deswegen haben Sie geklopft. Und deswegen haben Sie auch beinahe die Scheibe eingeschlagen. Die ganze Nachbarschaft ist wach geworden durch Ihr Klopfen, Sie erinnern sich? Mehr Inbrunst, mehr Wollen, mehr Zielgerichtetheit geht nicht, Jaroncek. Sie sind einer, der ganz dringend von A nach B musste. Und eine Glastür stand Ihnen im Weg."

„Hätte ich nicht geklopft, so schnell, so heftig, so laut − mir wäre die Luft knapp geworden. Verstehen Sie? Ich wäre erstickt. Gestorben wäre ich. Auf der Stelle verreckt."

„Sie mussten Aggressionen loswerden. Eine Frau, die sich ziert, hat schon ganz andere Männer auf die Palme gebracht."

„Das meine ich nicht."

„Was dann?"

„Das Klopfen meine ich. Nicht das Sehnen. Auch nicht das Wollen. Nicht die Liebe und auch nicht die Leidenschaft. Und nicht einmal die Gedanken. Nur vom Klopfen rede ich. *Klopf. Klopf-Klopf-Klopf. Klopf-Klopf.* Sie erinnern sich? Nur darum ging es. Nur das musste aus mir heraus. Ich wollte nichts von Uta in jener Nacht. Nur klopfen wollte ich. Nur klopfen."

35

Liebe Uta,

ab und an, wenn meine Wut auf meine Verzweiflung trifft, dann tritt eine große, mich erschreckende Besinnungslosigkeit auf. Ich erlebe mich beim Brüllen, erlebe mich in wildem Aktionismus. Sehe noch, wie ich zu einem geifernden Eiferer werde, dem das Gesicht errötet und dem die Aussprache feuchter und immer feuchter gerät. Zu einem Spuckenden werde ich, wenn sich irgendwo tief in mir Wut und Verzweiflung die Hände reichen. Sie erinnern sich jener alten Tage, an denen ich so gerne gesprochen hätte und nicht konnte. Entsinnen sich des Gelächters um mich herum, der spöttelnden Vorwürfe und des Ausschlusses. Gerade der Ausschluss ist es, der mir mit der Wut und der Verzweiflung zurück in die Gedanken kehrt. Das Wissen darum keiner von ihnen zu sein. Das Wissen darum nicht dazuzugehören.

Zu behaupten, morgens um halb fünf wäre die Welt noch in Ordnung, ist eine Lüge, liebe Uta. Und Eschenallee, dieser in fahles siebziger Jahre Gelb getauchte Bürokratenbau ist der beste Beleg dafür. Man mag über Seelenkrankheiten denken, was man will, eines erschließt sich jedem Insassen jedoch sehr schnell: Das hier ist keine Anlaufstelle für Außenseiter, kein Sammelpunkt der gesellschaftlich Nicht-Anerkannten. Es ist ein Extrakt des letzten Restes Mittelschicht, den unser Land noch zu bieten hat. Der wird hier behandelt und versorgt. Der Leim, der unsere Republik zusammenhält, der Kit zwischen den einzelnen Schichten, zwischen oben und unten, zwischen Gut und Böse, zwischen Arm und Reich – hier in Eschenallee können wir ihn direkt unter die Lupe nehmen. Und wir sehen, wie es ihn bei lebendigem Leibe zerfleddert.

Eschenallee ist die Mitte unserer Gesellschaft, die paar Irren, die sie hier zusammengepfercht haben, sind das Zentrum der Menschheit.

„Na woran leidest du denn?", fragte Johannes mich am Tag meiner Einweisung.

*„An allem – und an nichts", antwortete ich ihm. Und auch wenn Du meinen Umgang mit dem Wörtchen **nichts** nie gemocht hast, Uta – ich glaube, hier hättest Du einen Deiner kleinen Luftsprünge gemacht. Ich leide an nichts, das hast schließlich auch Du gesagt, damals, in*

jener Nacht, als Du mich überzeugen wolltest zu bleiben.

„An allem und nichts", wiederholte Johannes meine Worte. Um dann hinzuzufügen: „Mir ist bekannt, dass sie die Leute wegen allerhand erdenklichen Quatschs herbringen. Wegen allem und nichts ist meines Wissens nach aber noch nicht dabei gewesen. He, Jaroncek: Wie sieht es denn aus, dein komisches alles und nichts?"

„Gar nicht sieht es aus, Johannes."

„Aha. Und wie oft tauchen sie auf?"

„Wie oft tauchen wer auf?"

„Na dein alles und dein nichts."

„Es taucht immer und gar nicht auf", sagte ich wahrheitsgemäß und zuckte mit den Schultern. „Dafür ist es ja alles und nichts, dass es immer und nie auftaucht."

Oh, sein Gesicht hättest Du sehen sollen, Uta!

„Du wirst also gequält von einem alles, das immer auftaucht und einem nichts, das nie auftaucht?"

„Kann man so sagen."

„Das ist aber mal echt Panne." Dann lachte Johannes.

Und ich lachte mit ihm.

An manchen Morgen wacht Johannes nicht auf. Ich selbst finde mit den ersten Sonnenstrahlen in den Tag, blinzle nur wenige Male und sitze schon im nächsten Moment aufrecht auf meiner Bettkante. Dann sehe ich hinüber zu Johannes, der zusammengerollt wie ein Baby dort liegt und sich nicht rührt. Ich verharre einige Momente in meiner Position, lausche der Stille und versuche, Johannes Atem aus dieser Stille herauszufiltern. Doch es gelingt mir nicht. Denn Johannes, da bin ich mir inzwischen sicher, atmet an manchen Tagen nicht.

Die Stunden vergehen und mit diesen verstreichenden Stunden passe ich mich der Stille an, gebe allenfalls gedämpfte Geräusche von mir und gleite mehr durch unser Zimmer, als dass ich laufe, während Johannes weiterhin unbeweglich dort liegt als stummes und seniles Baby.

In meinen ersten Wochen in Eschenallee bin ich noch einige Male an sein Bett herangetreten, habe einen kurzen Moment innegehalten und dann mein Gesicht ganz nah an das seine geführt. Und festgestellt, dass keinerlei Geräusch von ihm ausgeht in diesen Phasen. Wie tot ist der Johannes, wenn sie ihn am Abend zuvor derart ruhiggestellt haben.

„Es geht darum, Sie Schritt für Schritt wieder auf das Leben da draußen vorzubereiten", so hat mir der Oberarzt in meiner Einzelvisite *mitgeteilt und dabei bedächtig, nein: gutväterlich gelacht.*

Und ich, Du solltest mich kennen, Uta, ich habe ebenso bedächtig geantwortet: Jaja, darum geht es!

Die Dunkelheiten, wegen derer ich herkam, sind verschwunden. Aber nur um neue Dunkelheiten in mir entstehen zu lassen. Ich stehe an reißenden Flüssen, Uta. Stehe an Abgründen, blicke hinab in tosende Fluten und spiele mit dem Gedanken hinabzuspringen, mir dort unten den Kopf aufzuschlagen an einem der spitzen Felsen, die aus dem Wasser ragen.

Seit sie mich auf Lithium gesetzt haben, rede ich nicht mehr nur noch wirr, nein, ich werde es tatsächlich. Ich verabschiede mich von meinem eigenen Verstand. Früher, als Du mich noch nicht lieben wolltest, dachte ich stets, irre zu sein. Doch erst seit Du mich lieben willst, Uta, weiß ich, was das wirklich bedeutet. Sag, Uta – warum hast Du plötzlich mit mir sprechen wollen, damals? Nach Jahren der Ignoranz, nach Jahren der kalten Schulter und der unbeantworteten Briefe – was sollte das? Wolltest du mich noch tiefer hinabstürzen in mein Loch?

Gut möglich, dass sich das in Deiner Welt Nächstenliebe nennt oder Mitleid. In meiner Welt ist es einfach nur schäbig. Du kannst nicht plötzlich vor meiner Tür stehen, plötzlich in Tränen aufgelöst sein, plötzlich mit meinen Briefen wedeln. Und erzähl mir auch nichts von Liebe, von Gefühlen, die sich doch noch haben entfachen lassen. Du sagst, dass Du mich nun liebst, Uta. Und glaube mir, ich versuche, Dir zu glauben. Versuche zu glauben, dass das möglich ist, dass ein Mensch einen Irrtum bemerkt, seine Sicht der Dinge ändert. Und seine Gefühle gleich mit.

Doch was soll ich anfangen mit Deinen plötzlichen Liebkosungen, mit Deinen Umarmungen? Du bist Uta – und bist es doch nicht. Verstehst Du, was ich dir sagen will? Ich liebe Dich. Liebe Dich, wenn ich Dich in meinen Erinnerungen betrachte, wie Du dort sitzt unter dem Kastanienbaum. Und liest und schreibst und Dir Deine Strähne aus der Stirn streichst. Nur diese Uta kann mich vor dem Wahnsinn retten, vor meinem Sturz in die Dunkelheit.

Du aber hast keinen Kastanienbaum bei Dir, Du hast eine kleine Tochter und Deine Augen erzählen Geschichten, in denen ich nicht vorkomme. Du bist schön und ich vermute, dass Du ein Leben lang schön bleiben wirst – doch die Züge Deines Gesichts sind bereits gezeichnet von Erfahrungen, die ich nie mit Dir teilen konnte.

Du bist mir enteilt, Uta. Während ich meine Gedanken fünfzehn lange Jahre nicht von diesem verdammten Kastanienbaum habe lösen können, bist Du davon geeilt, bist ins Leben gesprungen, dem ich mich noch immer nicht stellen mag. Und so blicke ich Dich an, Uta, und sehe eine Fremde. Ich suche in Deinem Gesicht nach der Frau, die einst unter einem Kastanienbaum saß und mich verzauberte. Doch ich finde sie nicht mehr.

Vielleicht sind es bereits die Medikamente, die aus mir sprechen. Vielleicht aber auch nicht.

Monate in Eschenallee, liebe Uta, die machen nicht nur irre, die machen auch einsam. Und so seltsam es auch ist: Umringt von lauter diplomierten Psychologen, einigen ehrenamtlichen Seelsorgern und gleich einem ganzen Haufen – nun – Gleichgesinnter verlangt es mich inzwischen nach nichts so sehr wie meinem Bild von Dir, liebe Uta.

*Und niemand bietet dieser Sehnsucht Einhalt. Nur die Medikamente, nur die Pillen. Nur sie sind in der Lage, diese verdammte Sehnsucht nach diesem Bild schon im Keim zu ersticken. Ich muss mich nicht einmal nach ihnen strecken, Uta. Ich muss nur meinen Mund öffnen und von Dir erzählen, schon nutzen die Ärzte und Pfleger den Moment und werfen mir weitere Pillen in meinen Schlund. Sie fordern mich auf, immer schön bei der Wahrheit zu bleiben, doch kaum spreche ich wahre Dinge aus, schon verschreiben sie mir neue Pillen und Tabletten, heben ihre Augenbrauen und verwenden schale Begrifflichkeiten wie **gut tun** und **Fortschritte machen**. Und dann erhöhen sie die Tagesdosis so lange und so kräftig, bis jener plötzlich auftauchende Schwindel siegt, der Depressive immer nur überfällt, wenn sie sich in fachärztliche Hände begeben. Und nach fünf durchwachten Nächten, nach ersten kleinen Visionen und größeren Konzentrationsbeschwerden, nach Gedächtnislücken, stundenlangem Händezittern und Herzrasen, da ist er bereit auszupacken, der Depressive, und zu erzählen, was gar nicht zu erzählen ist, weil es nie stattgefunden hat, nie da war.*

Er selbst bemerkt ihn kaum, diesen plötzlich einsetzenden Kommunikationsdrang, diesen mit einem Male auftretenden Hang zur verbalen Schwurbelei. Doch seine Mitpatienten bemerken es, sitzen mit ihm gemeinsam an der Mittagstafel, hören seinen zum Schwachsinn tendierenden und von Panik beseelten Ausführungen zu und lachen darüber, wenn sie noch ganz neu dabei sind, aber halten lethargisch ihre Köpfe schief, wenn sie über diese Phase schon lange hinaus und längst im Dämmerzustand ihres persönlichen Deliriums angekommen sind. Und die, die zeitgleich mit dem dort hingebungsvoll Faselnden in Eschenallee angekommen sind, knabbern sich nur nervös und schweigend die Fingernägel bis aufs rohe Fleisch ab.

Mir selbst ist nicht ganz klar, an welchem Punkt meiner Karriere hier in Eschenallee ich mich befinde, liebe Uta. Doch ich beginne bereits, mich zu überhöhen, meinem wahren Ich ein legendäres Ich hinzuzufügen.

Doch ich möchte Dir keine Angst machen, liebe Uta. Dies hier ist mein einhundertachtundachtzigster Brief an Dich. Es wird der letzte sein.

Ich verspreche Dir, Uta, ich werde nun dafür sorgen, dass Du nie wieder einen Brief von mir erhalten wirst. Werde mich meinen dunklen Schatten stellen, die mich seit so langer Zeit nun schon verfolgen, die immer größer und mächtiger wurden, so dass sie auf das kurze **Uns** überschwappten.

Fünfzehn lange Jahre habe ich eine Sehnsucht nach Dir verspürt, fünfzehn lange Jahre habe ich um Dich gekämpft. Und nach diesen fünfzehn Jahren wolltest Du, Uta, Dein Vertrauen in mich und meine hehren Worte setzen.

Ich werde uns helfen, Uta. Dir und mir. Werde uns befreien von all diesem törichten Sehnen und Verlangen, all diesem Kämpfen und Sehnen. Ich werde…

36

Geboren wurde ich an einem Mittwoch um exakt 06.00 Uhr. Seit ich in Eschenallee liege, geistern mir meine Kindheit und meine Jugend wieder verstärkt durch den Kopf. Ohne Vorwarnung und vollkommen unangemeldet überrumpeln sie mich oder schleichen sich hinterrücks an, schauen mir über die Schulter direkt in meine Karten. Sehen genau, was ich vorhabe und plane. Kichern sich eins und flüstern mir dann ein, dass kein einziger meiner Pläne funktionieren wird ohne sie, aber dass sie mir niemals die Erlaubnis geben werden, weil sie es kategorisch ablehnen, dass ich mein Leben ohne sie fortführe.

So vergehen die Wochen und mir wird immer klarer, dass ich nicht mehr aus Eschenallee entkommen werde, wenn meine Kindheit und meine Jugend weiterhin durch meine Gedanken laufen. Entweder es gelingt mir schneller zu laufen als sie, oder aber so langsam zu sein, dass sie an mir vorbeisausen, mich hinter sich lassen. Sie oder ich, einer muss schneller als der andere sein. So könnte es funktionieren. Ich habe gedacht, dass *ich* mich von meiner Vergangenheit distanzieren müsse, um eine Zukunft zu haben. Doch das war genau falsch herum überlegt. Meine Vergangenheit muss *mich* hinter sich lassen, muss sich endlich emanzipieren und sich von meiner Person und dieser Lebensteilnahmslosigkeit abstoßen. Darum geht es.

Irgendjemand hat einmal gesagt, Selbstmitleid sei wie ins Bett zu machen: zu Beginn schön warm, dann jedoch nur noch kalt, klamm und eklig. Ein schlauer Mensch muss das gewesen sein. Denn fünfzehn Jahre lang habe ich mir mit Hingabe ins eigene Laken geschifft. Und nun liege ich hier in Eschenallee und möchte mich nur noch übergeben. Ich verspüre ein großes Lebenskotzen in mir, so angewidert bin ich von dem, was ich geworden und gewesen bin.

Ich solle mich entsinnen, sagen sie und geben mir Medikamente um mich zu sedieren. Sie sprechen in ruhigem, gleichmäßigem Tonfall mit mir, lassen wie beiläufig Stichworte aus meiner Vita fallen und tatsächlich, sie scheinen ihr Handwerk zu verstehen, denn tausende, abertausende irgendwann und irgendwo abgespeicherte Skizzen setzen sich in meinem Hirn zu einem großen Ganzen zusammen. Eine Kurzdokumentation entsteht in meinem Kopf, die mir langsam eine Ahnung von *Ich* gibt – um sich schließlich, in Geräusch und Bewegungsablauf einer alten ratternden Filmspule gleichend, ungehemmt zu entrollen. Alles knistert, alles knackt, zwischen seltsamen Ansichten erscheinen noch viel seltsamere Skizzen und Zeichnungen auf der Leinwand. Wie das geheime, das codierte Fotomaterial aus der Minikamera eines Agenten sieht das aus. Ich werde nicht schlau daraus.

Sie sagen, das wäre ein gutes Zeichen. Das Auf- und Abrollen einer fotografischen Lebensspule sei vorzüglich.

Ob es nicht eher ein Zeichen für mein nahendes Ende sei, habe ich sie gefragt.

Doch sie verneinten. Wichtig sei es, dem Nebel und dem Dickicht zu entkommen, in das ich mich so bereitwillig geschlagen habe. Mich mit meiner Vergangenheit auseinanderzusetzen, auf Spurensuche in mir selbst zu gehen, darauf komme es nun an. Ich mache Fortschritte, sagen sie. Große Fortschritte. Sie lächeln aufmunternd, wenn sie zur Visite kommen und zu dritt oder auch zu viert um mein Bett herumstehen. *Wird schon, Jaroncek*, sagen sie und nicken mir schelmisch zu.

„Beschreiben Sie dieses Ekelgefühl", fordert der Oberarzt mich auf.

Ich blicke aus dem Fenster, betrachte die vielen Ulmen, die Eschenallee zu einem unsinnigen Ort haben werden lassen und ihn Lügen strafen. Johannes fällt mir ein. Wie er vor wenigen Tagen erst auf seinem Bett gelegen und gelästert hat. *Immer, wenn sie nicht mehr weiter wissen*, hat er erzählt, *dann lassen sie dich etwas Abstraktes beschreiben. Etwas, dass alles und nichts zugleich bedeuten kann. Das ist ihre Hinhaltetaktik, das ist ihr Zeitgewinnen.*

„Stellen Sie sich vor", sage ich zum Oberarzt, „Sie sind sieben Jahre alt und machen sich in die Hose."

„Ein durchaus geläufiger Vorgang", hakt er ein.

„Ja", sage ich. „Aber dann sind Sie plötzlich Mitte dreißig und stellen fest, dass Sie noch immer in derselben klammen und eingesauten Hose unterwegs sind."

Der Oberarzt macht sich Notizen, doch es sieht nicht aus, als wenn er schreibt, sondern stattdessen eine Zeichnung anfertigt.

Er karikiert mich, da bin ich mir sicher.

„Dann sollten wir zusehen, dass wir Ihre Klamotten gewechselt bekommen", sagt er dann und lächelt gütig.

„Ich weiß nicht, ob das eine so gute Idee ist."

„Warum nicht?"

„Weil das, was zum Vorschein kommt, wenn ich meine Hose ausziehe, noch viel stinkender und dreckiger sein könnte als das, was bisher für jedermann ersichtlich war."

„Probieren Sie es doch einfach aus, Janusz. Oder haben Sie etwas zu verlieren?"

„Nein", sage ich. „Ich habe nichts mehr zu verlieren."

„Na dann", sagt er aufmunternd, „steht uns doch nichts im Weg. Raus aus den abgestandenen Klamotten und ab unter die Dusche!"

Er lacht. Ich lache zurück. Wir lachen und wissen, dass es keine Heilung geben kann, keine Gesundung geben wird. Schließlich bin ich ein Wunschkind gewesen und gerade die stolpern wie verwunschen durch ihre späteren Erwachsenenleben. Und ich – ich bin das größte aller Wunschkinder gewesen. Meine Geburt wurde heftiger ersehnt als die Ankunft eines Messias. Von vornherein chancenlos war ich gegen die Liebe, die mich umfing, kaum war ich auf die Welt gekommen.

Meine Eltern hatten sich eine Zeitlang gekannt, waren zusammengezogen und hatten sich dann entschlossen zu heiraten. Zwei Jahre später war der Wunsch wie auch die finanzielle Grundlage da gewesen, ein Kind groß zu ziehen. Erst kam Alina, weitere drei Jahre später ich. Mummy und Daddy überschütteten uns mit Zuneigung, und wenn ich mich an meine allerersten Lebensjahre erinnere, so erahne ich noch die mollige Wärme, die sich sanft über die Zimmer unseres Reihenhauses legte. Ich erinnere mich an Mummy, wie sie redete, lachte und stand. Und an Daddy, wie er noch aus Autos ausstieg, die ihn gebracht hatten. Ich stand am Fenster und sah ihn aussteigen, mit seinem großen schwarzen Aktenkoffer. Er schlug die Tür des Wagens zu, der sofort davon brauste. Und Daddy – Daddy stand dort, schaute dem Wagen hinterher, kurz, ganz kurz, und kam dann zu uns. Ich konnte ihn hören. Anfangs war da ein leicht schabendes Geräusch, als er versuchte aufzuschließen, denn Daddy fand den Zugang nicht sofort. Dann aber stand er auch schon in unserem Hausflur, hängte seine Jacke auf, schwang mit einer ausladenden Bewegung die Aktentasche auf den Esstisch und gab Mummy einen Kuss. Und ich kam mit meinen kleinen Beinen auf ihn zugelaufen, rief: *Daddy, Daddy*. Und Daddy nahm mich hoch über seinen Kopf und schüttelte mich leicht und ich gackerte vor Wohlgefühl.

Ich war ein Wunschkind. Wurde in eine absolute Gewolltheit hineingeboren. Ich habe oft darüber nachgedacht, warum die ganze Welt so versessen darauf ist, Kinder als Wunschkinder zu betteln, was gut an einem Wunschkind sein soll und so niederdrückend an einem ungeplanten, aus einem puren Zufall oder einer Laune der Natur entstandenen Leben. Gerade diese Gewolltheit und Geplantheit, so denke ich bis heute, ist es doch, die uns unser Aufwachsen so sehr verleidet. Das ständige Wissen darum, dass jedes noch so kleine Abweichen vom Plan zu Enttäuschung führt, die Erkenntnis, dass man sich in damaligen Wünschen, Träumen und Sehnsüchten doch alles immer ganz anders vorgestellt hatte, als es dann gekommen und geworden ist. Es ist das niederdrückende Schicksal des gewollten Kindes, ein Leben lang einem Trugschluss hinterher laufen und dabei Aspekte, Vorstellungen und Überlegungen erfüllen zu müssen.

Wohingegen der in einem Moment libidinöser Unachtsamkeit gezeugte Knabe sich frei entfalten und ein im letzten Moment dann eben doch nicht abgetriebenes Mädchen sich alles erlauben kann, sich alles erlauben darf und sich auch alles erlauben wird. *Über die Hälfte aller psychisch kranken Menschen sind einmal Wunschkinder gewesen*, hat Johannes gesagt. *Sind nie misshandelt worden, nie drangsaliert, nie mit Liebesentzug bestraft worden. Und doch ganz fürchterlich traumatisiert von der Last in sie gesteckter Erwartungen.*

Nein, ich habe nichts vergessen. Und auch niemanden. Nicht nur jeder Satz, auch jedes Gesicht steckt fest in meinen Erinnerungen. Namen, Zahlen, Daten, Vorkommnisse – all das vergeht einfach nicht, sondern macht sich in meinem Nacken breit, wird schwerer und immer schwerer.

Wieder und wieder versuche ich mir, jene Nacht ins Gedächtnis zu rufen. Doch ausgerechnet dort stoße ich nur noch auf Leere. Habe ich es verdrängt, um damit fertig zu werden, dass ich den Fixpunkt, die Sonne meines Lebens, umgebracht habe?

Oder sind es die Pillen, die mir den Verstand zerfressen? Seit vier Wochen erhöhen sie unentwegt die Dosis.

Ich sagte: *Mir geht es nicht gut!* Da nickten sie verständnisvoll und erhöhten mir – auffallend bereitwillig – die Dosis. Dann aber sagte ich: *Mir geht es an und für sich ganz gut!* Doch sie gingen nicht etwa runter mit der Dosis, sondern tauschten schnell das Präparat aus. Sie erwähnten was von falschen guten Gefühlen und echten guten Gefühlen und ließen mich glauben, sie wüssten schon, was sie dort tun.

Mit dem neuen Medikament bin ich in mich selbst zurückgefallen, antworte ihnen kaum noch auf ihre Fragen. Auf die Frage nach meiner Stimmung zucke ich allenfalls noch schlaff mit den Schultern, sage *Ob-la-di Ob-la-da*. Seitdem geht es hinauf mit der Dosis, weiter und immer weiter. Bis auf fünfundsiebzig Milligramm zuletzt. Es ist mir egal, welches Medikament sie mir verabreichen, bin ich doch längst in jenen Zustand getaumelt, in dem Namen nichts mehr bedeuten und nur noch Zahlen eine Wichtigkeit innewohnt. Hohen Zahlen.

Viermal am Tag trotte ich hinüber ins Schwesternzimmer, werfe mir unter Aufsicht meine Pillen ein und trotte dann zurück zu Johannes. Neulich habe ich den Oberarzt gefragt, wann ich die Station wieder verlassen könne. Ich gestand ihm, dass der dunkle Raum beginne, mich zu bekümmern, die Auseinandersetzungen mit der Ministerialbeamtin in ein Garnichts hineinlaufen und wir nicht vom Fleck kommen. Auch dass ich ein Entschwirren wahrnehme in mir. Ein Gehen. Eine Benommenheit, sagte ich zu ihm, mit fester, klarer Stimme.

Das müssen ebenfalls die Medikamente sein. Vielleicht aber auch nicht. Vielleicht bin das einfach nur ich. Fünfzehn lange Jahre habe ich mich wie ferngesteuert bewegt. Als Utas Marionette. Nun aber ist Uta tot, ich finde zurück zu mir, mein eigenes Blut schießt mir zurück in die Glieder und siehe da: Im Normalzustand bin ich gar nicht so euphorisch und zupackend wie zu Utas Lebzeiten. Nein, im Normalzustand und mit Utas Ableben im Kopf bin ich ein benommener Mann. Ich bin Jaroncek. Jaroncek der Lethargische.

Vor dem Spiegel stehend habe ich begonnen, mich selbst zu studieren. Und festgestellt, dass ich in den letzten Wochen zu einem Mann geworden bin, der sich wie in Zeitlupe bewegt. Wie auf Eierschalen tapse ich durch den Tag, sinke mitten in einem dunklen Raume zusammen, rapple mich an einer Wand wieder auf, nur um kurz darauf erneut zusammenzusinken. Liegenzubleiben.

„Was in drei Gottes Namen machst du da?", fragt Johannes.

„Wonach sieht es denn aus?", frage ich zurück. „Mich von mir selbst verabschieden, leise zu mir selbst adieu sagen."

„Mach bloß keinen Scheiß", sagt Johannes. „Selbstmord zieht nur Probleme nach sich!" Er lacht.

„Wer spricht denn von Selbstmord. Ich brauche keinen Selbstmord. Ich stelle mich einfach hin und warte ab. Lasse das *alles* und das *nichts* sich endlich die Hände reichen." Ich lache.

Wir lachen. Johannes und ich sitzen auf unseren Bettkanten und lachen.

„Hören Sie auf zu jammern, Jaroncek", sagt die Ministerialbeamtin.

Das sagt sie immer, wenn ich in einem dunklen Raum auf einem harten Boden liege.

Der letzte Brief an Uta, der allerletzte Brief, ist fast fertig. Er liegt irgendwo auf dem Tisch, wartet auf mich und fordert einen Abschluss dieser Liebesangelegenheit. Doch ich komme nicht fort von dem harten Boden, es drückt mich auf kalten Zement. Die Ministerialbeamtin steht über mir, geht hinunter in die Hocke, kommt mit den Lippen meinem Ohr nahe und säuselt: „Andere Menschen haben auch eine beschissene Jugend, Jaroncek. Und? Gehen die hin und schlitzen unschuldigen Frauen die Handgelenke auf? Wohl kaum. Die schlitzen sich eher selbst die Handgelenke auf! Gutes Stichwort, so an sich. Oder was meinen Sie? Warum tun Sie uns allen nicht endlich den Gefallen und bereiten sich selbst ein Ende? Da hätten wir alle mehr von. Auch Sie, Jaroncek. Gerade Sie."

Wie herrlich die Augen der Ministerialbeamtin blitzen. Ich wünschte, ich könnte mit ihr schlafen, um das Blitzen ihrer Augen nicht länger wahrnehmen zu müssen. Um blind zu werden für ihre Attraktivität.

Der beste Weg sich eine Frau aus dem Leib zu schütteln, ist noch immer der Geschlechtsakt. Ein einziger Schuss reicht aus und schon entledigt sich eine Frau jeglicher Faszination– aus brandheißer Anziehungskraft wird handelsübliche abgeschmackte Packware. Ich würde in sie eindringen und wäre sie – noch während ich mich in ihr befände – bereits los. Denn das, was die Menschen als ultimative Vereinigung von Mann und Frau bezeichnen, ist das genaue Gegenteil davon.

Der Geschlechtsakt ist der Abbau von Spannung, das bewusste Ausschalten des Kopfkinos, ein sich immer wiederholender Anfang vom Ende. Wenn Liebe ein so hohes Gefühl ist, wenn Leidenschaft und Begierde der Motor unserer Fortpflanzung sind – warum nur trachten die Menschen danach, sich ihre Libido möglichst schnell aus dem Leib zu pumpen. Der Geschlechtsdrang der Menschen ist keine Vereinigung, er ist das zwingende Bedürfnis sich gegenseitig möglichst schnell loszuwerden, sich zu befreien. Das in sexueller Interaktion befindliche Paare aussehen wie Kämpfende, und dass die Sprache Verliebter vielfach mit Begriffen von Kampf und Zerstörung daherkommt, nein, das ist kein Zufall. Denn von ihrer Natur schändlich gezwungen die körperliche Vereinigung zu verrichten, stoßen sich Mann und Frau beständig ab.

„Wie katholisch Sie klingen, Jaroncek. Wenn Sie sich schon nicht selbst umbringen wollen, wie wäre es mit einem Priesteramt? Je länger ich mich mit Ihnen abgebe, desto besser kann ich mir Sie in einem Talar vorstellen." Listig blinzelt sie mich von oben herab an.

Ich sollte aufstehen. Ich sollte nach der Schwester klingeln, nach dem Oberarzt. Sollte auf meine Rechte pochen, sollte sie auffordern, die Ministerialbeamtin aus meinem Zimmer zu entfernen. Denn ein falsches Wort von mir und sie wird mir einen Vermerk in meine Akte setzen. Einen Vermerk, den ich meinen Lebtag nicht mehr loswerde.

„Kommen Sie, Jaroncek, wir beide wissen, das Einzige, was in diesem Raum hier noch echt ist, ist ihr gestörter Charakter. Alles andere ist Einbildung, ist Halluzination. Ihr verkommener Charakter aber, auf den ist Verlass. Der sieht mich als Krone der Schöpfung und Sie, Jaroncek, als unnützen Menschen. Eine perfekte Frau wie ich und eine jämmerliche Gestalt wie Sie, wir beide allein in einem dunklen, konturlosen Raum. Ist das nicht eine zum Brüllen komische Situation? Sagen Sie schon, Jaroncek: Kommen wir hier nicht beide voll auf unsere Kosten?" Sie lacht.

Ich sehe sie, rieche sie, nehme sie wahr. Betörung und Schrecken vereinen sich in mir, während ich von meinem Zementboden hinauf in das so schöne, so lachende Gesicht der Ministerialbeamtin blicke.

„Komisch?", frage ich.

„Aber ja doch", sagt sie. „Komisch. Wie sonst soll ich es deuten, dass Sie immer wieder herkommen zu mir, obwohl die Tür unverschlossen ist und Sie jederzeit gehen könnten? Sie wissen, dass ich Ihnen nicht gut tun werde, Sie wissen, dass ich Sie vernichten will. Und dennoch kommen Sie immer wieder her, obwohl es doch so viel vernünftiger wäre wegzubleiben. Das ist mehr als simples *Opposites attract*, Jaroncek. Das ist Wahn, das ist Begierde. Sie möchten verbrennen, Jaroncek. Verglühen möchten Sie, in einem Inferno zu Tode kommen. Das ist Ihr sehnlichster Wunsch. Und ich bin Ihre letzte Hoffnung, Ihre einzige Rettung. Nicht einmal sich selbst vernichten können Sie, so ein Jammerlappen sind Sie. Sich selbst erschießen ist keine schwierige Geschichte, Mund auf, Knarre rein, abdrücken. Was hindert Sie, Jaroncek? Uta ist fort.

Vielleicht sollten wir wirklich miteinander schlafen, damit das mal ein Ende nimmt. Was meinen Sie, Jaroncek? Es gibt schließlich mehr als genug Betten hier." Unverwandt sieht sich mich an. Trocken, klar, direkt.

„Sie wissen, dass ich nicht mit Ihnen schlafen werde", sage ich.

„Nur darum bieten Sie es mir an."

„Kluger Junge. Da fällt mir ein: Ich soll Ihnen einen großen Dank ausrichten!"

„Von wem?"

„Na von unserem Regierungschef, natürlich. Ja, Jaroncek, unsere Oberschicht steht geschlossen hinter Ihnen! Denn seit Sie so hingebungsvoll am Rad drehen, seitdem Sie hier diese Liebesschmonzette aufführen – stellt niemand da draußen mehr Fragen zu Schwarzgeldkonten und Vetternwirtschaft. Nun freuen Sie sich doch, Jaroncek: Sie retten die Aristokratie, Sie retten die Wirtschaftsoligarchie! Und das nur mit Ihrem Wahnsinn! Sie sind ein Naturtalent, Jaroncek! Der gemeine Pöbel dort draußen, der unreflektierte Mob, der interessiert sich nur noch für die Frage, wer wen um den Verstand bringen wird: Sie Uta – oder doch eher Uta Sie, Janusz? Ihr aussichtsloser Kampf um die schöne Uta, er rührt die Menschen zu Tränen und macht sie im gleichen Maße unfassbar wütend, so aussichtslos, so unverständlich ist dieser Kampf. Erst bringt er sie um, dann versucht er, sie mit einem allerletzten Brief doch noch herumzukriegen. Das ist aber auch eine verdammt traurige Geschichte."

„Ich habe niemanden umgebracht!", brülle ich. Und schiebe flüsternd hinterher: „Und schon gar nicht Uta."

„Jaroncek, ich bitte Sie. Sie sind doch ein cleverer Mann, Sie haben das System und die Gesellschaft doch durchschaut. Sie wissen doch, wie das läuft. Glauben Sie wirklich, es spielt eine Rolle, was Sie getan und was Sie nicht getan haben? Das spielt doch nicht einmal für Sie selbst noch eine Rolle, warum also sollte es sonst jemanden interessieren?"

Ich blicke auf. Wild rasen meine Gedanken durcheinander. „Sie meinen – ich habe vielleicht gar keinen Mord begangen?"

„Das habe ich nicht gesagt. Ich habe lediglich gesagt, dass es längst egal ist."

„Warum?"

„Weil Sie sich eh nicht mehr hier heraustrauen können. Denn die Menschen, die Ihnen nicht sonderlich wohlgesonnen sind – und davon gibt es eine Menge und täglich werden es mehr – die werden Ihnen das Leben dort draußen zur Hölle machen. Und wissen Sie, was richtig lustig ist? Diejenigen, die Ihnen sogar sehr wohlgesonnen sind, die werden Ihnen das Leben dort draußen noch viel kräftiger zur Hölle machen. Denn für die sind Sie nur von Nutzen, solange Sie hier drin sind. Aber die Tür ist auf, Jaroncek, weiterhin.

Gehen Sie, na los! Verlassen Sie diesen dunklen Raum, verlassen Sie diese Station. Verlassen Sie Uta. Lassen Sie alles hinter sich, trauen Sie sich endlich unter die Menschen." Sie lacht.

Unschlüssig bleibe ich liegen.

„Sehen Sie, Jaroncek, Sie und ich, wir beide wissen, dass Sie schuldig sind, so oder so. Und wir beide wissen auch, dass Sie dort draußen keine zwei Tage überleben würden. Entweder der Mob macht Ihnen den Garaus. Oder aber ein gutbezahlter Auftragskiller. Oder bestenfalls, in einem letzten Akt des Anstands und der Würde, Sie sich selbst."

„Ich möchte jetzt bitte mit Ihrem Vorgesetzten sprechen", sage ich. Meine Stimme scheint fest zu sein.

„Möchten Sie mit meinen Vorgesetzten sprechen, weil Sie davon ausgehen, dass mir irgendjemand vorsteht oder weil Sie davon ausgehen, dass es sich dabei um einen Mann handelt?", fragt sie. Und lacht erneut.

„Ich verlange lediglich eine faire Behandlung, das ist alles", rufe ich, mein Gesicht auf den kalten Zementboden gepresst.

„Eine faire Behandlung, Jaroncek?" Sie lehnt sich weiter hinab zu mir, aus den Augenwinkeln kann ich in ihr Dekolleté sehen. Auf einem kalten Zementboden liegend, mein Gesicht auf den harten Untergrund gepresst, besteht die Frau nur noch aus Augen und Ausschnitt, beides tief und groß und verlockend, beides duftend, beides drohend, beides verschluckend. Frauen, die sich vorbeugen, haben mich schon immer fasziniert. Das weiß ich. Und das weiß auch sie. Sie ahnt es nicht nur, nein: Sie weiß es.

„Ja", sage ich. Überlege kurz, betrachte Augen und Ausschnitt. Und füge dann hinzu: „Bitte."

„Lassen Sie mich überlegen", sagt sie und lehnt sich noch ein wenig weiter vor. „Als Sie in jener Nacht plötzlich auf dem Balkon aufgetaucht sind und Frau Wensch Sie erst lautstark und klar artikuliert, später dann nur noch bittend und flehend aufgefordert hat, sich zu beruhigen − waren Sie da fair? Haben Sie sich beruhigt und sind gegangen, Jaroncek? Und als Sie sie an den Haaren durch die Wohnung gezerrt und sie gegen die Wand geschleudert haben, wieder und wieder auf diese wunderschöne, zarte und sanftmütige Frau eingedroschen haben wie ein Berserker, wieder und immer wieder, bis Frau Wensch eine Fraktur in der linken Gesichtshälfte davontrug − waren Sie da etwa fair? Und später dann, als sie bewusstlos auf dem Küchenboden lag und Sie ihr die Pulsadern geöffnet haben

– und ich schwöre Ihnen, sollte ich herausbekommen, dass Sie in jenem Moment nicht bewusstlos gewesen ist, dann Gnade Ihnen Gott! – waren Sie da so fair zu warten, bis sie erwacht und sie vielleicht erst einmal zu fragen, ob sie überhaupt schon sterben möchte, so als Mutter eines kleinen Kindes und noch keine vierzig Jahre alt? Los, Jaroncek, sagen Sie es mir: War das fair?"

„Sie sind eine schlechte Justizangestellte", keuche ich.

„Ich bin gar keine Justizangestellte", sagt sie. Sie sieht von oben auf mich herab, öffnet ihre roten Lippen und blitzt mich mit ihren weißen Zähnen an. Sie streckt mir ihren Arm entgegen, spreizt dann den Daumen ihrer Hand ab und formt eine Waffe.

„Ich bin du selbst, Jaroncek. Also mache ich mit dir, was ich will." Sie steckt mir ihren ausgestreckten Zeige- und Mittelfinger in den Mund. „Und jetzt mache ich *Pow*. Verstehst du, Jaroncek? *Pow-Pow-Pow*."

Dann geht sie, lachend. Verlässt diesen dunklen, in Grau und Schwarz getauchten Raum.

Ich liege dort, zurückgeworfen auf niemand anderen als mich selbst. Und schaue ihr hinterher. Nein, ich werde ihr nicht hinterhergehen. Ich darf ihr nicht hinterhergehen. Ich bin Uta hinterher gegangen, das muss reichen, für alle Zeiten muss genug sein mit diesem zu nichts und wieder nichts führendem hinter den Frauen Hergegehe.

Ich schließe die Augen und versuche mir den Sommer vorzustellen. Den Sommer und den Strand. Den Strand von Katwijk. Daddy, wie er in die Hocke geht und mich zu sich ruft. Wie ich auf ihn zulaufe. Ich sehe an mir hinunter, sehe meine kurzen Beine und die kleinen Füße. Ich bin ein Junge, grade erst dem Säuglingsalter entwachsen. Vor mir hockt Daddy, hat seine Arme weit ausgebreitet, sieht mich mit weit aufgerissenen Augen und weit aufgerissenem Mund an, und ich laufe und laufe. Der Sand macht es mir schwer, vom Fleck zu kommen, ich sacke ein, bei jedem Schritt gerate ich tiefer und tiefer in den Untergrund. Aber Daddy erwartet mich. Also laufe ich, trete in den Boden, stampfe ihn hinfort, den hartnäckigen Untergrund. Und komme Daddy näher, immer näher. Und ich weiß: Hochheben wird er mich. Weit in den Himmel wird er mich heben, so weit und so hoch, dass ich das Meer werde sehen können.

„Sehnsucht", flüstere ich. „Sehnsucht ist gemein."

ENDE

David Wonschewski, Jahrgang 1977, wuchs im Münsterland auf und ist seit 25 Jahren als Kulturjournalist tätig.

Er gestaltete viele Jahre das musikalische Programm landesweiter Radiosender, führte Interviews mit internationalen Künstlern (Cliff Richard, Joe Cocker, Pet Shop Boys, Take That, Paul Young) und verfasste knapp 700 Musik- und Literaturrezensionen sowie PR-Texte für u.a. Reinhard Mey.

Er saß von 2013 bis 2015 in der Jury der renommierten Liederbestenliste und ist Mitbegründer der noch immer existenten Berliner Liederatur-Bühne Geschmacksverstärker.

Sein von der Internationalen Thomas Bernhard Gesellschaft empfohlener Debütroman „*Schwarzer Frost*" brachte ihm 2013 erste Vergleiche mit Autorengrößen wie David Foster Wallace, Bret Easton Ellis oder eben Thomas Bernhard ein. Es folgten der Kurzgeschichtenband „*Geliebter Schmerz*", der Roman „*Zerteiltes Leid*" und das Autoren-Hörbuch „*Das Seufzen und das Schweben*".

Im Jahr 2022 meldet sich David Wonschewski mit dem Roman „*Blaues Blut*" nach Umzug und Schaffenspause wieder zurück.

Alle seine Bücher sind bei Periplaneta erschienen.

David Wonschewski lebt in Münster/Westfalen.

www.davidwonschewski.wordpress.com

EBENFALLS ERSCHIENEN:

DAVID WONSCHEWSKI:
„Schwarzer Frost"

Ein verstörender Einblick in die Gedankenwelt eines Menschen, der ein Mörder sein könnte. Softcover 238 S., 20,6 x 13,5 cm ISBN: 978-3-940767-97-4, Auch als E-Book für alle Reader.

Ein Musikjournalist steht in seiner Wohnung vor dem Plattenregal und überlegt. Er hat Besuch von seinem Kollegen Lohwald, einem berühmten TV- und Radiomoderator. Langsam realisiert er, wie sehr er seinen Gast verabscheut. Er beschließt, Lohwald zu töten. Dass er das Potential dazu hat, weiß er , denn seit jeher fühlt er diese alles betäubende Kälte …

Ein misanthropisch- existentialistischer Exkurs in die kaputte Psyche eines Medienschaffenden, der sich in einem gnadenlosen inneren Monolog selbst zerfleischt.

DAVID WONSCHEWSKI:
„Geliebter Schmerz "

Melancholien, Streifzug durch den Alltagsirrsinn einer herzlosen Gegenwart, Softcover 214 S., 20,6 x13,5cm, ISBN: 978-3-943876-70-3, Auch als E-Book für alle Reader

Ein junger Mann entdeckt endlich das Leben, als sein geliebter Vater im Sterben liegt. Ein anderer hat die Chance, für einen einzigen Mord Millionär zu werden. Und dann ist da noch der unsichtbare Kioskbesitzer, der in der Vergangenheit wohnt und doch alles, vor allem sich selbst, längst verloren hat.

Wonschewskis Protagonisten begegnen Krankheiten, verschmähter Liebe und Tod und drohen, im Strudel ihrer verdrehten Emotionen unterzugehen, bis sie erkennen, dass im Zulassen des Schmerzes ihre einzige Rettung liegt.

CLINT LUKAS
„Das schwere Ende von Gustav Mahlers Sarg" (Buch+DVD)

Buch mit DVD, Klappenbroschur 216 S., 19 x 13,5 cm, ISBN: 978-3-943876-55-0
Auch als E-Book für alle Reader

Daniel schlägt sich in Berlin mehr schlecht als recht durchs Leben und hält sich selbst für einen Romantiker. Erst, als er für den Regisseur Julius Janker arbeitet und Mahlers Gebeine durch Jerusalem trägt, als er in Wiener Nächten der Schönheit begegnet und eine Stunde im Puff sein Leben verändert, beschleicht ihn eine Ahnung, was Liebe alles anrichten kann …

Der ca. 30-minütige Kurzfilm glänzt mit einer großartigen Kameraführung in 1.85:1, brillant agierenden Schauspielern und einer wunderbaren Geschichte. Clint Lukas realisierte den Film ohne Fördermittel und führte selbst Regie.

THIAS BENE
„Eines schönen Todes"

Und wenn sie nicht gestorben sind, dann sterben sie noch heute. Mit Illustrationen von Luzi Felis, Buch, Softcover 160 S., 19 x 13,5, print ISBN: 978-3-943876-81-9, epub ISBN: 978-3-943876-49-9

Kein Märchenbuch. Thias Bene setzt sich mit seinem Debüt ins kaputte Berlin, in Phantasiewelten und zwischen alle Stühle. Dabei besticht er mit einer sehr eigenen Art, dramatische Geschichten zu erzählen – mit einem doch sehr beeindruckenden Verschleiß an Helden, von denen wir ohne ihn wohl nie erfahren hätten: Drogendealer und Soldaten, Rumpelstilzchen und Schneewittchen, Kidnapper und Dornröschen. In den märchenhaften Tragödien verschwimmen die Grenzen zwischen Fiktion und Realität. Doch wie im normalen Leben auch gewinnen nicht immer die Guten.

**Versandkostenfrei innerhalb Deutschlands unter
www.periplaneta.com**